D1146228

In het duister

Mark Billingham

In het duister

Vertaald door
Ankie Klootwijk en
Ernst de Boer

Anthos|Amsterdam

ISBN 978 90 414 1327 7
© 2008 Mark Billingham
First published in Great Britain in 2008 by Little, Brown
© 2009 Nederlandse vertaling Ambo|Anthos *uitgevers*,
Amsterdam, Ankie Klootwijk en Ernst de Boer
Oorspronkelijke titel *In the Dark*
Oorspronkelijke uitgever Little, Brown
Omslagontwerp Studio Jan de Boer
Omslagillustratie © Claire Tucker/Loop Images/Corbis
Foto auteur © Charlie Hopkinson

Verspreiding voor België:
Veen Bosch & Keuning uitgevers n.v., Wommelgem

Voor Katie en Jack

2 AUGUSTUS

Het is een droge nacht, maar de straat is nog steeds glad van de bui van een paar uur geleden; glimmend wordt hij onder de koplampen gezogen, en er dendert niet veel verkeer over de scheuren in een hoofdweg die waarschijnlijk het slechtst onderhouden is van de hele stad.

Het is natuurlijk ochtend, strikt genomen dan; de kleine uurtjes. Maar voor die paar stervelingen die op weg zijn naar huis of die zich in het donker naar hun werk slepen of al met het een of ander bezig zijn, lijkt het erg op de nacht; midden in de rottige nacht.

In het holst ervan.

Het is ook een warme nacht, en drukkend. De tweede van wat een lang geen onaardige augustusmaand belooft te worden. Maar dat is niet de reden waarom de passagier in de blauwe Cavalier zijn hoofd naar het open raam buigt en zweet als een varken.

'Als een pedo op een springkasteel,' zegt de bestuurder. 'Je moet jezelf verdomme 's zíén, man.'

'Heeft dit ding geen airco?'

'Niemand zweet zo erg als jij.'

De drie mannen achterin lachen, schouders tegen elkaar aan geperst. Tussen de voorstoelen door turen ze naar het tegemoetkomend verkeer. Als ze een sigaret opsteken, houdt de bestuurder een hand op omdat hij er ook een wil. Die wordt voor hem aangestoken en aangegeven.

De bestuurder neemt een diepe haal en staart naar de sigaret. 'Waarom rook je die troep, man?'

'Een mattie had een paar sloffen, man. Ik had nog wat te goed.'

'En waarom zijn er niet een paar mijn kant op gekomen?'

'Ik dacht, jij rookt van die sterke spul, man. Marlboro, weet ik veel.'

'Ja, je dacht.' Hij rukt aan het stuur om een vuilniszak te ontwijken die midden op straat is gewaaid. 'Moet je die shit hier zien, man. Die mensen hier leven als varkens of zo.'

Aan de passagierskant glijden winkels en restaurants met neergelaten rolluiken langs het raampje. Turkse en Griekse tenten, Aziatische kruideniers, clubs, het piepkleine kantoortje van een minitaxibedrijf, waarin een geel licht schijnt. Alle rolluiken en veiligheidsdeuren zitten onder de graffiti: letters die met grote krullende halen op het metaal zijn aangebracht: rood, wit en zwart; niet te ontcijferen.

Afgebakende territoria.

'Hebben we geen sound?' Een van de mannen achterin slaat een ritme tegen de achterkant van de hoofdsteun.

'Heeft geen zin, man.' De bestuurder buigt zich voorover, en gebaart laatdunkend naar de audio op het dashboard. 'Goedkope shit, man.'

'De radio dan?'

De bestuurder zuigt nadenkend iets tussen zijn tanden vandaan; het geluid van iets kleins dat in heet vet valt. 'Alleen maar gasten die slap lullen op dit uur,' zegt hij. 'Chill-out shit en gouwe ouwe.' Hij steekt zijn arm uit en legt zijn hand in de nek van de passagier naast hem. 'En deze jongen moet zich kunnen concentreren, weet je.'

Van achterin: 'Hij moet zich concentreren om zichzelf niet onder te pissen. Hij pist in zijn broek, man. Echt, ik zweer het je.'

'Echt...'

De passagier zegt niks, draait zich alleen maar om en kijkt. Om de drie achter hem te laten weten dat hij wel even met ze zal babbelen als de klus is geklaard. Dan gaat hij weer recht zitten, hij voelt het gewicht op de stoel tussen zijn benen en de broeierigheid die zijn shirt aan zijn onderrug doet plakken.

De bestuurder blijft vlak achter een nachtbus kleven en stuurt dan scherp naar rechts. Neuriet zachtjes terwijl hij de bus passeert en door het stoplicht rijdt wanneer het van oranje op rood springt.

Ze is bij Stamford Hill op de A10 ingevoegd, en laat daarmee de grotere huizen, de Volvo's op de parkeerstroken en de keurig aangeharkte voortuintjes achter zich en rijdt in de BMW naar het zuiden.

Ze rijdt keurig en rustig door Stoke Newington; ze weet dat er camera's hangen die iedereen flitsen die zo stom is om door rood licht te rijden. Ze houdt haar snelheid in de gaten. Het is niet druk op straat, maar er staat altijd wel een gefrustreerde verkeersagent te popelen om een arme stakker te naaien.

Daar zit ze niet op te wachten.

Een paar minuten later rijdt ze kalmpjes Hackney binnen. De buurt mocht er 's nachts dan niet zo slecht uitzien, maar ze weet wel beter. Want reken maar dat die slijmerds van het plaatselijke makelaarskantoor hard moesten werken om hun commissie binnen te slepen.

'O, zeker, dit is een buurt die heel erg in opkomst is. Komt er in de pers slecht van af, maar daar moet u doorheen kijken. Hier bestaat nog een echte gemeenschapszin; en door al die misvattingen zijn de huizenprijzen hier natuurlijk wel bijzonder aantrekkelijk...'

Ik bedoel, hoe je het in vredesnaam ook uitspreekt, De Beauvoir Town klinkt goed, toch? Je moet het alleen maar over Hackney Downs en Regent's Canal hebben en geen woorden vuilmaken aan bijzaken als steekpartijen en een lage levensverwachting, dat soort dingen. Hier en daar heb je verdomme zelfs een stukje groen, en een paar mooie victoriaanse rijtjeshuizen.

'Je zet gewoon een paar van die... hoe heten ze, Leylandcipressen achter in de tuin en je ziet de hele buurt niet meer!'

Die sukkels kunnen net zo goed een schietschijf op hun voordeur schilderen.

Ze kan zonder vaart te minderen de Ball's Pond Road oversteken; Kingsland aan de ene kant, Dalston spreidt zich als een vlek naar het oosten uit.

Het duurt nu niet lang meer.

Haar handen zijn zweterig, dus steekt ze een arm uit het raam en spreidt haar vingers om de nachtelijke lucht er tussendoor te laten stromen. Ze denkt regen in de lucht te voelen, een paar druppels maar. Ze laat haar arm waar die is.

De BMW klinkt goed: alleen een lage brom en het geruis van de banden; en het leer van de passagiersstoel voelt glad en schoon aan onder haar hand als ze opzij reikt. Ze heeft dit altijd een fijne auto gevonden, vanaf het moment dat ze haar benen voor het eerst naar binnen zwaaide voelde ze zich op haar gemak. Sommige mensen hadden dat met huizen. Soms deed het verkooppraatje er helemaal niet toe, maar ging het gewoon om het gevoel dat je had als je er binnenliep. Met die auto was het net zo; ze had het gevoel dat hij bij haar hoorde.

Ze ziet de Cavalier op zich af komen als ze vaart mindert voor het stoplicht. Hij rijdt veel sneller dan zij, trapt hard op de rem en glijdt over de witte stopstreep.

Hij heeft zijn lichten niet aan.

Ze tast naar het pookje achter het stuur en tikt het twee keer aan; geeft de Cavalier twee lichtsignalen met de eersteklas xenon-koplampen. Ze herinnert zich dat de verkoper had gezegd: 'Beter dan de landingslichten van een 747.' Die verkopen nog grotere onzin dan makelaars.

De bestuurder van de Cavalier reageert niet; staart alleen maar terug.

Dan doet hij zijn lichten aan.

Ze trekt op, steekt de kruising over en rijdt door. Er spatten wat regendruppels tegen de ruit. Ze kijkt in de buitenspiegel en ziet de Cavalier honderd meter achter haar een snelle U-bocht maken; hoort een claxon loeien als hij zich tussen het tegemoetkomende verkeer wringt, voor een zwarte taxi kruipt en met hoge snelheid over de busbaan op haar af komt.

Ze voelt een zenuwtrek in haar buik.

'Waarom die?' vraagt de man op de passagiersplaats.

De bestuurder schakelt gierend naar de vijfde versnelling en haalt zijn schouders op. 'Waarom niet?'

De drie op de achterbank buigen zich nu opgewonden verder naar voren, maar hun stemmen blijven zakelijk. 'Idioot heeft zichzelf uitgekozen.'

'Als je je met anderen bemoeit, vraag je erom.'

'Ze wilde alleen maar helpen.'

'Zo pakken we dat aan,' zegt de bestuurder.

De passagiersstoel voelt heet aan onder hem als hij opzij kijkt alsof hij het allemaal best vindt. Alsof hij geen moeite heeft met ademhalen en zijn blaas niet aanvoelt alsof die ieder moment kan knappen.

Fokking stomme bitch. Bemoei je met je eigen zaken!

Ze gaan van de busbaan af en weten met een slingerbeweging een motorfiets te ontwijken. De motorrijder kijkt opzij als ze langskomen, zwarte helm met zwart vizier. De man op de passagiersstoel kijkt terug, maar kan de blik niet vasthouden. Richt zijn ogen weer op de weg voor hem.

Op de auto voor hen.

'Zorg nou dat je d'r niet kwijtraakt.' Dwingend, vanaf de achterbank.

Daarna zijn maat: 'Ja, man, je moet die bitch te grazen nemen.'

De ogen van de bestuurder schieten naar de binnenspiegel. 'Zitten jullie me te dissen of zo?'

'Nee.'

'Zitten jullie me fokking te dissen?'

Handen gaan omhoog. 'Hé, rustig man, chill. Ik zeg het alleen maar...'

De ogen glijden weer terug, de voet gaat naar beneden, en de Cavalier nadert de zilverkleurige BMW snel tot op een halve meter. De bestuurder kijkt opzij naar de man naast hem en grijnst. Zegt: 'Ben je d'r klaar voor?'

De regen komt nu harder naar beneden.

Zijn borst bonkt sneller dan de ruitenwissers piepen.

'We doen het,' zegt de bestuurder.

'Ja...'

De Cavalier zwenkt vloeiend naar links, nu nog maar een centimeter of vijf van de BMW vandaan en dringt de auto de busbaan op. De drie op de achterbank sissen en vloeken en snuiven.

'We gaan het nu fokking doen, man.'

De man op de passagiersstoel knikt, en zijn handpalm spant zich klam om de greep van het pistool tegen zijn knie.

'Hou die ding omhoog man, hou het goed omhoog. Laat haar zien wat je hebt.'

Hij houdt zijn adem in, gespannen als een veer; vechtend tegen de aandrang om ter plekke in de auto te pissen.

'Wat ze kríjgt.'

Als hij opzij kijkt, ziet hij dat de vrouw in de BMW al bang genoeg is. Maar een halve meter bij hem vandaan. Haar ogen schieten alle kanten op, haar mond in paniek verwrongen.

Hij heft het pistool.

'Doe het.'

Dit was toch wat hij wilde?

Kusgeluiden van de achterbank.

'Doe 't, man.'

Hij buigt opzij en schiet.

'Nog een keer.'

De Cavalier trekt op na het tweede schot, en hij moet moeite doen om de zilverkleurige auto in het oog te houden; buigt nog verder naar buiten, de regen tegen zijn nek, doof voor het gejoel om hem heen en de vlezige handen die hem op de rug slaan.

Hij ziet hoe de BMW een plotselinge slingerbeweging naar links maakt, tegen de stoeprand knalt en het trottoir op schiet; ziet de gestalten bij de bushalte, de mensen door de lucht vliegen.

Wat hij wilde...

Dertig meter achter zich hoort hij het geknars van de motorkap die wordt verkreukeld. En nog iets anders: een doffe dreun, zwaar en nat, en dan het gekrijs van metaal en dansend glas, dat wegsterft als ze optrekken en ervandoor gaan.

DRIE WEKEN EERDER

I

Liegen alsof het gedrukt staat

1

Helen Weeks was eraan gewend zich misselijk te voelen bij het opstaan, het gevoel te hebben dat ze nauwelijks had geslapen, en zich alleen te voelen, of Paul nu naast haar lag of niet.

Deze ochtend was hij eerder op dan zij, hij stond al te douchen toen ze langzaam de badkamer in liep en zich vooroverboog om over te geven in de wasbak. Niet dat er veel viel over te geven. Een paar keer spugen; bruine, bittere slijmdraden.

Ze spoelde haar mond, ging de ontbijtspullen klaarzetten en duwde onder het voorbijgaan haar gezicht tegen de glazen douchedeur. 'Lekker kontje,' zei ze.

Paul glimlachte en draaide zijn gezicht weer naar de straal.

Toen hij tien minuten later de woonkamer binnenkwam, was Helen al aan haar derde geroosterde boterham bezig. Ze had alles op hun kleine eettafel klaargezet – de koffiepot, kopjes, schotels en borden die ze bij The Pier hadden gekocht toen ze in het huis waren getrokken – had de jam en pindakaas uit de koelkast gehaald en op een presenteerblaadje gezet, maar Paul greep zoals altijd meteen naar de cornflakes.

Dat was een van de dingen die ze nog steeds leuk vond aan hem: hij was een groot kind dat nog steeds gek was op Coco Pops.

Ze keek toe hoe hij de melk erop schonk en met een vinger een paar druppels wegveegde die hij had gemorst. 'Ik zal dat overhemd wel even strijken.'

'Het is goed.'

'Je hebt de mouwen niet gedaan.' De mouwen deed hij nooit.

'Hoeft niet. Ik heb mijn jasje de hele dag aan.'

''t Kost maar vijf minuten. Misschien wordt het straks wel warmer.'

'Het zeikt van de regen.'

Ze aten een tijdje zonder iets te zeggen. Helen overwoog even om de kleine tv in de hoek aan te zetten, maar bedacht dat een van hen misschien toch iets zou gaan zeggen. Er sijpelde trouwens al muziek naar binnen uit de flat boven hen. Een ritme en een baslijn.

'Wat staat er vandaag op het programma?'

Paul haalde zijn schouders op en slikte een hap door. 'God zal het weten. Als ik er ben, hoor ik wel wat de baas voor plannen heeft.'

'Ben je rond zes uur klaar?'

'Schei toch uit, dat weet je toch? Als er iets gebeurt, valt er geen peil op te trekken. Ik bel je wel.'

Ze knikte, en herinnerde zich de tijd dat hij dat ook zou hebben gedaan. 'En hoe zit je in het weekend?'

Paul keek haar van opzij aan en bromde iets van 'wat' of 'hoezo'?

'We moeten echt een paar huizen bekijken,' zei Helen. 'Ik was van plan vandaag te bellen om wat afspraken te regelen.'

Paul keek gepijnigd. 'Ik heb je al gezegd, ik weet nog niet wat ik ga doen. Wat er gaat gebeuren.'

'We hebben nog zes weken. Misschien wel minder.'

Ze hees zichzelf overeind en liep weg om nog een paar boterhammen in de broodrooster te doen. Tulse Hill was oké; meer dan oké als je een kebab of een tweedehands auto wilde kopen. Brockwell Park en Lido lagen op loopafstand, en op vijf minuten van de heuvel zat je in het hart van Brixton, waar genoeg te beleven viel. De flat zelf was helemaal niet slecht; veilig, slechts een paar verdiepingen hoog met een lift die het meestal deed. Maar ze konden er niet blijven. Anderhalve slaapkamer – de echtelijke slaapkamer en de kamer waar je je kont niet kon keren – kleine keuken en woonkamer, kleine badkamer. Over anderhalve maand zou het met een wandelwagentje in de hal en een box voor de tv al een behoorlijk stuk kleiner aanvoelen.

'Misschien ga ik wel even langs, dan spreek ik daarna met Jenny af.'

'Goed.'

Helen glimlachte, knikte, maar ze wist dat hij het helemaal geen goed idee vond. Paul had nooit goed met haar zus kunnen opschieten. En het had de zaak geen goed gedaan dat Jenny eerder van de baby had geweten dan hij.

En trouwens ook van een paar andere dingen had geweten.

Ze liep met haar geroosterde boterham naar de tafel. 'Heb je al met die man van de vakbond gepraat?'

'Waarover?'

'Jezus, Paul.'

'Wát?'

Helen liet haar mes bijna vallen toen ze de uitdrukking op zijn gezicht zag.

Bij de Londense politie kregen vrouwelijke agenten dertien weken zwangerschapsverlof, maar kersverse vaders kwamen er heel wat bekaaider van af. Paul zou zich sterk maken – dat was althans de bedoeling – voor een verlenging van de vijf dagen betaald verlof die hem waren toegekend.

'Je hebt gezegd dat je het zou doen. Dat je het wilde doen.'

Hij lachte hol. 'Wanneer heb ik dat gezegd?'

'Alsjeblieft...'

Hij schudde zijn hoofd en roerde met de bolle kant van zijn lepel in zijn kom alsof er misschien een plastic speelgoedje in zou kunnen zitten dat hij over het hoofd had gezien. 'Hij heeft belangrijker zaken aan z'n kop.'

'Geweldig.'

'En ik heb trouwens ook belangrijker dingen te doen.'

Paul Hopwood werkte als brigadier in een rechercheteam een kilometer of vijf noordelijker, in Kennington bij de criminele inlichtingendienst, de CID. Hij kende elke grap die van stal werd gehaald als zijn werk ter sprake kwam.

Helen voelde dat ze rood werd; wilde eigenlijk schreeuwen, maar kon het niet. 'Sorry,' zei ze.

Paul liet zijn lepel vallen en schoof zijn kom weg.

'Ik snap alleen niet wat...' Helen slikte de rest in toen ze zag dat Paul niet luisterde, of die indruk wilde wekken. Hij had de doos Coco Pops opgepakt en was de achterkant ervan nog steeds aandachtig aan het bestuderen toen zij haar stoel naar achteren schoof.

Nadat Paul weg was en ze de ontbijtspullen had opgeruimd, ging Helen een tijdje onder de douche staan en ze bleef daar staan tot ze was uitgehuild, waarna ze zich langzaam aankleedde. Een enorme bh en een praktische onderbroek, een sweatshirt en een blauw met witte joggingbroek. Alsof ze veel keus had.

Ze keek naar Good Morning Television tot ze haar hersenen vloeibaar voelde worden en ging toen op de bank liggen met de huizenadvertenties van de plaatselijke krant.

West Norwood, Gipsy Hill, Streatham. Herne Hill als ze tot het uiterste zouden gaan; en Thornton Heath als ze geen andere keus hadden.

Belangrijker dingen...

Ze bladerde door de advertentiepagina's en zette een kringetje om een paar huizen die wel wat leken, allemaal tien- tot vijftienduizend meer dan ze hadden willen uitgeven. Ze zou heel wat eerder aan het werk moeten dan ze had gedacht. Jenny had gezegd dat ze zou helpen met de opvang.

'Je bent gek als je op Paul rekent,' had Jenny gezegd. 'Hoeveel verlof hij ook krijgt.'

Altijd bot, haar jongere zus, en je moest haar niet tegenspreken.

'Het komt wel goed met hem als de baby er is.'

'En hoe ben jij er dan aan toe?'

De muziek van boven klonk nu harder. Ze zou Paul vragen of hij er iets van kon zeggen. Ze liep door naar de slaapkamer, ging zitten en probeerde iets aan haar haar te doen. Ze vond dat mannen die zwangere vrouwen omschreven als 'stralend', een tikkeltje gestoord waren; net als mensen die vonden dat ze het recht hadden om je buik aan te raken wanneer ze daar verdomme zin in hadden. Ze slikte, waarbij ze het zuur helemaal naar beneden voelde branden, en ze kon zich de laatste keer niet meer herinneren dat Paul haar buik had willen aanraken.

Aan 'afscheidszoenen op de drempel' deden ze natuurlijk allang niet meer, maar er waren ook veel te veel andere dingen waar ze niet meer aan deden. Toegegeven, ze had de laatste tijd niet veel zin in seks, maar ook al had ze dat wel gehad, dan had ze weinig kans gemaakt. Toen ze net zwanger was snakte ze ernaar, en als je de boeken mocht geloven, kwam dat vaak voor bij vrouwen die zowat een maand heen waren, maar Paul had algauw alle interesse verloren. Dat was niet uitzonderlijk; dat had ze ook gelezen. Voor kerels was het anders als het moederschapsgebeuren eenmaal om de hoek kwam kijken. Ze vonden het moeilijk om nog op dezelfde manier naar hun partner te kijken, haar te begeren, zelfs als er nog geen buikje was te zien.

Hun verhouding zat nog veel ingewikkelder in elkaar, maar misschien speelde dit soort dingen ook wel een rol.

'Die kleine stakker wil echt niet dat ik hem in zijn oog prik,' had Paul gezegd.

Helen had de spot met hem gedreven, en gezegd: 'Ik vraag me af of je zo ver zou komen,' maar geen van tweeën waren ze echt in de stemming geweest om te lachen.

Ze streek het haar uit haar gezicht en ging op bed liggen; ze probeerde zich wat prettiger te voelen door herinneringen aan vroeger tijden op te halen, toen het nog niet zo slecht ging als nu. Het was een truc die een of twee keer had gewerkt, maar de afgelopen tijd had ze moeite zich te herinneren hoe het vroeger was geweest. De drie jaar dat ze samen waren geweest voordat het mis was gegaan.

Voor de ruzies en dat godvergeten stomme avontuurtje.

Ze kon het hem moeilijk kwalijk nemen dat hij vond dat er belangrijker zaken waren dan zij. Dan een nieuw huis waarin ze zouden wonen. Zij tweeën en de baby die misschien niet van hem was.

Ze zou zelf wel naar boven gaan om iets over de muziek te zeggen; de student in de flat boven hen leek haar best aardig. Maar ze kon zich er niet toe zetten op te staan, en dacht aan Pauls gezicht.

Die blikken.

Kwaad, alsof ze geen idee had hoe gekwetst hij zich nog steeds voelde. En wezenloos, alsof hij er helemaal niet was; zoals hij daar nog geen meter bij haar vandaan aan tafel had gezeten en naar de achterkant van die stomme cornflakesdoos staarde alsof daar iets stond over het ontbrekende plastic speeltje.

Onder het rijden probeerde Paul Hopwood uit alle macht aan zijn werk te denken; meezingend met de brij op Capitol Gold en denkend aan vergaderingen en tegendraadse collega's, aan alles behalve de puinhoop die hij net achter zich had gelaten.

Geroosterde boterhammen en kloterige beleefdheden uitwisselen. Gelukkige gezinnetjes…

Hij sloeg rechts af en wachtte tot het navigatiesysteem hem zou zeggen dat hij een fout had gemaakt; tot de vrouw met die hekakte stem hem zou zeggen dat hij bij de eerste gelegenheid moest omkeren.

Een zweem van een glimlach toen hij dacht aan een gast in de nor van Clapham die hij kende, die had geopperd dat ze die dingen eigenlijk moesten maken met stemmen die waren afgestemd op mannen met een 'speciale belangstelling'.

'Dat zou te gek zijn, Paul. Zegt zij: "Sla rechts af", en doe jij net of je gek bent, en dan slaat ze een streng toontje tegen je aan. "Ik zei rechts af, stouterd." Die zouden als warme broodjes over de toonbank gaan, jongen. Naar van die jochies die op kostschool hebben gezeten, en zo.'

Hij draaide de radio harder, zette de ruitenwissers op interval.

Gelukkige gezinnetjes. Jezus christus...

Helen keek nu al weken zo, hing de gekwetste vrouw uit. Alsof ze al genoeg had geleden en hij maar zo manmoedig moest zijn om te vergeten wat er was gebeurd omdat ze hem nodig had. Alles goed en wel, maar kennelijk was hij op het punt waar het om draaide niet manmoedig genoeg geweest, toch?

Mevrouw Sloof, de slet van de smeris.

Die blik, alsof ze hem niet meer herkende. En de tranen, en die handen die altijd maar naar haar buik gingen alsof de kleine eruit zou komen vallen als ze te hard snikte of zo. Alsof het allemaal zíjn schuld was.

Hij wist wat ze heimelijk dacht. Wat ze haar slijmerige zus elke avond aan de telefoon vertelde. 'Hij trekt wel bij als hij de baby ziet.' Oké, natuurlijk, alles zou dik in orde komen als die verrekte baby er eenmaal was.

De baby zou alles goedmaken.

De vrouw van het navigatiesysteem zei hem links af te gaan, maar hij negeerde haar, sloeg met zijn hand in de maat van de muziek op het stuur en beet op het zweertje aan de binnenkant van zijn onderlip.

Jezus, hij hoopte het maar. Hij hoopte meer dan wat dan ook dat het allemaal weer goed zou komen, maar hij kon zich er op een of andere manier niet toe zetten dat tegen Helen te zeggen. Hij wilde zo graag naar de baby kijken en zonder erbij na te denken van het kind houden, en wéten dat het kind van hem was. Dan zouden ze gewoon samen verder kunnen. Zo ging dat toch bij mensen, bij gewone sukkels zoals zij, zelfs als het erop leek dat ze geen enkele kans hadden?

Maar die blikken en die stomme smekende toon van haar. Die deed de hoop beetje voor beetje de das om.

De stem van de navigatie zei hem de eerste afslag op de komende rotonde te nemen. Hij beet harder op het zweertje en nam de derde. Kennington was zoals altijd als bestemming ingeprogrammeerd. Het deed er niet toe dat hij de route blind kon rijden, want hij ging er nu toch niet naartoe.

'Keer alstublieft bij de eerste gelegenheid om.'

Hij genoot van deze tochtjes, van het luisteren naar de instructies van die verwaande trut en ze vervolgens te negeren. Zijn middelvinger omhoog te steken. Zo zou hij in de juiste stemming aankomen waar hij wél naartoe ging.

'Keer alstublieft om.'

Hij reikte naar een pakje tissues in het handschoenenkastje en spuugde het bloed van het zweertje uit.

Hij deed al een poosje niet meer wat mensen van hem verwachtten.

2

'Fore!'

'Wat de fok?'

'Dat moet je roepen, man. Ik slice te die bal naar de verkeerde hole.'

'Nou, schreeuw dan.' Hij zette zijn handen aan zijn mond en brulde: 'Fore, klootzakken!' Knikkend en met zichzelf ingenomen. 'Je moet die dingen goed aanpakken, T.'

Theo lachte om zijn vriend, om de blikken van het oudere echtpaar op een aangrenzende green. Ze hesen hun golftassen aan hun schouder en sjokten de fairway af. Het had geen zin de slag over te doen; hij zou straks wel een bal in de buurt van de green droppen. Ze waren samen al een stuk of zes ballen kwijtgeraakt.

'Waar heb je dat trouwens allemaal voor nodig?'

'Wat?'

Theo porde met zijn vinger in de tas die zijn vriend aan zijn schouder had hangen: zacht leer met een hele zwik ritsen en zakken; donkerblauw, met het merk PING op de zijkant geschreven en ook op de shafts van de gloednieuwe golfclubs die erin zaten. En met grote, bontachtige headcovers voor de 'houten'. 'Het is een *pitch and putt* man, achttien holes.'

Zijn vriend was zo'n dertig centimeter kleiner dan hij, maar stevig gebouwd. Hij haalde zijn schouders op. 'Je moet er gewoon altijd goed uitzien.' Dat deed hij dan ook, als altijd. Diamantjes in beide oren en een bij de tas passend trainingspak met lichtblauwe biezen en daarmee combinerende gympen. De gewone witte honkbalpet die hij altijd droeg; zonder logo, net als al zijn andere spullen. 'Ik heb geen labels nodig,' zei hij altijd als hij ook maar even de kans kreeg, 'om te weten dat ik er goed uitzie.'

Ezra Denison, ook bekend als 'EZ', maar meestal gewoon als 'Easy'.

Theo slenterde naast hem voort in een spijkerbroek en een licht-grijs trainingsjack. Toen hij opzij keek zag hij dat het oudere echtpaar op een evenwijdige fairway in dezelfde richting liep. Hij knikte even en zag dat de man zich snel omdraaide en deed alsof hij naar zijn bal zocht.

'Dit is leuk,' zei Easy.

'Ja.'

Easy zwaaide een paar keer naar een denkbeeldige menigte en liep wat te dollen. 'Easy en The O komen bij de achttiende hole, net als Tiger Woods en... een andere gozer, maakt niet uit.'

Theo kon ook niet op de naam van een andere golfer komen.

Theo Shirley of 'The O', of gewoon 'T'. De ene letter of de andere. 'Theodore' thuis bij zijn moeder, of als zijn vrienden hem wilden afzei-ken.

Hoe staan de zaken ervóór, Theo-dóre?

'Wat hebben jullie toch allemaal een hoop namen,' had zijn vader een keer lachend gezegd, zoals hij altijd deed voor hij met de clou op de proppen kwam, 'maar wat heeft het voor zin als je je niet eens bij het arbeidsbureau inschrijft?'

En dan die blik van zijn moeder. Die blik die hij altijd kreeg wanneer de vraag op haar lippen brandde waaróm hij zich niet in hoefde te schrijven.

Easy deed een greep in zijn tas, haalde er een nieuwe bal uit en liet die voor Theo's voeten op de grond vallen. 'Jouw beurt geloof ik, ouwe jongen.' Hij stak een hand op. 'Attentie, camera's.'

Theo trok zijn golfclub uit de dunne, armetierige golftas die hij in het clubhuis had gekregen en sloeg de bal vooruit tot vlak bij de green.

Tien meter verder vond Easy zijn bal in het struikgewas. Hij ging er-boven staan, stond eindeloos met zijn kont te wiegen en joeg de bal vervolgens tot twintig meter voorbij het eind van de green tussen de bomen. 'Dat putten is toch strontsaai,' zei hij.

Ze liepen op de green af. De lucht was helder, maar de grond onder hun voeten was nog steeds drassig. De veters van Theo's gympen wa-ren bruin van het modderige water, en de pijpen van zijn spijkerbroek waren onderaan drijfnat van het lange gras waarin hij het grootste deel van het afgelopen halfuur had doorgebracht.

Het was al bijna half juli en het leek alsof de zomer ergens was opgehouden. Theo keek reikhalzend uit naar het begin ervan. Hij had de pest aan kou en nattigheid; voelde het in zijn botten, waardoor hij soms moeilijk in actie kon komen.

Zijn vader had hetzelfde gehad.

Tien hoog op het piepkleine balkon, met jassen en truien aan, had die ouwe hem stiekem slokjes gerstewijn gegeven als zijn moeder niet keek.

'Wij zijn niet geschikt voor dit kouwe weer, snap je? Voor de wind en de bijtende kou. Daarom zie je nooit een zwarte skiën.'

Theo moest altijd lachen om dat soort onzin.

'We komen van een eiland.' Ondertussen had hij al behoorlijk wat op. 'Zon en zee, dat past beter bij ons.'

'Je hebt anders ook niet zo veel zwarte zwemmers,' zei Theo.

'Nee...'

'Dus dan slaat het nergens op.'

Knikkend en nadenkend. 'Het is een kwestie van aangeboren drijfvermogen.'

Daar had zijn vader verder weinig meer op te zeggen. Hij begon er zeker niet over toen Theo al die wedstrijden won in de zwemcompetitie op school. Stond alleen maar langs de kant zijn longen uit zijn lijf te schreeuwen; en maakte nóg meer lawaai toen het truttige wijf achter hem probeerde hem te kalmeren.

'Alleen maar omdat dat joch van haar zwemt alsof ie bezig is te verzuipen,' zei hij.

Die ouwe zat altijd onzin te verkopen tot mam zei dat hij met die gekkigheid moest ophouden. Zelfs op het laatst, liggend op de bank, toen hij wartaal uitsloeg door de medicijnen.

Easy stapte met vastberaden tred de green over en begon met veel kabaal tussen de bomen te zoeken, terwijl Theo de bal de green op chipte en een putt maakte. Toen hij achteromkeek, zag Theo dat er bij de tee mensen stonden te wachten. Hij maakte aanstalten om de green af te lopen toen Easy weer opdook, op hem af slenterde en begon te praten, waarbij hij de vlag van de ene in de andere hand gooide: 'Wat doe je verder vandaag?'

'Niet veel. Thuis zitten met Javine, weet ik veel. Jij?'

Easy gooide de vlag weer over. 'Een klusje vanmiddag.'

Theo knikte, wierp weer een blik op de wachtende mensen.

'Niks bijzonders, gewoon, dingetjes. Ga anders mee.' Easy wachtte op een reactie. 'Bel je meisie maar.'

'Dingetjes?'

'Kleine dingetjes, dat zweer ik.' Er verscheen langzaam een grijns op zijn gezicht. 'Ik meen het man, piepklein, dat zweer ik.'

Theo herinnerde zich die glimlach van school. Het was soms lastig om te bedenken dat Easy geen kind meer was. Hij had een donkerder huid dan Theo, doordat zijn voorouders uit Nigeria kwamen, maar dat maakte niet uit. Ze kwamen allebei uit hetzelfde deel van Lewisham en gingen meestal met allerlei slag om. Er zaten veel jongens van gemengd ras in de groep, hoewel de meesten Jamaicanen waren net als hij. En dan nog een paar Aziaten, en zelfs een paar blanke jongens die eromheen hingen. Daar kon hij het goed mee vinden, zolang ze maar niet al te erg hun best deden.

Er werd gefloten vanaf de tee achter hen. Easy schonk er geen aandacht aan, maar Theo liep van de green af en Easy volgde even later.

'Dus, ga je meekomen, straks?'

'Oké, als 't maar piepklein is,' zei Theo.

'Absoluut. 't Is 'n eitje, T. En je weet toch, als 't misloopt, regel ik het toch altijd?'

Theo zag die glimlach weer en keek hoe zijn vriend een klopje op de zijkant van de golftas gaf alsof het een puppy was. 'Wat de fok heb je daarin zitten, man?'

'Kop dicht.'

'Ben je high, of zo?'

'Ik zie 't zo.' Easy legde de tas neer. 'Een *pitching wedge* om de bal de green op te meppen, ja? Een *putter* om 'm in de hole te leggen. En andere dingen... voor andere dingen.' De glimlach werd nog breder. 'Snap je wat ik bedoel?'

Theo knikte.

Soms was het moeilijk te beseffen dat Easy ooit een kind was geweest.

Theo verstrakte toen Easy een rits opentrok en in de tas begon te rommelen. Probeerde langzaam uit te ademen toen zijn vriend nog een stuk of vijf ballen tevoorschijn viste en ze een voor een liet vallen.

Easy rukte een houten club uit de tas, wees ermee naar een vlag in de verste hoek van de baan. 'Laten we er daar een paar naartoe meppen.'

'Dat is de verkeerde hole, man. Dat is niet de volgende hole.'

'Nou, en?' Easy ging er voor staan en beet van pure concentratie op zijn lip. 'Ik wil een paar van die kleine fuckers gewoon een rotklap geven.' Hij haalde uit alle macht uit, miste de bal op enkele centimeters en mepte een grote, vochtige kluit aarde een meter weg.

'Ja, hoor. Tiger Woods,' zei Theo.

Easy haalde weer uit. Dit keer kwam de bal maar ietsje verder dan de kluit modder en gras.

Ze keken allebei om toen er werd geschreeuwd; zagen een oudere man voor het clubhuis bij de ingang naar hen zwaaien.

'Wat moet ie nou?'

Theo luisterde, zwaaide terug. 'Je moet je *divots* terugleggen, man.'

'M'n wat?'

Theo pakte een van de kluiten, liep terug naar de plaats waar hij eruit was geslagen en stampte hem aan. 'Dat is de etiquette, weet je wel?'

'Wat de fok is dat voor woord?'

'De manier om iets te doen. De goeie manier, ja?'

Easy's gezicht betrok. Hij had er nooit goed tegen gekund als hij terecht werd gewezen.

'Zo noemen ze dat, oké?' zei Theo.

Easy spuugde en hees zijn trainingsbroek op. Hij pakte een andere club en liep naar de plek waar de andere ballen her en der verspreid lagen.

'Wat de fok doe je nou, man?'

Easy draaide zich om en gaf de bal een mep, waardoor die laag en hard op de oude man af vloog. 'Dit is de manier waarop ík dingen doe.'

De oude man schreeuwde nog een keer, maar meer van schrik dan van kwaadheid, en sprong opzij toen de bal tegen de zijkant van het huisje achter hem knalde. Easy legde nog een keer aan, de bal kwam dit keer verder van zijn doel terecht, maar hij leek vastbesloten door te gaan met slaan. Op het moment dat er weer een bal tegen het huisje knalde, ging de beheerder snel naar binnen.

'Hij gaat iemand bellen, man.'

'Tering voor 'm.'

'Ik zeg 't alleen maar.'

Easy was al naar andere ballen aan het zoeken, en stak zijn hand zachtjes vloekend diep in de tas.

Theo stond toe te kijken. Vond dat zijn vriend compleet geschift was, maar stond daar evengoed te schaterlachen.

3

Jenny woonde ten noorden van de rivier, in Maida Vale, en Helen reed naar een restaurantje tegenover het station waar ze hadden afgesproken. Het was geen goedkoop ritje, met de spitstoeslag en de gulzige parkeermeter boven op de uitgebreide thee, die bijna twee pond per persoon kostte, maar kort nadat ze zwanger was geworden, kon Helen niet meer tegen de metro.

Ze zaten aan een tafeltje bij het raam en keken naar de mensen die zich onder hun paraplu voorthaastten. Jenny zwaaide naar een paar vrouwen die binnenkwamen en kletste even met hen over de aanstaande vakantie. Haar twee jongens zaten op een school in de buurt, en hier sprak ze vaak af met andere moeders voor of na het brengen of halen van de kinderen.

Ze had pas een paar uur geleden ontbeten, maar nog voor ze haar eerste kop thee op had, had Helen al bijna twee amandelcroissants naar binnen gewerkt. Jenny wees op de buik van haar zus. 'Weet je zeker dat er maar één in zit?'

'Ik denk dat er twee in zaten, maar hij heeft de andere opgegeten.'

Altijd 'hij', hoewel Helen niet wist welk geslacht haar baby had. Bij de twaalfwekenscan was hen gevraagd of ze het wilden weten, maar Helen had gezegd dat het een verrassing moest blijven. Ze had zich onmiddellijk gerealiseerd dat dat een stomme opmerking was; had zich omgedraaid naar Paul die met een onbewogen gezicht naar de monitor keek, en had in zijn hand geknepen.

Hij wilde maar één ding weten, en er was geen scan die hem dat kon vertellen.

'Het past wel bij je,' zei Jenny. 'Ik vond je eerst een tikkeltje mager worden. Echt waar.'

'Oké dan.'

Jenny had meestal wel iets positiefs te zeggen, maar de laatste tijd werd Helen er nou niet echt vrolijker van. Er bestond een ragfijne scheidslijn tussen het leven van de zonnige kant bekijken en slap ouwehoeren. Jenny had gezegd dat die hormonale stemmingswisselingen je interessanter maakten en de mannen scherp hielden. Ze had gezegd dat het maar zelden voorkwam dat je de hele zwangerschap door moest overgeven, alsof het iets was waardoor ze zich heel bijzonder zou moeten voelen.

Maar de laatste tijd was Jenny niet zo positief geweest als om Paul ging.

'Hoe gaat het nou?' Met een ernstig gezicht, zoals dokters dat konden opzetten, of nieuwslezers.

Helen nam een slokje van haar thee. 'Hij vindt het moeilijk.'

'Arme stakker.'

'Jen...'

'Het is belachelijk.'

'Hoe zou Tím het vinden?'

Jenny's man. Een aannemer met een passie voor sportvissen en sleutelen aan auto's. Best aardig, als je daarvan hield.

'Wat heeft dat er nou mee te maken?'

'Ik bedoel gewoon...' Helen schaamde zich voor haar gedachten. Tim wás aardig; en Helen mocht dan niet van die hobby's houden, Jenny wel, en dat zou toch genoeg moeten zijn. 'Ik denk niet dat je begrijpt hoe Paul zich voelt,' zei ze. 'Dat is alles. Dat lukt mij al niet, dus...'

Jenny trok haar wenkbrauwen op. Ze bestelde nog wat te drinken bij de serveerster en draaide zich toen weer naar Helen om met een glimlach die zei: goed. Wat je wilt. Maar jíj weet, en ík weet...

Helen dacht: je bent jonger dan ik. Ga me nou niet bemoederen.

Ze praatten een poosje over andere dingen – Jenny's kinderen, een paar werkzaamheden die ze in het huis liet doen – maar het leek onmogelijk om meer dan een paar minuten met iemand te praten zonder weer op baby's uit te komen. Zoogcompressen en bekkenbodems. Het was alsof je een wandelende baarmoeder was.

'Dat wilde ik nog zeggen... Ik sprak een vriendin die zegt dat ze een paar goede moeder-kindgroepen in jouw buurt kent.'

'Oké, dank je wel.'

'Het is goed om eruit te gaan en andere moeders te ontmoeten.'

'Jongere moeders.'

'Doe niet zo stom.'

Helen had hier veel over nagedacht, en het maakte haar onrustig. Alle andere aanstaande moeders die ze bij zwangerschapsgroepen en controles was tegengekomen, leken zoveel jonger. 'Er zijn vrouwen van mijn leeftijd die verdomme al oma zijn.'

Jenny snoof. 'Vrouwen zonder leven, bedoel je. Twee generaties hopeloze aan de kinderwagen gekluisterde mutsen.'

'Ik ben vijfendertig,' zei Helen, die besefte hoe belachelijk ze klonk, alsof ze het over een ongeneeslijke ziekte had.

'Nou en? Ik wou dat ik die twee van mij wat later had gekregen. Een stuk later.'

'Je kletst.'

Jenny straalde. Er was dan wel geen carrière geweest die op een laag pitje moest worden gezet, maar Helens zus had het moederschap met angstaanjagend gemak op zich genomen. De zwangerschappen die van een leien dakje gingen, haar figuur dat ze terugkreeg zonder er ook maar enige moeite voor te doen, de tegenslagen die gewoon probleempjes waren die moesten worden opgelost. Een fantastisch voorbeeld, maar wel een waar je depressief van werd.

'Het komt helemaal goed,' zei Jenny.

'Ja.'

Als jullie met z'n tweeën zijn. De onuitgesproken gedachte die de stilte vulde, bracht hen weer bij Paul...

'Je weet toch dat je welkom bent om na de geboorte een tijdje te komen logeren?'

...En bij zijn afwezigheid.

'Dat weet ik, dank je wel.'

''t Zou fantastisch zijn om weer een baby in huis te hebben.' Jenny grinnikte en boog zich naar voren over de tafel. 'Ik weet niet wat Tim zou zeggen wanneer ik weer broeds word, hoor. Dat zeg ik nou wel, maar je had hem verleden jaar moeten zien met de baby van zijn broer. Hij kon er haast niet afblijven.'

Helen zei niets. Onderweg had ze Paul opgebeld. Op het kantoor had ze het antwoordapparaat gekregen en op zijn mobieltje de voice-mail.

'Ik wil er niet over doorzeuren, maar heb je al nagedacht over dat idee van een geboortepartner?'

'Niet echt.'

'Ik zou het graag doen, dat weet je.'

'Jen, het is allemaal geregeld.'

'Maar het kan geen kwaad om een plan B te hebben, toch?'

Helen was blij dat er plotseling een vriendin van Jenny bij hun tafeltje opdook; droomde weg terwijl de twee jongere vrouwen het over een campagne hadden om fourwheeldrives uit de straten rondom de school te weren. Ze wreef over haar borst toen ze het zuur voelde opkomen. Dat was nog iets waar ze de afgelopen acht maanden aan gewend was geraakt. Ze bedacht hoe ze de rest van de dag zou invullen. Ze zou wat tijd kunnen zoekbrengen in Sainsbury's; als ze thuiskwam een paar uurtjes proberen te slapen. Zoals ze zich nu voelde zou ze het liefst blijven waar ze was tot het donker werd.

Toen ze zich realiseerde dat de vrouw tegen haar praatte, glimlachte Helen en deed ze net alsof ze al die tijd had geluisterd.

'... Ik wed dat je het er maar al te graag uit zou willen persen, niet?' knikkend naar Helens buik. 'Maar 't is deze zomer gelukkig nog niet zo heet geweest, hè? Want dat is verdomd beroerd als je al zover heen bent.'

'Ik denk dat we de komende weken weleens een hittegolf konden krijgen,' zei Jenny.

'Dat zul je net zien,' zei Helen.

Ja, natuurlijk zou ze dolgraag bevallen; ze was het spuugzat een skippybal rond te zeulen; ze was de belangstelling en de adviezen spuugzat. Jezus, als je het over de last van de verwachting had...

Ze wilde een baby die een streep onder de dingen zou zetten. Wilde het nieuwe ervan.

Maar op dit moment wilde ze vooral gezelschap.

Paul liet de auto achter in een NCP-parkeergarage in Soho, en wachtte toen een minuut of tien tot de taxi kwam. Het licht van de zwarte taxi was uit toen hij de bocht om kwam en voor hem stopte. Er zat al een passagier in.

De inzittende hield de deur met een ernstig gezicht open, maar toen Paul instapte, bleek dat Kevin Shepherd tot dusver alleen uit zijn humeur was vanwege het weer.

'Het is verdomme toch godgeklaagd?'

Paul ging op een van de klapstoelen zitten. Hij haalde zijn hand door zijn korte haar en schudde het water eraf.

'Ik dacht we door de opwarming van de aarde van dit gezeik verlost zouden zijn,' zei Shepherd.

Paul glimlachte, en werd naar voren geslingerd toen de taxi optrok en links af Wardour Street in sloeg.

'Ik heb een huisje in Frankrijk,' zei Shepherd. 'Languedoc. Ben je daar weleens geweest?'

'Niet onlangs,' zei Paul.

'Op dagen als deze weet ik weer waarom ik het gekocht heb.'

'Goeie investering, zou ik denken.'

'Afgezien daarvan.' Shepherd keek uit het raam en schudde droevig zijn hoofd. 'Om je de waarheid te vertellen is het eten de enige reden dat ik er niet vaker heen ga. Het meeste is verschrikkelijk. En dat zeg ik niet omdat ik de pest heb aan de Fransen. Wat overigens wel het geval is.' Hij lachte. 'Maar ik zweer je dat het zwaar overschat wordt. De Italianen, de Spanjaarden, zelfs de Duitsers, God beware ons. Ze geven allemaal op het Franse eten af.'

Zijn accent was bijna neutraal, maar hier en daar hoorde je toch nog de brouw-r van de straatventer die hij niet had kunnen wegpoetsen.

'Bij mij om de hoek zit een Franse tent,' zei Paul. 'Ze flikkeren overal saus overheen.'

Shepherd wees verrukt naar hem. 'Precies. En van die witte krieltjes. Echt spierwit, weet je wel? Die liggen daar maar op je bord als de kloten van een albino buldog waar alle smaak uit is gekookt.'

Shepherd had blond haar tot op zijn kraag; hij leek een beetje op die acteur in de *Starsky and Hutch*-film, vond Paul. Alleen was zijn lach niet zo innemend. Hij droeg een lichtroze overhemd met zo'n modieuze oversized kraag, en een zachtlila stropdas. Zijn maatpak had een bedrag met drie nullen gekost, en de schoenen waren duurder dan alles wat Paul aan had bij elkaar.

De taxi reed in westelijke richting over Oxford Street. Shepherd had niets gezegd, maar de chauffeur scheen te weten waar hij naartoe ging. Het was een van de nieuwere taxi's, met een luxe luidsprekersysteem achterin en een scherm waarop trailers van verwachte films en reclame voor parfums en mobiele telefoons werden vertoond.

'Mag ik je legitimatie even zien?' vroeg Shepherd. Hij keek toe hoe Paul in zijn zakken zocht. 'Om absoluut zeker te weten wie dit gratis ritje krijgt.' Hij stak zijn hand uit en pakte de kleine leren portefeuille waarin Paul ook zijn Oyster-card en postzegels bewaarde; bestudeerde de legitimatie. 'Inlichtingen, zei je over de telefoon.' Paul knikte. 'Je kent alle moppen al, denk ik?'

'Allemaal.'

De taxichauffeur leunde op zijn claxon, schold op een buschauffeur die bij een halte wegreed, net toen hij op het punt stond hem in te halen.

'Nou, laat maar eens horen wat je over me aan de weet bent gekomen,' zei Shepherd.

Paul leunde achterover en wachtte een paar seconden. 'Ik weet dat je half februari van dit jaar door een Roemeense zakenman, Radu Eliade, bent benaderd.' Hij zag dat Shepherd met zijn ogen knipperde en zijn stropdas schikte. 'Hij kwam naar je toe met driehonderdduizend pond die hij had verdiend door zwendelpraktijken met creditcards en pinpassen, en die "witgewassen" moesten worden. Het "plaatsen", "versluieren" en "bestemmen" van het geld in het systeem. Dat zijn geloof ik de technische termen.' Een glimlach van Shepherd. Beslist niet zo charmant als die van zijn evenbeeld op het witte doek. 'Ik weet dat je met verschillende partners een depot en een magazijn in Noord-Wales hebt gehuurd en de daaropvolgende weken op veilingen tegen contante betaling allerlei industriële fabrieksinstallaties hebt gekocht die je een paar weken later weer van de hand deed. Ik weet dat meneer Eliade zijn geld heeft teruggekregen, netjes en brandschoon, en dat je hem niet eens commissie in rekening hebt gebracht, omdat je een aardige winst hebt gemaakt bij de verkoop van de graafmachines en landbouwmachines aan kleine bedrijfjes in Nigeria en Tsjaad.' Hij zweeg even. 'Zit ik er ver naast?'

Terwijl Paul zijn verhaal hield had hij Shepherds gelaatsuitdrukking zien veranderen. Er was onmiddellijk een harde trek op zijn gezicht verschenen terwijl de man probeerde vast te stellen of Eliade was gepakt en hem erbij had gelapt, of dat een van de partners over wie Paul het had gehad, hem had verlinkt. Vervolgens de omslag: de zoete golf van opluchting en nieuwsgierigheid toen Shepherd zich afvroeg waarom hij, als een van de inlichtingenmensen van de Londense politie al die dingen over hem wist, nog op vrije voeten was.

Waarom hij nog niet in de modieuze, oversized kraag was gegrepen.

Ze reden een tijdje zwijgend verder; de taxi reed in noordelijke richting over Edgware Road naar Kilburn. De winkelpuien gingen er iets sjofeler uitzien en het aantal Mercedessen nam af.

'Zo te zien klaart het wat op,' zei Shepherd.

'Dat is mooi.'

'Maar wat is de voorspelling op lange termijn?' Shepherd zocht Pauls ogen om er zeker van te zijn dat hij de implicatie begreep. 'Misschien moest ik maar eens wat vaker naar de Languedoc gaan. Wat denk jij, Paul? Jij bent op de hoogte.'

'Hangt ervan af,' zei Paul.

De taxi ging plotseling naar de kant en stopte voor een winkelpromenade aan Willesden Lane om twee mannen op te pikken.

'Dat is Nigel,' zei Shepherd, en hij knikte naar de man die op de klapstoel naast Paul plaatsnam. Hij was een grote vent; een jaar of vijftig, met grijs, achterovergekamd haar en een gezichtsuitdrukking die in zijn hoofd gebeiteld leek te zijn. Paul bromde een begroeting. Nigel, die bijna over de rand van de stoel puilde, zei niets. Shepherd klopte op de zitplaats naast hem. 'En dit,' hij wenkte de andere man, een individu met heel wat minder zelfvertrouwen en gehuld in een poepbruine overjas, 'is meneer Anderson. Hij is wat vriendelijker dan Nigel.'

Anderson loerde door zijn dikke brillenglazen naar Paul. 'Wie is dit?' Een zacht Iers accent. En niet veel vriendelijker.

Shepherd boog zich voorover en riep naar de chauffeur: 'Rijden maar, Ray.'

De mannen begonnen te babbelen terwijl de taxi langzaam wegreed. Shepherd en Anderson hadden het over een feestje in avondkleding waar ze een paar avonden geleden waren geweest; met een komiek van de tv die vroeger bekendstond om zijn schuine moppen, maar nu duidelijk op zijn retour was.

'Pure smeerlapperij, weet je?' Shepherd trok een grimas. Smerige grappen stonden samen met Frans eten duidelijk even hoog op de ranglijst. 'Het laagste van het laagste.'

Hij vroeg Paul of die een gezin had. Paul antwoordde dat hem dat niets aanging. Shepherd zei dat dat zijn goed recht was.

'Geeft toch alleen maar gezanik,' zei Anderson.

De taxi bewoog zich bedreven door het drukke verkeer, terwijl Kilburn overging in de welvarender straten van Brondesbury. Daarna, verderop, werden de huizen kleiner en stonden ze dichter op elkaar toen ze Cricklewood binnenreden.

'Hoe kennen jullie elkaar?' vroeg Anderson.

Voordat Paul antwoord kon geven, maakte de taxi een scherpe bocht van de hoofdstraat af en hobbelde een paar minuten zigzaggend door zijstraatjes voordat hij een pad vol voren in reed en vaart minderde. Paul rekte zijn hals en zag dat ze op een enorm complex van oude gebouwen af reden, donker afstekend tegen een hemel waarin net wat zwakke sporen van blauw waren te zien. Hij zag de graffiti en het patroon van barsten en gaten in de ruiten.

Het oude waterleidingbedrijf in Dollis Hill.

De taxi stopte voor het hek, dat met een zware ketting en hangslot was afgesloten. Ray zette de motor uit en pakte een krant van de passagiersstoel. Nigel ging even verzitten en Paul zag hoe Anderson zijn hoofd liet zakken toen hij het stanleymes in de hand van de grote man zag.

De Ier klonk eigenlijk vooral vermoeid. Hij zei: 'Ach, jezus, Kevin. Moet dat nou echt?'

Nigel bukte zich al om een plankje van ongeveer dertig bij dertig centimeter onder Shepherds zitting vandaan te trekken. Shepherd ging verzitten om ruimte te maken terwijl Nigel Anderson vastgreep en hem tegen de vloer van de taxi drukte, zijn arm naar zich toe trok en met zijn volle gewicht op de hand van de Ier ging zitten en zijn vingers op het plankje uitspreidde.

'Tering, Kevin, wie heeft je zitten opnaaien?' vroeg Anderson.

Nigel duwde Andersons hoofd nog harder naar beneden en keek op, klaar voor actie.

'En centimeter of twee is wel genoeg,' zei Shepherd.

Er vloeide niet veel bloed, en het lawaai werd behoorlijk goed gedempt door de vloerbedekking. Na afloop boog Shepherd zich voorover en gaf een zakdoek aan Anderson, die hem tegen zijn hand drukte en zijn knieën langzaam optrok tegen zijn borst.

'Dat is één vinger die je voorlopig niet meer in de kassa zult steken,' zei Shepherd. Hij trok zijn voeten terug om niet in aanraking te komen met de man op de vloer, en keek naar Paul. 'Alsof hij het nog niet goed genoeg heeft. Drie nieuwe auto's heeft hij de laatste anderhalf jaar gehad. Stomme klootzak.'

'De meeste mensen willen nog ietsje meer,' zei Paul. 'Zo zitten we in elkaar.'

Shepherd dacht daar enkele seconden over na en keek toen op zijn horloge. 'Je vindt het toch niet erg om hiervandaan zelf terug te gaan, hè? We moeten weer snel verder. We willen niet dat Rays bekleding onder het bloed komt te zitten.'

Paul bedacht dat hij in twintig minuten naar Willesden Junction terug kon lopen. Gelukkig regende het niet. Hij wachtte.

'Luister, ik zal open kaart met je spelen, Hopwood,' zei Shepherd. 'Er is een heleboel wat ik nog niet weet. Over jou, bijvoorbeeld. Maar een paar dingen zijn me wel wat duidelijker geworden. Wat je weet, of wat je denkt te weten, bijvoorbeeld.'

'Dat is begrijpelijk.'

'Maar laat me je dit vertellen. Er zijn een paar politiemensen die ik behoorlijk goed ken, en het was verdomd interessant om je te observeren terwijl Nigel in de weer was. Zie je, sommige smerissen hadden dat niet over hun kant kunnen laten gaan, waar ze ook mee bezig zijn of mee bezig zouden móéten zijn. Die zouden rondspringen, moord en brand schreeuwen en tot arrestatie overgaan, dat werk. Begrijp je wat ik bedoel?'

'En als ik dat had gedaan?'

Shepherd haalde zijn schouders op. 'Verrekt lastig, maar geen probleem. Ik denk niet dat meneer Anderson een aanklacht indient, Nigel bemoeit zich met zijn eigen zaken en Ray houdt zich koest.' Hij boog zich naar voren. 'Klop dat, Ray?'

Ray hield zich koest.

'Een paar verloren uren op een politiebureau en een paar dagen papierwerk voor een of andere eikel die zelfmoordterroristen had kunnen oppakken. Dat is het zo ongeveer.'

Paul kon er niets tegen inbrengen.

'En dan is er nog de smeris die doet alsof het hem geen reet kan schelen, omdat hij een of ander slim spelletje speelt. Omdat ie zich bij iemand in wil likken of wat dan ook. Hoe dan ook, zoiets vraagt natuurlijk om een reactie, toch? Hij kan daar niet naar blijven kijken alsof Jamie Oliver voor zijn neus een pastinaak fijnsnijdt.' Tot tweemaal toe leek het alsof Shepherd ging glimlachen, en tot tweemaal toe stierf die glimlach op zijn mondhoeken. Hij zag eruit als iemand die ergens de grap van in wilde zien, maar die het net niet voor elkaar kreeg.

Na een knikje van Shepherd kwam Nigel overeind, hij stapte uit en hield het portier voor Paul open.

'We moeten nog maar eens praten,' zei Shepherd.

'Wat je wilt.'

'Absoluut, want ik snap het nog niet helemaal. Dat komt wel, maar zover is het nog niet.' Hij duwde aan de knoop van zijn stropdas en plukte iets van zijn revers. 'Want jij bent een geval apart, Paul. Jij zat daar en je keek ernaar, en je verblikte of verbloosde niet.'

4

Javine was de baby aan het voeden toen Theo binnenkwam. Ze wiegde hem in de holte van haar linkerelleboog, hield met haar linkerhand de fles op zijn plaats en bladerde met haar vrije hand een tijdschrift door.

Theo stond in de deuropening en hield de afhaalmaaltijd omhoog die hij op weg naar huis had meegenomen.

'Ik ga hem eerst even naar bed brengen,' zei Javine.

Theo zette de plastic tas in de keuken neer, kwam terug en ging naast zijn vriendin zitten. Hij zocht in de kussens van de bank naar de afstandsbediening van de tv.

'Was je dag oké?'

Hij zapte langs de kanalen. 'Het weer was goed. Dat is tenminste iets.'

Tenminste iets, als je acht uur lang op een of andere straathoek staat. Op de uitkijk. Heen en weer loopt te rennen.

'Ja, het was lekker.' Javine gaf haar zoon een aaitje over zijn wang met de rug van haar vingers. 'Ik ben met hem naar het park geweest, ik had met Gemma afgesproken.'

Theo knikte, keek een minuutje naar de gulzig drinkende baby. 'Hij heeft een ongelooflijke honger, man.'

'De melkpoeder is niet duur,' zei Javine.

'Dat weet ik.'

'Je koopt het in grote hoeveelheden, net als luiers.'

'Dat bedoelde ik niet.' Theo richtte zich weer op de tv. 'Het is goed, weet je? Een goed teken.'

Ze keken naar *EastEnders* terwijl de baby dronk, en toen Javine hem naar de slaapkamer bracht, deed Theo het eten in de magnetron en pakte borden en vorken. Grote steurgarnalen met paddenstoelen voor haar; chili met rundvlees voor hem. Gebakken rijst met ei en kroepoek, blikjes bier en cola light. Weer een andere soap op Sky Plus terwijl ze met hun bord op schoot zaten te eten: eentje die in het noorden speelde met die boeren en die shit. Theo hield het allemaal niet meer bij.

'Gemma had het erover om volgende week eens een avondje uit te gaan,' zei Javine. 'Een of andere nieuwe club in Peckham. Ze zegt dat haar broer ons wel naar binnen krijgt.'

'Ja, oké.'

'Echt?'

'Zeg ik toch?'

'Ik zet de flesjes wel in de koelkast.'

Theo schoof wat rijst heen en weer. 'Misschien kan ik mam vragen.'

Javine snoof en zei 'prima', maar ze bedoelde het tegenovergestelde.

'Alleen als er iets tussenkomt, weet je wel?'

'Zie maar.' Javine liet haar vork op het bord kletteren. 'Maar ik denk niet dat je van één avondje doodgaat, en ik vind dat we het babysitten door je moeder moeten bewaren tot we het echt nodig hebben, ja?' Ze stond op en begon de borden op te ruimen. 'Bijvoorbeeld als we ooit samen een keer uitgaan, weet je wel?'

'Ja, ja, het is al goed, oké?' Hij dronk zijn bier op. 'Je hoeft niet meteen zo pissig te doen, man.' Het was niet goed, eigenlijk helemaal niet, maar wat moest hij anders zeggen? De baby was nu bijna zes maanden en hij wist dat de enige hoogtepunten in haar bestaan het park of de peutergroep waren. Gemma was de enige vriendin die ze had leren kennen sinds hij haar hier mee naartoe had genomen, en hij wist dat ze er genoeg had achtergelaten.

Javine bracht de borden naar de keuken. 'Wil je thee?'

Theo en zijn familie waren vijf jaar geleden vanuit Lewisham naar Kent verhuisd toen Theo twaalf was. De ouwe had zijn baan bij de metro ingeruild voor een baan op de bus, en ze hadden hun meubels opgepakt en waren verhuisd naar Chatham, naar een woning met een extra slaapkamer voor Theo's zusje Angela die astma had, en waar de lucht iets minder schadelijk voor haar was. Iedereen was gelukkig. Het was dicht bij de zee, wat de ouwe fijn vond, aan de overkant van de straat was een redelijke kroeg waar ze ook bingo speelden, en hoewel er in het begin wat problemen op school waren geweest, waren Theo en zijn zus al snel ingeburgerd.

Hij had Javine in een van de grote speelhallen ontmoet. Zij en een vriendin begonnen te giechelen toen hij zich over een pooltafel boog. Later hadden ze samen buiten een paar joints gerookt en tot sluitingstijd staan kletsen.

De afgelopen zomer, toen Javine drie maanden zwanger was, hadden ze de reis in omgekeerde richting moeten maken. Theo's oma van vaderszijde had destijds geweigerd met de rest van de familie mee te verhuizen, en toen het koppige oude mens een beroerte had gekregen, was er niemand in de buurt om voor haar te zorgen. De ene dag had de lucht nog naar zout gesmaakt; de dag erop waren ze allemaal terug in dezelfde ellendige laagbouwflat waar ze vier jaar geleden ook hadden gewoond.

En het stomste van alles was nog dat de oude vrouw nu weer zo gezond was als een vis en helemaal was opgefleurd zodra ze haar familie weer om zich heen had. In plaats daarvan was Theo's vader ziek geworden. Hij hoestte bloed op in hun voorkamer en was op een middag, kijkend naar de paardenraces, gestorven terwijl het ziekenhuis in Lewisham een bed voor hem probeerde te regelen.

'Theo?' riep Javine nu vanuit de keuken.

'Ja, thee is goed,' zei Theo.

Javine was niet de enige die vrienden had achtergelaten toen ze naar Zuid-Londen waren verhuisd. Theo dacht nog vaak aan Ransford en Kenny, en aan Craig en Waheed van voetbal. Nadat hij was verhuisd hadden ze een tijdje contact gehouden, maar sinds de baby was het contact verwaterd. Sinds hij weer omging met Easy en de anderen.

Niet dat hij in alle opzichten aansluiting had gevonden.

Het kwam doordat hij was weggeweest; dat had Easy hem verteld. Daarom was hij zijn plaats kwijtgeraakt en lag Easy nu beter in de groep, hoewel Theo ouder was. Gewoon pech, slechte timing, of wat dan ook.

Theo's mobieltje tjirpte op tafel.

Javine riep vanuit de keuken: 'Dat zal Easy wel zijn, of je moeder.'

'Denk je?'

'Ja, wie anders?'

Theo had Easy al zowat een week niet gezien; niet sinds die middag bij de pitch and putt. Niet echt, tenminste. Hij had hem een paar keer voorbij zien rijden in die zieke Audi A3 waar hij tegenwoordig in rondreed. Hij had hem al een jaar in een garagebox staan. Poetste het kreng elke week, vernieuwde de Magic Tree luchtverfrisser en alles. Maar hij was verstandig geweest en was pas echt achter het stuur gaan zitten toen hij nog maar een jaar te gaan had voordat hij legaal in een auto mocht rijden.

Theo had de oude Mazda van zijn vader, maar het stuk schroot viel al jaren uit elkaar en het leek zinloos om hem op te lappen. De bussen reden vrij behoorlijk en alle winkels waren vlakbij.

Zoals de zaken er nu voor stonden had hij niet echt een auto nodig.

Maar die Audi was wel een bloedgeile bak.

Javine stak haar hoofd om de keukendeur en wierp hem een kus toe. 'Wedden om een pond dat het je vriendje is?'

Theo gooide zijn lege bierblikje naar haar terwijl hij opstond om zijn telefoon te pakken. Hij keek op het schermpje. 'Die heb ik van je te goed.'

Nadat hij met zijn moeder had gepraat, pakte hij zijn jack en zei tegen Javine dat hij maar een paar uur weg zou blijven. Hij zei dat ze op hem moest wachten en kneep in haar kont terwijl hij haar bij het weggaan een zoen gaf.

'Dit begint belachelijk te worden,' zei ze.

'Ik kan haar niet kwetsen, man.'

'Ik zou er maar eens mee beginnen. Je begint een buikje te krijgen.'

Theo ging van opzij voor de spiegel bij de voordeur staan. 'Dat zijn alleen maar spieren,' zei hij, eroverheen wrijvend. 'En pik natuurlijk, een stevig ingepakte pik.'

Javine grinnikte en zei dat ze haar best zou doen om wakker te blijven, maar dat ze doodmoe was. Theo zag haar de slaapkamer in lopen en hoorde haar net voordat hij de voordeur dichttrok iets tegen de baby mompelen. Daarna liep hij twee trappen af naar de eerste verdieping en drie deuren verder naar de flat van zijn moeder om zijn tweede maaltijd van die avond te gebruiken.

Ze zaten in een kleine, drukke pub achter de cricketvelden van de Oval. Hun gesprek moest het opnemen tegen quizmachines en fruitautomaten, een in de jaren tachtig stadionrock gespecialiseerde jukebox en een groep brallende zakenlieden aan het tafeltje naast hen.

'Er is een goed Indiaas restaurant om de hoek,' zei Paul.

'Als ik maar een *korma* of zoiets kan krijgen.' Helen grinnikte tegen de kleine blonde vrouw tegenover haar. 'Als het te scherp is, kan de baby een paar weken te vroeg komen.'

Haar vriendin lachte. 'Wist je dat je een mand met boodschappen cadeau krijgt als je vliezen in Marks & Spencer breken?'

'Dat is gelul,' zei Paul.

'Als ze in een Indiaas restaurant breken, krijg je zeker een voorraad papadams voor een jaar of zo?'

De man naast haar trok een gezicht. 'Ik ben niet zo dol op Indiaas.'

'Het is mij allemaal om het even,' zei Helen.

'Iemand anders mag het zeggen,' zei Paul. 'Ik ga nog een rondje halen.' Ze zouden maar even iets gaan drinken voordat ze gingen eten, maar Paul had in twintig minuten tijd al drie halve liters weggewerkt. Hij praatte harder dan nodig was.

'Als we nu niet gaan, krijgen we misschien geen tafeltje meer,' zei Helen.

Paul negeerde haar en sloeg de rest van zijn glas achterover.

Helen keek haar vriendin aan, die op haar beurt haar schouders ophaalde. Helen en Katie hadden samen op school gezeten, en eens in de paar maanden gingen ze met z'n vieren – Helen, Paul, Katie en haar vriend Graham – ergens eten. Paul vond Katie wel aardig, dat zei hij tenminste, maar meestal zaten ze zich aan het eind van de avond alle drie kapot te ergeren aan Katies vriend.

'In de kranten staat dat er misschien een seriemoordenaar actief is in Glasgow,' zei Graham.

Paul kreunde in zijn glas.

'O, begin er nou niet over,' zei Katie.

Helen gniffelde en pakte haar glas water. Zo begon het meestal.

'Een heel gemene, zeggen ze.'

'Er zijn er niet zo heel veel die aardig zijn,' zei Paul.

Graham trok zijn stoel naar voren en boog zich naar Paul toe. 'Ik weet dat je nooit met die lui te maken hebt gehad, maar met gewone moordenaars toch wel, hè? Wat vind je van die ene, afgelopen week in Essex, die stomdronken was en zijn moeder aan stukken heeft gesneden?' Hij wachtte. 'Je zult er toch wel iets over gehoord hebben? De rapporten gelezen hebben, of zo?'

Paul staarde hem een paar tellen aan. 'Hoe komt het toch dat je zo op dit soort dingen kickt?'

'Helemaal niet...'

'Heb je een stijve onder de tafel?'

Graham slikte. Even zag het ernaar uit dat de avond voortijdig zou eindigen, maar op dat moment liet Katie zich gelden: 'Nou, en als dat zo is, geef hem dan in godsnaam wat sappige details. We kunnen echt alle hulp gebruiken, en het is een stuk goedkoper dan Viagra.'

Graham leunde tegen haar aan en zei: 'Ik vind het gewoon interessant.'

Paul stond op, pakte zijn eigen lege glas en dat van Katie, en wachtte tot Graham zou instemmen. 'Nog een keer hetzelfde?'

Niemand maakte bezwaar, en terwijl Paul zich achter de tafel uit probeerde te wurmen, wierp Helen hem een blik toe die zei: kalm aan.

En ze kreeg een grote, vette glimlach terug die zei: krijg de klere.

Paul gaf zijn bestelling door aan de bar en glipte toen het herentoilet in. Er stond een man bij de urinoirs, en Paul bleef bij de wasbak hangen tot hij weg was. Toen haalde hij zijn mobieltje tevoorschijn en toetste een nummer in, hij klemde de telefoon tussen schouder en oor en ging staan pissen.

De man nam de telefoon op en bromde wat, alsof hij wakker was gemaakt.

'Met mij.'

'Wat wil je, Paul?'

'Kan ik morgen even langskomen?'

Een stilte. Het vage geluid van machines.

'Best.'

'Om een uur of twee, oké?'

'Ik heb op het moment een restauratieklus. Heb je een pen?'

'Ik onthoud het wel,' zei Paul.

'Waar zit je? Het lijkt verdomme wel of je in een plee zit.'

47

'Zeg het maar.'

Paul luisterde naar het adres. 'Heb je nagedacht over wat ik zei?'

'Ik heb erover nagedacht, ja.'

'Je móét me helpen.'

'Morgen...'

Paul zuchtte. Ritste zijn gulp dicht.

'Neem iets voor de lunch mee, oké? Iets lekkers.'

Paul draaide zich net om toen de deur openging en Graham binnenkwam. Paul zag dat hij de telefoon had gezien en hield hem even omhoog voordat hij hem weer in zijn zak stak. 'Even op de WAP gezocht naar restaurants in de buurt,' zei hij.

Graham knikte alleen maar en liep snel naar een urinoir.

Paul staarde naar zichzelf in de spiegel terwijl hij de zeepautomaat een lel gaf en zijn handen onder de kraan hield. Hij plenste koud water over zijn gezicht voordat hij de pub weer in liep.

Theo kreeg maar een halve portie kruidige jachtschotel van zoete aardappel, en twee scheppen sperziebonen naar binnen.

'Wat is er mis mee?' vroeg zijn moeder.

'Niks. Ik heb alleen niet zoveel honger.'

Hannah Shirley liep om de tafel heen en ruimde haar eigen lege bord en dat van haar dochter af. 'Ik laat dat van jou staan,' zei ze. 'Misschien krijg je straks nog wel trek.'

'Dank je, mam.' Theo knipoogde naar zijn zus. 'Het is echt heerlijk.'

'Zo, en hoe is het met mijn heerlijke mannetje?'

'Met mij gaat het redelijk goed.'

Zijn moeder schudde haar hoofd en liet een laatdunkend 'ts' horen. Dit spelletje speelden ze altijd. 'Jij bent veel te groot en veel te lelijk. Ik heb het over mijn kleinzoon.'

Theo siste verontwaardigd en schudde zijn hoofd alsof hij diep geschokt was. 'Ja, met hem gaat het ook oké.'

'Alleen maar oké?'

'Het gaat geweldig met hem.'

'Angela heeft vandaag op school iets voor hem getekend. Pak eens wat je voor hem hebt gemaakt.'

Theo's zus trok haar wenkbrauwen op, maar kwam niet in beweging voordat het haar voor de tweede keer werd gevraagd en sleepte zich toen naar de slaapkamer.

'Hoe gaat het met haar?' vroeg Theo.

Zijn moeder ging op het puntje van een leunstoel zitten en maakte haar bril met haar mouw schoon. 'Vrij goed,' zei ze. 'In ieder geval beter.'

Op school deed Angela het niet zo goed als op de school in Kent; ze liep voor een tienjarige ongeveer een jaar of twee achter. Ze waren blij dat de astma in ieder geval niet erger was geworden.

'Ze is echt kunstzinnig,' zei Theo's moeder.

Precies op dat moment kwam Angela weer binnen en ze schoof een tekening over de tafel naar Theo. Een blauwe lucht, een zee vol vissen en een baby die de lucht in werd gegooid.

'Moet dat Javine en mij voorstellen?' vroeg Theo.

'Je kunt het boven zijn bedje hangen,' zei Angela.

Hun moeder zette haar bril op en kwam dichterbij om nog een keer naar de tekening te kijken. 'Een groot talent,' zei ze.

Theo's mobieltje ging, en hij was er net eerder bij dan zijn zus.

'Ja?'

'Morgenavond moet je vrijhouden,' zei Easy.

'Is misschien wel een probleem, man. Dan komt Halle Berry bij me langs.' Angela trok een gezicht en Theo grinnikte. 'Ze zeurt me al weken aan m'n kop, weet je?'

'Ik pik je om negen uur op, oké?'

'Ik weet niet.'

'Je mag rijden als je wilt. Ik weet heus wel dat je naar m'n bak hebt zitten loeren, man.'

'Wazzup? Waar gaan we?'

'Gewoon een vriendendienst.'

Angela stond Theo nog steeds aan te staren. 'Laat me even nadenken, oké? Bel je zo terug.'

'Ik doe jóú een vriendendienst, T, weet je? Een mooi klusje. Een paar uurtjes maar.'

Theo stond op en liep naar de andere kant van de kamer; ging wat zachter praten. 'Wat voor klusje? Waarom moet je altijd zo geheimzinnig doen, man?' Uit zijn ooghoek zag hij dat zijn moeder zich omdraaide en de keuken in liep, en dat was niet om zijn privacy te respecteren. Ze wilde er niks van weten, ze wilde er nooit iets van weten.

'Uurtje of negen,' zei Easy.

'Wat een eikel,' zei Paul. Hij gooide zijn jack naar de rugleuning van een keukenstoel, maar miste; deed de deur van de koelkast open en staarde naar de inhoud, alsof hij niet zeker wist wat hij zocht. 'Een ontzettende, ongelóóflijke... eikel.'

Helen stond op springen en rende meteen door naar het toilet en praatte onder het plassen door de open deur.

'Ik moest vanavond ontzettend om je lachen, Hopwood,' zei ze.

Paul deed de deur van de koelkast dicht en liep de keuken uit. Grinnikend keek hij door de gang naar Helen op het toilet. 'Hoezo?'

'Hoe je Graham in de zeik nam.'

'Was ook niet zo moeilijk.'

Ze veegde zich af, stond op, en trok door. 'Ik deed het haast in mijn broek toen je zei dat je nog nooit zo dicht bij een seriemoordenaar was geweest als op het moment dat je met hem zat te praten, en Katie in de lach schoot.'

Ze waren uiteindelijk naar een Italiaan om de hoek van de pub gegaan, en ondanks de ongemakkelijke sfeer eerder op de avond was alles goed verlopen. Het was lang geleden dat Helen zo veel lol had gehad en ze dacht dat dat ook voor Paul gold. Hij was overduidelijk dronken, maar ze dacht dat het een goed teken was. Ze kon zich niet meer herinneren wanneer hij zich voor het laatst had laten gaan. Hij had in de auto zitten zingen toen zij hen naar huis had gereden.

Hij leunde tegen de muur en kreeg de slappe lach; zei nog een keer 'eikel', waardoor hij Helen ook weer aan het lachen maakte.

Ze leidde hem terug naar de koelkast en schonk twee grote glazen water voor hen in. Terwijl ze de dop weer op de fles schroefde, voelde ze zijn armen om haar middel glijden en zijn pik tegen haar billen duwen.

'Hallo,' zei ze. Ze voelde hem in haar nek brommen.

In bed probeerden ze een prettig standje te vinden, maar zij was te zwaar en hij was te dronken en ruw. Hij begon te vloeken en met zijn hand op het matras te slaan.

Ze pakte hem beet en zei hem dat hij moest bedaren. 'Laat mij maar,' zei ze, en ze begon hem te strelen, steviger toen er gekreun uit zijn keel opsteeg; sneller, tot hij haar hand plotseling wegduwde en kokhalzend naar het toilet rende.

Helen strompelde achter hem aan, en sloeg een kamerjas om zich heen. Ze stond in de gang en keek naar hem op de vloer van de wc, wetende dat ze niet te dichtbij moest komen. Toen hij eindelijk klaar was met overgeven, keek hij naar haar om. Hij ging op zijn knieën zitten en legde een hand om zijn geslacht. Hij boog zich al spugend weer over de toiletpot.

5

'Uw bestemming ligt vóór u aan uw linkerhand.'

Paul parkeerde achter een container. Nam het navigatiesysteem van de voorruit en stopte het in het handschoenenkastje. 'Bekakte trut.'

De pub stond een eindje van een weg af die tussen Charlton Park en Woolwich Dockyard lag, diep in het treurigste deel van Zuidoost-Londen. De rivier maakte hier een flauwe bocht naar het noorden. Waarschijnlijk kon je vanaf het dak de waterkering in de Theems zien, en de Millennium Dome, als een omgekeerde wok met pootjes, een kilometer of vijf verderop. Eén kant van de pub stond in de steigers. De ramen waren aan de binnenkant witgekalkt met kronkelende kwaststrepen en aan de deur hing een bord waarop stond: WEGENS VERBOUWING GESLOTEN.

Paul tikte met zijn autosleuteltje op het witte raam. Aan het eind van de straat lag een school, en hij kon het lawaai van de speelplaats horen, de kinderen krijsend als meeuwen.

'Kun je niet lezen?'

Paul drukte zijn neus dicht tegen het glas. 'Ik heb een afspraak.'

Het werd warmer. Hij trok zijn leren jack uit en sloeg het over zijn arm terwijl de grendels werden weggeschoven.

Binnen hing stof in de lucht, dansend om het elektriciteitssnoer dat aan de dwarsbalken bungelde. Paul voelde het op de rug van zijn hand en proefde het toen hij sprak. 'Hoe gaat het, Clive?'

De enorme zwarte man die de deur had opengedaan, knikte en deed de klep in de bar omhoog. Hij kon zich amper door de opening wringen; moest een kwartslag draaien en er zijwaarts doorheen schuifelen.

'Kan ik u iets inschenken, meneer Hopwood?'

'Heb je de pompen nu al aangesloten?'

Clive lachte en schudde zijn hoofd. 'We hebben hieronder een paar blikjes liggen. Frisdrank en zo voor de werklieden.'

Paul liet hem de plastic tas zien. 'Ik heb wat meegenomen.' Hij liep naar de bar en lichtte het beschermfolie op. Hij glom als een spiegel, maar hij was niet van massief hout. Er stonden een stuk of vijf retro-radiatoren in het gelid, klaar om te worden aangesloten. Er lag MDF klaar voor een nieuwe vloer en verscheidene dozen met tegels stonden naast zakken pleister en plafondrozetten tegen een muur opgestapeld. 'Ik weet dat hij je in de loop der jaren al van alles heeft laten doen, Clive, maar heeft hij je nu ook al achter de bar gezet?'

'Gewoon een oogje in het zeil houden,' zei Clive. 'Zelfde als anders.'

Een man kwam door de openstaande deur aan de andere kant van de bar binnenlopen, zijn handen afdrogend aan een prop toiletpapier. Hij was iets kleiner dan gemiddeld, met donkere ogen en nog donkerder haar, dat bovenop wat dunner werd, maar van achteren nog lang was en krulde. Afgaand op zijn gezicht zou je zeggen dat hij in de vijftig was, maar zijn kleren weerspraken dat: een kobaltblauwe trui met V-hals over een overhemd met een patroontje, een dure spijkerbroek en sportschoenen.

'Wat eten we, Paul?'

Paul hield de tas omhoog. 'Ik ben bij die visboer in Greenwich geweest die jij zo lekker vindt.'

De man knikte tevreden en vroeg Clive om een doekje te gooien. Naast een met plastic afgedekte schragentafel waren een paar aftandse barkrukken neergezet, en hij gebruikte het doekje om het stof eraf te vegen voordat hij ging zitten. Hij keek toe hoe Paul een Frans stokbrood, verse garnalen verpakt in een krant, en grote bakken met wulken en kokkels uitpakte. Hij stuurde Clive naar de overkant van de straat om peper, azijn en de rest te halen, en moest lachen om de smoothies die Paul uit de zak tevoorschijn had gehaald. '"Innocent?" Zit je me nou in de zeik te nemen?'

Ze aten met hun vingers, mikten de schelpen op het plastic waarmee de tafel was afgedekt en doopten de garnalen in een bijgeleverd bakje mayonaise. Paul luisterde terwijl zijn gastheer hem bijpraatte.

'Het gaat erom deze tenten in de ouwe staat terug te brengen. Voor zover dat kan, natuurlijk. Koperen stang langs die bar, verlichting in victoriaanse stijl en dat soort dingen. Mooi Italiaans terras aan de achterkant.'

'Een ouderwetse kroeg met een Italiaans terras?'

De man negeerde hem. 'Jaren geleden zijn die tenten allemaal verpest toen ze door ketens werden opgekocht. Als je het mij vraagt zijn de mensen al het lawaai, het beroerde eten en het feit dat alles op elkaar lijkt, kotsbeu. Bescheten bars met Belgisch bier, en van die Paddy McFuckerty's themapubs, noem ze maar op.' Hij likte zijn vingers af en spreidde zijn armen. 'Dít komt het dichtst in de buurt van een goeie ouwe pub. Een buurtkroeg. Ik zei je toch aan de telefoon dat dit een restauratieklus is? Maar het gaat niet alleen om het herstellen van de uiterlijke kenmerken en dat soort dingen. Het gaat om een geloof in blijvende waarden. Om het terugbrengen van... hoe noem je dat nou...'

'Gemeenschapszin?'

Hij wees. 'Precies. Plus, ik verdien er behoorlijk aan om je de waarheid te zeggen. Stuk of vijf van deze tenten die ik ieder in een maand of twee omtover en ze vervolgens aan de brouwerijen verpats. Kan niet misgaan.'

'Maar die flats heb je toch ook nog? Ik dacht dat je het contract had gekregen om dat huizenblok in Deptford te renoveren.'

'O, zeker, ik heb het nog nooit zo druk gehad.' Hij leunde achterover in zijn stoel, keek rond. 'Ik hoefde alleen maar een paar extra timmerlieden, elektriciens en schilders in te huren, je kent het wel.'

'Enne... andere zaken?'

De man wreef zijn handen aan zijn spijkerbroek af en zoog een fliebertje tussen zijn tanden vandaan. 'Kom op. Sinds wanneer hebben we het daarover, Paul?'

'Ik vraag het alleen maar, jongen.'

De man pakte zijn smoothieflesje en hield het dicht bij zijn gezicht, met het etiket naar Paul toe. Hij glimlachte. 'Onschuldig tot het tegendeel is bewezen, Paul. Dat weet je.'

Paul veegde de lege schelpen en de resten van de garnalen in de plastic tas, en gooide de lege flesjes erin. 'Je zei dat je erover had nagedacht,' zei hij. 'Over wat ik je had gevraagd.'

'Heb ik ook.'

'Dus wat heb je te bieden?'

Clive stond achter de bar wat te lummelen. De man vroeg hem om het vuilnis weg te brengen en hen even alleen te laten.

'Ik moet je teleurstellen, Paul.'

'Zo moeilijk is het toch niet? Ik dacht dat je me maar al te graag een paar namen zou geven. Je hebt verder toch niks met die klootzakken?'

'Het gaat er niet om of ik wat met ze heb. Het heeft met eergevoel te maken.'

'Dat meen je niet.'

'Je wilt dat ik ze verlink.' Hij hief zijn hand toen Paul daar bezwaar tegen wilde maken. 'Uiteindelijk komt het daarop neer.'

'Het is een vriendendienst,' zei Paul.

'Zo heeft het nooit tussen ons gewerkt.' Zijn gezicht had de vraag al gesteld voordat hij zijn mond had opengedaan. 'Waar of niet?'

Paul leunde achterover, streek met de palm van zijn hand het afdekplastic glad en haalde diep adem. 'En hoe zit het met wat kleiner werk? Hier en daar een brokje?'

'Zelfde laken een pak.'

'Ik moet die bobo's toch íéts geven? Ze laten geloven dat ik nog werk?'

'Er zijn geen gradaties in dit soort dingen.'

'Geweldig. Ik begrijp het.'

'Je kunt niet een béétje een verklikker zijn; net zomin als je een beetje zwanger kunt zijn. Het enige wat je een beetje kunt zijn is een klootzak.' Hij wachtte tot Paul hem aankeek. 'Sorry, maar zo ligt het.'

Paul knikte, maar luisterde al niet meer. Hij wist dat hij niet zou krijgen wat hij wilde. Opeens moest hij aan Helen denken, aan waar ze die dag naartoe ging.

Plotseling knalde de deur open en er kwam een joch van een jaar of zestien naar binnen lopen dat niet helemaal helder uit zijn ogen keek. Hij keek beduusd rond.

'Kun je hier nog wat te drinken krijgen, of hoe zit het?'

De man aan de tafel draaide zich om naar het achterste vertrek, maar Clive was al op weg naar de deur, nee schuddend en afwijzende gebaren met zijn handen makend. 'Sorry, vriend, de tent is nog niet open.'

Het joch begon te schreeuwen dat de deur toch open was en vroeg of hij niet even naar de wc mocht, en dreigde met van alles en nog wat terwijl hij naar buiten werd geduwd.

Clive schoof de grendels weer op de deur en richtte zich tot zijn baas. 'Mijn fout. Ik heb hem niet op slot gedaan nadat meneer Hopwood was binnengekomen.'

De aanvaarding van zijn verontschuldiging ging verloren in een explosie van glas toen de baksteen door het raam vloog, en in het harde geschraap van stoelpoten over de houten vloer. Clive was snel voor zo'n grote vent: hij was al halverwege de deur toen de baksteen tegen de onderkant van de bar sloeg.

Paul stond op en liep naar de deur om te kijken. Hij zag hoe Clive het jack van het joch te pakken kreeg, net toen die tussen een paar geparkeerde auto's wilde wegduiken.

De man aan de tafel pakte een stukje glas van het plastic voor hem. 'Tja, wat doe je eraan?'

Paul bleef kijken hoe Clive het joch aan de andere kant van de straat met zijn gezicht tegen een grijze bakstenen muur duwde en met zijn mond vlak bij zijn oor tegen hem begon te praten.

'Het spijt me, Paul.' De man stond op en trok zijn trui glad. 'Ik kan me niet als iemand anders voordoen.' Hij deed een paar passen in Pauls richting. 'Jij wel. Jij kunt andere mensen laten denken dat je iemand anders bent. Jij hebt die gave. Maar ik niet.'

Aan de overkant dwong Clive het joch langzaam op de knieën, maar hij bleef tegen zijn achterhoofd duwen, zodat zijn gezicht een heel eind langs de bakstenen schuurde.

Paul kon de rode vlek van twaalf meter afstand zien.

'Volgende keer betaal ik de lunch.' De man was bij Paul in de deuropening komen staan. 'Wat dacht je van een dimsum in West? Ik weet dat je van dat soort dingen houdt.'

Paul zei dat hem dat wel wat leek, en knikte naar de straat. 'Ik denk dat je net een potentiële klant bent kwijtgeraakt, Frank.'

Toen Paul wegging, zat het joch dat de baksteen had gegooid nog op de stoep slijmerige draden bloed uit te spugen en te jammeren. Voelde met zijn tong rond in zijn mond. Toen hij zag dat Paul de auto van het slot deed, stond hij op en vroeg of hij een lift naar het ziekenhuis kon krijgen.

Paul gooide zijn jack in de auto. 'Ik heb gezien wat er gebeurde,' zei hij. 'Die fokking benen van je heeft hij niet aangeraakt.'

6

Sinds ze van het gezondheidscentrum was teruggekomen, had Helen in haar pyjama en ochtendjas gezeten. Ze was van kamer naar kamer gegaan om op te ruimen en had een halfslachtige poging gedaan om de keukenkastjes opnieuw in te delen. Ze besloot dat ze zich veel prettiger zou voelen als ze haar eigen gewicht aan chips en melkchocola probeerde te eten en haar lichaamsbeweging zou beperken tot de hand die de afstandsbediening vasthad.

Ze keek met een half oog naar *Deal of geen Deal*, maar verloor haar belangstelling toen de kisten met het grote geld werden opengemaakt en dacht aan het bezoek dat ze die middag aan de dokter had gebracht.

Ogenschijnlijk was alles oké, alle vakjes konden worden aangevinkt...

Het hoofdje was nog niet ingedaald, maar dat kon vanaf week zesendertig elk moment gebeuren, dus wat dat betrof hoefde ze zich geen zorgen te maken. Het gewicht van de baby was bijna precies wat het moest wezen. Vinkje. Haar bloeddruk was uitstekend, zei hij. Weer een vinkje, goed zo. Ze knikte toen de dokter de waarden opdreunde en vroeg zich af hoe het met zíjn bloeddruk zat: hij had een rood gezicht en ze vroeg zich onwillekeurig af of hij misschien ergens een fles van het een of ander in een la had liggen. De longen van de baby waren nu bijna volgroeid, zei hij, en hij haalde diep adem alsof hij wilde demonstreren wat longen deden. En de baby kon als het nodig was ook zelfstandig overleven, die kleine knappe sodemieter. In feite lag hij op de planeet Baarmoeder eigenlijk alleen maar wat te luieren en aan te komen.

Helen stak haar hand uit en nam een tweede sneetje geroosterd brood met kaas van het dienblad naast haar. Het minste wat ze kon doen was haar steentje bijdragen.

Alles leek dus helemaal oké, tot de dokter had gevraagd hoe het met háár ging. Tot hij zijn ronde brilletje had afgezet, zich van zijn computerscherm had afgewend en haar dat had gevraagd.

'In jezélf,' had hij gezegd.

Ze zag aan zijn blik dat hij al eerder tranen had zien vloeien op dit punt van het consult. Dat hij die van haar weet aan de hormonenfee die langer was gebleven dan gewenst. Hij bood de doos tissues aan en vroeg of ze misschien met iemand wilde praten. Ze schudde haar hoofd en snoot haar neus, zich afvragend hoe hij zou reageren als ze opkeek en zei: 'Ik denk niet dat u ervoor kunt zorgen dat mijn vriend hierheen komt, hè? Er is een heleboel waar hij en ik eens over zouden moeten praten...'

Helen zapte langs de kanalen zonder iets tegen te komen wat ze leuk vond. Ze zou tegen Paul zeggen wanneer hij thuiskwam dat ze, als ze op zwart zaad zaten, ruim dertig pond konden besparen door de satelliettelevisie de deur uit te doen.

Ze veegde de kruimels van haar pyjamasje en voelde dat het nat was. Omdat ze geen zin had om op te staan voor tissues, veegde ze met haar mouw over haar gezicht. Ze had geen idee wanneer Paul thuis zou komen of waar hij vandaan kwam en moest erkennen dat dit tegenwoordig eerder regel dan uitzondering was.

En geen dokter zou daarachter kunnen komen.

Alle vakjes waren aangevinkt, op één na.

Het ritje naar het noorden kostte hen bijna een uur en Theo kon de Audi maar één minuutje boven de zestig laten rijden. Maar hij genoot wel van het dreunen van de extra subwoofers die Easy achterin had geplaatst, van de leren bekleding en van de groene LED's op het dashboard.

Net voorbij Highgate Village reden ze langzaam langs een paar grote huizen die een eindje van de weg, aan de overkant van een vijver stonden. Ze draaiden, reden langzaam terug en parkeerden een paar straten verder.

Theo had het geluid zacht gezet. 'Dat huis heeft piláren, man.'

'Ja, en een fokking echt alarmsysteem,' zei Easy. 'Zag je die dinges niet flitsen?' Hij pakte een stukje papier uit zijn zak en bestudeerde het hoofdschuddend. 'We gaan alleen maar binnen en buiten, jongen, vijf minuten. Aan kluizen en antieke spullen en zo hebben we niks.' Hij priemde met zijn vinger naar een ander adres op de lijst. 'Laten we die in Southgate proberen.'

Terwijl Theo weer naar de noordelijke ringweg reed, legde Easy uit hoe het werkte. Hij vertelde van zijn vriend die bij de bagageafhandeling op het vliegveld Luton werkte en af en toe een mp3-speler of een camera achteroverdrukte. Die adressen van de bagagelabels overschreef en die voor een paar pond en zo nu en dan een pakje goed spul aan Easy verkocht.

'Iedereen blij,' zei Easy.

'Weet Wave dat?'

Easy wierp zijn hoofd naar achteren en keek Theo strak aan. 'Wat maakt dat nou uit?'

Wave. De leider van de straatbende. Die zelf natuurlijk ook genoeg op zijn kerfstok had, die genoeg deed waar nooit iemand wat van zag. Maar in het gebied van een paar vierkante kilometer rondom Lewisham Street was Wave degene die de vragen stelde.

'Wave' vanwege het haar: het afrokapsel dat zo'n beetje van de ene kant van zijn hoofd naar de andere viel. En vanwege andere redenen die hij zelf had bedacht: 'Omdat een golf soms iets is waar iedereen plezier aan beleeft. Je kan erop surfen of erin rondspetteren, wat je wil, ja? Andere keren kan dat ding groot worden en als een tsunami of dat soort shit op je neerkomen, man. Die golf kan je naar de kloten helpen als je niet uitkijkt.'

'Ik zei wat de fok maakt dat uit?'

'Ik vroeg het alleen maar.'

'Dit is míjn ding.'

'Geen probleem, man,' zei Theo.

'Wave heb veel te veel andere shit om zich druk over te maken. D'r wordt genoeg in z'n reet gepord, weet je?'

Theo knikte. Ja, dat wist hij.

Eindelijk kreeg hij de kans flink te gassen op een verlaten weg door Finchley en hij pakte op dat stuk een paar groene lichten. Hij herinnerde zich dat Easy hem op een avond alles uit de doeken had gedaan toen hij net terug was uit Chatham. In een Kentucky Fried Chicken had Easy onder een cola en kipnuggets zijn wereld op een papieren servet voor hem uitgetekend.

Drie driehoeken, de ene boven op de andere.

'De bovenste hier is zeg maar de grote distributie,' zei Easy, en hij wees met zijn vinger naar de bovenste driehoek. 'Import, smokkeloperaties, dat werk. Het grote geld, en het meeste verdwijnt in de zakken van blanken, als je het mij vraagt.' Hij trok een lijn naar beneden naar de middelste driehoek. 'Dit is de opslag en het lab, oké? Hier wordt het spul verdeeld en versneden. Van die gasten in witte jassen en zo versnijden het met lactose en cafeïnepoeder en alles.'

'En laxeermiddel, toch?'

'Al die shit, ja. High worden en tegelijkertijd in je broek schijten, whatever.' Hij bewoog langzaam naar de onderste driehoek en trok keer op keer een lijn langs de zijden ervan, zodat de pen door het servet ging. 'Hier zitten wij, Theo, en dit is heel belangrijk, jongen, begrijp je wat ik zeg, T? Hier beneden staan ze op de uitkijk. En een beetje hoger zitten de koeriers en de dealers die de hele dag heen en weer lopen van de straat naar de huis, een naar binnen, een naar buiten met de cash en de pakjes... En helemaal boven in deze driehoek zit de man die de cash en de dope beheert, *capiche?*'

Theo draaide het servet en staarde ernaar.

'En nou komt het mooiste,' zei Easy. 'Iedereen kan opklimmen.' Nu deed hij het met zijn handen voor, en hij bewoog ze door de lucht. 'Iedereen, hoor je? Omhoogklimmen langs de schuine kant van de driehoek en verder, van de ene klootzak naar de volgende.' Hij pakte het servet weer en wees. 'Hier, net onder de top van de onderste driehoek, daar zit ik, volg je me? Nummer twee, en ik ga nog steeds hoger, oké?'

Theo knikte, maar had zo zijn twijfels.

'Hier bovenaan, daar zit Wave. Hij zit geramd, als een varken in de stront, maar de druk is daarboven ook een stuk hoger, man.' Easy dronk zijn cola op en leunde achterover in zijn stoel; begon het servet in kleine stukjes te scheuren. 'Er staan er een heleboel klaar om je van bovenaf naar beneden te duwen, en méér dan genoeg om je van onderaf in je reet te porren...'

Ze cruiseden op dezelfde manier langs een half vrijstaand huis in Southgate en Easy zei Theo aan het eind van de straat te parkeren. Het huis stond tussen straatlantaarns, maar er was nergens een alarm te zien.

'Makkelijk zat,' zei Easy.

Hij liep naar de achterbak en trok er een lege koffer uit. Piste bijna in zijn broek van het lachen toen Theo vroeg waar die voor diende. 'Nou, dat is handig om die spul mee naar buiten te nemen, snap je wel? Want ik zit te denken, weet je, hún koffers zitten op Mallorca of Lanzarote of waar dan ook, net als zijzelf.' Hij liet een afkeurend 'ts' horen en grijns-de. 'En jij was nog wel de slimste...'

Toen ze eenmaal binnen waren, had Easy de dvd-speler in twee mi-nuten in de koffer zitten. Hij zei Theo beneden te blijven en bij elkaar te graaien wat hij kon, terwijl hijzelf de rest van het huis doorzocht.

Theo wist dat het huis verlaten was, maar toch beangstigde het hem Easy zo zelfvoldaan rond te zien struinen. Hij sloop rond in de keuken en de woonkamer, en rommelde wat in een stapel tijdschriften op een salontafel. Onder de trap was een klein kantoortje ingericht; een com-puter weggestopt onder een bureau, een toetsenbord en een grote mo-nitor erbovenop. Theo raakte de muis aan met zijn gehandschoende vinger en er verscheen een afbeelding op het scherm: een vrouw en drie kinderen, stralend in een zwembad; een kleurig luchtbed en de zon die op het water achter hen weerkaatste.

Een vorige vakantie.

Easy kwam de trap af stommelen en Theo liep bij het bureau van-daan. Hij keek naar de koffer die Easy nu in beide armen droeg. 'Nog iets interessants?'

'Nog een dvd in de kinderkamer, digitale radio.' Easy klopte op de koffer. 'Splinternieuwe iPod in een doos, man!' Hij knikte naar Theo. 'Jij?'

Theo wees naar de computer en haalde zijn schouders op. 'Niks draagbaars, man. Ik denk dat we klaar zijn.'

Easy keek rond, knikte en boog zich naar Theo toe. 'Ik heb daarbo-ven op het bed gezeken.'

Theo deed een stap achteruit en trok een vies gezicht. 'Dat is vet ran-zig, man.'

Easy had lol. 'Jezus, man, dat zou ik nooit doen. Wat denk je verdomme wel.' Hij tilde de koffer op. 'Ik ga je "Toy" noemen, T. Net als die kinderspeeltjes, robots of weet-ik-veel. Je bent zó makkelijk op te draaien.'

Helen werd wakker van het geluid van de sleutel in de deur en luisterde naar Paul die binnenkwam. Het gehoest en gesnuif. Het gebrom toen hij op de bank plofte om zijn schoenen uit te trekken.

Ze hoorde hem naar de keuken gaan, hoorde het piepen van het kastdeurtje en hoopte dat hij iets voor zichzelf te eten zou maken. Met een beetje geluk zou ze weer slapen tegen de tijd dat hij in bed kwam.

Een paar minuten later kwam hij de slaapkamer binnen, en ze bleef met haar gezicht van de deur af liggen omdat ze wist dat hij zich zo zachtjes mogelijk zou uitkleden om haar niet wakker te maken. Zijn horloge heel zachtjes neer zou leggen. Ze rook knoflook toen hij naast haar kwam liggen en wist dat hij uit eten was geweest.

Met mensen van het werk, waarschijnlijk.

Het was niet de eerste keer dat ze zich afvroeg of hij een verhouding had, en ze lag er nog steeds over na te denken toen ze hoorde dat zijn ademhaling veranderde en wist dat hij sliep.

Het was niet voor het eerst, maar zoals altijd was er één vraag die harder doorzeurde dan het 'Wie?' en het 'Waar?' Harder zelfs dan het 'Hoe kón je?'

Eén gedachte.

Welk recht heb ik om te klagen?

Hij voelde het geld in zijn kontzak toen hij ging zitten. Hij haalde de bankbiljetten tevoorschijn en liet ze op de koffietafel vallen. Tweehonderd pond in briefjes van tien en twintig had Easy hem gegeven. Had ze in zijn handen gestopt toen hij Theo had afgezet; voordat hij zijn vuist in een boksgroet tegen die van Theo had gedrukt en om de auto heen naar de bestuurdersplaats was gelopen.

'Waarvoor is dat?'

'Je hebt geholpen.'

'Ik heb helemaal niks gedaan.'

Het was veel te veel. Theo wist dat Easy nooit zoveel zou vangen voor wat ze net uit het huis hadden gepikt. Hij had het idee dat zijn vriend alleen maar indruk probeerde te maken.

Maar dan nog…

'Zo veel poen zou je kunnen verdienen,' zei Easy, 'als je opklimt.'

'En hoe gaat dat gebeuren?'

'Ik ga met Wave praten en zorg dat het gebeurt.'

'Net zo makkelijk?'

'Je moet hogerop in die driehoek komen, T.' Easy maakte weer dat glijdende gebaar met zijn hand. 'Wat vaker binnen zitten en een paar van die jonge gasten voor jóú laten lopen. Ga nog een paar keer met me mee, oké? Lol maken en nog geld verdienen ook. Wat wil je nog meer, man?'

Eén ogenblik dacht Theo erover om Javine wakker te maken en haar het geld te laten zien, maar hij wist dat het een stom idee was. Ze was net als zijn moeder: ze wilde het niet weten. Allemaal best, dacht Theo, maar ze was er bepaald niet vies van als ze het eenmaal had. Dan was ze bijvoorbeeld schoenen aan het uitkiezen en zat ondertussen met haar hoofd te schudden en te zeggen dat ze niet wilde weten waar het geld vandaan kwam.

Maar het moest toch ergens vandaan komen, niet dan?

Op het moment dat de Audi wegscheurde, had hij een groepje kinderen vanuit de schaduw bij de garages zien toekijken; ze verslonden de auto met hun ogen.

Hij schoof het geld opzij en legde zijn benen op tafel. Zat daar naar de geluiden uit de wijk te luisteren – naar de ritmes en de luide stemmen die via het beton rondzongen – en probeerde niet aan de foto op het computerscherm te denken.

7

Paul was voor zevenen van huis gegaan en was het meeste verkeer door Brixton en Kennington voor geweest, maar hij was duidelijk niet de enige die had gehoopt het kantoor een uur of twee voor zich alleen te hebben. Er waren al behoorlijk wat vroege vogels met afgetrokken maandagochtendgezichten toen hij binnenkwam. Niet dat het merendeel er op de andere dagen van de week beter uitzag.

Voor blije politieagenten moest je bij de tv-series zijn, of op popfestivals waar ze rook met die typische geur inademden.

De gesprekken bij de koffie en de eerste sigaret op de achterplaats kwamen op een of andere manier steeds terug op hetzelfde onderwerp: het feit dat Paul de laatste tijd niet veel op kantoor was.

'Wiens kont heb jij zitten likken, vuile mazzelaar?' luidde het vriendelijkste commentaar. 'Waarom moeten wij hier al het vuile werk doen terwijl jij je snor drukt en maar wat rondtoert, smerige lijntrekker?' was gebruikelijker.

Paul trok zijn gebruikelijke zelfvoldane gezicht en maakte hen niets wijzer. Hij wist dat ze allemaal wel iets beters hadden te doen dan zich druk te maken om wat hij op een werkdag deed. Hij slijmde en smoesde waar het nodig was, dronk zijn koffie op en trapte zijn sigaret uit, zodat ze allemaal weer aan het werk konden.

Halverwege de ochtend had hij zijn bureau weer redelijk op orde, hoewel er nog steeds een hele berg 'af te handelen ellende' op zijn bureau lag en op de computer stond. Hij had een stuk of tien e-mails verstuurd, evenveel rapportageformulieren over het gebruik van zijn mobiele telefoon ingevuld en de surveillanceverslagen getypt waar hij door drie verschillende afdelingen om werd lastiggevallen. Het was al moeilijk genoeg om de papierwinkel op orde te houden als je alleen maar deed wat je geacht werd te doen...

'Ga je straks mee lunchen?'

Paul keek op toen brigadier Gary Kelly een archiefdoos opzijschoof en tegen zijn bureau leunde. 'Ik mag hopen dat je het niet over de kantine hebt.'

'Ik dacht aan die Chinees tegenover Waterloo Station,' zei Kelly. 'Maakt reclame met een "eet zo veel als je kunt"-menu voor de lunch.'

'Klinkt goed.'

'Nou ja, ik bedoel, als je er dan nog bent, natuurlijk.' Kelly was klein, had zandkleurig haar en een glimlach die zijn hele gezicht veranderde en zijn gelaatstrekken verwrong. Toen Paul hem voor het eerst ontmoette, wist hij niet of de mensen hem 'Pieper' noemden vanwege zijn Ierse naam of zijn aardappelkop. 'Ik weet dat je het enórm druk hebt.'

'Ja, sorry, maat. Ik had wat dingetjes uit te zoeken. Je weet hoe het gaat.'

Kelly boog zich voorover en ging zachter praten. 'Nou, eerlijk gezegd weet ik dat dus niet.' Hij knikte in de richting van de andere werkplekken. 'Ik kan me voorstellen dat je niet wilt dat dít zootje weet waar je mee bezig bent, maar wij kennen elkaar toch al wat langer.'

Paul lachte. 'Het is echt geen groot geheim, dat zweer ik.'

'Nou, voor de draad ermee, dan.'

'Onder de lunch praat ik je even bij, goed?'

Kelly knikte. Het leek erop dat hij het slikte.

'Niet dat het allemaal zo spectaculair is, hoor.'

Dat gaf Paul een paar uur tijdwinst om iets te verzinnen. Een blunder in een oude zaak die aan het licht was gekomen en waar hij nu over was uitgegleden; dat hij zich in de nesten had gewerkt en dat nu stiekem probeerde op te lossen; misschien een paar dingetjes op het persoonlijke vlak waar hij iets mee moest.

Kelly was een goeie vriend, wat betekende dat het makkelijk was om hem om de tuin te leiden.

'Hoe is 't met moeder de vrouw?'

'Prima,' zei Paul, naar het computerscherm kijkend. 'Ze is kogelrond, maar verder prima.'

'Vind je het nog steeds spannend? Of zit je ondertussen in het stadium "doodsbenauwd"?' Kelly had twee kinderen en een vrouw die net weer zwanger was geworden. 'Eerlijk, jongen, 't is hard werken, maar je zult het prachtig vinden, dat beloof ik je.'

Een goeie vriend, maar er was een heleboel dat Paul hem niet had verteld.

'O, trouwens, ik krijg vijftien pond van je.'

'Waarvoor?'

Kelly hield zijn hand op. 'Ze organiseren een afscheidsfeestje voor Bob Barker, volgende week vrijdag.'

Paul graaide in zijn portemonnee naar het papiergeld. 'Waar is het?'

'Zijn we nog niet uit.' Kelly nam het geld aan. 'Voor ons zou het handiger zijn als het hier was, maar sommige ouwe stompen met wie hij in de vliegende brigade heeft gezeten, willen graag dat het ten noorden van de rivier is. Je hoort het nog.'

Paul keek langs hem heen en zag inspecteur Martin Bescott zijn kant op komen en met open mond naar hem wijzen, zogenaamd verbaasd hem daar te zien.

'O ja, die wil je spreken,' zei Kelly.

De inspecteur zou zich niet zo makkelijk laten afschepen als Kelly, maar Paul wist dat hij het aankon. Hij stond op en liep met een glimlach om zijn bureau heen. Zei: 'Ik denk niet dat een briefje van mijn moeder veel zal helpen, hè?' Al vijftien pond in de min en tien lastige minuten met zijn baas op de rol; maar toch nog niet al te veel waar hij deze ochtend van over de zeik zou gaan.

Niet met wat Kevin Shepherd in de aanbieding had.

Shepherd had een paar dagen geleden gebeld: overlopend van vriendelijkheid, alsof ze de beste maatjes waren; had hem terloops uitgenodigd om die avond mee uit eten te gaan in een nieuwe Italiaanse tent met 'fatsoenlijk gekookte aardappelen' en zonder 'verziekte Franse sauzen'. Zo werkte het meestal: een etentje en een paar mooie flessen wijn; misschien een dagje naar de paardenraces of een avondje in een club of casino; en zíj trakteerden altijd. 'Nee, nee, hou jij je geld nou maar op zak, maat... doe niet zo idioot, ik betaal.' Maar niets wat van hand verwisselde; niet in het begin.

Van een veilige afstand werden alleen de bedoelingen duidelijk gemaakt.

De taxi had hem op dezelfde plaats opgepikt als eerst. Ray was al even babbelziek als de vorige keer en zei de hele rit naar Shoreditch geen stom woord. Hij wierp Paul alleen een gevaarlijke blik toe toen die bij het uitstappen zei dat hij erg genoten had van het gesprek.

Shepherd zat aan een tafeltje in de hoek te wachten. Hij was bezig iemand een sms'je te sturen onder het genot van een royaal glas van het een of ander. Heel relaxed, of hij deed in ieder geval zijn best om die indruk te wekken. 'Dit wordt genieten, Paul.' Hij reikte het menu aan en schonk nog een glas wijn in. 'Bij onze vorige ontmoeting wist ik meteen dat je van dit soort tenten hield. Maar pas op, hè, we genieten ook van een omelet met gebakken aardappelen in een goedkoop tentje als iemand anders ervoor dokt, ja toch? De menselijke natuur.'

Paul genoot van elke hap paddenstoelenrisotto en *linguine* met venusschelpen in een pikante saus. Shepherd klaagde droevig glimlachend tegen de ober dat zijn pasta overgaar was en knipoogde tegen Paul toen zijn bord haastig naar de keuken werd teruggebracht. Hij reageerde met gepaste charme toen er een nieuw bord werd gebracht, en toen de koffie en de tiramisu door het huis werden aangeboden. Paul deed net alsof hij toch wel een beetje onder de indruk was, terwijl hij eigenlijk vond dat Shepherd een nog grotere zak was dan hij had gedacht.

Ze hadden het over Shepherds vakantiehuis in de Languedoc en over het verbouwde pakhuis in de Docklands; de auto's waar hij in reed en de auto's die hij als investering achter slot en grendel had staan. Shepherd probeerde Paul nog een paar persoonlijke details te ontfutselen, en die zag er geen kwaad in hem die te geven.

Hij vertelde hem over zijn appartement in Tulse Hill, over zijn vriendin en over de baby die over een paar weken zou worden geboren. Shepherd leek oprecht blij en hief het glas. Maakte grappen over hoe alles anders zou worden: de dronken nachten, het seksleven, en niet in de laatste plaats hoeveel geld Paul aan het eind van iedere maand nog op zijn rekening zou hebben staan.

Dat laatste lieten ze allebei een paar seconden in de lucht hangen.

Er werd natuurlijk niet al te veel gepraat over het witwassen van geld of carrouselfraude. Geen diepzinnige uitwisselingen over stanleymessen en discipline onder de werknemers. Een gewoon relaxed gesprekje, vriendschappelijk en niet zakelijk – het gebruikelijke werk in dit delicate stadium van een relatie. Tot ze buiten waren, tenminste; wachtend tot de taxi zou komen.

'Die dingen waar jij alles van schijnt te weten,' zei Shepherd. Hij had een grote sigaar opgestoken waar hij onder het praten mee rondzwaaide. 'Mijn hypothetische zakelijke transacties met Roemenen en dergelijke. Dat is specialistische kennis, veronderstel ik?'

Paul keek hem aan. 'Dat klopt,' zei hij. Hij speelde even met de gedachte om dezelfde vage taal te bezigen als waar Shepherd van scheen te houden, en te praten over 'inlichtingen die onafhankelijk zijn verzameld'. Maar uiteindelijk had hij daar geen zin in. 'Alleen ik weet ervan, op het moment.'

Heel belangrijk, dat laatste.

Shepherd blies van opzij rook uit zijn mond. 'Ik werk samen met een aantal politiemensen en stafleden, en volgens mij zijn zij allemaal specialisten op een bepaald gebied.'

'Zo te horen heb je er al meer dan genoeg,' zei Paul.

Shepherd schudde zijn hoofd. 'Je zou wel gek zijn als je je netwerk van medewerkers niet zou uitbreiden als de kans zich voordeed. Iedereen brengt iets anders in, zo is het toch? Een of andere expertise.'

'Experts zijn meestal niet goedkoop.'

'Je krijgt waar je voor betaalt, Paul.'

De taxi stopte en Shepherd deed het portier voor hem open. Paul bedankte voor de gezellige avond en knikte toen naar Ray. 'Maar je moet hem eens zeggen dat hij niet zoveel moet ouwehoeren. Ik krijg de zenuwen van dat constante gekwek.'

'En je bent nog verrekt grappig ook, da's goed.' Shepherd gooide zijn sigaar in de goot. De huid om zijn mond was wit. 'Ik weet alleen niet zeker of Ray zich zal bescheuren. Zie je, een paar jaar geleden heeft een of andere klootzak z'n tong eruit geknipt met een snoeischaar.'

Paul keek naar Ray, die zich in zijn stoel had omgedraaid. 'Jezus...'

'En denk erom, lachen is lang niet zo gevaarlijk als constant gekwek.'

'Sorry.' Paul deed zijn mond open en weer dicht. 'Ik wist niet...'

Ray bedierf het bijna, maar draaide zich net op tijd om voordat zijn gezicht duidelijk verried dat hij de grap nog net zo lollig vond als alle voorgaande keren.

'Ik zit je maar op te fokken,' zei Shepherd. 'Je moest jezelf eens zien.'

Paul sloeg met zijn hand tegen zijn borst en hoestte een lachje op. 'O, godzijdank.'

'Dat gezicht van je...'

Paul vond dat hij de opluchting behoorlijk goed had gespeeld. Net zo goed als de geschoktheid en onnozelheid. Hij was er goed in Shepherd en zijn soort te laten denken dat ze de overhand hadden, zelfs voordat ze met geld over de brug waren gekomen. Vijf minuten later, achter in de taxi, op weg naar West End, vond Paul dat de hele avond goed was verlopen. En hij wist dat Kevin Shepherd er net zo over dacht.

8

Hij leek in ieder geval met een kruiswoordpuzzel en een paar sudoku's bezig te zijn. Er lagen verschillende opengeslagen puzzelbladen op het kleine tafeltje naast de bank, samen met een woordenboek, een *Daily Express* en twee paperback thrillers met boekenleggers erin. Helen was blij dat haar vader zich bezighield, hoewel ze diep in haar hart vermoedde dat hij dit allemaal had uitgesteld omdat hij wist dat ze langs zou komen.

Hij kwam uit de keuken met twee mokken thee op een blad en een bord muffins die hij die ochtend had gebakken.

'Dadels en pecannoten,' zei hij. 'Ik heb er ook een paar met cranberry in de vriezer, als je die liever wilt.'

Ze begon te eten. 'Dit is heerlijk, pap.'

'Het is doodsimpel,' zei hij.

Of hij nu toneelspeelde of niet, Helen was blij dat hij zo goed voor zichzelf zorgde. Beter dan ik, dacht ze. Ze werkte haar muffin weg en nam er nog een.

Haar vader was vijf jaar geleden met zijn tweede vrouw naar Sydenham verhuisd – vijf jaar nadat Helens moeder was overleden. Het was begrijpelijk dat Robert Weeks kapot was toen zijn jeugdliefde op haar negenenveertigste aan borstkanker was overleden; en in een maalstroom van gemengde gevoelens hadden Helen en haar zus verbijsterd toegezien hoe hij het geluk voor de tweede keer leek te hebben gevonden. Het huwelijk had achttien maanden geduurd.

Niemand wist precies waarom echtgenote nummer twee haar koffers zo snel had gepakt, en hun vader had er nooit iets over losgelaten. Helen en Jenny waren het erover eens dat hij misschien niet de gemakkelijkste man was om mee samen te leven en lieten het daarbij; maar opnieuw werden ze toen verrast door zijn veerkracht, door de snelheid waarmee hij zichzelf weer op de been had gebracht. Hij was op zijn tweeënzestigste met de VUT gegaan en had een greep gedaan in het geldpotje dat hij opzij had gezet. Hij was lid geworden van clubs, had met een jongensachtig enthousiasme hobby's opgevat, en om de verjonging te vervolmaken leek het er nu op dat er weer een vrouw ten tonele was verschenen. Nog maanden nadat hun vader het bestaan had onthuld van 'een aardige vrouw aan de overkant van wie ik soms op haar plek mag parkeren', moesten Helen en Jenny er als schoolmeiden om giechelen.

Het smalle straatje was netjes en goed onderhouden; een batterij aardewerken potten in de voortuintjes, en parkeerplaatsen waarover net zo fanatiek werd gewaakt als over de kinderen. Op de meeste ramen zaten buurtwachtstickers en er was een buurtvereniging waarvan haar vader actief lid was. Jenny vertelde dat hij deze nieuwe vrouw daar had ontmoet. Waarschijnlijk had hij haar verleid met een muffin.

'Je mag er wel een paar meenemen,' zei haar vader. 'Direct uit de diepvries, dertig seconden in de magnetron. Geef Paul er een bij zijn ontbijt.'

Helen bromde wat. Dat leek haar wel een goed idee.

'Jenny heeft er de laatste keer dat ze hier was ook een paar meegenomen. Ze doet er een in het broodtrommeltje van de kinderen.'

Natuurlijk doet ze dat, dacht Helen.

'Ze is trouwens vorige week nog geweest. Heeft ze dat verteld?'

'Ze heeft zeker flink haar best gedaan?'

'Wat bedoel je, lieverd?'

'Met Paul zwart te maken?'

'Waarom zou ze dat doen?'

'Laat maar.'

Hij keek niet-begrijpend en staarde in zijn thee. 'Ze weet dat ik die knul graag mag,' zei hij. 'Ik bedoel, misschien lijkt ze wel een beetje op me, en vindt ze dat Paul ondertussen met je getrouwd zou moeten zijn, maar ik ben nu eenmaal een ouwe lul die zich met z'n eigen zaken moet bemoeien.' Hij schudde zijn hoofd. 'Nee, ik zou niet weten waarom ze dat zou doen, lieverd.'

'Dat zou ze ook niet doen,' zei Helen. 'Sorry. Ik ben gewoon...'

Natuurlijk zou ze dat niet doen. Het ranzige privéleven van grote zus en haar grillige wederhelft was maanden geleden resoluut tot verboden terrein verklaard, en Jenny wist wel beter dan haar boekje te buiten te gaan. Helen kon behoorlijk van leer trekken, dat deed ze ook al voordat de hormonen gingen opspelen.

'Ze maakt zich wel zorgen,' zei haar vader. 'Maar daar kan ik toch geen kwaad in zien.'

Helen ook niet, niet wanneer ze redelijk was. Ze wist dat Jenny eigenlijk gewoon deed wat zussen nu eenmaal doen: haar kant kiezen, ongeacht de toedracht. Toch leken Jenny's echte gevoelens soms duidelijk genoeg: een veelzeggende zucht aan het eind van een telefoongesprek of een blik als ze meelevend knikte en weer doorging met thee voor haar kinderen te zetten.

Helen was een stomme slet die alles in de schoot geworpen had gekregen en haar leven vervolgens op het beslissende moment naar de verdommenis had geholpen. Dat was niet onredelijk, en het was precies hoe Helen er zelf over dacht.

Behept met een slecht humeur en de neiging op de zelfvernietigingsknop te drukken.

'Hoe gaat het met je, Hel?'

Ze ademde diep in, het zweet stond tussen haar schouders en ze voelde dat de opvlieger zich over haar borst verspreidde. 'Kan er een raam open? Het is hier bloedheet.'

'De meeste van die krengen zijn dichtgeschilderd,' zei haar vader. Hij stond op. 'Ik zet wel een deur open.'

De kat van haar vader, een zwart-witte kater die permanent in de rui was, kwam vanaf het raam aanschrijden. Hij keerde Helen zijn kont toe en liep weer weg.

'Hebben Paul en jij gedonder gehad?' Hij legde een hand op de rug van haar stoel toen hij langs liep; stak hem in de lucht toen ze zich omdraaide en beschuldigend omhoog keek. 'Ik zei het toch, Jenny heeft niets verteld.' Hij ging zitten en begon de boeken en bladen op het tafeltje naast hem recht te leggen, hoewel ze al netjes opgestapeld waren. 'Je hebt het alleen al een tijdje niet meer over hem gehad, en ik heb hem zelf al een tijd niet meer gesproken.'

'Hij zit tot over zijn oren in het werk.'

'Dat bedoel ik niet.' Hij leunde achterover in zijn stoel. 'Als ik bel en hij neemt op, kletsen we normaal gesproken even. Over het cricket of iets op tv. Nu geeft hij de telefoon zo snel als hij kan aan jou. Het is… gênant.'

'Hij heeft het echt druk,' zei Helen. 'Hij ziet mij niet eens staan.'

Het was een poging om grappig te zijn, maar iets in haar gezicht moest haar hebben verraden. Haar vader knikte alsof hij het begreep. 'Wacht maar tot hij de baby ziet,' zei hij. 'Er gebeurt iets met je als je je eigen vlees en bloed voor het eerst ziet. Alles wordt anders.'

Helen hees zichzelf overeind. 'Die kleine snotaap drukt op mijn blaas,' zei ze. 'Wil je nog wat thee voor ons zetten?'

'Bij de wasbak staat die vloeibare zeep die je zo fijn vindt…'

In het toilet deed ze de bril naar beneden en bleef een paar minuten zitten. Wachtend tot de zenuwen in haar binnenste tot bedaren waren gekomen en vechtend tegen de drang om zich helemaal te laten gaan en in te storten. De tranen kwamen de laatste tijd veel te snel: het was zo'n beetje haar standaardgemoedstoestand geworden, en dat was ze helemaal zat.

Toen ze terugliep naar de keuken gaf haar vader haar de bevroren muffins in een plastic zak, en ze zei dat ze hoopte dat de vrouw van de overkant in de gaten had dat ze een geweldige vangst had gedaan. Hij bloosde, maar keek toch verheugd.

'Om je de waarheid te zeggen weet ik niet zeker of ze wel geïnteresseerd is.'

'Natuurlijk wel,' zei Helen. 'Anders zou ze je niet op haar plekje laten parkeren.'

'Nee, misschien niet.'

'Neem 't nou maar van mij aan.' Ze zat in haar thee te roeren en keek naar hem. Ze dacht aan wat ze net had gezegd en hield nog een klein beetje meer van hem omdat hij haar stomme grapje niet had gesnapt.

Easy had niks met snooker, net zomin als met golf. Maar pool vond hij wel oké, dat was makkelijker en sneller, en hij speelde een paar spelletjes met SnapZ en Mikey achter in de hal om de tijd te doden tot Wave klaar was met zakendoen.

Mikey en SnapZ waren de twee met wie Easy na Theo het meest omging, maar hij vond ze geen van beiden echt snugger. SnapZ ging helemaal op in zijn muziek en zag zichzelf graag als een soort drummer. Hij zat altijd ritmes op tafels te tikken, en opgefokt te kakelen terwijl hij, volgens Easy dan, beter zijn kop kon houden.

'Hoe kan ik me nou op m'n stoot concentreren, man?' Easy richtte zich op van de tafel en spreidde zijn armen. 'Je staat altijd als een gek te shaken en met je fokking vingers te knippen.'

SnapZ snoof, deed een stap naar achteren en stak zijn duimen in de zakken van zijn afgezakte spijkerbroek.

Mikey moest lachen, zei 'als een gek,' en lachte weer met zijn hoge, licht slissende stem. Hij was de langste, en meestal verhulde zijn lengte het gewicht dat hij mee torste, maar in dit hete weer kon zelfs een wijd T-shirt niet maskeren wat Easy omschreef als een 'stel verdomd lekkere tietjes'. Easy en SnapZ vonden het leuk om hem van achteren te besluipen en een handvol vast te grijpen, en hoewel Mikey meestal lachte als hij naar hen uithaalde, had Easy het idee dat hij het eigenlijk niet zo grappig vond.

Easy boog zich voorover om zijn stoot te maken maar miste een *long pot* en zei: 'Je hebt me uit mijn concentratie gehaald.'

Mikey en SnapZ moesten allebei lachen.

De Cue Up snookerclub lag tussen een reisbureau en een winkel in sanitaire artikelen aan de hoofdweg achter het busstation van Lewisham. Vierentwintig grote tafels op de eerste verdieping en op de tweede verdieping een kleine loungeruimte, kantoren en opslagkamers. Er was een bar aan de ene kant bij de trap, die als afscheiding fungeerde tussen een stuk of vijf pooltafels aan de ene kant en een stel gokautomaten en videospelletjes aan de andere kant. Eten en drinken waren in theorie verkrijgbaar, maar de bar was op onregelmatige tijden open en de bediening liep niet over van vriendelijkheid.

's Avonds kon het er druk worden, maar op woensdag rond lunchtijd was het er behoorlijk stil. Boven vier tafels was het licht aan. Behalve de paar mensen die snooker of pool speelden, waren de schoonmaker, de vrouw met het scherpe gezicht achter de bar, en de ouwe vent die de hele dag sigaretten bietste en toast met barbecuesaus at, en al het geld dat hij op zijn eten uitspaarde in de gokmachines gooide, de enige aanwezigen.

Easy verloor een tientje aan SnapZ toen hij de zwarte bal in de pocket speelde, maar won het weer terug van Mikey, die telkens veel te hard stootte, alsof die stomme fucker een openingsstoot maakte. De hele tijd dat hij daar om de tafel heen bewoog, hield Easy de trap in de gaten om te kijken of Wave naar beneden kwam.

Halverwege een spelletje met SnapZ hoorde hij de stem van Wave, laag en snel pratend, als een baslijn in een reggaenummer. Hij gaf zijn keu aan Mikey en zei dat hij het spel moest afmaken.

Wave verscheen boven aan de trap in gesprek met een blanke man in een cool grijs pak. Hij knikte toen de man zich dicht naar hem toe boog om iets te fluisteren en schudde hem de hand voordat de man snel de trap af liep naar de uitgang. Die is van een paar driehoeken hoger, dacht Easy toen hij de man zag weglopen. Misschien nog wel hoger. Het was zoals hij Theo destijds had gezegd: daarboven verdween een hoop geld in de zakken van blanke mannen.

Easy keek naar Wave, die naar de bar slenterde. Asif kwam naast hem staan, een reusachtige Aziatische gast die door Easy en zijn maten in de bende As If werd genoemd. Hij trok de laatste maanden veel met Wave op, en was ook in de buurt terwijl Wave en de blanke man aan het praten waren en daarna afscheid namen.

Wave kocht flesjes Stella voor zichzelf en zijn schaduw en liep naar een lege tafel aan het andere eind van de hal.

Easy wachtte een paar minuten, haalde nog twee flesjes bier en kwam achter hen aan met bestudeerde nonchalance zigzaggend tussen de tafels door, vol zelfvertrouwen en schommelend met zijn hoofd alsof er een deuntje doorheen speelde.

Op het moment dat As If aanlegde voor een stoot, zette Easy een flesje naast het flesje dat Wave al op de rand van de tafel had gezet. 'Ik heb er nog eentje voor je gehaald,' zei hij.

Wave knikte en zag dat As If een rode bal miste. Hij liep naar de tafel en miste zelf ook.

'Wie is er aan het winnen?' vroeg Easy.

'We zijn net twee minuten bezig, man,' zei Wave. 'Niemand heeft nog gepot.'

Terwijl Wave aan de tafel bezig was, kwam As If dichterbij staan en nam Easy van top tot teen op. Easy droeg rood en wit, hetzelfde honkbalpetje zonder logo zoals altijd, en hij was niet van plan ook maar enig commentaar van As If te pikken. Hij keek As If aan alsof hij iets rook, en spreidde zijn armen wijd uit elkaar. 'Wát nou?' As If zei niets. 'Je moet jezelf eens zien, man. Van top tot teen in goedkope shit. Heeft de High and Mighty tegenwoordig ook een koopjeslijn?' As If haalde zijn schouders op en ging weer naar de tafel om een stoot te maken.

Ze speelden een minuut of tien door. Easy zei een paar keer: 'Pech, man' en zei 'Mooie bal', toen Wave een rode bal potte die vlak voor de pocket lag. Hij zoog zijn adem diep in toen er een roze bal tussen de zijkanten van een pocket caramboleerde zonder erin te vallen.

'Wat wil je?' vroeg Wave uiteindelijk.

'Je kent toch m'n brada T?' Wave wachtte. 'Staat op de uitkijk, is loopjongen en al die dinges.'

'Magere gast met dons op z'n kin?'

Easy knikte. 'Hij is zo'n beetje klaar om hogerop te gaan, ik zweer het je.'

'Vind jíj.' Wave zette zijn bier neer en ging weer verder met het spel.

'Zeker weten.' Easy's blik viel op de houten driehoek die aan de tafel hing. 'Hij is oké, man, weet je? Hij gaat geen gekke dinges doen. Hij werkt hard en hij is ook scherp, jongen, zo scherp als wat.'

'Je hoort nog wel.'

'Is goed, man.' Easy stond heen en weer te wippen op de bal van zijn voeten. ''k Zeg alleen, weet je, hij staat klaar als 't nodig is, hij is cool.'

'Ik zég toch.'

'Ik sta voor hem in, man.'

Wave keek achterom en staarde hem aan. 'Zet 't dan maar op papier.'

Easy moest even slikken, probeerde het met een grap af te doen. 'Wat heb jíj gerookt?'

Wave keek weer voor zich om zijn stoot te maken. 'Zet die getuigenis van je maar op papier, dan kan ik hem eens goed bestuderen als ik wat tijd heb. Als je iemand wilt pushen, moet je het doen zoals het hoort. Dan geef je me referenties, snap je?'

'Geen probleem,' zei Easy.

'Dan kan ik die onder je neus houden als je iele mattie de zaak verkloot. Dan laat ik die opeten.'

'Gaat niet gebeuren, man.'

Van het andere eind van de hal klonk een schreeuw van Mikey en gelach van SnapZ. Wave zei tegen Easy dat hij naar zijn vrienden moest gaan om te zeggen dat ze niet zo'n herrie moesten maken. Net voordat hij wilde doen wat hem was opgedragen, ving hij een blik van As If op, een optrekken van de wenkbrauwen dat hem helemaal niet beviel. Als hij maar even de kans kreeg, zou hij die Paki fucker een klap in zijn smoel geven.

Hij liep terug naar Mikey en SnapZ, en dacht na, dacht heel diep na.

Hij was goeie maatjes met Theo, absoluut, maar hij deed het niet alleen voor hem. Hij deed het ook voor zichzelf. Hij wilde duidelijk maken dat hij het totaalplaatje zag, dat hij de mensen in de groep goed kon inschatten, dat zijn oordeel ertoe deed. Wie te vertrouwen was en wie het niet waard was om tegenaan te pissen. Easy wilde Wave laten zien dat hij het talent had om toezicht op de dingen te houden. Zodat die erover zou denken hem promotie te geven.

Nou had hij zijn mond opengedaan en moest hij een 'getuigschrift' of zoiets schrijven. Dan kan ik die onder je neus houden als je iele mattie de zaak verkloot...

Nee, dat gesprek had heel wat beter kunnen lopen.

Hij begon Mikey en SnapZ al halverwege de hal uit te kafferen.

9

Baby's hadden altijd iets nodig, bedacht Theo, behalve wanneer ze sliepen, en dat deden ze nooit wanneer jij het wilde. Ze huilden en dan gaf je ze te eten. Ze huilden en dan maakte je hun smerige kont schoon. Soms huilden ze gewoon om je woest te maken, of zo leek het tenminste...

Maar dan keken die kleine flikkers je even aan, of je rook hun bolletje, en dan deed het er allemaal niet meer zoveel toe.

Javine was om een uur of zeven de deur uit gegaan. Hij paste pas drie uur op de baby, maar hij had het gevoel alsof hij al een marathon had gelopen. Hij probeerde de situatie de baas te blijven en ondertussen op te ruimen zodat Javine geen puinhoop zou aantreffen als ze thuiskwam. Zodat ze geen ruzie zouden krijgen. Hij was vastbesloten om de boel niet te verkloten en had de instructies die Javine voor hem had opgeschreven keurig opgevolgd.

Controleer op de rug van je hand of de melk niet te heet is.

Gebruik watjes en warm water, van die lotiondoekjes wordt het eczeem erger.

Dit keer de luiers met de goeie kant naar binnen aandoen, kaffer!

Tegen acht uur was hij al uitgeteld, en hij wist niet wanneer Javine zou thuiskomen. Hij had het willen vragen toen ze zich aan het klaarmaken was, maar had haar niet willen opjagen. Hij was even een paar minuten weggesukkeld voor de tv terwijl de baby rustig in zijn wipstoeltje lag, maar dat had niet lang geduurd.

Het voeden was best leuk geweest. Theo vond het gesnuf en geslurp wel schattig, de kleine vingertjes die aan de hals van zijn T-shirt trokken. En het laten boeren was ook wel grappig geweest, in het begin tenminste. Hij had geschaterd bij het kleine boertje en had gezegd: 'Ja, man, gooi het er maar uit,' daarna had hij de baby flink de les gelezen toen hij het spoor van melkachtig overgeefsel op zijn favoriete shirt had gezien.

Gebruik een katoenen doekje als hij zijn boertje moet laten.

De deurbel ging vijf minuten nadat hij de baby in bed had gelegd.

Leg hem op zijn buik en wrijf over zijn ruggetje.

Je moet zijn draak en zijn mobile aanzetten.

Misschien wil hij je vingers een paar minuten vasthouden.

Theo sprong op en rende naar de deur om open te doen voordat de bel voor de tweede keer ging, maar het gehuil begon op het moment dat hij zijn hand naar de grendel uitstak.

Easy. Grijnzend, met blikjes bier rammelend in een plastic tas. Theo liep terug naar de baby en liet de deur openstaan.

Toen hij vijf minuten later met de sputterende baby op zijn arm terugkwam in de woonkamer, had Easy zich op de bank geïnstalleerd met een blikje bier en keek naar *Men & Motors*. Hij knikte naar de tv. 'Hierna komt er een programma over strippers.' Hij keek op en zag Theo daar met de baby staan, over zijn rug wrijvend en troostende geluiden makend. 'Dit is idioot, man, dat je dit soort shit doet.'

Theo haalde zijn schouders op. 'Javine kan anders nooit uit.'

'Wat is er mis met een oppas?'

'Die kost vijf pond per uur,' zei Theo.

'Je moet uit kunnen wanneer je wilt, man.' Easy leunde hoofdschuddend achterover. 'Dat is een grondrecht. Om met je matties te kletsen of om wat klusjes doen als 't nodig is.'

'Ik kan het niet betalen.'

'Om te beginnen moet je zorgen dat er meer poen binnenkomt,' zei Easy. 'Je moet iets anders zien te krijgen, hoor je wat ik zeg?'

'Misschien kan ik met babysitten beginnen.'

De baby voelde zich op zijn gemak tegen zijn borst, zodat Theo zich naast Easy op de bank liet zakken en naar voren reikte om een biertje te pakken. Easy stak zijn hand uit en aaide de baby over zijn armpje.

'Hoe heet hij?'

Theo keek hem aan. 'Je weet toch hoe hij heet, man?'

'Ik kan niet alles onthouden.'

'Hij heet Benjamin,' zei Theo. 'Benjamin Steadman Shirley.'

Benjamin naar Javines vader, en Steadman naar die van Theo. En Shirley, hoewel Javine en hij niet waren getrouwd.

Easy knikte. 'Hij is mooi, man.'

'Ja.' Easy had het gezegd alsof hij het over een nieuw mobieltje of over het beeld van een plasmascherm had.

Ze keken een tijdje tv en hadden het over allerlei dingen, en daarna begon Easy het gesprek zachtjes in de richting van zaken te leiden. Hij maakte Theo aan het lachen door over een van de loopjongens te klagen. 'Het kost hem vijf minuten om het geld af te leveren, weet je. Twee minuten zou genoeg moeten zijn, maximaal. Het lijkt verdomme wel of hij een houten poot heeft, man, ik zweer het je.' Toen vertelde hij Theo over het gesprek met Wave, eerder die week. Hoe goed het was gegaan. 'Hij vindt het een goed idee, weet je wel, waar we het over hadden.'

'Welk idee ook alweer?'

'Dat jij wat op zou schuiven. Wat vind je ervan?'

'Wat zei hij dan precies?'

'Wat ik zei. Als ik het een goed idee vind, vindt hij het ook een goed idee. Ik heb hem verteld dat je te vertrouwen bent, dat je je uit de naad werkt, en zo.'

'Proost, man.' Theo aaide zijn zoontje over zijn hoofd en keek naar de strippers op *Men & Motors*. 'Hoeveel meer denk je dat ik per week zou binnenbrengen?'

Easy verkreukelde zijn lege bierblikje en pakte een nieuw. 'Meer, daar gaat het om, toch? Dat zijn allemaal details, man. We moeten het eerst voor mekaar krijgen, hoor je wat ik zeg?' Hij rommelde in zijn zak, trok een stuk papier tevoorschijn en liet Theo zien wat hij over hem had geschreven, het getuigschrift waar Wave om had gevraagd. Terwijl Theo het las, zat Easy ongemakkelijk heen en weer te schuiven alsof het een liefdesbrief was.

Theo voelde de verlegenheid van zijn vriend en wierp hem een kus toe. 'Je bent een schat.'

'Ga jezelf fokken, man.'

Theo hield maar voor zich dat het amper leesbaar was en dat er in elke zin wel een paar spelfouten zaten, omdat hij vermoedde dat Wave daar niet van wakker zou liggen. Hij gaf het stuk papier terug. 'Nee, eerlijk. Ik vind het cool van je, echt.'

'Laat me niet vallen, man,' zei Easy.

'Je weet dat ik dat niet zal doen. Dat heb je hier zelf opgeschreven.'

'Je moet jezelf bewijzen, begrijp je? Slagen voor die test, ja?'

Theo begon te lachen. 'Waar heb je het over? Een geheime eed en dat soort shit? Inwijding of zoiets?'

'Gewoon laten zien dat je een stap verder kan gaan, dat is alles.'

'Ga je m'n kop in de plee duwen en doortrekken, zoals op school?'

''t Komt wel goed, man. D'r is geen zak aan. Maar je gaat het toch echt willen, hè, T? Je bent er toch klaar voor, man?'

Theo zag de opwinding op Easy's gezicht en hoorde die in zijn stem, en hij was slim genoeg om te kunnen bedenken waarom. Ze kenden elkaar goed, maar Theo vermoedde dat er wel een prijs betaald zou moeten worden. Misschien zou Easy hem later om een vriendendienst vragen of een klein aandeel willen van het extra geld dat Theo's kant op zou komen. Dat was oké. Theo wist hoe het werkte, vrienden of geen vrienden, en dit gebeurde allemaal omdat Easy een goed woordje voor hem had gedaan.

Als de prijs niet te hoog was.

Hij zat daar en dacht erover hoe het zou zijn om rond te rijden in iets waar de kinderen vanuit de schaduw bij de garages naar keken. Om genoeg centen te hebben om Javine tevreden te houden en de blits te maken wanneer hij daar zin in had. Genoeg voor zichzelf en een beetje om opzij te leggen voor Benjamin, en misschien ook voor Angela.

Iets om te verbrassen en iets om opzij te leggen.

En Easy zat daar ook, naar Theo en zijn baby te kijken en te bedenken waar hij voor die avond een auto vandaan zou halen. Wat voor pistool hij zou gebruiken.

De flat was verlaten toen Paul thuiskwam, en hij was net bezig Helens mobieltje te bellen toen hij zich herinnerde dat ze bij haar zus zou eten. Hij schoof een pizza in de oven en keek onder het eten naar het nieuws. Hij schoof de deur naar het lachwekkend kleine balkon open, zette zijn voeten tegen het hekje en stak een sigaret op. Het was een warme avond, en hij rook de mint die Helen in een pot had gezet; de jasmijn die koppig weigerde tegen een klein houten rekje te klimmen.

Nu Frank hem in de steek had gelaten, was het een hele opluchting dat de zaken met Shepherd goed uit leken te pakken. Nu kon hij zich enigszins ontspannen en zich permitteren wat meer tijd te besteden aan de dingen waar hij officieel voor werd betaald. Niet dat hij zou ophouden met zijn ogen de kost te geven als hij met Shepherd in zee ging. Er waren genoeg zakenlieden die op zoek waren naar consultants; die graag zaken deden met mensen als hij.

Smerissen die er wat bij probeerden te scharrelen.

De ene gedachte stak de lont van de volgende aan, sissend en agressief, en zijn stemming sloeg om in de paar seconden die nodig waren om de sigaret uit te drukken.

Uit-druk-ken-die-kut.

Scharrelen...

Hij had die klootzak met wie Helen het had gedaan een paar keer gezien. Hem in de gaten gehouden. Hij had zijn adres opgezocht en had daar rondjes gereden, staan wachten tot die vent naar buiten was gekomen en in zijn kloterige Ford Fuckmobiel was gestapt. Paul had lang en gespannen naar die auto zitten kijken. Hij had erover gedacht hem ter plekke aan te rijden, die klootzak tegen de zijkant van zijn auto te pletten en zijn lijk op de achterbank te smijten, wat eigenlijk van een elegante finesse zou hebben getuigd.

Er waren nog een paar duisterder momenten geweest, waarop hij zich er echt in had verdiept. Waarop hij koel had overwogen hoe hij het zou kunnen aanpakken; dat waren de beter doordachte plannen. Hij dacht dat hij er misschien nog mee weg kon komen ook, als hij zorgvuldig was, en zelfs als hij dat niet was, dan was er altijd wel een agent die graag de andere kant op keek.

Natuurlijk had hij niets gedaan. Hij had het wat laten verbleken en door laten etteren. En Helen gepijnigd wanneer de kans zich ook maar voordeed.

Ze kwam iets na elven thuis, en hij hield de deur in de gaten. Een paar glazen wijn hadden de woede die daar tussen de plantenpotten was opgelaaid iets getemperd, maar hij voelde die nog steeds vanbinnen tikken.

'Hoe ging het met Jenny?'

Helen had haar jas nog niet uitgedaan. 'Goed hoor. Je moet de groeten hebben.'

'Nou, dat maakt mijn dag helemaal goed.'

Ze liet haar hoofd zakken en liep meteen door naar de slaapkamer. Toen ze er weer uit kwam, zei ze: 'Ik ben moe. Ik kan hier echt niet tegen, Paul.'

Hij keek toe hoe ze naar de keuken sjokte en haar vingers door haar haar haalde en hoorde zichzelf 'Sorry' zeggen. Hoorde haar zeggen dat het goed was; dat ze er morgen over konden praten als hij dat wilde, en hij wist dat hij daar echt geen zin in had.

Ze kwam naast hem zitten en vroeg of hij een fijne dag had gehad. Hij vertelde haar een mop die Gary Kelly aan iedereen had verteld, waar ze om moest lachen, en onder het tv-kijken was de stilte tussen hen iets draaglijker dan hij een tijdlang was geweest.

Hij dacht aan de ochtend dat ze hem over de baby had verteld en hoe het daarna was geweest. Hoe ze allebei de draak hadden gestoken met de stompzinnige grijns die de ander op zijn gezicht had. Hij draaide zich opzij om haar daaraan te herinneren, maar zag dat ze met haar hoofd achterover en haar mond open in slaap was gesukkeld. Hij legde zijn hand op haar buik en liet die daar liggen tot zijn eigen ogen dichtvielen en zijn hand naar beneden op de bank viel.

Een paar uur later werd hij wakker met de smaak van wijn en ouwe peuken in zijn mond en schudde haar zachtjes wakker.

10

Op weg naar de badkamer greep Helen hem vast en gaf hem een kneep-je en een speelse stomp. 'Je bent te laat, slaapkop!'

Paul glimlachte maar heel even. Hij had zich verslapen en had tien minuten geleden de deur uit gemoeten naar zijn werk.

'Ik heb thee voor je gezet,' zei Helen. 'En de Coco Pops staan op tafel, dus geen paniek.'

Ze was al een uur op, had gedoucht, had zich aangekleed en de res-ten van de afhaalmaaltijd van de vorige avond opgeruimd. Ze hadden een curryschotel laten bezorgen, waren laat opgebleven en hadden de wereldproblemen opgelost. Paul had steen en been geklaagd over zijn baan, de werktijden en de ergernissen, en had Helen gevraagd of zij vond dat hij over drie maanden mee moest doen aan het examen voor inspecteur. Op zijn beurt had hij ook meegepraat over verhuizen en kinderkamers, en na een paar glazen had hij zijn gitaar uit de kleerkast opgedoken. Hij had 'Wonderwall' en 'Champagne Supernova' ge-speeld, en toen er iemand in de flat boven hen op de vloer had ge-stampt, had hij geschreeuwd: 'Vond je het mooi?'

Helen vermoedde dat hij het ondanks zijn geklaag nu beter naar zijn zin had op het werk dan de afgelopen weken het geval was ge-weest. Misschien had het werk meer invloed op zijn stemming gehad dan ze had gedacht. Misschien zelfs meer dan zijzelf.

Toen Paul de woonkamer binnenkwam en ging zitten, bracht He-len hem zijn thee. Ze leunde tegen de tafel en samen keken ze een paar minuten naar *Ontbijt-tv*: een voorbeschouwing van het nieuwe voet-balseizoen dat over krap twee weken zou beginnen; reis- en verkeers-informatie; een redelijk klinkende weersvoorspelling voor de lange termijn.

'Ik ga vanavond naar Katie en Graham,' zei Helen. 'Ze vroegen of jij ook kwam.' Paul keek op. 'Rustig maar, ik zit je maar te plagen. Ik heb hun verteld dat je een afscheidsfeestje had. Dat is een opluchting zeker, hè?'

Paul grinnikte met zijn mond vol Coco Pops. Helen wist dat nog een avondje met Graham op Pauls populariteitsschaal ergens tussen een seminar over wijkpolitiewerk en een marteling met roodgloeiende naalden in zijn ogen lag, en ze nam het hem niet kwalijk. Zelf had ze de uitnodiging alleen aangenomen omdat ze wist dat Paul niet thuis zou zijn en ze geen zin had de hele avond alleen thuis te zitten. Ze vroeg zich af of dat niet de eigenlijke reden was dat haar vriendin haar had uitgenodigd. Ze had gezegd dat Paul weg was voordat Katie haar had gevraagd.

Ze liep de keuken in. 'Ik ben waarschijnlijk al diep in slaap als je thuiskomt.' Ze was niet van plan het erg laat te maken, maar Katie woonde in Noord-Londen, in Seven Sisters, en het zou wel even duren voordat ze weer thuis zou zijn.

'Ik slaap bij Gary,' riep Paul terug.

'O, oké. Dan zie ik je morgenochtend wel.'

'Waarschijnlijk pas laat in de middag. Gary's vrouw is er niet, en ik geloof dat hij een hengstenbal heeft georganiseerd.'

'Dat wil ik liever niet weten.'

'Ik bel je wel.'

''t Is goed. Veel plezier.'

'Jij ook.'

'Doe je wel een beetje kalm aan, Hopwood?'

Helen hoorde Paul niet de hal in lopen om zijn jack te pakken; ze had niet door dat hij al afscheid had genomen. Toen ze de keuken uit kwam zag ze tot haar verrassing dat hij er niet was, en ze schrok toen de deur dichtsloeg.

De afgelopen dagen had Theo op de uitkijk gestaan, samen met Ollie, een best aardige blanke jongen met dreadlocks die zich behoorlijk goed in de straattaal wist te redden. Hij stond op een hoek van Lewisham High Street, bij de klokkentoren op de uitkijk terwijl Ollie de tien pond naar een flat ergens in de wijk bracht, en wachtte tot hij met het 'wit' zou terugkomen. De markt die tot St. Saviour's Church liep was druk, wat normaal gesproken goed was voor de handel en de blauw wat meer bezighield, wat nooit slecht was. Het politiebureau zelf, een van de grootste van de stad, stond precies tegenover hem, en onder het wachten staarde Theo naar de verlichte reclamezuil van de bushalte op een metertje afstand: twee opgewekte smerissen – een dikke gast en een knappe vrouw – praatten in een radio en daaronder stond een tekst in dikke, vette letters: ZICHTBAAR VEILIGER.

Dertig meter verderop stond een tiener die nog ongeduldiger op Ollie stond te wachten dan Theo, in de portiek van een elektronicazaak naar de televisies te staren.

Het zou maar een paar minuten duren. 'Sneller dan fokking Argos,' zei Easy graag tegen de klanten.

Theo hield de klant in de gaten, hoewel het niet voor de hand lag dat die weg zou lopen. De jongen danste van de ene voet op de andere zoals ze altijd deden en wreef in zijn handen; zijn wangen waren ingevallen omdat hij vaker aan de pijp zat te lurken dan dat hij aan eten dacht. Zes maanden geleden had Theo misschien nog medelijden met hem gehad, maar die tijd was voorbij. Nu had hij alleen nog maar meer van die stumperds nodig die zijn telefoonnummer aan elkaar doorgaven, in de rij stonden om te kopen en zo zijn commissie opkrikten.

Hij stond nog steeds te wachten tot de deal was gesloten, toen de Audi aan de overkant van de straat stopte.

Easy stapte uit en riep hem. 'We moeten straks even praten,' zei hij.

Theo keek over zijn schouder om te zien of Ollie eraan kwam. 'Yo, wat jij wilt.'

''t Gaat gebeuren, hoor je? Wave wil dat het vanavond gebeurt.'

'Shit, ik dacht dat het nog even zou duren, weet je?'

''t Is vanavond, man, dus zorg maar dat je er klaar voor bent, ja? T...?'

'Ik ben er klaar voor, man,' zei Theo. 'Relax.'

Easy grijnsde en gaf een klap op het dak van de auto. Omdat hij niet wilde dat zijn vriend iets in zijn ogen zou zien wat er niet hoorde te zijn, keek Theo weer achterom, alsof hij nog steeds bezig was met zijn werk en op de uitkijk stond.

Plotseling zag Easy aan de overkant van de straat iets wat op een boom was geprikt en liep erheen. Theo volgde; zag hoe zijn vriend het gefotokopieerde aanplakbiljet bekeek en zijn mobieltje tevoorschijn haalde.

Theo keek wat er stond: een telefoonnummer en een beschrijving; een foto van een weggelopen hond die in de camera keek met witte ogen van de flitser. Als kind had hij zelf een hond gehad, een bastaard die er veel minder schattig uitzag dan deze.

'U was toch uw hond kwijt?' zei Easy terwijl hij Theo ondertussen aankeek. 'Nou, ik denk dat ik hem heb.' Hij knikte en zei: 'Hou je kop, ja? Voor vijfduizend kan je hem terugkrijgen, of ik mol dat kreng.' Hij luisterde en trok toen een gezicht; drukte kwaad op de uit-knop. 'Ze hebben hem al gevonden.'

'Werkt dat nou wel 's?' vroeg Theo.

'Eén keer, maar dat klotewijf dong af tot vijfhonderd.' Hij schudde zijn hoofd vol afkeer. 'En dan zeggen ze dat dit een land is van dieren-liefhebbers, man!'

'Moeten we straks nog naar toespraakjes luisteren?'

'Ja, het gebruikelijke werk, denk ik,' zei Kelly. 'Bob noemt ons alle-maal rukkers en klaagt over het armoedige horloge of de heupfles met inscriptie, of wat we hem cadeau doen.'

'Nou, daar kijken we naar uit,' zei Paul. Hij prikte met zijn vork in een bijna eetbare *cottage pie* en dacht erover om de volgende dag eerder naar huis te gaan dan hij Helen had gezegd, en samen iets te doen op de vrije zaterdag. Het zou leuk zijn er een dagje van te maken, de stad uit te gaan, misschien. Ze waren een paar keer naar Brighton gereden, wa-ren ook een keer met de trein gegaan vanaf Victoria Station, en ze had-den het altijd leuk gehad.

Hij voelde de telefoon in zijn jaszak trillen.

Maar aan de andere kant moest je de spits voor zijn om een hele dag te hebben, en het zou best kunnen dat hij niet fit genoeg was om zo vroeg op pad te gaan.

Hij haalde de telefoon uit zijn zak, hield hem op zijn schoot, keek naar het schermpje en liep weg om het gesprek aan te nemen.

'Ik wilde alleen maar even horen of alles goed was,' zei Shepherd.

'Alles is goed.'

'We hebben elkaar al een paar dagen niet gesproken, dus ik wilde het even weten.'

Paul duwde de glazen deuren open en liep de lobby in; bekeek onder het luisteren de posters op de aankondigingsborden. Shepherd klonk geagiteerd. Hij leek erop gebrand te willen weten of hun afspraak nog stond, of Paul bepaalde dingen voor zich had gehouden. Paul zei hem dat hij zich niet druk hoefde te maken, maar dat het lastig was om nu te praten. Zei dat hij de volgende dag zou bellen om een nieuwe afspraak te maken.

Shepherd lachte. 'Ik maak me een beetje zorgen,' zei hij. 'Je begrijpt het wel.'

Paul slenterde terug naar de kantine en bedacht dat op de dag dat hij types als Kevin Shepherd zou begrijpen, het tijd werd om er een punt achter te zetten en zijn eigen afscheidsspeech te houden. Hij ving Kelly's blik op en gebaarde even naar hem, en liep vervolgens naar de bar om koffie voor hen beiden te halen.

Een echte parkeergarage, bovengronds of wat dan ook, was ongeschikt, vond Easy. Te veel camera's. Overal hingen trouwens veel te veel camera's, die hem en de rest van de wereld vierentwintig uur per dag in hun reet keken. Het was een van de eerste dingen die ze de nieuwe gasten leerden: hoe ze de handel moesten overdragen zonder dat er iets te zien was, ook al was het hele gedoe op camera opgenomen. Het was een kwestie van je *hoodie* op houden, je lichaam op een bepaalde manier draaien en de blinde vlek van de camera's vinden. Na een tijdje werd dat een tweede natuur, alsof ze iedereen in de zeik namen.

Ze namen de bovengrondse naar Catford en vonden een zijstraat achter de oude hondenrenbaan, zonder cameratoezicht, voor zover ze konden zien. Easy en SnapZ namen de ene kant van de straat en Mikey de andere.

Ze hoefden niet langer dan vijf minuten te wachten.

Het joch kwam aanlopen met een sporttas, alsof hij naar de fitness was geweest of zoiets. Zodra hij de centrale vergrendeling van zijn auto had uitgeschakeld en eromheen liep om zijn tas in de achterbak te gooien, stond SnapZ voor hem en vroeg hoe laat het was. Mikey stond achter hem met een mes en Easy voerde het woord.

'We willen alleen de autosleutels, dus geen stomme dingen, begrijp je?'

Op het gezicht van de jongen maakte angst snel plaats voor gelatenheid, en hij gaf de sleutels af.

'Da's mooi,' zei Easy.

De jongen schudde zijn hoofd. "t Is verdomme maar een Cavalier, man. Wat heb je daar nou aan?'

'Kop dicht of ik ga je steken,' zei Mikey.

Easy grinnikte. 'Geef die portemonnee ook maar, en dat glimmende mobieltje, nu we toch bezig zijn.'

Toen hij had waar hij om gevraagd had, liep Easy langzaam om naar de passagierskant en liet SnapZ rijden. Ze zouden de auto meenemen naar een van de garageboxen van Wave, daar een paar nieuwe nummerplaten op zetten en wachten tot het tijd was om Wave op te halen, waarna ze de ster van de show zouden oppikken.

SnapZ draaide het sleuteltje om.

'Makkelijk zat,' zei Easy.

Mikey pakte de sporttas van de jongen uit de achterbak en gooide die op het trottoir voordat hij instapte. De jongen raapte hem op en smeet hem vloekend tegen een muur.

Hij stond nog steeds te schelden toen de Cavalier wegscheurde.

Helen ging naar Old Kent Road om een fles rode wijn te kopen waarvan ze wist dat Katie die lekker vond. In de paar minuten dat ze stond te wachten om te kunnen betalen had ze eigenlijk de pest in om er geld aan uit te geven, en ze voelde zich opeens kwaad worden bij de gedachte dat Katie haar uit medelijden had uitgenodigd. Ze had veel zin om haar eens goed te vertellen hoe zielig ze háár eigenlijk vond met dat perverse vriendje van haar en haar ziekelijke verlangen om populair te zijn, wat ze vroeger op school ook al had.

Tegen de tijd dat ze weer in de auto zat was ze weer gekalmeerd en voelde ze zich behoorlijk schuldig. Ze bedacht dat, hoe ze ook stond te popelen om te bevallen, ze het zou missen dat ze haar heftige stemmingswisselingen dan niet meer aan de zwangerschap kon wijten.

Terwijl ze door Borough naar het centrum reed, begon het te regenen; en toen ze over London Bridge reed, goot het.

Ze hoopte dat Graham na het eten naar zolder of waar dan ook zou gaan om kleine dieren te kwellen, zodat zij en Katie vrijuit konden kletsen. Het zou nog leuker zijn als ze kon drinken. Twee dagen geleden hadden ze haar verteld dat het hoofdje van de baby was ingedaald, en ze had toen graag het glas willen heffen. Want als ze één ding niet zou missen aan haar zwangerschap, was het van de drank afblijven. Wat haar betrof mochten ze haar een glas in de hand drukken zodra de navelstreng was doorgeknipt.

Ze reed in noordelijke richting naar Dalston en Hackney en vroeg zich af of mensen hun wenkbrauwen zouden optrekken als ze opschreef dat ze vlak na de bevalling een fles wijn wilde. Of de vroedvrouw dan stiekem een maatschappelijk werker zou bellen.

Ze vroeg zich ook af of ze die eerste fles met Paul zou drinken.

Rondkijkend in de zaal besloot Paul dat hij aan zowat iedereen de pest had. Natuurlijk, een paar biertjes geleden had hij nog net zoveel van ze gehouden, en de kans was groot dat hij dat weer zou doen als hij er nog een paar achteroversloeg. Het bier had hem stevig te pakken: in een mum van tijd had het hem van een sentimentele sukkel in een korzelige rotzak veranderd en kon hij ook geen behoorlijke zin meer formuleren; en keer op keer had hij zich een weg naar de toiletten moeten banen.

De collega die met pensioen ging had zijn toespraak gehouden en, behalve dat hij een wandklok met barometer had gekregen in plaats van een horloge of een heupflacon, was het min of meer gegaan zoals Gary Kelly had voorspeld. Paul had net zo enthousiast gejuicht en boe geroepen als alle anderen. Maar terwijl hij al die glimmende pakken in het deprimerende kleine zaaltje zag rondlopen, veel te hard lachend en de honderd pond weg zuipend die in de pot zat, wist hij één ding.

Hoe teut hij ook was, hij wist dat hij meer wilde.

Als het tijd werd voor hem om afscheid te nemen, zou hij hier geen genoegen mee nemen. Hij wilde eruit ruim voordat iemand een lullig zaaltje boven een pub reserveerde en met de pet rondging voor een of ander treurig cadeau. Dan wilde hij allang vertrokken zijn en er warmpjes bij zitten.

Hij trok Kelly's aandacht aan de andere kant van de bar en sloeg zijn ogen ten hemel. Kelly was een goeie agent, maar je had niet veel verbeelding nodig om je hem twintig jaar later voor te stellen op de plaats waar Bob Barker nu stond. Goed zijn in je werk was bij lange na niet genoeg, zelfs niet voor degenen met ambitie. Je had inzet en lef nodig, en dat stukje van jezelf dat eigenlijk nergens om gaf.

En je moest kunnen liegen alsof het gedrukt stond.

Theo zat bij het raam van de Chicken Cottage in High Street zoals hem was opgedragen, met een doosje kippenvleugeltjes voor zich en een krant die hij nog niet had opengeslagen. Hij keek op zijn horloge. Het was na middernacht, het tijdstip waarop Easy hem had gezegd klaar te staan, en hij begon al te denken dat het niet zou gebeuren. Dat Wave van gedachten was veranderd of dat er iets tussen was gekomen.

Misschien was het van het begin af aan niet de bedoeling geweest dat het zou gebeuren.

Misschien bestond de test uit het feit dat hij was komen opdagen en er klaar voor was, en viel er verder niets meer te doen. Hij vroeg zich af of Easy en de rest hem ergens vandaan in de gaten hielden en zich zaten te bescheuren dat hij daar als een idioot voor het raam zat. In een deuk lagen.

Hij pakte een kippenvleugel, maar die was koud geworden, zodat hij hem weer in het kartonnen bakje liet vallen. Buiten was de regen aan het afnemen en werden de paraplu's ingeklapt. Het had bijna de hele avond geregend, maar toch was het nog warm en hij had zijn jack niet meegenomen, hoewel Javine het hem in de deuropening had toegestopt.

Terwijl ze daar stond had ze hem een blik toegeworpen die zei: ik hoop dat wat je gaat doen de moeite waard is. Of misschien had de blik alleen maar gezegd: hou van je, tot straks, en had hij de rest gefantaseerd.

Hij had geen idee.

Hij had het gevoel dat zijn hoofd alle kanten op ging: knikkend op de maat van de muziek uit de luidspreker boven zijn hoofd, salsa of zoiets; hij maakte met zijn hoofd ronddraaiende bewegingen en probeerde kalm te blijven en te bedenken hoe de volgende paar uur eruit zouden zien; duwde zijn hoofd tegen het koude raam en stelde zich voor dat hij zijn mobieltje zou pakken en zou bellen.

Om Easy te zeggen dat hij tevreden was met waar hij zat. Dat hij harder zou werken en langer. Dat hij geen zetje nodig had.

Hij deed zijn ogen open toen hij een claxon hoorde en staarde door het beregende raam naar de koplampen. Hij herkende de auto niet, en het duurde even voordat hij zag dat Easy vanaf de achterbank als een idioot naar hem zat te grijnzen, met Mikey en SnapZ naast hem. Hij zag Wave achter het stuur zitten, die zich langzaam opzij boog en op de lege passagiersstoel naast hem klopte en iets tegen de jongens op de achterbank zei.

Iets waar ze allemaal om moesten lachen.

Theo knikte, stond op en nam een slok uit zijn flesje water. Hij pakte op weg naar buiten een handvol servetjes, omdat hij al flink zweette.

De koude lucht sloeg hem in het gezicht toen Kelly en hij de straat op wankelden. Hij haalde een paar keer diep adem, blies zijn wangen op en knipperde langzaam met zijn ogen.

'Zo,' zei Kelly. 'Gaan we een nog club zoeken, of wat?'

Paul tuurde op zijn horloge. 'Dat meen je niet.'

Kelly knikte naar de overkant van de straat. Verduisterde ramen met een neonreclame die nauwelijks genoeg licht gaf om het woord MASSAGE te verlichten. 'We kunnen daar nog even naartoe. Even relaxen.'

'Ik ben rijp voor m'n bed,' zei Paul.

Ze stonden daar even zwijgend te kijken naar het weinige verkeer dat voorbijkwam. Er stond behoorlijk wat wind en Kelly had moeite een sigaret op te steken. Hij stapte een portiek binnen, hield zijn jas omhoog tegen de wind en stak zijn sigaret aan.

'Zullen we dan maar een taxi aanhouden?' vroeg Paul.

'Als je geluk hebt.' Ze bleven nog even naar de voorbijkomende auto's staan kijken. 'Misschien vinden we een snorder langs de hoofdstraat. Al Jazeera-minibusjes, weet ik veel...'

Paul had het gevoel alsof hij moest kotsen. Hij deed zijn ogen even dicht en wachtte tot het overging. 'Shit.'

'We kunnen bij mij thuis nog wat lol maken,' zei Kelly.

Paul trok een vies gezicht. 'Zeg, je bent toch niet van de verkeerde kant, vriend?'

'Mocht je willen.'

'Weet je zeker dat Sue het niet vervelend vindt?'

'Heb ik je al gezegd, die is er niet,' zei Kelly. 'We kunnen uitslapen, naar mijn stamkroeg gaan en daar een snelle hap nemen, wat je wilt.'

Paul vond het een goed idee. In ieder geval beter dan dat Helen op haar tenen om hem heen zou lopen. 'Ik heb beloofd dat ik even naar huis zou bellen.'

'Ja, doe dat maar.' Kelly gooide zijn peuk weg en begon 'Under My Thumb' te zingen terwijl Paul zijn mobieltje uit zijn jaszak viste.

Paul mimede 'Sodemieter op' onder het intoetsen, en wachtte. Hij kreeg Helens voicemail en liet een bericht achter.

Kelly liep nog steeds zingend met gespreide armen weg over het trottoir. Paul borg zijn mobieltje op en ging achter hem aan. Voor zover hij de tekst nog van vroeger kende, zong hij mee, en met z'n tweeën, de woorden aaneenrijgend als Jagger op een slechte dag, liepen ze in de richting van de stoplichten.

Sport – in de breedste zin van het woord – was Helen te hulp gekomen toen Graham een voorliefde voor op tv uitgezonden dartswedstrijden aan zijn verzameling van perversiteiten bleek te hebben toegevoegd, en de twee vrouwen bijna de hele avond alleen liet.

Ze hadden in de nieuwe aanbouw van de eetkamer gezeten en herinneringen opgehaald: aan leraren en bijna vergeten klasgenoten; giechelend en roddelend als de dertienjarigen die ze ooit waren geweest. Op het eind van de avond ging het gesprek meestal over hun schooltijd, en Helen genoot altijd van de herinnering aan een tijd waarin de verantwoordelijkheden op één hand konden worden geteld, en de zorgen beperkt bleven tot wiskundeproefwerken en make-up.

Deze avond leek dat allemaal heel ver weg.

Pas toen Katie voorstelde een tweede fles wijn open te maken had Helen op haar horloge gekeken en zag ze tot haar schrik hoe laat het was. Het was bijna kwart voor twee geweest voor ze goed en wel buiten stond, en het zou haar zeker een uur kosten om van Seven Sisters naar huis te komen, zelfs op dat uur van de nacht.

Het was nog steeds behoorlijk druk omdat de bars en clubs leegstroomden. In de nacht van vrijdag op zaterdag kon je een soepele rit wel vergeten.

Op het moment dat ze langs de wijk Stamford Hill reed, hoorde ze haar telefoon overgaan. Haar mobieltje zat in haar handtas, en omdat er geen mogelijkheid was om even langs de kant te gaan staan, liet ze het gesprek door de voicemail afhandelen. Op dit uur kon het alleen Paul zijn. Aan het signaal hoorde ze dat de beller een bericht had achtergelaten. Ze kon de inhoud wel raden: 'Bel alleen even om goeienacht te zeggen. Hoop dat Graham je avond niet heeft verpest.'

De golf van affectie werd al snel weggezogen door een onderstroom van schuldgevoelens, en toen ze vaart minderde voor de stoplichten moest ze denken aan iets wat Katie op een van de rustiger momenten van die avond had gezegd: 'Jij wist toen altijd al wat je wilde. Je had het allemaal op een rijtje: kinderen, een man, carrière, de hele boel. Het was alsof je geen twijfel kende, en wij hebben altijd al geweten dat het je allemaal zou lukken, want als het erop aankwam, was je altijd een geluksvogel.'

Helen schrok op van getoeter van de auto achter haar en zag dat het licht op groen was gesprongen. Ze stak haar hand verontschuldigend in de lucht en trok op, denkend aan de uitdrukking op het gezicht van haar vriendin toen ze dat zei, en aan het liedje dat op de achtergrond had geklonken. Hoe ze op dat moment zelf bijna aan de wijn was gegaan.

Ze zette de radio aan toen ze Stoke Newington High Street op draaide en vroeg zich af hoe laat Paul thuis zou komen en hoe zwaar zijn kater zou zijn. Ze keek ernaar uit hem alles te vertellen over Graham en zijn obsessie met darts.

Dat zou hij grappig vinden.

Het is een droge nacht, maar de straat is nog steeds glad van de bui van een paar uur geleden; glimmend wordt hij onder de koplampen gezogen, en er dendert niet veel verkeer over de scheuren in een hoofdweg die waarschijnlijk het slechtst onderhouden is van de hele stad.

Het is natuurlijk ochtend, strikt genomen dan; de kleine uurtjes. Maar voor die paar stervelingen die op weg zijn naar huis of die zich in het donker naar hun werk slepen of al met het een of ander bezig zijn, lijkt het erg op de nacht; midden in de rottige nacht.

In het holst ervan.

Wave had geen enkele haast gehad en was vanaf Lewisham kalmpjes naar het noorden gereden en was zelfs even gestopt toen ze eenmaal over de London Bridge waren om een hamburger en iets te drinken voor zichzelf te kopen. Hij parkeerde alsof het een gezinsuitje was. Veegde de ketchup van zijn mond terwijl Theo naast hem zat te dollen met Easy, Mikey en SnapZ, en het trillen van zijn linkerbeen onder controle probeerde te houden.

Vlak voordat hij de auto weer startte, had Wave zich voorovergebogen om het handschoenenkastje open te klappen en tegen Theo gezegd dat hij zijn hand erin moest steken.

Het was een .38 revolver met een korte loop en niet te zwaar; roestvrij staal, de kolf afgeplakt met rode tape. Theo had hem in zijn hand gewogen alsof het niets bijzonders was. Het was niet de eerste keer dat hij een vuurwapen in zijn handen had, maar wel de eerste keer dat het echt zo aanvoelde.

Op de achterbank had Easy een kreet van opwinding geslaakt. 'Ligt lekker in de hand, T.'

SnapZ had een roffel op de rug van Theo's stoel losgelaten.

Wave had de Cavalier weer voorzichtig de verkeersstroom in gestuurd. Hij zei: 'Nu zijn we klaar voor het echte werk.'

Ze reden door de City richting centrum, voorbij station Liverpool Street, en reden rond kwart over twee Kingsland Road op. Wave reed langzaam rond, sloeg vlak voor het kanaal links af en reed een paar keer het blok rond.

'Gaan we nog wat doen, of hoe zit 't?' vroeg Mikey, en hij stak zijn hoofd tussen de voorstoelen.

'Wanneer ik het zeg,' zei Wave.

Mikey zette zijn pet recht en leunde weer achterover, waarbij hij zijn brede lijf tussen Easy en SnapZ in perste. 'Klinkt goed, man,' zei hij.

Theo haalde diep en langzaam adem. Hij legde de revolver op de stoel tussen zijn benen, liet zijn handen onopvallend over de stof van zijn spijkerbroek glijden, maar toen hij de blaffer weer vastpakte, voelde de tape nog steeds warm en vochtig aan tegen zijn handpalm.

Het was weer gaan regenen. Wave deed de ruitenwissers aan. Het rubber van een van de wissers was versleten, en Theo rekte zijn hals om iets door het helderrode waas van water en achterlichten te kunnen zien.

'Yo man, vind je het spannend, Star Boy?'

Theo knikte en werd in zijn stoel gedrukt toen Wave plotseling op het gas trapte, een kruising over schoot, en vervolgens weer langzaam verder reed; zijn ogen gericht op de weg voor hem, het tegemoetkomend verkeer in de gaten houdend.

Aanzwellend geroep van de achterbank, het gestamp van voeten op de rubberen vloermatten. Easy leunde naar voren. 'Alles cool, T?'

Wave reikte achter het stuur en zette de verlichting uit.

'Ik zeg je dat Theodore het in z'n broek heeft gedaan,' zei SnapZ.

Theo knipperde met zijn ogen en zag de blik van Javine. Nog een keer diep ademhalen, denkend aan de schone geur van Benjamin Steadman, boven op zijn bolletje...

Easy boog zich voorover tot dicht bij Theo's oor. 'Makkelijk zat,' zei hij.

Theo knikte.

Easy stak zijn hand uit en gaf een klopje op Theo's arm, reikte daarna wat verder om de loop van de revolver te aaien. De glimlach was iets te breed; de fluistertoon had iets kils.

'Je kent de etiquette...'

II

Lucifermannetjes

11

Waarschijnlijk was de inspecteur iets mededeelzamer dan gebruikelijk in een poging ongemakkelijke stiltes te vermijden, en het meeste van wat hij zei was tot het tafelblad gericht, of, als hij achteroverleunde in zijn stoel, tot de bladderende plafondplaten. Hij maakte dus niet veel oogcontact, maar het werd hem niet kwalijk genomen.

'Waarschijnlijk heb je zelf ook vaak genoeg in mijn positie gezeten,' zei hij.

'Ik heb te maken gehad met mensen die er veel erger aan toe waren dan ik, als je dat bedoelt.'

'Dus je weet hoe het is.'

'Ik leef met je mee.'

'Zo bedoelde ik het niet,' zei de inspecteur en hij werd rood. 'Nou ja... je weet dat het moeilijk is om met een familielid over de zaak te praten.'

'We waren niet getrouwd.'

'Maar dan nog... We hebben goede redenen om dat normaal gesproken niet te doen. Je begrijpt dat we hier waarschijnlijk helemaal niet zouden zitten als je niet bij de politie zou werken.'

Het kantoor van de inspecteur, dat hij klaarblijkelijk met een ander deelde, lag op de derde verdieping van Becke House, het hoofdkwartier van de afdeling Moordzaken West. Hij had duidelijk gemaakt dat de hoofdinspecteur als leidinggevend opsporingsambtenaar hier zelf gezeten zou hebben als hij het niet druk had gehad met het opstellen van een persbericht. In de plaatselijke kranten had al een bericht gestaan over een fataal ongeval, maar nu werden alle details vrijgegeven – de naam van het slachtoffer, de andere auto, de schoten – in de hoop dat het iets zou losmaken. Dat zich iemand zou melden die informatie had.

'Vraag je nu al om hulp?'

Het gezicht van de inspecteur sprak boekdelen. Er waren pas twee dagen verstreken sinds het incident en het onderzoek zat nu al muurvast. 'Het heeft geen zin tegen je te liegen,' zei hij. 'Sommigen van deze lui schieten je zonder meer neer als de manier waarop je ze aankijkt ze niet aanstaat. Ze staan niet direct te springen om met ons te praten.'

'Ja, ik weet hoe die dingen werken.'

Het was een mooie maandagmiddag, en het werd al onaangenaam warm in het kantoor. De zon voelde heet aan op de armleuningen van de plastic stoelen en de zijkant van hun gezicht; scheen door de ramen naar binnen op roomkleurige wanden en kurkvloeren die allang waren verbleekt en een groezelige, gemarmerde crèmekleur hadden gekregen.

De inspecteur maakte even oogcontact en keek daarna weer naar zijn bureau. 'Wanneer komt de baby?'

'Ik ben nu zo'n beetje zevenenertig weken onderweg,' zei Helen. 'Dus elk moment, eigenlijk.'

De inspecteur keek weer op, knikte, en liet zijn ogen weer afglijden naar het dossier op zijn bureau. Hij mompelde: 'Het spijt me.' Dat had hij al behoorlijk wat keren gezegd.

'Spijt het je van mijn verlies?' vroeg Helen. 'Of spijt het je dat mijn baby straks zonder vader wordt geboren?'

Twee dagen na het incident...

Twee dagen nadat Paul Hopwood was aangereden door een motorvoertuig en daarbij om het leven was gekomen toen hij bij een bushalte op Kingsland Road in Hackney stond te wachten.

Helen zag de gêne op het gezicht van de inspecteur en had spijt van haar bitse opmerking. Hij had gelijk gehad toen hij suggereerde dat ze dit soort situaties wel kende, en toen ze daarop zei dat ze te maken had gehad met mensen die er veel erger aan toe waren dan zijzelf, was dat niet bedoeld als een snedig antwoord. Als rechercheur in een jeugd- en zedenteam had Helen Weeks mensen ondervraagd die kinderen verloren hadden of wier kinderen waren misbruikt door degenen van wie ze hielden en die ze vertrouwden. Niettemin wist ze hoe moeilijk het was om degene te zijn die de vragen stelde. Die de afgezaagde clichés oplepelde. Ze keek naar de man tegenover haar en wist hoe graag hij dat kantoortje uit wilde. Hij was halverwege de veertig, donker en stevig gebouwd, met haar dat aan de ene kant wat grijzer was dan aan de andere. Er lag een nerveuze maar wel warme glimlach op zijn gezicht, maar ze had sterk het idee dat die niet permanent op zijn gezicht zat gebeiteld. Dat hij niet iemand was die je tot je vijand zou willen maken.

'Weet je al wat het gaat worden?' vroeg hij. 'Een jongen of een meisje?'

Ze schudde haar hoofd.

'Al namen?'

'Nee.'

Ze was zijn naam al vergeten zodra hij zich had voorgesteld. Slechts één lettergreep had ze nog weten te onthouden. Dat gebeurde de laatste dagen maar al te vaak. Ze kon geen informatie vasthouden. Gewone woorden klonken belachelijk, en ze kon midden in een gesprek zomaar afdwalen.

Haar hersenen hadden het veel te druk met het oproepen van beelden: bloed en glasscherven op een trottoir; zijzelf met een kleuter hand in hand voor een grafsteen.

'Ik dacht dat het een broodjeaapverhaal was,' zei ze. 'Dat van die koplampen.'

'Dat was het volgens mij ook...' Zijn mobieltje ging. Hij pakte hem op en keek op het schermpje en mimede nog een keer 'Sorry' voordat hij het gesprek wegdrukte en de telefoon in zijn jaszak liet glijden. 'Ik dacht dat het in Amerika was begonnen en hierheen is overgewaaid via internet of zoiets.'

Helen had er een paar jaar geleden voor het eerst over gehoord: een waarschuwing dat je in bepaalde buurten van de stad niet met je koplampen moest knipperen naar mensen die zonder licht reden. Een afgrijslijk willekeurige manier van bendes om hun slachtoffers uit te kiezen; om de auto uit te kiezen waarop het bendelid dat werd ingewijd, moest schieten. Het was waarschijnlijk een onzinverhaal, maar toch klonk het akelig plausibel als je bedacht welke kant het met die buurten op ging. Nu lag er een scenario waarvan ten minste één bende blijkbaar vond dat het een prima manier was om een nieuw lid te testen.

'Ze schijnen die initiatieriten telkens te veranderen als ze er genoeg van hebben,' zei de inspecteur, 'of wanneer het te gemakkelijk wordt. Een paar jaar geleden spoten ze ammonia bij mensen in het gezicht. Dat was populair onder jonge meiden omdat ze het in hun handtasje konden verstoppen.'

'Dit is dus een bende uit Noord-Londen?' vroeg Helen.

'Dat hoeft niet. De auto is gestolen in Catford...' Hij zweeg toen er weer tonen uit zijn jasje klonken ten teken dat de beller een bericht had achtergelaten. 'Dat de schietpartij aan deze kant van de rivier plaatsvond kan met het territorium te maken hebben. Om iemand anders te laten weten dat ze daar zijn geweest.'

'Als het een territoriumoorlog is, weet je welke bendes erbij betrokken zijn.'

'Voor zover we weten is er niks aan de hand. Ik zeg alleen dat we niets moeten uitsluiten.'

'Maar je weet wel met welke mensen je moet praten?'

'We hebben natuurlijk contact opgenomen met de narcoticabrigade. Ze proberen ons op het juiste spoor te zetten, maar er zijn zowat tweehonderd bendes in Londen, en zoals ik al zei...'

'Zijn ze niet erg spraakzaam,' zei Helen. 'Ik weet het.' Ze dacht even na. 'En hoe zit het met het forensisch onderzoek?'

'De Cavalier was uitgebrand toen we hem vonden, dus ik denk niet dat daar veel uit komt. De BMW wordt nog onderzocht.'

'Waar?'

De inspecteur hoorde het niet of verkoos de vraag te negeren. 'We hebben een voorlopig rapport, maar we wachten het ballistisch onderzoek nog af.' Hij keek haar aan. 'We proberen hier natuurlijk vaart achter te zetten, Helen.'

Ze knikte. Natuurlijk deden ze dat. Dat was altijd zo wanneer het om een politieman of -vrouw ging. Maar zijn korte stilte zei haar dat ze niet verwachtten dat er veel uit zou komen; zeker geen dingen die ze niet al wisten. Er waren genoeg ooggetuigen: mensen die hadden gezien dat de BMW met zijn lichten had geknipperd; dat er vanuit de Cavalier was gevuurd; dat de BMW plotseling de stoep op was geschoten en op de bushalte was ingereden. Ze hadden het tijdstip, de kentekens en een paar vage signalementen.

Afgezien van wie ervoor verantwoordelijk was, was het praktisch een uitgemaakte zaak.

'Hoe zit het met de anderen bij de bushalte?' vroeg Helen.

'Wel goed. Rechercheur Kelly, die kent u geloof ik wel, kwam ervan af met een paar snijwonden en blauwe plekken. De andere man was er zo'n beetje hetzelfde aan toe. Rondvliegend glas...'

'En de vrouw in de auto?'

Had ze haar ogen op het laatste moment dichtgedaan? Toen ze hem raakte? Hield ze haar armen voor haar gezicht om zichzelf te beschermen of zag ze Pauls gezicht toen hij over de motorkap op haar af vloog, toen hij tegen de voorruit te pletter sloeg zodat die verbrijzelde?

'Zij maakt het ook goed, geloof ik. Gebroken sleutelbeen. Haar gezicht is nogal gehavend.'

'Heb je haar adres voor me?'

'Wat zeg je?'

'Ik wil haar graag opzoeken.'

Hij leunde achterover in zijn stoel en keek oprecht verbaasd. 'Waarom?'

Ze had daar niet direct een antwoord op. De zon op haar gezicht en hals begon ondraaglijk te worden. Ze krabde door het materiaal van haar jurk aan haar buik. 'Wat moet ik anders? Ik heb het gevoel dat ik... tussen waan en werkelijkheid zwalk, snap je, en ik heb geen zin om te gaan zitten afwachten of ik de kans krijg Paul te begraven voordat de baby komt. Ik wil... ik moet iets te doen hebben. Maakt niet uit wat.'

Hij schraapte zijn keel. 'Is er iemand bij je in huis?'

'Het huis is veel te klein. Mijn vader en mijn zus zijn er zo nu en dan, maar ik heb om eerlijk te zijn liever een beetje de ruimte.'

'En Pauls ouders?'

'Die zitten in een hotel. Daar voelen ze zich... prettiger, denk ik.'

'Heb je al over de begrafenis nagedacht?'

Ze flapte de woorden eruit voor ze het wist. 'Ja, en ik vind wel dat er een moet komen. Dat is waarschijnlijk het beste, denk je niet? Anders gaat de boel toch wel erg stinken.'

De inspecteur werd weer rood, maar dit keer was het Helens beurt om zich te verontschuldigen.

'Geeft niet.'

'Alsof de stemmingswisselingen hiervóór al niet erg genoeg waren.'

'Ik bedoelde alleen of je al had nagedacht over een officiële politiebegrafenis.'

'Niet echt. Nog niet.' Ze had er wél over nagedacht. Ze was tot de conclusie gekomen dat, hoe graag ze het ook besloten wilde houden, ze het aan Pauls ouders zou overlaten. Ze vermoedde dat als het zover was, ze waarschijnlijk de vlaggen en de lijkdragers met witte handschoenen wilden.

Als het zover was.

Het onderzoek naar Pauls dood was geopend en was – in overeenstemming met de standaardprocedure – meteen verdaagd. Het zou weer worden geopend zodra het politieonderzoek was afgerond. En wie wist wanneer dat zou zijn?

'We zullen contact opnemen met de rechter-commissaris en vragen of het stoffelijk overschot... Paul zo snel mogelijk kan worden vrijgegeven,' zei hij. 'Maar dat kan best nog een aantal weken duren.' Er werd geklopt en er verscheen een hoofd om de hoek van de deur. 'Wat is er, Dave?'

De ogen van de man schoten naar Helen en vervolgens weer naar de inspecteur. 'Je briefing is vijf minuten geleden begonnen...'

De inspecteur knikte en de man sloot de deur. 'Sorry, ik moet ervandoor.' Helen wilde opstaan, maar hij stak een hand op, stond zelf op en liep om zijn bureau heen. 'Ik ben zeker een kwartier weg,' zei hij. 'Waarschijnlijk langer.' Hij wierp een blik op het blauwe boekje dat midden op zijn bureau lag. 'Alle verklaringen, rapporten en zo staan natuurlijk op de computer, maar waarschijnlijk ben je net als ik. Jij noteert vast ook een hoop in je notitieboekje?' Helen zei niets. 'Ik ga dat niet allemaal meenemen,' zei hij. 'Het blijft daar gewoon op het bureau liggen, en ik hoef je natuurlijk niet te vertellen dat je er echt niet in moet neuzen terwijl ik weg ben.' Hij liep naar de deur.

'Ik begrijp het,' zei Helen.

Ze bleef nog een minuut of twee een tikje buiten adem zitten nadat de inspecteur was weggegaan, liep toen naar de gang, waar ze wist dat er een waterkoeler was. Ze schonk het papieren bekertje tot drie keer toe vol. Toen ging ze terug naar het kantoor van de inspecteur en sloeg zijn notitieboekje open.

Zijn naam stond boven aan de eerste pagina: Tom Thorne. Helen vond dat die bij hem paste. Ze vermoedde dat hij stekelig kon zijn en vasthoudend, en had hem in gedachten Spiky Bugger genoemd, stekelige gozer.

Ze sloeg de geperforeerde pagina's om tot ze bij een pagina kwam waarboven stond: HOPWOOD: 2 AUGUSTUS. De naam was uitgebreid onderstreept en er waren figuurtjes in de hoeken van de bladzijden getekend: huisjes en sterretjes. Ze pakte een pen uit haar handtas, nam een A4'tje van het bureau en begon dingen op te schrijven.

12

Honderd, honderdvijftig pond per week erbij.

De kans om de hele dag op zijn reet voor de tv te zitten.

Een sleutel.

Een wapen.

Dat had Theo overgehouden aan de 'promotie'. De beloningen die een stukje hogerop in Easy's driehoek op hem hadden liggen wachten.

En er was nog iets geweest, iets wat moeilijker was te duiden, maar wat veel enger was. Hij wist dat anderen in de bende het 'respect' noemden, hoewel dat woord soms als een leeg pakje sigaretten heen en weer werd gekeild, en hij genoot van de blikken, van de knikjes – het had geen zin te doen alsof het hem niets deed – van degenen bij wie hij nu hoorde, en van degenen die nog zaten te wachten tot ze zelf de kans kregen. Hij vroeg zich af of iemand van hen ook maar een idee had hoe schijtbenauwd hij die avond was geweest. En nog steeds was. Hij vermoedde dat een heleboel van hen dat wisten; meende iets van een verstandhouding, iets van begrip in een paar van die blikken te hebben gezien.

Het meest beangstigende was dat hij het nu moest waarmaken.

'Kijk je naar die shit, man?'

Theo schudde zijn hoofd.

Mikey perste zich naast hem op de gescheurde nepleren bank en pakte de afstandsbediening. Theo staarde naar het scherm en zag de zender elke paar seconden veranderen: een vrouw in een leeg huis, mensen op loopbanden, auto's, poker, een of andere idioot die aan het vissen was.

Het geluid stond zacht omdat ze op de deur moesten letten.

Nadat hij twee keer langs alle zenders was gegaan, nam Mikey genoegen met een aflevering van *Diagnosis Murder*. Hij ging achterover zitten. 'Dat is die gast uit *Chitty Chitty Bang Bang*, man. Die fucker is oud geworden...'

De flat waarvan Theo de sleutel had gekregen, lag aan het eind van een galerij op de derde verdieping van de laagbouwflat: het poepbruine blok tegenover dat van Theo's eigen flat en die van zijn moeder. Hier had Theo de laatste paar dagen met Mikey, SnapZ of een van de andere jongens doorgebracht, waar ze *stash and cash*-dienst hadden: het beheren van de handel en de poen.

Afgezien van een plasmascherm en een PlayStation3 was de flat praktisch leeg. Wat bij elkaar geraapte meubels in de voorkamer. Basisbenodigdheden in de keuken: bestek en een waterketel, een magnetron, een paar borden en mokken in de kast waar de in huishoudfolie gewikkelde crack in Tupperwarebakjes werd bewaard.

In de enige slaapkamer stond vrijwel niets behalve een bed met een slaapzak op het kale matras, een stapel oude kranten en een lamp in de hoek. Het metalen geldkistje was onder een losse plank onder de vloer verstopt. Theo moest ervoor zorgen dat de bankbiljetten na elke transactie in de geldkist werden gedaan, zodat ze klaar lagen wanneer As If ze aan het eind van de dag voor Wave kwam ophalen.

'Stash and cash, man,' had Easy gezegd. 'Nou ga je verantwoordelijkheid hebben, T.'

Wat Theo vooral had, was een heleboel tijd om rond te hangen en steeds beter te worden in *Grand Theft Auto*. Tijd om met Mikey of wie dan ook te ouwehoeren. Tijd om Javine te bellen wanneer hij maar zin had.

Te veel tijd om na te denken.

'Zelfde gast zat ook in *Mary Poppins*,' zei Mikey. 'Die moet zwemmen in het geld, man. Waarom moet ie deze shit gaan doen?'

Het was niet de bedoeling dat er iemand dood zou gaan.

Twee schoten achter in de auto. Dat was de deal; niemand gewond en wegwezen, klus klaar. Jezus, waarom moest dat stomme wijf dat nou doen, in paniek aan het stuur rukken alsof ze geraakt was of zo? De stoep op slingeren en op die mensen inrijden en al die ellende veroorzaken?

Fuck. Fuck. Fuck.

'Niks aan de hand,' had Easy gezegd, maar hij had het wapen niet in zijn handen gehad, of wel soms?

Theo wist alleen over de man bij de bushalte wat er in de kranten had gestaan. Een rapportage van dertig seconden in *London Tonight*, beelden van de BMW die werd weggesleept. Hij wist niet hoe hij heette, of hij getrouwd was, kinderen had, wat dan ook. Maar hij wist dat hij nog in leven had moeten zijn en dat de blauw de zaak heel wat serieuzer zou nemen nu dat niet zo was.

De bende nam het ook serieuzer, nam Theo heel wat serieuzer. Die knikjes en de blikken, alsof hij opeens een stuk hoger terecht was gekomen dan zijn bedoeling was geweest. Alsof hij een grote stap omhoog had gemaakt van straatkoeriertje tot hoofdfiguur in de bende.

Hij merkte dat Mikey opstond, het pistool van de tafel voor de bank pakte en zei: 'Hé man, ben je doof of zo?'

Hij had de klop op de deur niet gehoord.

Hij pakte zijn eigen pistool – niet het ding dat hij drie avonden geleden had gebruikt, en dat door Wave al was weggewerkt – en liep naar de deur. Er werd weer geklopt, het geluid weergalmde tegen de stalen plaat voor de deur. Hij keek op de monitor aan de muur naar het beeld van de camera die buiten boven de deur was gemonteerd.

Ollie tuurde naar de camera en boog zich toen voorover tot dicht bij de intercom. 'Jezus, man, kom op.' Hij hield twee briefjes van twintig pond omhoog. 'Die gast wil er twee, man. Wil ze snel, snap je wat ik zeg?'

Theo keek naar het beeld. Ollies dreadlocks leken bijna zilverachtig op het korrelige zwart-witbeeld. Het pistool voelde heet en zwaar aan in zijn hand.

'Laat hem fokking binnen, man,' zei Mikey.

Theo trok de grendels weg, deed de deur open en liet Ollie binnen die de kamer binnenstormde.

Onder het schoonmaken zette Helen een van Pauls oude platen van Queen op. Zette het geluid hard en zong mee. Ze stofzuigde grondig, schoof de grotere meubelstukken opzij om overal bij te kunnen en maakte alle spiegels en ramen schoon met azijn. Ze haalde de koelkast leeg en sopte hem uit; nam alle muren en keukenkastjes af. Ze zou op haar knieën de vloer hebben gedaan, maar ze wist dat ze evengoed had kunnen proberen om languit op een skippybal te gaan liggen.

Ze zweette tegen de tijd dat ze klaar was en ging voor de tv zitten tot het donker werd. Ze voelde de baby in haar buik bewegen en draaien, en ze probeerde te huilen.

Niet dat ze niet wist dat het vaak zo ging, dat de tranen soms als laatste kwamen. Ze had vaak genoeg gezien hoe zulk nieuws bij mensen aankwam, gemerkt dat het effect ervan van persoon tot persoon kon verschillen. Ze had hen zien schreeuwen, lachen of horen schelden. Maar vaak was er gewoon stilte, alsof er een rolluik werd neergelaten... voor de buitenwereld tenminste. Zo was het haar ook vergaan: ze was in bed overeind gekomen en had naar het licht getast toen de telefoon zaterdagochtend om halfvijf was overgegaan.

Had geluisterd en had gevoeld dat er vanbinnen zachtjes een knop om ging.

Ze wist dat de tranen vroeg of laat moesten komen, maar ze vroeg zich af of schoonmaken wat al schoon was en boenen tot je handen rauw waren misschien een soort rouwverwerking was. Vroeg zich af waarom ze de laatste maanden zo vaak had moeten huilen als een kind, maar er nu geen traan uit kon persen terwijl ze er zo'n behoefte aan had.

Alsof ze al haar tranen al had vergoten.

Jenny had de vorige dag een pan soep gebracht – ze kon naast alle andere dingen ook fantastisch koken – en nadat Helen had gegeten en de afwas had gedaan, ging ze zitten met de plastic zak die ze van Becke House had meegenomen.

Pauls persoonlijke bezittingen: het pak en het overhemd die waren teruggekomen uit het forensisch lab; schoenen, sokken, ondergoed, diplomatenkoffertje en paraplu; portemonnee, autosleutels en mobieltje. Ze spreidde alles netjes uit op tafel, vouwde het overhemd zo op dat de bloedvlekken in de kraag niet te zien waren en probeerde een paar knopen door te hakken.

Het pak zou ze laten stomen en naar de kringloopwinkel brengen. Ze moest al zijn kleren zo snel mogelijk uitzoeken. Om te kunnen kiezen wat hij zou dragen als het zover was.

Zijn blauwe pak met een wit overhemd. Misschien zijn gala-uniform als andere mensen dat wilden.

Ze zou de volgende morgen met de autosleutels naar Kennington gaan.

Pauls auto ophalen.

Misschien zou ze hem wel verkopen.

Het mobieltje had zichzelf uitgeschakeld. Ze pakte de oplader die aan Pauls kant van het bed in het stopcontact zat, en zette het toestel aan. Hij had als laatste met haar voicemail gebeld toen ze terugreed van Katie, ongeveer een uur voor het ongeluk.

Ze had sindsdien wel twintig keer naar het bericht geluisterd.

'Met mij. We gaan net naar Gary's huis... zoeken een taxi of een nachtbus of zoiets.' Op de achtergrond wordt gezongen, en daarna wordt er geschreeuwd. 'Hou je kop. Sorry... dat is Kelly die zit te klieren. Tot morgenmiddag, oké?' Meer geschreeuw, en gelach van allebei. 'Nou ja, maak er maar morgenavond van...'

Ze wist heel zeker welk gezicht hij had getrokken toen hij dat zei.

Ze knipperde met haar ogen en zag zijn gezicht weer voor zich, bleek en wezenloos, zwevend boven het witte laken in de opbaarruimte van het mortuarium. Ze hadden zijn haar gekamd. Zijn moeder had haar hand uitgestoken en haar vingers erdoorheen gehaald; zei dat ze er altijd een hekel aan had gehad als het te netjes zat.

Ze zag het pictogram met het envelopje in de hoek van het scherm, en zag dat er één ongelezen bericht was. Ze riep het op.

Een bericht van 'Frank' dat gisteren was ontvangen: 'Zin in een Chinees volgende week? F.'

Pauls vader en moeder hadden het gehad over een rouwadvertentie in de krant, maar niemand wist eigenlijk in welke krant. Ze hadden een paar telefoontjes gepleegd, hadden mensen gevraagd het nieuws door te geven, en zij en Helen hadden samen waarschijnlijk de meesten van Pauls beste vrienden kunnen bereiken. Ze had al overwogen om zijn adresboekje door te nemen, om mensen te bereiken met wie Paul het contact had verloren, of met wie ze zelf geen contact had. Dit leek daar een goed moment voor.

Ze belde het nummer.

'Paul?' Een zachte stem, een Londens accent.

'Is dit Frank?'

'Met wie spreek ik?'

'Sorry... je spreekt met Helen. Ik ben Pauls vriendin.' Er viel een stilte. Helen wilde net weer iets gaan zeggen.

'Ik weet wie je bent.'

Helen was even in verwarring gebracht, en hakkelde daardoor nog meer dan ze toch al zou hebben gedaan. 'Luister, sorry voor het storen... dat ik stoor, maar ik wilde je zeggen dat Paul afgelopen weekend is overleden.'

'Sodemieter op.'

Het was een reflex: recht voor zijn raap, maar toch schokkend; zijn krachtige afwijzende reactie. 'Het spijt me heel erg.' Ze wachtte even, luisterde naar zijn ademhaling, tot ze tot de conclusie kwam dat hij niets meer ging zeggen. 'Ik zag dat je een bericht had achtergelaten, dus...'

'Hoe is hij overleden?'

'Het was een auto-ongeluk.'

'Waar? Wat voor auto-ongeluk?'

'Daar wil ik liever niet...'

'Zat Paul achter het stuur?'

'Nee, hij is... aangereden.' Ze keek naar Pauls spullen op tafel. Op een van de schoenen zat ook een bloedvlek. 'Nou, zoals ik zei, ik zag het bericht. Ik wilde alleen maar...'

'Sorry voor m'n taalgebruik van zonet.'

'Geeft niet.'

'Nee. Het is onvergeeflijk.'

Zijn stem klonk plotseling bijna melodramatisch, en Helen vroeg zich af hoe zij op hem overkwam. Kalm? Misschien zelfs kil? 'Hoor eens, ik weet dat je Frank bent, maar ik heb geen achternaam.'

'Linnell,' zei hij.

'Oké.'

Hij zei het nog een keer. 'Klemtoon op de tweede lettergreep.'

Ze boog zich voorover om een pen en papier uit haar tas te pakken. 'Er is nog geen datum – voor de begrafenis, snap je – maar als je me een adres geeft, kan ik je laten weten waar en wanneer, als het zover is.'

Weer wachtte ze, tot ze begon te denken dat hij had opgehangen; ze hoorde gehoest en wat gesnuif. 'Dus als je...'

'Ik bel je,' zei hij.

De verbinding werd verbroken.

13

Op weg naar huis vanuit Kennington rook ze Paul in de auto; zijn sigaretten en zweet. Hij had de laatste tijd blijkbaar veel meer gerookt dan hij had gezegd, en ze voelde dat ze kwaad op hem werd. Er lagen lege blikjes en Kit-Katwikkels en vodjes papier op de vloer. 'En je auto ziet er schandelijk uit,' zei ze.

Bij het politiebureau was ze even snel binnen en buiten gewipt. Ze had haar legitimatiebewijs bij de receptie laten zien en was haastig, met haar hoofd omlaag doorgelopen naar de parkeerplaats. Ze was al bijna weg, had het portier van de auto net dichtgedaan, toen de arrestantenbewaker naar buiten kwam rennen. Ze had hem een paar keer in de pub ontmoet en hij had haar wel aardig geleken.

Op elk bureau was er wel iemand zoals hij: keihard, maar tegelijk zo week als wat.

'Helen, wacht even...'

Ze draaide het raampje omlaag.

'Ik wilde alleen maar zeggen hoe verschrikkelijk we het allemaal vinden. Jezus.' Hij krabde aan iets op het dak van de auto. 'We konden het niet geloven.'

'Bedankt.' Ze wist niet meer hoe hij heette. Harry? Henry?

'Dat het zo moet... gebeuren. Absurd gewoon.'

'Ja.' Niet dat ze inzag dat het minder absurd zou zijn om neergestoken te worden door een dronkenlap of opgeblazen te worden in de metro.

'Hoor eens, de jongens zijn bezig een inzameling te organiseren...'

Ze knikte. Natuurlijk, dooie smerissen en rondgaan met de pet, dat hoorde bij elkaar, net als paard en wagen, en fish and chips. Ze wist niet zo goed wat ze nu moest zeggen, dus zei ze maar 'Bedankt' en startte de auto.

De brigadier keek toe hoe ze achteruitreed en keerde, en hij zwaaide toen ze langzaam de parkeerplaats af reed.

De Londense politie had een aantal garages aan weerszijden van de rivier. Een ervan lag in Hammersmith, verborgen achter blauwe ijzeren hekken in een zijstraat van Fulham Palace Road. Helen parkeerde de auto en liep naar de werkplaats. Het was een warme dag en de deuren stonden open. Een aantal mensen was buiten met auto's aan het werk – twee afgeschreven Saabs van de politie en een Mercedes waarvan het portier aan de passagierskant was ingedeukt – en binnen stond een groepje van drie man om een tafel een motorblok te bestuderen alsof ze de Dode Zeerollen aan het ontcijferen waren.

De ruimte zag eruit als iedere andere garage, misschien een tikje schoner en zonder de pin-upkalenders. Er waren takels en smeerkuilen, werkbanken en rekken met gereedschap. Tegen de ene muur stonden gasflessen en snijapparatuur gerangschikt, en langs de andere muur liep een trap naar boven naar, vermoedde Helen, kantoren en een technisch lab voor het fijnere werk.

Ze toonde haar legitimatie aan een van de mannen die aan de Mercedes werkten en noemde de naam van de tactisch rechercheur naar wie ze op zoek was. Hij wees naar het groepje dat de motor bestudeerde, en Helen liep naar een grote vent in een blauwe overall en met een smerig wit honkbalpetje op.

Ze liet haar ID nogmaals zien. 'Ik zou de zilvergrijze BMW graag zien,' zei ze. 'De zaak-Hopwood.'

Roger Deering was de tactisch rechercheur wiens naam ze had overgenomen uit het notitieboekje van de inspecteur, samen met het adres van de garage en wat andere snippers informatie. Hij leidde haar naar een plek waar drie afgedekte voertuigen naast elkaar stonden. Hij trok de hoes van de middelste auto weg. 'Dat is 'm...'

Helen liep langzaam om de BMW heen en was zich ervan bewust dat Deering haar gadesloeg. De voorkant van de auto was verkreukeld en de motorkap was ontzet. Ze staarde. Het viel onmogelijk te zeggen hoeveel schade was veroorzaakt door de muur die de auto uiteindelijk had geraakt, en hoeveel aan Paul kon worden toegeschreven.

'Kan ik je ergens mee helpen?' vroeg Deering.

De voorruit was verbrijzeld en naar binnen verbogen. Hij hing als een glazen web in het interieur van de auto. Er was geen bloed te zien.

'Om je de waarheid te zeggen ben ik met deze bijna klaar,' zei hij. 'Misschien heb je meer aan degene die het verkeerstechnisch sporenonderzoek heeft gedaan.'

Als zich bij verkeersongelukken met een dodelijke afloop verdachte omstandigheden voordeden, nam de technisch rechercheur de rol op zich die anders door de tactisch rechercheur werd vervuld. Net als veel tactisch rechercheurs waren technisch rechercheurs geen politiemensen en konden ze niet voor de rechtbank getuigen. Hij of zij was verantwoordelijk voor het forensisch onderzoek van de auto: uitstrijkjes en vingerafdrukken maken, verfmonsters nemen en contact leggen met experts uit andere disciplines indien nodig. Als dat achter de rug was, nam een verkeerstechnisch rechercheur de leiding over de reconstructie van het ongeval. Daarna werd het voertuig helemaal uit elkaar gehaald zodat de remmen en de stuurinrichting goed konden worden geanalyseerd; zodat de overblijfselen van de auto het verhaal konden vertellen.

Een autopsie, als het ware.

Helen liep naar het achterportier aan haar kant en deed dat open. De achterbank ontbrak en de matten waren eruit gehaald. Er lag nog wat glas op de vloer voor het raam waar de schoten waren binnengekomen.

'We hebben één kogel teruggevonden in het spatbord en de andere in het portier aan de andere kant.'

Helen schrok op. Ze had niet gemerkt dat Deering achter haar was komen staan. Ze draaide zich om en keek hem aan.

'Die zijn nu bij het ballistisch lab,' zei hij. 'Dus we wachten af. Punt achtendertigers, als je het mij vraagt.'

'Niet dat ze het wapen ooit zullen vinden,' zei Helen.

'Nee, dat zal wel niet.' Hij knikte en lachte merkwaardig, een soort gesmoorde kuch.

Ze stond met haar rug tegen de auto aan om zich enigszins aan de onderzoekende blik van de technisch rechercheur te onttrekken. Ze had bijna het gevoel dat hij haar bestudeerde.

'Zullen we een kop thee nemen?' zei hij.

Hij ging haar voor de trap op, een kantoortje in. De dossierkasten waren zo te zien van voor de oorlog, en de twee computers zagen grijs van het vuil. Helen nam plaats in een leunstoel met een harde rugleuning terwijl Deering thee ging halen. Hij was al snel terug met twee mokken en een open pak volkorenbiscuits. Ze nam er een, en hij trok er een stoel bij.

'Je bent zijn vriendin, klopt dat?' vroeg hij. 'Van die man die is aangereden.'

Ze keek naar hem op met haar mond vol biscuit.

De knik in de richting van haar buik stelde de onuitgesproken vraag. 'Iemand zei dat hij een vriendin had die in verwachting was.'

Ze glimlachte toen ze dat woord hoorde; ze had alleen haar grootmoeder dat woord horen gebruiken. Ze hoorde plotseling een zweem van het noordoosten in Deerings accent doorklinken. 'In verwachting' klonk als 'vol verwachting'.

'Heb je kunnen zien waar je voor kwam?' vroeg hij.

'Ik wilde gewoon de auto van die vrouw zien.' Ze haalde haar schouders op alsof dat volkomen begrijpelijk was. Hij knikte alsof hij het daarmee eens was, maar ze vroeg zich nog steeds af wat hij dacht. 'Heb jíj iets ontdekt?'

'Niks onverwachts. De kogels natuurlijk. Wat bloed van mevrouw Ruston op de bestuurdersplaats.' Hij keek haar over zijn mok aan. 'Zij was de bestuurder.'

Helen knikte. Nog een naam die ze uit het notitieboekje had overgenomen.

'Ik denk dat de airbag pas werd geactiveerd toen ze de muur raakte. Ze heeft haar neus gebroken bij de... eerste botsing.'

'Toen ze Paul raakte, bedoel je.'

'Dat klopt.'

Helen slurpte van haar thee, en Deering deed hetzelfde.

'Ik heb nog niet alles opgeschreven,' zei hij. 'Ik maak mijn handen liever vuil, als ik eerlijk ben.'

'Zoals de meesten van ons.'

'Ja, dat denk ik wel.'

Ze zwegen wel tien, vijftien seconden. Deering zette zijn pet af, en

Helen zag dat hij boven op zijn hoofd vrijwel kaal was. Ze was verrast, want aan de zijkant had hij nog heel veel haar zitten, en hij kon niet ouder dan veertig zijn. Hij dronk zijn thee op en zei: 'Dit heeft wel iets raars.'

'Hoezo?'

'Je denkt vast dat ik je wat meer kan vertellen, zodat je je wat beter voelt. Maar ik weet zelf niet eens hoe hard die auto reed.'

'Daarvoor ben ik hier ook niet.'

'Zoals ik zei, je kunt beter met de verkeerstechnisch rechercheur gaan praten.'

''t Is oké, echt.'

Ze probeerde hem niet alleen maar op zijn gemak te stellen. Ze begreep heel goed wat hij wilde zeggen, maar er waren dingen die ze echt niet hoefde te weten.

Ze had het lijkschouwingsrapport niet gezien en was ook niet van plan dat te doen. Ze wist niet of Paul op slag dood was geweest. Ze wist dat hij al overleden was toen hij bij het ziekenhuis aankwam en dat hij al een tijd dood was op het moment dat ze het telefoontje kreeg. Dat was genoeg.

Lijden en doodsstrijd. Laatste woorden. Met dat soort kennis was toch zeker niemand geholpen. Maar aan de andere kant zou ze ooit misschien branden van nieuwsgierigheid naar dat soort dingen. Ze had niet het gevoel dat ze ook maar enigszins deed wat ze werd geacht te doen, of tenminste niet in de gewone volgorde. Ze kon in ieder geval niet voor zichzelf verklaren waarom ze de auto had willen zien.

Waarom ze niet thuis in elkaar gedoken lag te jammeren.

De telefoon ging, en hoewel Deering hem een paar seconden negeerde, verscheen er een blos op zijn gezicht. Hij liet zijn duim en wijsvinger langs de rand van zijn petje glijden. 'Ik moet maar eens verder,' zei hij. De inspecteur had vrijwel hetzelfde gezegd. Het begon duidelijk te worden dat hoogzwangere weduwen niet het meest ontspannen gezelschap waren.

'Ik ook.'

'Heb je een kaartje of zoiets?'

Ze gaf hem er een en Deering liep met haar mee naar beneden. Op weg naar buiten wees ze naar de Saab-wrakken. 'Wat is daarmee gebeurd?'

'Die zaten door bijna heel Essex achter een tiener aan die onder de drugs zat,' zei Deering. 'De bestuurder is er niet uitgekomen. Jonge agent met een paar kinderen.'

Op het moment dat Helen weer in Pauls auto stapte, vroeg ze zich opeens af waar ze al die witte handschoenen van de lijkdragers bewaarden.

Easy kwam het drugspand binnen met de mededeling dat hij een lunch had meegebracht. Theo maakte de zak open en trok een vies gezicht.

'Fuck you, Jamie Oliver,' zei Easy. 'Dat is wel kwaliteit, hoor, die shish, ja? Ik ga je echt geen smerige döner kebab brengen, man. Da's allemaal varkensoren en magen en shit.'

Ze lieten Mikey hangend op de bank achter en gingen naar de keuken om te eten. Easy droeg een rood trainingspak en een paar nieuwe kettingen; van die zware die Theo er wel mooi uit vond zien. Hij zou er aan het eind van de week zelf ook een kopen.

'Moet je doen, man,' zei Easy. 'Waarom zou je je anders uit de naad werken? Ik neem je mee naar die gast die ik ken, krijg je de beste deal.'

Toen ze klaar waren met eten ruimde Theo de borden en het papier op en zette de waterkoker aan. Easy bleef aan tafel zitten om een joint te draaien.

'Zeker weten dat Wave die pistool is kwijtgeraakt?' vroeg Theo.

Easy liet de Rizla langs zijn tong glijden. 'Wat is dit nou?'

'Wat denk je?'

'Nog steeds die shit bij die bushalte?'

'Fok, man, heb je die smerissen daar niet zien rondlopen?' Easy haalde zijn schouders op en stak de brand in de joint. 'Of denk je dat 't toeval is?'

'Rustig ademhalen, T. Relax.' Easy deed zijn mond ver open, liet de sterk ruikende rook naar buiten en omhoog kringelen. 'Er is nog niemand komen vragen.'

Mikey riep vanuit de andere kamer: 'Gaat 'r nog wat mijn kant op komen?'

Easy gaf de joint aan Theo, die hem dankbaar aannam en een stevige trek nam. Alles waardoor hij zich kon ontspannen was een goed idee.

Hij had al drie nachten niet goed geslapen en bovendien had hij zonder enige reden ruzie met Javine gemaakt. Hoewel hij wist dat het idioot was, had hij tegen de baby geschreeuwd, wat alleen maar tot nog meer ruzie had geleid. Hij kon steeds minder goed tegen menigten en harde geluiden. Het werd steeds moeilijker om zich te concentreren, om zijn kop bij de les te houden.

'Die pistool dus, ja?'

'Wave zegt dat ie pleite is. Hij heeft 'm opgeduikeld, nou is ie 'm weer kwijtgeraakt. Klaar.'

Ze wisten allebei dat Wave neefjes van twaalf en dertien had, en dat je er donder op kon zeggen dat hij hen gebruikte om vuurwapens te bewaren. Dat werd vaak genoeg gedaan. Kinderen – échte kinderen – zouden minder gauw met een wapen worden opgepakt, en keken niet meteen tegen het voorgeschreven vonnis van vijf jaar aan, mocht dat toch gebeuren. Wave en zijn soortgenoten zouden niet zitten waar ze zaten als ze niet alle mogelijkheden uitbuitten en uitgekookt te werk gingen.

'Ik wil niet dat een of andere tienjarige die wapen rond laat gaan voor een paar toverballen,' zei Theo. 'Da's alles.'

Easy lachte, nam de joint weer aan. 'Die pistool is weg, T, heb ik gezegd. Je moet vertrouwen hebben, ja?'

Theo staarde hem aan. Dat was nog iets wat veranderd was sinds dat ritje naar Hackney en terug. Hij herinnerde zich hoe Easy zich die nacht tegenover hem had gedragen: de blikken en het gelach vanaf de achterbank; de een-tweetjes met Wave en SnapZ, de venijnige plaagstootjes en de kleinerende opmerkingen. Hij had iets... hards gehad, iets gemeens. Theo had hem zo tegen anderen zien doen wanneer het nodig was; hij wist dat Easy giftig kon zijn. Maar niet tegen hem; daarvóór niet, tenminste.

Hij had hem erop aangesproken zodra ze terug waren. Easy en de anderen waren de hele nacht high geweest, maar Theo had zitten wachten tot de adrenaline niet langer door zijn aderen raasde, als een bloedstollende achtbaanrit waar hij zo snel mogelijk uit wilde stappen.

Easy had gelachen en zei: 'Gewoon een beetje dollen, man. Gewoon om je scherp te houwen, ja? Je gaat m'n Star Boy zijn, T.'

Easy keek hem van de overkant van de tafel aan door een gordijn van rook; zijn glimlach werd breder naarmate de skunk zijn werk deed. 'Heb je ergens voor nodig,' zei hij.

'Wat?'

'Geld bij elkaar krijgen. Kleine klusje.'

Theo spreidde zijn armen. 'Ik moet hier al op letten, man.'

'Is al geregeld.'

Theo nam wat er nog over was van de joint.

'Wave krijgt een mooi deel van wat ik eruit sleep, dus hij is tevreden,' zei Easy. 'SnapZ let effe op het geld en jij gaat met mij mee. Volgende week koop je drie van die ziek mooie kettingen, volg je me?'

'Wat is de bedoeling?'

Nu kwam de kwaadaardige glimlach pas echt tevoorschijn. 'Deze is echt makkelijk zat,' zei hij. Hij stak zijn hand uit naar Theo's gezicht. 'En ik ga daarvoor alleen een jongen nodig hebben met een aardig, onschuldig gezicht als jij.'

Theo schoof achteruit, duwde zijn stoel op twee poten naar achteren. Bedacht dat dat bullshit was. En zelfs als het niet zo was, was zijn gezicht het enige onschuldige dat hij nog over had.

'Ik ga je bellen met de wat en wanneer,' zei Easy.

Ze draaiden zich om toen er dringend op de deur werd geklopt en zagen Mikey opspringen en naar de deur lopen. Er werd op gedempte toon via de intercom gesproken, en een paar seconden later kwam SnapZ de keuken binnenstormen, knikkend en grijnzend, en hij gooide de vroege editie van de *Standard* op tafel.

Theo zag de koppen en moest een braakneiging onderdrukken.

SnapZ nam niet de moeite om zijn koptelefoon af te zetten, en het geluid dat eruit lekte leek op dat van een insect dat woedend in de keuken rondzoemde. Hij roffelde met zijn wijsvingers op de krant en wees daarna met allebei naar Theo. 'Nou ga je echt meetellen, brada T,' zei hij. 'Gróte gangsta, *for real*.' Hij plukte de rest van de joint tussen Theo's lippen vandaan, zoog erop en blies de rook sissend uit. Hij knikte naar de krant en zei veel harder dan nodig was: 'Nou heb je een smeris omgelegd...'

14

Frank Linnell ging zo vaak als hij kon tussen de middag thuis lunchen, en maakte van de gelegenheid gebruik om midden op de dag een uur of twee te rusten, in de wetenschap dat Clive de voortgang in de pub in de gaten hield.

Op weg naar huis had hij de krant gekocht.

Beneden in het kantoor had hij het hele artikel tweemaal gelezen: de schreeuwende kop op de voorpagina en het volledige verslag op drie binnenpagina's; de kolom met de reactie van de hoofdcommissaris en een oproep om informatie; het redactionele commentaar waarin het schokkende verlies van een mensenleven werd veroordeeld en werd geëist dat de drugsbendes in de stad werden aangepakt.

De avond ervoor had hij een paar tranen moeten laten, toen Pauls vriendin had gebeld. Nu werden zijn ogen opnieuw vochtig, en hij nam een stevige borrel voordat hij het bericht voor de derde keer las. Hier moest hij eerst even mee afrekenen zodat hij weer helder kon denken.

Door de open deur zag hij zijn zus Laura op weg naar de keuken de trap af komen. Hij riep dat hij over een minuut klaar was en ging weer verder met de krant.

Ze waren nu nog maar met z'n tweeën nadat zijn moeder achttien maanden geleden was overleden in het souterrain dat hij tot bejaardenflat had laten verbouwen. Alleen hij en Laura liepen nu nog rond in het grote huis in Blackheath. Maar Frank was tevreden. Hij wist wel dat er stomme opmerkingen over zijn huiselijke situatie werden gemaakt – achter zijn rug om natuurlijk, altijd achter zijn rug om – maar het kon hem niets meer schelen wat anderen dachten, en de regeling beviel hem goed.

Op het laatst had zijn moeder er bij hem op aangedrongen het souterrain op te knappen en te verhuren, maar voor het geld hoefde hij het niet te doen, en hij wilde geen vreemden in huis. Hij hield niet van pottenkijkers. Er kwam een Russisch meisje om schoon te maken als hij er niet was, en een vrouw die Betty heette kwam iedere maandag genoeg eten voor de hele week maken, zodat er een voorraad quiches, stoofpotten, pastagerechten en kruimeltaart met vruchten in zijn vriezer zat.

Maar goed voor zijn gewicht was dat allemaal niet.

Hij had niemand om zich heen nodig; hij had nooit gebrek aan gezelschap. Er hingen altijd wel een paar jongens rond om over zaken te praten en dat soort dingen; en er waren perioden, soms weken achter elkaar, als er iets belangrijks gaande was, dat Clive er min of meer woonde. En zelfs wanneer het rustig was, kon hij zo de telefoon pakken en een maat bellen om wat mee te drinken of tv mee te kijken.

Wat anderen ook zeiden, hij was er tevreden mee. En, zoals Frank graag aan Clive mocht vertellen, of aan wie ook maar wilde luisteren, hij was 'veel te oud en te lelijk om daar nog verandering in te brengen'.

Hij zette de cd-speler aan – een stuk van Elgar dat hij mooi vond – en staarde naar de voorpagina: POLITIEMAN SLACHTOFFER VAN SCHIETPARTIJ. KNIPPEREN MET KOPLAMPEN LEIDT TOT TRAGEDIE.

Er was een foto afgedrukt van de bushalte waar het was gebeurd; het metalen frame was verwrongen en het verbrijzelde glas lag als ijsklontjes in de goot. De plaats delict was afgezet met tape en er stond een geel bord met ONGEVAL erop aan de zijkant van de weg. Op de binnenpagina's waren de gebeurtenissen met behulp van een reeks eenvoudige tekeningen gereconstrueerd als in een stripverhaal: een lucifermannetje dat uit het raam van auto A een vuurwapen richtte; het moment van de inslag was aangegeven met een zigzaglijn waar de voorkant van auto B de benen van een andere lucifermannetje op het trottoir raakte.

Nu begreep hij waarom de vriendin zo vaag was geweest over het 'ongeluk' toen ze belde, arme ziel. Ze klonk aardig, vond hij. Niet dat hij had verwacht dat Paul een vriendin zou hebben die niet aardig was.

Hij luisterde nog een paar minuten naar de muziek; sloot zijn ogen en dacht na over de manier waarop hij dit het beste kon aanpakken. De manier om snel orde op zaken te stellen. Hij dacht aan lucifermannetjes die smekend op handen en voeten rondkropen, en later stuiptrekkend in vochtige greppels lagen met een gaatje in hun volmaakt ronde hoofd.

Toen liep hij naar de keuken en bedacht dat hij wel zin had om een portie lasagne te ontdooien als er nog een over was.

'Klagen ze hem aan wegens moord? Als ze hem pakken?'

'Ze mikken op moord; maar waarschijnlijk draait het uit op doodslag.'

'Ik weet nog steeds niet zo goed wat het verschil is.'

'Maar ze krijgen hem niet te pakken,' zei Helen.

Ze had met Jenny afgesproken in een Pizza Express in het Waterloo Station. Haar zus leek per se over het onderzoek te willen praten, over de grote lijnen ervan, misschien omdat ze dacht dat Helen daar makkelijker over kon praten dan over andere dingen, omdat het met werk te maken had.

'Ze zullen vast hun best doen,' zei Jenny.

Helen bestudeerde het menu en koos een American Hot met extra *jalapeños* en een zachtgekookt ei. Dacht aan salmonella en vond het ei misschien toch niet zo'n goed idee.

Het was inderdaad iets makkelijker om over het onderzoek te praten dan over welke kist ze voor Paul zou nemen. Maar niet veel. Er viel sowieso weinig over te zeggen omdat er nauwelijks resultaat was geboekt; en aangezien Jenny weinig of niets snapte van politieprocedures, bleef de conversatie nogal beperkt.

Het viel Helen meer dan ooit op hoe weinig belangstelling haar zus altijd voor haar werk had getoond. Ze voelde dat Jenny haar werk op een of andere manier weerzinwekkend vond. Alsof de ranzige verhalen over misbruik en disfunctionerende gezinnen haar eigen volmaakte gezinnetje, het beeld dat ze daarvan in haar hoofd had, alleen maar kon bezoedelen.

'Hoe gaat het nou?' vroeg Jenny.

Niet dat Helen zelf niet wist wat ontkenning was. Ze toverde dezelfde glimlach op haar gezicht die ze de laatste dagen mechanisch uit de hoge hoed had gehaald. 'Niet echt slecht,' zei ze.

'Hoe gaat het met de baby?'

'Zo gaar als wat, denk ik.' Helen klopte op haar buik. 'Het is eigenlijk wel een godsgeschenk. Je kunt niet al te lang bij de dingen blijven stilstaan als je om de haverklap misselijk wordt of moet plassen.' Het kloppen werd wrijven. 'En, ik moet nu rekening houden met iemand anders, snap je?'

'Misschien is dit niet het beste moment, maar ik wilde je vragen of je nog over een eventuele geboortepartner hebt nagedacht.' Jenny zat wat met haar servet te spelen. 'Ik bedoel, nu het duidelijk is...'

'Ik ben met andere dingen bezig geweest, snap je?'

'Dat weet ik, maar het kan elk ogenblik gebeuren, Hel.'

'Een pizza met veel peper kan de boel op gang brengen.'

'Maar serieus. Ik dacht misschien zelfs dat je... snap je, van de schrik.'

'Ik heb wel een paar scheuten gevoeld,' zei Helen. Ze herinnerde zich de paniek die in de uren na het telefoontje dwars door de gevoelloosheid sneed, toen ze zat te wachten tot Jenny haar naar het mortuarium zou brengen. 'Dan had ik de baby in elk geval een mooi verhaal te vertellen.'

'Je moet erover nadenken,' zei Jenny.

Helen beloofde dat ze dat zou doen en gebaarde naar de ober dat ze wilden bestellen. 'Ik wilde nog vragen, denk je dat Tim langs wil komen om te kijken of hij nog kleren van Paul wil hebben?'

Jenny pakte de fles spuitwater.

'Dat hij even komt kijken voordat ik spullen weggooi?' Jenny's man was wat gedrongener dan Paul, maar Helen dacht dat er nog best wat overhemden of jasjes zouden zijn die hem pasten.

'Oké...'

Het was Helen duidelijk dat Jenny zich opgelaten en ongemakkelijk voelde. 'Geloof me of niet, Paul had een paar mooie kleren,' zei ze. 'Ik weet dat hij meestal een slordige viespeuk was...' Haar stem stierf weg toen ze de opluchting op het gezicht van haar zus zag op het moment dat de ober bij hun tafeltje kwam.

Ze bestelden en Helen begon uit te leggen wat het verschil tussen moord en doodslag was.

Frank at aan de keukentafel terwijl Laura tegen het kookeiland aan stond met een bord knäckebröd en kaas voor zich waar ze zo nu en dan een hapje van nam. Na een paar minuten vroeg ze hem wat er aan de hand was, en hij liep naar het kantoor om de krant te pakken.

Hij liet hem voor haar neus vallen en wees met zijn vinger naar de koppen. 'Dat is Paul,' zei hij. 'Páúl.'

Ze las de voorpagina vluchtig door. 'Ach jezus, Frank, wat erg.'

Hij ging weer aan de tafel zitten, pakte zijn vork en keek toe hoe ze verder las. Om precies te zijn was ze zijn halfzus, maar het was een onderscheid dat voor Frank geen enkele betekenis had. Ze waren altijd heel innig met elkaar geweest, maar nu ze geen deel meer uitmaakte van het leven van haar eigen moeder en aangezien niemand wist of de vader die zij en Frank gemeen hadden dood was of nog leefde, was hun band nog hechter geworden.

Laura was de enige familie die Frank had, die hij naar alle waarschijnlijkheid ooit zou hebben, maar het was goed, zo. Ze was drieëntwintig, dertig jaar jonger dan hij, en... teer. Dat was het woord dat altijd bij hem opkwam als hij lang genoeg over haar nadacht. Beeldschoon, dat was duidelijk, en veel slimmer dan hij – dat zou ze dan wel van haar moeder hebben, dacht hij – maar ook iemand die iets te makkelijk gekwetst kon worden.

Die in bescherming moest worden genomen, of ze dat nu prettig vond of niet.

Toen Laura van de krant opkeek, was ze bleek. Ze had haar lange haar deze ochtend opgestoken; hield het op zijn plaats met wat Frank eetstokjes leken. 'Dat is verschrikkelijk.' Haar stem klonk hoog en licht, accentloos. 'Ik weet niet wat ik moet zeggen. Het is... verdorven.' Er stonden tranen in haar ogen, maar ze probeerde ze niet weg te vegen.

'Niet verdorven,' zei Frank. 'Aan verdorvenheid valt niets te doen.'

'Hier is ook niets aan te doen.'

'Dat zullen we nog weleens zien.'

'Paul krijg je er niet mee terug.'

Frank ging bij haar staan. Hij keek weer naar de krant, naar de eenvoudige zwart-wittekeningen. 'Dit is ontoelaatbaar,' zei hij. 'On-toe-laat-baar.'

'Je moet de dingen gewoon even laten bezinken,' zei ze.

'Paul was ook een vriend van jou.'

'Dat weet ik.'

'Je weet toch nog hoe ik hem heb ontmoet?'

Ze knikte. 'Doe alsjeblieft geen stomme dingen.'

Hij wist nog niet wat hij ging doen; niet in precieze bewoordingen. Hij zou Clive natuurlijk bellen – daar begon het altijd mee – en ze zouden de koppen bij elkaar steken. Ze zouden een plan opstellen, net als altijd.

'Beloof het me,' zei Laura.

Frank pakte de krant en gooide die in de afvalbak. In gedachten zag hij nog meer ongelukkige lucifermannetjes met hun kleine ronde mondje opengesperd van verbazing; zigzaglijnen door de rechte lijnen van hun armen en rode vegen over de vierkanten van hun zwartwitte wereldje.

Hij pakte zijn bord en liep naar de vaatwasser, deed de deur open en bukte zich.

Hij zei: 'Maak je geen zorgen.'

15

Afgezien van de paar minuten waarin ze het restje van Jenny's soep had weggewerkt, had Helen het gevoel dat ze tot nu toe bijna de hele avond aan de telefoon had gezeten. Jenny had gebeld toen ze net een paar seconden thuis was; daarna had Katie zich gemeld. Pauls moeder wilde weten of ze al iets had gehoord over het vrijgeven van het stoffelijk overschot, en haar vader had gebeld om haar eraan te herinneren dat er een opgemaakt bed voor haar klaarstond als ze daar behoefte aan had.

Hoewel ze dankbaar was dat zo veel mensen zich om haar bekommerden, had ze de hoorn naast het toestel gelegd. Maar ze had hem vrijwel onmiddellijk weer teruggelegd, omdat ze bedacht dat zowel Jenny als Katie hysterisch genoeg was om de politie te bellen in de veronderstelling dat ze iets stoms had gedaan.

Bovendien had ze gedroomd dat Paul had gebeld.

Ze wist niet zeker wanneer ze dat had gedroomd, of ze op dat moment half wakker of diep in slaap was geweest, maar de zintuiglijke herinnering was sterk: het gevoel van blijdschap bij het opnemen van de telefoon en het horen van zijn stem.

'Dat moet een kans van één op een miljoen zijn, iemand bij die bushalte die net zo heet als ik. Fijn om te horen dat iedereen er zo kapot van was, trouwens. Tussen haakjes, hoe gaat het met de baby?'

Ze wist dat dergelijke gedachten niet ongewoon waren; het gevoel dat de overledene elk moment de deur binnen kon komen dansen. Het zat ergens tussen ontkenning en gebed in, dacht Helen, en ze was opgelucht dat sommige dingen die ze voelde tenminste normaal waren.

Maar er kwamen nog steeds geen tranen.

Ze was naar de parkeerplaats gegaan en had Pauls auto uitgemest en had alles wat op de grond en in de achterbak lag in twee plastic tassen gestopt. Ze kwam net door de voordeur binnenlopen toen de telefoon weer ging. Ze haalde diep adem voordat ze opnam.

'Helen? Met Gary.'

Ze voelde zich schuldig omdat ze nog niet met Gary Kelly had gesproken sinds het was gebeurd. Ze wist dat het idioot was om wie dan ook ergens de schuld van te geven behalve de schoft die had geschoten, maar dat had de irrationele gedachten niet kunnen tegenhouden die zich in haar hoofd verdrongen.

Als dat stomme wijf in de auto niet in paniek was geraakt.

Als Paul maar nuchterder was geweest en sneller had gereageerd.

Als ze maar niet terug waren gegaan naar Gary's huis.

Ze vroeg hoe het met hem ging, en hij zei dat hij aan de beterende hand was. Dat het verlof dat hij had opgenomen eigenlijk buitengewoon verlof was en geen ziekteverlof, en dat hij de volgende week weer aan het werk ging. Hij vroeg hoe het met haar ging, en begon te huilen voordat ze antwoord had kunnen geven.

Iedereen behalve ik, dacht Helen.

'Het is mijn schuld,' zei hij.

'Dat is niet zo.'

'Ik vroeg of hij meeging... omdat ik geen zin had om alleen naar huis te gaan. Misschien had ik sneller gereageerd als ik niet zo lazarus was geweest.'

'Paul was ook teut,' zei Helen. 'Dat was duidelijk toen hij me belde. Hij klonk opgewekt, Gary. Oké?'

'Hij heeft me uit de weg geduwd, wist je dat?'

'Ja, dat weet ik.' Men had Helen verteld wat een getuige bij de bushalte had gezien. Hoe de twee mannen dicht bij elkaar hadden gestaan en dat degene die was overleden, zijn vriend het ogenblik voor de botsing een zet had gegeven. Helen luisterde naar Pauls huilende vriend en kon er niets aan doen dat ze wenste dat het andersom was gebeurd.

Toen Kelly eenmaal was opgehouden met huilen, spraken ze een paar minuten over praktische kwesties. Ze vroeg hem of hij iets op de begrafenis wilde zeggen, en hij zei dat hij het een eer zou vinden. Ze vertelde hem van de inzameling die op het bureau werd georganiseerd, en dat ze had besloten dat de opbrengst naar een liefdadigheids-fonds van de politie zou gaan. Kelly zei haar dat hij het zou regelen.

'Als je ook maar iets nodig hebt,' zei hij. 'Je hebt m'n nummers toch, hè? Bel me als je nog iets te binnen schiet. Maakt niet uit hoe laat het is.'

Helen bedankte hem. 'Nou je het zegt, ik heb een vraag. Zegt de naam Frank Linnell je iets?'

Het telefoongesprek van de vorige avond had haar de hele dag dwarsgezeten. Ze voelde dat ze nerveus werd als ze eraan terugdacht en snapte niet waarom. Ze had geen idee wie Linnell was of hoe hij Paul kende, maar een vriend en collega als Gary Kelly wist dat misschien wel.

Wat ze wel wist, was dat zíj in de weken voorafgaand aan Pauls dood geen van tweeën was geweest.

'Waarom ben je in Frank Linnell geïnteresseerd?'

Iets in Kelly's stem beviel haar niet, en het kostte haar geen moeite een leugentje te verzinnen. 'Ach, soms komt er spontaan een naam bij je op, zonder dat je enig benul hebt waar je die hebt gehoord.'

'Misschien is het beter als je dat zo houdt,' zei Kelly. 'Frank Linnell is niet iemand met wie je dikke maatjes wilt worden.'

'Nou wil ik het echt weten.'

Hoewel Kelly nooit bij een eenheid voor de bestrijding van de geor-ganiseerde misdaad had gewerkt, wist hij genoeg om Helen een ver-eenvoudigde versie te kunnen geven: de delen van Zuid-Londen waar Linnells organisatie het voor het zeggen had; de lijst aanklachten die nooit bewezen konden worden; de methoden die werden gebruikt om contracten los te krijgen voor zijn diverse bouw- en ontwikkelings-maatschappijen. 'Niet het aardigste type ter wereld, begrijp je?'

'Oké, dank je...'

'Doe je tegenwoordig soms undercoverwerk voor de eenheid Geor-ganiseerde Misdaad?' Hij lachte. 'Het is anders een verrekt goeie dek-mantel.'

'Wat?'

'Die hele zwangerschap. Je had mij er tenminste mee te pakken.'

Helen lachte ook, maar als een boer die kiespijn heeft. 'Het was ge-woon een naam die iemand een keer heeft laten vallen. 't Zal Paul wel zijn geweest, denk ik. Hoewel hij nooit veel met dat gedoe te maken heeft gehad, toch?'

'Niet dat ik weet. Maar, om je de waarheid te vertellen, de laatste paar maanden had ik geen idee waarmee hij bezig was.'

'Hè?'

'Hij was gewoon wat... verward, denk ik. Met de baby en alles.'

'Wat bedoel je met "waarmee hij bezig was"?'

Kelly klonk onwillig, maar ze bleef aanhouden totdat hij haar vertelde over de vele uren die Paul buiten het bureau doorbracht. Over zijn vage uitleg wanneer je hem ernaar vroeg. Wat hij had gezegd over een oude zaak die hem parten speelde. Hoewel Kelly het niet met zoveel woorden zei, hoorde Helen aan zijn stem dat hij er geen barst van geloofde.

'Ik denk dat je gelijk hebt,' zei Helen. 'Waarschijnlijk was hij in de war.'

'Paul was niet iemand die graag had dat iedereen precies wist wat hij deed,' zei Kelly. 'Nou, daar is op zich niks op tegen. Ik denk alleen dat hij wat meer op zijn bord had dan de rest van ons, dat is alles.'

Daarna werd er niet veel meer gezegd, en nadat ze had opgehangen, liep Helen naar de badkamer. Ze douchte en ging daarna in de douchecabine haar benen zitten scheren. Terwijl ze zich klaarmaakte om naar bed te gaan, probeerde ze mee te zingen met een van Pauls REM-albums, maar ze kon veel woorden niet verstaan. Veertig minuten later was de cd afgelopen en zat ze nog steeds in T-shirt en pyjamabroek op de rand van het bed, zich afvragend wat Paul precies op zijn bord had gehad.

En wat dat te maken had met Frank Linnell.

Frank was alleen, zat in de keuken tv te kijken toen Clive binnenkwam. Laura had hij al een paar uur niet gezien. Hij nam Clives jack aan en ging hem voor door de lange gang die in het verlengde lag van de hal bij de ingang. Ze liepen langs de fitnessruimte die Frank het jaar ervoor had laten bouwen naar de serre.

Hij zat hier 's avonds graag met een glas wijn en een boekje met kruiswoordraadsels. Of, als Laura er was, zaten ze er samen en nam hij zijn dag met haar door; vroeg haar eventueel om advies over de bars die hij aan het opknappen was. Daar was ze goed in, maar ze had hem altijd gezegd dat ze liever had dat hij bepaalde andere aspecten van zijn zaken voor zichzelf hield.

'Ongelooflijk,' zei Clive. 'Hoe de dingen soms uitpakken.'

'Dat kun je wel zeggen.'

Frank had Clive aanvankelijk niets over Pauls dood gezegd toen hij het van Helen had gehoord. Het had hem het beste geleken om het als een privézaak te behandelen, en misschien had hij het wel zo gehouden als de kranten niet met hun onthullingen waren gekomen. Maar de manier waarop Paul aan zijn eind was gekomen, had alles veranderd.

Ze stonden naast elkaar en staarden de tuin in. Langs het pad en in de meeste bloembedden stonden om de zes meter lantaarnpalen die een oranje schijnsel op de bomen wierpen. Een dik snoer met kleinere lichtjes liep langs het hek en langs de rand van een enorme schuur in een hoek van de tuin.

'Ik moest denken aan die middag dat hij naar de pub kwam,' zei Clive. 'Toen dat joch binnenkwam, weet je nog?'

'Natuurlijk. Waarom?'

'Zomaar. Je denkt gewoon aan de laatste keer dat je iemand hebt gezien, toch? Hoe ze toen waren en zo.'

Frank had sinds hij had gehoord dat Paul dood was vaak aan die middag teruggedacht. Ze hadden geen ruzie gehad, dat niet echt, maar toch was Paul ontevreden weggegaan. Frank wist dat hij er goed aan had gedaan hem teleur te stellen; maar toch wilde hij dat het anders was gelopen.

'Dus, hoever staan we?'

'Sinds je hebt gebeld heb ik m'n voelhoorns uitgestoken, en iedereen die ik heb gesproken heeft hetzelfde gedaan. Ik denk dat we er wel komen.'

'Hebben we al namen?'

'Zoals al in de krant stond, weet niemand of het een bende ten noorden of ten zuiden van de rivier is.'

'Dat moet niet al te moeilijk zijn.'

Clive knikte bevestigend. 'Het is een kwestie van elimineren.'

'Ik wil dat deze zaak je volledige aandacht krijgt.'

'Geen zorgen, ik weet hoe belangrijk het is.'

'De pubs lopen niet weg,' zei Frank. 'Het is geen drama als we een paar dagen te laat opleveren.'

'Als alles goed gaat, kunnen we morgen een paar mensen aan de tand voelen.'

'Morgenochtend,' zei Frank.

Ze zwegen een poos. Het geluid van televisiestemmen sijpelde vanuit de keuken door de gang naar buiten.

'Heb je de vossen de laatste tijd nog gezien?'

Frank knikte. Hij had met argusogen een stel vossen in de gaten gehouden die hun intrek in de tuin hadden genomen, omdat hij vermoedde dat ze onder de schuur een hol hadden gegraven. Hij vertelde Clive dat het al zover was gekomen dat ze zich niet eens meer stoorden aan de lichten die op bewegingssensoren werkten en die het gazon fel verlichtten als ze er in de buurt kwamen.

'Ik heb ze laatst een halve avond geobserveerd,' zei hij. 'Die brutale sodemieter kwam helemaal tot daar.' Hij wees. 'Tilde z'n poot op tegen een van die potten.'

'Leuk,' zei Clive lachend.

Frank dacht terug aan dat moment, ongeveer een minuut nadat alle vossen weer in de bosjes waren gedoken, en de lichten weer uitgingen. Toen de tuin in een oogwenk weer in een vrijwel totale duisternis werd gehuld. Hij stelde zich die beesten in de auto voor, rondrijdend in het donker, wachtend tot een goedbedoelende sufferd met zijn lichten seinde.

Zoals hij tegen Laura had gezegd, was het ontoelaatbaar.

'Moet ik blijven?' vroeg Clive.

Frank schudde zijn hoofd en zei: 'Nee, ik wil graag dat je nog wat rondbelt. Sommige mensen die hiervan weten zijn nog maar net op.'

Een paar minuten nadat Clive was vertrokken, gingen de schijnwerpers in de tuin aan. Frank staarde naar buiten, maar zag niets. Soms was er ook niets te zien. Soms was het gewoon een spin die langs een van de sensoren kroop. Maar toch bleef Frank staan kijken.

Theo was langer in het drugspand gebleven dan normaal. Hij was in de slaapkamer blijven rondhangen nadat een van de Aziatische jongens van de avonddienst was gearriveerd en had zowat een uur heen en weer gelopen tussen de slaapkamer en de wc tot het buiten wat donkerder en stiller was geworden; tot hij niet meer trilde en niet meer steeds naar de plee hoefde.

Hij zette zijn hoodie op en liep snel naar de Dirty South aan Lee High Road. Voordat hij naar Kent verhuisde had de bar de Rose of Lee geheten, een prettig klein muziekcafé dat ze hadden opgeleukt terwijl hij weg was. Niet alle live bands waren even geweldig, maar meestal was er wel een dj die coole *breakbeats* of *grime* draaide, en een paar bekenden van de vaste kern die het laat maakten en nog één glas dronken op weg naar huis, of die gingen doorhalen en nog maar net waren begonnen.

Dit was hun tent, hoewel er zo nu en dan een of andere idioot van de Ghetto Boys of een paar klootzakken uit Kidbrooke binnenstapten alsof ze van niks wisten en herrie probeerden te schoppen. Daar moest je altijd voor oppassen.

Theo ging op een van de versleten banken bij de deur zitten, naast Ollie en een van de andere koeriers, een veertienjarig meisje dat Gospel heette, en met wie Ollie graag de koffer in zou willen duiken. Niemand zei veel; ze zaten omhoog te staren naar het grote tv-scherm of naar de pooltafel te kijken. Na een paar drankjes slenterden ze naar Ollies huis en rookten daar nog wat tot er mensen in slaap begonnen te vallen en Theo wist dat het tijd was om naar huis te gaan.

Hij liep door de buurt terug naar zijn flat.

Toen hij langs de kinderen bij de garage kwam, stak een van hen zijn kin omhoog en zei: 'Alles goed, T?' De anderen knikten hem ook toe. Theo knikte terug en liep door, hoorde hun gemompel achter hem, hoorde ergens in de verte sirenes en voelde zich alsof er iets in hem rondwentelde, als een stuk vlees dat op de toonbank van de slager werd omgeklapt.

'Nou ga je echt meetellen, brada T. Nou heb je een smeris omgelegd.'

Easy had niet zoveel gezegd nadat SnapZ enthousiast en vol van het nieuws was komen binnenzetten. Maar Theo had gezien dat zelfs híj een tikje van slag was. Hij betwijfelde of SnapZ en Mikey het hadden opgemerkt, maar Theo kende Easy goed genoeg om te zien dat hij het probeerde te verbergen; de hele zaak probeerde te bagatelliseren. Door lucht tussen zijn tanden door naar binnen te zuigen en steeds op zijn horloge te kijken. Af en toe een blik op de krant werpend.

Fuck, als Easy het al benauwd kreeg...

Theo liep de stenen trap op naar de derde verdieping, zijn voetstappen weergalmden tegen de treden, de metalen trapleuning koud onder zijn hand.

'Jézus!' Op de overloop botste hij bijna tegen iemand op die naar beneden ging. Ze deden allebei een stap achteruit. Theo herkende de oude man die twee deuren verder dan zijn moeder woonde. Hij ontspande zijn vuisten en liet zijn hoodie zakken.

'Theodore! Ik schrok me kapot.'

Theo mompelde een verontschuldiging en zag dat de oude man zijn vuilnis naar beneden bracht. De zakken hadden in het halfdonker net vleugels geleken of zoiets en hij was zich ook te pletter geschrokken.

'Zal ik die voor u naar beneden brengen?'

Dat liet de oude man zich geen twee keer zeggen, en terwijl hij naar boven liep, zei hij tegen Theo dat zijn moeder trots op hem mocht zijn.

Theo vloekte zachtjes toen hij weer naar beneden liep. Hij had er een pesthekel aan beneden in de buurt van de grote metalen containers te komen. Hij had de pest aan de stank en het geluid van het ongedierte dat erachter rondscharrelde. Maar die ouwe stakker had gekeken alsof hij keien in zijn vuilniszakken had zitten.

Theo bleef drie meter bij de containers vandaan en mikte de zakken erin, draaide zich om toen het kabaal van de tweede nog nagalmde en rende met twee treden tegelijk de trap op. Hij wachtte voor de deur van zijn flat en klemde de sleutels stevig in zijn hand zodat ze geen lawaai zouden maken. Hij legde zijn oor tegen de deur en luisterde. Het gekrijs van de baby klonk schor door de gipsplaatwand.

Hij kon er niet tegen.

Hij verruilde de ene sleutelbos voor een andere en rende twee verdiepingen naar beneden. Hij wist dat zijn moeder en zijn zus allang naar bed toe waren; dat hij met niemand hoefde te praten. Niet hoefde te doen alsof alles oké was, niet over ditjes en datjes hoefde te kletsen terwijl hij nog steeds het gevoel had dat hij uit een boze droom ontwaakte.

Alsof het ergste nog moest komen.

Hij deed de deur van zijn moeders flat open en ging naar binnen zonder het licht aan te doen. Hij plofte op de bank neer, liet zijn hoofd achterover zakken en sloot zijn ogen.

Helen had eigenlijk helemaal niet geslapen. Ze was een paar keer bijna weggedommeld, maar merkte dan dat ze het licht niet had uitgedaan of hoorde dat de telefoon weer ging, en ze had niet echt in slaap kunnen komen. Uiteindelijk had ze het maar opgegeven.

Het was bijna drie uur in de ochtend. Ze zette thee en luisterde op de radio naar de andere slapelozen die opbelden om beledigingen uit te wisselen met een prikkelbare presentator, terwijl ze ondertussen wat te doen vond. Ze pakte de plastic tassen waarin ze de inhoud van Pauls auto had gestopt en keerde ze om op het kleed. Ze gooide de lege blikjes, wikkels en pakjes sigaretten weg en probeerde de rest uit te zoeken.

Zonnebril, navigatiesysteem, verscheidene bandjes en cd's, kaarten en gereedschap uit de achterbak, en handenvol papier.

'Ik denk alleen dat hij wat meer op zijn bord had dan de rest van ons…'

Ze spreidde alle papieren zorgvuldig op tafel uit. Legde ze netjes naast elkaar en sorteerde ze: bonnetjes van benzinepompen en supermarkten; uitrijkaarten van parkeerplaatsen; diverse vodjes met gekrabbelde namen en telefoonnummers erop.

Toen herinnerde ze zich dat de telefoon was gegaan terwijl ze maar niet in slaap kon komen. Ze speelde het antwoordapparaat af.

'Ik hoop dat ik je niet stoor, ik wilde alleen maar zeggen dat ik het prettig vond je te hebben ontmoet.' Een licht noordoostelijk accent. 'Sorry… met Roger Deering, trouwens. Had ik even moeten zeggen. Nou ja, ik belde alleen maar even om te zeggen dat als je iets nodig hebt… bel me dan vooral. Als je het niet aankunt of wat dan ook. Ik weet dat het niet makkelijk is, dus… al wil je maar gewoon even kletsen.'

Hij liet zijn nummer achter, zei dat ze mocht bellen wanneer ze wilde, en zei: 'God zegene je.'

Helen liep terug naar de tafel en bedacht dat ze er met haar indruk van de technisch rechercheur niet ver naast had gezeten, dat hij een fatsoenlijke vent was, maar ze besefte ook dat haar vermogen om mensen in te schatten een fikse dreun had gekregen, net als de rest van haar persoon. Ze had Deering een aardige vent gevonden, daarna een beetje een engerd, en daarna weer aardig, en dat alles binnen vijf minuten nadat ze hem had ontmoet.

Ze dronk haar thee op en staarde naar de stukjes papier, legde ze op de goede plaats als het nodig was, en streek ze glad. Terwijl ze haar ogen eroverheen liet dwalen, dacht ze na over wat Gary Kelly had gezegd.

Dat van Frank Linnell. De rest...

'Hij was gewoon wat... verward.'

Dat Paul zo eenzelvig was: niet naar kantoor ging wanneer hij werd geacht te gaan; dat hij ontwijkend deed als het erop aankwam wat hij dan wel had gedaan. Ze voelde een vreemd soort opluchting dat ze niet de enige was tegenover wie hij zwijgzaam was geweest.

Tegen wie hij had gelogen.

'...de laatste paar maanden had ik geen idee waarmee hij bezig was.'

Ja, de afstand tussen hen was groter geworden sinds Paul achter de affaire was gekomen; sinds de vraag speelde wie eigenlijk de vader van de baby was. Maar als ze eerlijk tegenover zichzelf was, had Helen al die tijd al het gevoel gehad dat er veel meer aan de hand was dan gewone boosheid en seksuele jaloezie. Het had nu geen zin meer om daar niet eerlijk over te zijn.

Het leek er duidelijk op dat er dingen waren die Paul haar niet had verteld; niet omdat hij daar geen zin in had, maar omdat hij dat niet kon.

Op de radio praatte een vrouw over de opwarming van de aarde, en de presentator opperde dat het een grootscheepse complottheorie zou kunnen zijn. Helen vroeg zich af of ze de volgende ochtend meteen de telefoon zou pakken en een aantal van de nummers zou bellen die Paul had opgekrabbeld.

'Hallo, het klinkt misschien vreemd, maar mijn vriend is pas verongelukt en ik weet dat er andere dingen zijn waar ik me druk over zou moeten maken, maar jouw nummer stond op een stukje papier dat op de vloer van zijn auto lag, en... nou ja, eigenlijk ben ik gewoon een nieuwsgierig kutwijf, dus...'

Ze zag dat twee van de uitrijkaarten van dezelfde parkeerplaats waren, een NCP in Brewer Street, in Soho. Ze legde de kaarten tegen elkaar en probeerde te bedenken waarom Paul naar West End zou kunnen zijn gegaan.

Op een vrijdagmiddag, en een week later op vrijdagavond. Een week of twee voor zijn dood.

Ze pakte haar agenda en controleerde de data; ging in gedachten terug en realiseerde zich dat de tweede vrijdag de avond was geweest dat Paul 's avonds laat thuis was gekomen en naar knoflook had geroken. Ze herinnerde zich dat ze daar had gelegen en had gedaan alsof ze sliep, zich afvragend of hij een verhouding had. Had zichzelf wijsgemaakt dat hij met mensen van het werk uit was geweest.

Lang geleden, toen ze nog niet droog achter de oren was, was ze eens uit drinken gegaan met een of andere ouwe zuipschuit van de moordbrigade met te veel vlieguren. Na een paar glazen bier was hij begonnen over de zonderlinge realiteit van het beroepshalve in aanraking komen met moord en doodslag.

Helen was het nooit vergeten.

'Punt is dat we die mensen pas leren kennen na hun dood; nadat de stakkerds zijn neergeschoten, neergestoken of wat dan ook. We weten niet eens hoe ze eruitzien, niet echt. We kennen hun gezichtsuitdrukking niet, hun manier van lopen en praten niet, weten niet hoe ze leefden. Soms ontdekken we allerlei shit als we in alle hoeken en gaten rondneuzen. We komen erachter hoe ze werkelijk waren, zelfs als we er niet naar op zoek zijn. En soms geldt dat ook voor de mensen met wie ze in hetzelfde huis hebben gewoond.'

Helen pakte de NCP-kaartjes en nam ze mee naar de tafel bij de voordeur. Ze legde ze weer naast elkaar, klaar voor de volgende ochtend. Toen deed ze de radio uit en liep terug naar de slaapkamer.

Tien minuten later zei ze hardop in het donker: 'Wat voor spelletje speel je verdomme, Hopwood?'

16

De toezichtcentrale die het grootste deel van West End bestreek, zat boven het Trocadero, een winkelcentrum en amusementscomplex dat van Coventry Street tot Shaftesbury Avenue liep. Terwijl drie verdiepingen lager mensen hun geld verbrasten aan schietspelletjes en T-shirts met I ❤ LONDON erop, of verderop aan een van de vele verlokkingen die Oxford Street, Soho en Leicester Square te bieden hadden, hield een particulier camerabeveiligingsbedrijf dat door het stadsdeel Westminster werd betaald hun bewegingen in de gaten en legde die voor het nageslacht vast.

Of soms als bewijs.

Nadat ze daar naar het toilet was geweest, toonde Helen bij de receptie haar legitimatie en vulde op een formulier de data en plaatsen in waarvan ze de beelden wilde zien. Dat had ze al vaker gedaan, en ze wist dat het zo'n vijftien minuten zou duren om het te regelen. Er lagen wat tijdschriften die ze onder het wachten kon lezen; reproducties van Kandinsky aan de muur waar ze naar kon kijken als ze daar zin in had.

Het was een heldere donderdagochtend. Ze liep naar het raam en genoot van de zon op haar gezicht, terwijl ze over Piccadilly Circus uitkeek en in de verte nog net de boomkruinen van Green Park kon zien.

'Rechercheur Weeks?'

De vrouw die de lift uit kwam en Helens naam riep was waarschijnlijk jonger dan ze oogde. Helen hoopte, voor de vrouw zelf en voor iedereen die haar kende, dat ze zich niet zo ellendig voelde als ze eruitzag. Helen hees zichzelf overeind van de bank en peilde de gelaatsuitdrukking van de vrouw.

Meestal had Helen niet veel op met de reacties van andere mensen op haar zwangerschap: de aanrakingen, het ongevraagde advies, het neerbuigende commentaar. Desondanks vond Helen het verbijsterend iemand te zien die er zo zichtbaar onverschillig onder bleef; bekeken te worden alsof ze... met haar zwangerschap liep te pronken.

Ze glimlachte en probeerde niet meteen met haar oordeel klaar te staan. Ze kwam dagelijks in contact met mensen die geen kinderen konden krijgen of die kinderen hadden verloren: ongeboren, als baby, of op oudere leeftijd, aan drugs, misbruik of geweld. Ze wist dat er een heleboel mensen waren voor wie een dikke buik allesbehalve mooi was.

'Het was prettig geweest als u de aanvraag wat eerder had ingediend.'

Dit was een eersteklas zuurpruim...

Ze liepen in stilte naar de bovenste verdieping en Helen werd naar de kijkcabine geleid. De vloerbedekking en de wandtegels absorbeerden het meeste geluid, en de vrouw begon wat harder te praten, wat niet prettig klonk: 'Zeg het maar, dan zet ik de eerste tape op.'

Ze noemden het nog steeds 'tape', hoewel alle beelden tegenwoordig werden opgeslagen op een reeks harde schijven met genoeg ruimte voor duizenden uren. Dat betekende dat het meeste materiaal maanden, en in sommige gevallen jaren, kon worden bewaard voordat het werd gewist.

Helen knikte en de vrouw begon op een toetsenbord te tikken.

Er waren drie grote schermen waarop beelden te zien waren van de drie camera's die het dichtst bij de plek stonden die Helen had opgegeven. Een was precies boven de ingang van de parkeergarage geplaatst, en Helen wist dat er ook beelden op stonden van Paul toen hij aan kwam rijden: die zaten een paar minuten voor het gedeelte dat ze nu bekeken.

Vrijdag 11 juli, 13.12 uur.

Ze staarde naar het scherm dat het beste beeld gaf: van een camera aan de overkant van Brewer Street. Ze wist dat ze niet lang hoefde te wachten. De precieze tijd was afgedrukt op de uitrijkaart, en Paul zou vrijwel zeker over een minuut naar buiten komen.

Ze keek even naar beneden toen ze ging verzitten, en toen ze weer opkeek zag ze hem. Hij kwam door een grijze deur naast de hoofdingang naar buiten, bleef even staan om zich te oriënteren, en liep daarna naar het trottoir.

Helen voelde zich een tikkeltje duizelig. Ze keek rond om te zien of er misschien ergens een kan water stond, maar ze ging liever dood dan dat ze erom zou vragen.

'Hij ziet eruit als een lepe je-weet-wel,' zei de vrouw.

Op 11 juli had het om 13.15 uur zwaar geregend. Op het scherm droop het water in donkere lijnen over het korrelige zwart-witbeeld. Helen kon de uitdrukking op Pauls gezicht niet goed zien, maar ze zag hem daar staan in zijn blauwe pak, tegen de regen in leunend, en kon weinig argumenten bedenken om de vrouw tegen te spreken.

Ze had beelden van een aantal andere bewakingscamera's in de buurt opgevraagd, zodat ze Paul overal kon volgen als hij de parkeergarage uit liep, hem van camera tot camera op zijn weg kon volgen. Dat bleek niet nodig.

Ze zag de zwarte taxi stoppen en Paul ernaartoe lopen. Ze zag het portier opengaan en Paul een paar woorden wisselen met de passagier achterin voordat hij instapte. De taxi reed snel weg. Haar ogen schoten naar het scherm helemaal rechts, waar ze hem vanuit een andere hoek recht op de camera af zag rijden voordat hij er voorbij reed en uit beeld verdween.

'Dat is genoeg,' zei ze. 'Laat de volgende maar zien.' Ze zocht in haar tas naar een pepermuntje terwijl de vrouw het volgende stuk beeldmateriaal opzocht. Drukte haar hand tegen haar borst en zag hoe die trilde.

Het was al moeilijk genoeg geweest om Paul op haar mobieltje te horen, maar hem te zien kwam nog harder aan. Het had iets te maken met de stilte en de beeldkwaliteit – versleten en vol schaduwstrepen. Met het kijken naar voorbije levens die nabloedden in het heden.

Ze wierp een blik op de vrouw, op haar vingers die moeiteloos over de toetsen bewogen. Waarschijnlijk zat ze op dit moment te bedenken wat ze die middag zou eten, waar ze heen zou gaan op vakantie, of ze die schoenen zou gaan kopen waar ze al wekenlang haar zinnen op had gezet.

En passant riep ze op verzoek een geest op.

'Hier is 't.'

Vrijdag 18 juli, 19.33 uur.

Paul kwam uit dezelfde grijze deur gelopen en wachtte; keek op zijn horloge; liep heen en weer over het smalle trottoir.

'Zelfde kerel,' zei de vrouw.

'Klopt.'

'Is dat degene achter wie je aan zit?'

Helen keek naar hem, hoe hij daar stond op die stomme manier van hem, met zijn ene voet voor de andere. Zag hoe hij de manchetten van zijn overhemd een stukje uit de mouw trok, zijn spiegelbeeld in een etalage inspecteerde, en hoe hij zich omdraaide toen hij de taxi aan hoorde komen. Ze zag het meteen.

'Die zit goed in de slappe was, dat ie links en rechts in taxi's kan springen.'

'Kun je het eind van de vorige clip nog even laten zien?' vroeg Helen. 'En het beeld van de taxi voor me stilzetten?'

Toen de twee beelden op twee schermen naast elkaar stonden en Helen het nog een keer had gecontroleerd, noteerde ze de letters en cijfers. Beide keren hetzelfde kenteken, dezelfde taxi.

Maar de tweede keer was er geen tweede passagier. Van tevoren besteld of gestuurd.

'Heb je gevonden wat je zocht?'

Helen liet haar pen en papier in haar tas vallen, ritste hem dicht en dacht: ik heb vanmiddag wat te doen...

Er stond een lege kruk tussen Clive en de man aan het eind van de bar. Clive bestelde een bitter lemon en knikte. 'En geef hem ook wat.'

Toen de man zag wie er trakteerde, bestelde hij thee... en een halve liter bier.

'Wil je wat eten?' vroeg Clive.

'Toast met barbecuesaus.'

'Ik betaal. Neem wat je wilt.'

'Dat is wat ik wil.'

Clive pakte zijn bitter lemon. 'Zoals je wilt.'

'Alles zit erin wat je nodig hebt, zie je. Alles uit de schijf van vijf.'

'Wablief?'

'Brood. Fruit. Het is een saus op basis van fruit.'

De vrouw achter de bar trok een wenkbrauw op naar Clive voordat ze zich omdraaide, alsof ze deze onzin al veel te vaak had gehoord.

'Doe er niet te lang over, Jacky,' zei Clive. 'We hebben niet de hele dag de tijd.'

Jacky Snooks had natuurlijk ook een echte naam, maar die was hij kwijtgeraakt in de vijfentwintig jaar dat hij deel uitmaakte van het vaste meubilair van de Cue Up. Het verhaal ging dat hij in zijn jonge jaren een heel verdienstelijk speler was geweest. Er werd gezegd dat hij op het punt stond om professional te worden, toen iemand die hij bij het spel één keer te veel had belazerd een paar ballen in een zak had laten glijden en hem daarmee op het achterhoofd had geslagen toen hij aanlegde om een lange zwarte bal te potten.

Een bril had de daaropvolgende oogproblemen verholpen, maar die hielp niet tegen het beven in zijn stootarm. Nu was hij degene die werd genaaid en beroofd door de fruitautomaten waar hij de hele dag geld in gooide, en hoewel hij de meeste bezoekers van de club waarschijnlijk linkshandig kon verslaan, had hij een makkelijker manier gevonden om aan de kost te komen. Hij had tegenwoordig een stuk minder last van zijn ogen.

Zodra Clive zijn bitter lemon op had, ging hij weg. Hij keek niet achterom toen hij naar de trap liep; hij wist dat Jacky achter hem aan zou komen. Buiten stapte Clive stevig door en Jacky volgde op een afstandje en hield de grote man in de gaten, terwijl hij de rest van zijn toast met saus probeerde op te eten en ze van het winkelcentrum naar Brookmill Park liepen.

De auto stond in een zijstraat geparkeerd. Frank stapte uit toen hij zag dat Clive eraan kwam, en samen stonden ze te wachten tot de magere, schuifelende gestalte de hoek om zou komen.

Jacky Snooks liep de laatste meters wat sneller, en stak vervolgens zijn hand uit. Zei: 'Niet meer zo snel als vroeger, meneer Linnell.'

Frank keerde zich om naar Clive. 'Hebben we papieren zakdoekjes of zoiets in de auto?' Hij trok een vies gezicht. 'Het lijkt alsof hij met zijn vingers in zijn reet heeft gezeten.'

Het jeugd- en zedenteam waar Helen gewoonlijk werkte, zat in een klein kantoor in het bureau Streatham. Het team was ook klein: een inspecteur, een paar brigadiers, vier rechercheurs en twee agenten.

Helen was niet echt blij hen daar bijna allemaal aan te treffen toen ze erbinnen liep.

De enige onbekende was de vrouw achter de computer die het dichtst bij de deur stond, en Helen vermoedde dat zij haar vervangster was. De vrouw stond op en aarzelde alsof ze niet wist wat ze nu eerst moest doen: haar gelukwensen of condoleren. Helen bespaarde haar de moeite door de andere kant op te kijken en het hele kantoor door te lopen, recht in de open armen van rechercheur Andrew Korn.

Hij hield haar stevig vast en wreef over haar rug; sussend en troostend, hoewel Helen geen geluid maakte.

Het was Helen die uiteindelijk zei: 'Het is oké.'

Korn deed een stap naar achteren en keek haar aan. Hij was gezet en had een fris gezicht; was een paar jaar jonger dan zij. 'Wat kom je hier in godsnaam doen?' vroeg hij.

'Ik wilde jullie allemaal zo verschrikkelijk graag zien,' zei ze. 'En ik moet wat te doen hebben, snap je?'

Korn knikte begrijpend, en Helen voelde zich opeens heel schuldig. Maar het was niet helemaal gelogen.

Ze besefte dat ze zich de afgelopen dagen bijna voortdurend schuldig had gevoeld; dat haar verdriet zich uitte in schuldgevoel. En in boosheid. En angst: schijtbenauwde angst.

Korn trok een paar stoelen bij. 'Nou, het is fijn om je te zien.'

Een blik, een zwaai, een paar woorden. Helen begroette de leden van het team een voor een op passende wijze. Daarna liet ze zich op de hoogte brengen van de ontwikkelingen tijdens haar afwezigheid, terwijl haar vervangster thee haalde, ondanks Korns tegenwerpingen dat er andere zaken waren die haar aandacht verdienden.

Het openbaar ministerie aarzelde nog steeds met zijn beslissing of er genoeg bewijs was om een vader van drie kinderen te vervolgen, omdat slechts één van zijn kinderen tekenen van misbruik vertoonde. Een vrouw had haar verhaal bijgesteld en weigerde nu tegen haar vriend te getuigen omdat ze beweerde dat haar zoon zichzelf de blauwe plekken had toegebracht. En dat zij zelf ook verantwoordelijk was voor die van haar.

'Weet je zeker dat je dit mist?' vroeg Korn.

Het was het gebruikelijke verhaal van frustratie en blunders waar Helen ondertussen aan gewend was geraakt. Ze hadden het vooral over een zaak waar zij aan had gewerkt en die wel een rechtvaardige afloop leek te zullen krijgen. Zoals gewoonlijk klampten ze zich vast aan de overwinningen, in de wetenschap dat ieder ervan fel bevochten was en absoluut de moeite waard was geweest.

'Ik zou morgen weer aan het werk gaan,' zei Helen, 'als ik dit ding niet rond moest zeulen.'

'Heb je wel hulp?'

'Ik red het wel, Andy. Echt.'

Korn werd afgeleid door een vraag van een van de agenten, en terwijl hij door zijn aantekeningen bladerde, glipte Helen achter een van de ongebruikte terminals en meldde zich aan.

'Ik heb een bende rapporten die moeten worden ingevoerd.'

Helen keek op en zag rechercheur Diane Sealy over haar computerscherm naar haar grijnzen.

'Dat is aardig van je, Di.'

'Nou ja, als je graag iets te doen wilt hebben.'

'Ik kijk even naar mijn e-mail en dan ben ik weer weg nu het nog kan,' zei Helen. 'Ik zal eens met de baas gaan praten om te zien of hij me geen verlof voor onbepaalde tijd kan geven.'

Sealy lachte.

Zodra ze verbinding had met de nationale politiecomputer, pakte Helen het stukje papier uit haar tas waar ze het kenteken van de taxi op had geschreven.

'We denken allemaal aan je,' zei Sealy.

Helen knikte, zei dat ze dat wist, en richtte haar ogen weer op het toetsenbord en het resultaat van de zoekactie. Ze boog zich over het bureau en greep een pen. Er viel heel wat op te schrijven.

Frank was eerst van plan geweest in de auto te praten, maar het was te heet, en hij probeerde zo veel mogelijk lopend te doen als hij de kans kreeg. Laura had hem gezegd dat het goed was voor zijn hart.

'Lekker om buiten te zijn, voor de verandering,' zei Jacky Snooks.

Brookmill Park was bij de aanleg van de Docklands Light Railway uitgebreid op de schop genomen. Er waren siertuinen aangelegd en het had een behoorlijk groot natuurreservaat. Het pad dat langs de rivier de Ravensbourne liep, was onderdeel van een langer pad dat ten zuiden van de Theems bij Creekside helemaal naar de kust bij Eastbourne liep.

Ze gingen op een bankje bij een van de vijvers zitten, met Jacky tussen Frank en Clive in. Aan de rand was het water drabbig van de bruine draderige algen, en vlinders dansten boven de koppen van waterhoentjes en Canadese ganzen.

'Het gaat om drugs, zeker weten.' Jacky sloeg op zijn bovenbeen om dat te benadrukken. 'Ik heb een paar gesprekjes opgevangen en ik weet precies waar die schoften het over hadden.'

'Coke? Crack? Wat?' vroeg Clive.

'Maakt niet uit,' zei Frank.

Hij was niet verbaasd, uiteindelijk ging het meestal om drugs. Maar hij wilde het zeker weten. Als hij de bende moest hebben waarvan de leden vaak in de Cue Up kwamen, wilde hij liever weten met wat voor soort *gang* hij te maken had. Hij wist dat sommige van deze groepen gewoon postcodegangs waren die hun handel en territorium met geweld verdedigden. Andere waren niet meer dan bovenmaatse rapgroepen. Er waren er zelfs een paar, maar dan ook echt een paar, die waren opgezet uit overtuigde geweldloosheid. Frank voelde dat hij te maken had met een heel ander type, waarvan de hogere echelons er een hoogontwikkelde en keiharde zakelijke gedragscode op na hielden.

Het deed er niet toe wat ze verkochten. Het feit dat ze iets verkochten zei hem genoeg. Frank wist heel goed dat zakenmensen een stuk gevaarlijker konden zijn dan zware jongens.

'Noem eens een paar namen, Jacky.'

'Het zijn maar bijnamen, weet u wel?'

'Dat is oké.'

Jacky dacht een paar seconden na en dreunde toen een stuk of vijf namen op die Clive opschreef. Frank drong aan: vroeg signalementen, op welk tijdstip ze regelmatig naar de club gingen, of deze types nog naar andere tenten gingen; of hij ook iets wist over een eventuele hiërarchie.

Jacky deed zijn best.

'Is je de laatste dagen nog iets bijzonders opgevallen?'

'Ik weet niet wat u bedoelt, meneer Linnell.'

Clive boog zich dicht naar hem toe. 'Concentreer je verdomme, Jacky.'

'Veranderingen in gedrag,' zei Frank. 'Snap je? Een andere sfeer, een andere stemming. Dat soort dingen kun je ruiken.' Hij wist niet precies hoe die verandering zich zou manifesteren, maar Frank was er zeker van dat binnen de bende die voor Pauls dood verantwoordelijk was, de zaken nu wat anders waren komen te liggen. Er was een politieagent dood, en ze waren slim genoeg om de consequenties daarvan te beseffen. Degene die aan de touwtjes trok kon wel blijven zeggen dat er niets aan de hand was tot hij erbij neerviel, maar voorlopig zou alles anders zijn.

Frank had zelf ooit in een vergelijkbare positie gezeten, en Clive ook. Ze wisten allebei dat gebrandmerkte mannen zich nooit helemaal konden ontspannen.

Jacky bromde en knikte nog een keer, alsof hem iets te binnen was geschoten. 'Nou u het zegt, ik heb er een paar een beetje maf zien doen. Ja, nou ik erover nadenk...'

'Nou moet je me niet vertellen wat je denkt dat ik wil horen.' Franks woede kwam zo plotseling op dat het angstaanjagend was, zelfs voor Jacky, die er al eerder mee had kennisgemaakt. Frank stond op en liep naar het water. 'Neem me niet in de zeik.'

Clive legde zijn vlezige hand op Jacky's schouder en zei: 'Hoor eens, ik wil eerlijk gezegd ook graag dat dit snel achter de rug is. Ik wil graag terug naar de auto en ergens lekker gaan lunchen met een goed glas wijn erbij of wat dan ook. Maar als je ons als debielen behandelt, neem ik je mee naar die bomen daar en steek ik je kop zo diep in je reet dat je denkt dat er niks is gebeurd. Begrepen, Jacky?'

Frank ging weer zitten en leunde achterover tegen de bank.

'Nou, ik weet niet of dit is wat jullie zoeken,' zei Jacky. 'Maar er hangen niet meer zo veel van die gasten rond.' Hij keek van Clive naar Frank om te peilen hoe hij het ervan afbracht. 'Meestal komen er elke dag wel een paar in de club om te poolen, lol te trappen, weet ik veel. Maar de laatste dagen een stuk minder.'

'En daarvoor?'

'Daarvóór?'

'Heb je zeg maar in de week daarvoor gemerkt dat er iets op til was?'

Jacky dacht na, en vertelde Frank toen over de afspraak boven in de club: die jonge zwarte gast met zijn idiote haar en zijn grote Aziatische maat; de blanke vent in zijn snelle pak.

Frank keek Clive aan, die zijn schouders ophaalde en het noteerde.

Teruggekomen bij de auto keek Frank Jacky Snooks na, die snel wegliep met genoeg geld in zijn zakken voor een halfjaar lang thee en toast met barbecuesaus. Hij was waarschijnlijk niet ouder dan veertig, maar hij zag eruit alsof hij eerder Franks leeftijd had dan die van Clive.

Er waren genoeg mensen als hij in hun wereld.

Frank keek de broodmagere figuur in zijn smerige jack en zijn Asda-spijkerbroek na en realiseerde zich dat er in de grond niet zo veel verschil tussen hen was. Of in ieder geval niet was geweest toen ze indertijd ieder hun pad kozen; toen hun toekomst werd bepaald door een moment van gewelddadigheid of door een briljante ingeving. Nee, veel verschil tussen hem en types als Jacky Snooks was er niet. Frank was alleen iets wanhopiger geweest. En misschien een tikje minder bang.

Maar niet veel.

Helen werd wakker en keek op de klok: 3.18 uur. Ze stak haar hand tussen haar benen en voelde de nattigheid.

Ze wachtte beneden op de taxi en vervloekte Paul hardop, en ze vroeg zich af of ze Jenny moest bellen, of haar vader. Zwetend. Met haar toilettas en een verschoninkje in een barstensvolle plastic tas.

In het ziekenhuis zeiden ze haar dat alles normaal was.

'Het is alleen wat vochtverlies,' zei de vroedvrouw, 'en met de baby is alles goed. Je hoeft je geen zorgen te maken. De baby komt nu nog niet. Hij zit daar helemaal goed en hij blijft nog even, oké?'

'Ga maar naar huis,' zei de verpleegster, 'en ga met je benen omhoog zitten. Ontspan je en laat je verzorgen door de vader van de baby tot het zover is. Alles is goed.'

17

Er waren dagen dat Theo op weg naar buiten even bij zijn moeder langsging. Dan keek hij of alles goed was met haar en at een sandwich met bacon als hij tenminste niet nog steeds vol zat van de dubbele maaltijd van de avond ervoor. Op die dagen bracht hij Angela naar de bushalte, of helemaal naar school als het mooi weer was.

Hij stond nog steeds vroeg op en verliet de flat bijtijds, maar sinds afgelopen vrijdag was hij niet meer bij zijn moeder langsgeweest. Hij ontbeet nu in zijn eentje in een goedkope eettent. Zat de kranten te lezen en liet de hele klotezooi in zijn hoofd rondzoemen, zich afvragend hoe het voor Benjamin zou zijn om zonder vader op te groeien.

Hoe het zou zijn om daarover na te denken in de gevangenis.

Elke ochtend een pakje sigaretten in de kiosk twee deuren verder. Een dikke stapel kranten, en de uitdrukking op het gezicht van de winkelier, die het hoogtepunt van de dag vormde. De ouwe man zei nooit iets, alleen hoeveel het kostte, maar je kon zien dat hij het maar raar vond. Jongens als Theo lazen nu eenmaal geen kranten, en al helemaal geen vijf kranten, en zeker niet de grote waar geen krasloten in zaten. Hij glimlachte als hij het geld aannam, alsof hij het een goede zaak vond. Alsof hij het goedkeurde. Of misschien had hij er gewoon plezier in het geld aan te nemen.

In het café nam Theo een hap van zijn sandwich en nam eerst de voorpagina door, wat hij nu iedere ochtend deed sinds het was gebeurd.

De politie had nog eens vijftig man extra op de zaak gezet om de jacht op de 'koplampmoordenaar' te intensiveren.

De commissaris beloofde dat hij de man die verantwoordelijk was voor de dood van zijn rechercheur zou oppakken, en hij spoorde iedereen die hem eventueel in bescherming nam aan om zich te melden.

De moordenaar was laf en meedogenloos. Iemand die vond dat je met een vuurwapen respect afdwong. Hij was waarschijnlijk nog maar een tiener, of misschien nog jonger, volgens kenners van de zich snel uitbreidende Londense bendes en hun vuurwapencultuur.

Theo had Easy niet zien binnenkomen, maar hij draaide zich razendsnel om toen hij de stem bij zijn schouder hoorde.

'Wil je nog iets anders, T? Een *latte* of dat soort shit? Misschien een croissantje of zo bij je ochtendkrantje?'

'Nee, dank je,' zei Theo.

Easy ging thee halen voor zichzelf en toen hij terugkwam pakte hij een opgevouwen *Daily Star* van een tafeltje ernaast. Hij legde die voor Theo neer en wees naar het model in bikini dat bijna de hele voorpagina in beslag nam. 'Zó moet je je dag gaan beginnen, man. Met zo'n super lekkere chick kan je er tegenaan en op die klanten af, vat je?'

Theo zocht zijn kranten bij elkaar.

Easy knikte en boog zich voorover. Praatte zachtjes, vriendelijk en ernstig. 'Ik weet wat er speelt, T, maar je gaat echt niet bang hoeven zijn, 'k zweer je. We staan allemaal om je heen, man. Honderd procent.'

'De politie is anders scherp.'

Easy schudde ongeïnteresseerd zijn hoofd.

'Serieus, je zou dit 's moeten lezen.'

'Fuck de politie.' Easy keek rond alsof hij een plek zocht om te spugen. 'Ze weten niet eens waar ze moeten beginnen met zoeken. Die blauw weet niks. *For real*, T.'

Theo knikte en legde de stapel kranten opzij. Easy leunde achterover en grijnsde zijn grijns.

Onderwerp gesloten.

'En, ga je nog meedoen vanavond?'

'Meedoen met wat?'

'Ik heb nog steeds een onschuldig gezicht nodig.'

'Shit.' De klus waar Easy het een paar dagen geleden over had gehad. Theo was het helemaal vergeten. 'Ik heb Javine en de baby al dagenlang nauwelijks gezien, man,' zei hij. 'Ik werk me de kloten, weet je?'

Hij maakte nu meer uren, dat was waar. Was zo weinig mogelijk thuis, voor zover hij daarmee weg kon komen. Hij vermeed zorgvuldig iedereen die om hem gaf.

Maar Easy wilde er niets van weten. 'Je moet die klus doen, man. Je gaat hier niet op je bil willen zitten en al die dinges in je hoofd laten spoken, ja? Enne... die klus die we vanavond gaan doen, daarom heb je in de auto van die bitch geschoten, toch?'

Daarom...

Het ging om het geld, veronderstelde Theo. Of om het respect, zoals in de grote kranten stond. Hoewel hij, terugdenkend aan het moment dat hij de trekker overhaalde, het gevoel had dat hij het voornamelijk had gedaan omdat Easy en de anderen zo aan het schreeuwen waren en hem in de zeik namen. Hij zei tegen Easy dat dat een stomme vraag was, omdat hij niet wist wat ze die avond gingen doen.

''t Gaat leuk worden,' zei Easy. 'Ik zweer je.' Hij stond op, nam de *Star* mee en beloofde Theo nog te bellen over de details.

Theo at zijn sandwich op en ging toen naar buiten om te roken. Hij nam een krant mee en stond op het trottoir naar de foto van Paul Hopwood te kijken. Vierendertig jaar. De man die binnenkort vader zou worden. Hij bleef kijken tot de zachte askegel op de krant viel en hij die eraf moest schudden.

Nog meer shit, rondzoemend in zijn hoofd.

De hele opeenvolging van gedachten en impulsen duurde maar een paar seconden, maar Helen genoot van de verschillende uitdrukkingen die over het gezicht van Ray Jackson gleden, en probeerde ze te duiden terwijl hij zijn oprit af reed en de taxi de weg op draaide.

De verwarring toen hij een vrouw zag die hem voor zijn eigen voordeur probeerde aan te houden. De korte aarzeling toen hij zag dat ze in verwachting was. Het verontschuldigende 'Sorry schatje, ik kan niks voor je doen'-gebaar toen hij besloot door te rijden en gas gaf omdat hij van plan was eerst een uitgebreid Engels ontbijt naar binnen te werken voordat hij een vrachtje oppikte, laat staan een idioot wijf.

De kwaadheid, en daarna de berusting toen hij haar met haar legitimatie zag zwaaien. Waarna hij op de rem trapte en aan de kant ging staan.

Helen liep naar het raampje en wachtte tot het naar beneden werd gedraaid. 'Zet de motor even af, Ray, en kom achterin zitten. Dan kunnen we even babbelen.'

Het was een keurig zijstraatje in North Acton. Rijtjeshuizen van halverwege de jaren twintig; om het andere huis een boom in bloei, even keurig in het gelid als de schotelantennes. Jackson deed wat hem werd gevraagd en hield het portier open toen Helen in de taxi stapte. Ze bedankte hem en hij zei dat het geen moeite was, maar of ze wel verrekt snel wilde voortmaken, want hij moest geld verdienen. Ze zei dat ze zou proberen hem niet op te houden.

'Je hebt een passagier achter in je taxi gehad, een politieman, op vrijdag, de achttiende van vorige maand. En ook op de vrijdag daarvóór.'

'Welke bedoel je?'

'Sorry?'

Jackson nam een paar seconden de tijd om te antwoorden. 'Welke vrijdag.'

'Je luistert niet, Ray. Allebei. Een keer 's middags en een keer 's avonds.'

'Heb je enig idee hoeveel passagiers ik iedere week in mijn auto heb?'

'Je hebt hem opgepikt bij de NCP aan Brewer Street.'

'Dat moet ik dan maar geloven.'

'Dat hoeft niet. Je staat op de beveiligingscamera.'

'Nou, en? Heb ik soms te hard gereden?'

'Ik wil graag weten waar je hem naartoe hebt gebracht,' zei Helen. 'En ik wil ook graag weten wie de andere passagier was. De man die al in de taxi zat toen je bij Brewer Street aankwam.'

Jackson was een jaar of vijftig en stevig gebouwd. Als Helen al niet had geweten dat hij zijn hand niet omdraaide voor een zekere mate van geweld, dan was haar dat wel duidelijk geworden toen hij zijn hoofd omdraaide en haar aankeek.

'Ik hoef niet met jou te praten. Ik heb niks gedaan. Dus je stapt nu uit mijn taxi.'

'Ik ben nog niet klaar,' zei Helen.

'Sorry, schatje, ík ben klaar.' Hij draaide zijn hoofd om en keek uit het raampje. 'Moet je trouwens niet thuis sokjes zitten breien?'

Helen slikte. 'De politieman over wie ik het had is een week geleden vermoord.' Ze liet dat even bezinken. 'Je moet dus wel met me praten, als je tenminste niet wilt dat we je de komende tijd hinderlijk volgen als een drol onder je schoen. Iedereen heeft wel iets op zijn kerfstok, Ray, en jij meer dan de meesten. Daarom is het misschien eenvoudiger als we dit nu afhandelen, denk je ook niet?'

Het was natuurlijk allemaal onzin. Er was geen enkele reden waarom de rechercheurs die Pauls dood officieel onderzochten geïnteresseerd zouden zijn in een taxirit die hij twee weken daarvoor had gemaakt. Helen gokte erop dat Jackson dat niet wist, en ze had het bij het rechte eind.

Hij vloekte een tijdje om zich een houding te geven of de informatie in zijn hoofd te ordenen voordat hij over de brug kwam. Hij vertelde Helen over een bepaalde klant voor wie hij soms reed: Kevin Shepherd, een respectabele zakenman voor wie hij op exclusieve basis werkte naast zijn inkomsten uit de gewone ritten.

'Dat lijkt me een flinke schep geld,' zei Helen. 'Handje contantje?' Ze moest glimlachen om de reactie. 'Maak je geen zorgen, ik ben de belastinginspecteur niet.'

Jackson knikte. 'Er zijn tegenwoordig een hoop taxichauffeurs die dat doen,' zei hij. 'Er is vraag naar. We zijn goedkoper dan een limousine en wij verdwalen niet.'

'Die zakenman weet zeker wel wie zijn taxichauffeur is, hè?' Helen wachtte, maar Jackson gaf geen sjoege. 'Snap je, als hij alles over Parkhurst en Belmarsh weet en waarom je daar gezeten hebt, en hij je nog steeds graag als chauffeur heeft, ga ik mezelf wel afvragen hoe "respectabel" hij eigenlijk is. Ik denk niet dat Alan Sugar je zou inhuren, Ray, en jij?'

'Dat is allemaal heel lang geleden.'

'Waar heb je ze naartoe gereden? Je baas en de politieman?'

Jackson zei dat hij zich niet kon herinneren waar hij op die vrijdagmiddag waar Helen het over had naartoe was gereden, en of de twee mannen samen uit de taxi waren gestapt. Het avondvrachtje was naar een restaurant in Shoreditch geweest; Italiaanse tent. De naam ervan was hem ontschoten.

'Enig idee waar ze het over hadden?'

'Ik was niet uitgenodigd.'

'En in de taxi dan?'

'Ik luister nooit.'

Helen had daar ernstige twijfels over, maar ze zag dat ze niet veel verder zou komen. Toen ze haar notitieboekje in haar tas opborg, zag ze de vervaagde vlek bij haar voeten op de vloermat.

'Wat is dat, Ray?' Uit haar toon sprak dat ze het antwoord al wist.

Jackson glimlachte. 'Ik denk niet dat die smeris hier achter in mijn taxi is doodgegaan.'

Helen zei niets; dacht aan haar lakens die ze moest verschonen en de twee uur die ze midden in de nacht in het ziekenhuis had doorgebracht. Ze boog zich voorover om met haar nagel aan de vlek te krabben.

'Een of andere trut had een bloedneus,' zei Jackson. 'Nou goed?'

'Akelige vlekken...'

Hij deed het portier open en stapte uit, wachtend tot Helen hetzelfde zou doen.

'Mijn auto staat aan het eind van de straat,' zei ze.

Jackson deed het portier nog verder open. 'Nou, dan is het niet ver lopen.'

Ollie en Gospel hadden sinds lunchtijd op een hoek van het winkelcentrum aan de kant van de Lee Bridge staan werken. Het begon net donker te worden en Ollie schatte dat ze de afgelopen acht uur ongeveer tweehonderd pond hadden gemaakt. Tweehonderddertig zodra Gospel terugkwam met de drie pakjes coke waar hun laatste klant op stond te wachten.

Wave zou absoluut tevreden zijn over dat soort bedragen.

Ollie keek naar de kleine, blanke man in de portiek aan de overkant van de straat. Hij was iets ouder dan de doorsneeklant en iets minder zenuwachtig. Hij keek Ollie strak aan, alsof hij de vraag stelde. Ollie stak een hand met gespreide vingers op.

Vijf minuten...

Het was al zeker tien minuten geleden dat Gospel met het geld van de klant naar het drugspand was gegaan. Bovendien was ze een van de snelsten; ze verdeed haar tijd niet met ouwehoeren bij het afgeven van het geld. Ollie begon zich net af te vragen of er iets mis was, toen zijn mobieltje ging.

Hij herkende Gospels nummer op het display. 'Waar zit je nou, verdomme?'

De stem van de man klonk heel laag en uiterst kalm. 'Je vriendin is effe bezig, begrijp je? Hou je kop en luister goed.'

Ollie luisterde naar de instructies die hij kreeg: waar hij heen moest, zo snel als hij kon, en dat hij onderweg met niemand mocht praten. Hij was al in beweging gekomen, maar liep op de stoep te ijsberen zonder een bepaalde kant op te gaan, koortsachtig nadenkend terwijl hij het zweet over zijn hele lijf voelde prikken.

'Daar ga je spijt van krijgen, man.' Hij liet de telefoon bijna vallen toen hij Gospel hoorde schreeuwen.

'Zorg dat ik dat niet nog een keer hoef te doen,' zei de man.

Ollie keek naar de overkant van de straat en zag dat de klant verdwenen was. Toen hij van de stoeprand een stap naar achteren deed, stond de man vlak naast hem, dicht tegen hem aan gedrukt, zodat Ollie kon voelen wat hij in zijn zak had zitten.

'Je kunt maar beter doen wat je gezegd is.'

Vanuit Acton reed Helen Uxbridge Road af, ze parkeerde in een zijstraat en nam vandaar een bus naar het centrum. Ze had geen zin om een uur naar een parkeerplaats te zoeken en genoot ervan de wereld vanaf het bovendek voorbij te zien glijden, maar zodra ze in het centrum was gearriveerd kreeg ze spijt van het tochtje. Het was heet en druk op straat. Het kostte haar een kwartier om van Marble Arch naar John Lewis te lopen, en toen ze daar aankwam, werd ze kotsmisselijk door de lucht op de parfumafdeling.

Toen ze zich weer wat beter voelde, wandelde ze langzaam rond over de zwangerschaps- en babyafdeling van Lewis en nog een paar andere grote warenhuizen. Ze herinnerde zich dat het wiegje dat ze zes maanden geleden hadden gekocht, in een doos in het kleine kamertje stond en nog in elkaar moest worden gezet. Dat er nog geschilderd moest worden. Ze kocht er flink wat rompertjes bij, hoewel ze er al meer dan genoeg had, en een plastic bordje, een mok en bestek dat ze het komende halfjaar nog niet nodig zou hebben.

Ze sjokte van winkel naar winkel en zweette tot ze zichzelf rook.

Ook als ze zich wel goed voelde beleefde Helen geen lol aan winkelen, ze was een vrouw van het type 'naar binnen, kopen, en wegwezen'. Jenny moest er altijd om lachen en zei dat het onnatuurlijk was dat een vrouw niet van rondsnuffelen hield. Dat de winkelgenen op een of andere manier niet eerlijk over hen waren verdeeld.

Maar dit keer struinde ze uren rond, voelde aan de kleertjes en pakte de piepkleine schoentjes vast. Ze moest gewoon even een tijd aan de baby denken. Aan zichzelf en aan de baby.

Toen ze tegen vijf uur terugkwam bij Tulse Hill had ze het gevoel dat ze een marathon had gelopen. Op het antwoordapparaat stond de gebruikelijke stroom berichten: haar vader en Jenny. Opnieuw Roger Deering; Pauls moeder die zei dat ze wist dat er nog geen datum was geprikt, maar dat ze graag over de muziek voor de dienst wilde praten. Twee andere bellers hadden niet de moeite genomen een bericht achter te laten.

Helen ging op de bank liggen en dacht na over wie ze het eerst zou terugbellen. Toen ze drie uur later wakker werd, was het donker in de kamer. Ze deed haar ogen open, en haar eerste gedachte was aan Paul, die achter in Ray Jacksons taxi ergens naartoe ging waar hij niet hoorde te zijn. Ze dacht aan bloed op een vloermat en bloed op een trottoir.

En ze schaamde zich.

Het was een week geleden, minder dan een week, en hij begon al te vervagen; de Paul die ze dacht te kennen, tenminste. En dat lag niet aan haar geheugen dat haar in de steek liet of aan haar perceptie die door het verdriet werd vertekend. Het was haar eigen stomme schuld. Ze was nieuwsgieriger geworden dan goed voor haar was.

Dan goed was voor wie dan ook.

Zou het niet beter zijn als ze het nu opgaf, alles vergat wat ze had uitgevist, alles wat ze vermoedde? Want wat Paul ook in zijn schild mocht hebben gevoerd, het bleef bij vermoedens: ze wist het niet zeker. En wat deed het er allemaal nog toe, nu hij er niet meer was?

Het was geen moeilijke vraag. Ook daarin verschilde Helen van haar zus. Ze had haar kop nooit in het zand kunnen stoppen.

Ze deed het licht aan en trok de gordijnen dicht; zette een kop thee en begon een lijstje te maken.

- Wiegje in elkaar zetten. Pap vragen. Schilderen?
- Muziek. Kerkliederen? Iets moderns. REM misschien?
- Met Frank Linnell en Kevin Shepherd praten?

Ze schrok op van de zoemer. Het kostte haar een halve minuut om naar de intercom te lopen, maar tegen die tijd was degene die beneden had aangebeld al weg.

Ollie was haastig over Loampit Vale gelopen, terwijl de man die zich als klant had voorgedaan de hele tijd een meter of vijf achter hem bleef lopen. Hij sloeg zoals hem was gezegd een zijstraat in en zag de Mercedes bij de ingang van Tesco staan.

Gospel zat op de passagiersstoel met haar benen opgetrokken tegen haar borst. Naast haar zat een grote zwarte vent tegen het stuur geperst. Ollie werd door de oudere man achterin geduwd en onder een scheldkanonnade van Gospel reden ze weg, om het blok heen en voegden zich soepel in het verkeer op de hoofdweg.

Ze reden een minuut of tien naar het noorden.

Tegen de tijd dat de Mercedes de zijstraten vlak voor de rivier in draaide, had Ollie zijn metgezellen al aardig leren kennen. Ze parkeerden achter een chic nieuwbouwproject met yuppenwoningen bij Deptford Creek en zetten de conversatie voort. De lichten boven op Canary Wharf knipperden naar hen over het water heen, en de punt van de Augurk priemde links van hen door de smog. Door de autoruit kon Ollie de vervallen houten pier zien die in het water lag te vergaan, en een hele sleep verlaten torpedoboten waar een tijdlang krakers in hadden gehuisd. Het vuilgroene water was hier diep; dieper dan waar ook in de rivier. Het enige stuk waar de grote vliegdekschepen konden keren – dat had hij een keer op televisie gezien – en waarschijnlijk het veiligste als je dingen wilde laten zinken waarvan je niet wilde dat ze aan het licht zouden komen.

Ondertussen had de man die achterin naast Ollie zat een pistool op zijn knie liggen, maar de grote man voorin bij Gospel was duidelijk degene die de leiding had.

'Het is niet ingewikkeld,' zei hij. 'Eigenlijk hebben we alleen maar een bevestiging nodig.'

Gospel spuugde de grote man op zijn borst en draaide haar hoofd vliegensvlug naar Ollie. 'Niks zeggen.' Toen ze zich weer omdraaide, sloeg de grote man haar hard in het gezicht en staarde vervolgens naar het spuug op zijn overhemd.

Een seconde later begon het meisje te jammeren en te brabbelen, en vormde een kommetje met haar handen om het bloed op te vangen.

'Dit duurt maar even,' zei de grote man tegen Ollie. 'Maar lang genoeg voor jou om uit te maken of je verstandig gaat zijn of niet.' Hij trok een zakdoek tevoorschijn en vroeg er daarna nog een aan zijn collega op de achterbank. De oudere man gaf die van hem aan. De grote man gaf de ene zakdoek aan Gospel en gebruikte de andere om eerst zijn overhemd schoon te vegen en daarna de druppels bloed op de zitting te deppen.

Hij keek naar Gospel en zuchtte. 'Hoe oud ben je?'

'Ze is veertien,' zei Ollie. 'Alsjeblieft, man...'

'Hou godverdomme je kop,' schreeuwde Gospel, die haar handen net lang genoeg van haar gezicht weghaalde om de woorden eruit te krijgen.

'Jullie horen op school te zitten,' zei de grote man. 'Allebei.' Hij boog zich voorover alsof hij haar haar wilde strelen, maar in plaats daarvan greep hij een handvol haar vast en sloeg haar met haar hoofd tegen de zijruit.

Ollie schreeuwde het uit van schrik en sloeg met zijn vuisten tegen de passagiersstoel. Hij voelde dat het pistool in zijn zij werd gedrukt, en toen hij nog steeds schreeuwend achteroverleunde, besefte hij dat hij huilde. 'Jezus...'

Voorin waren Gospels ogen groot van angst. Ze ademde zwaar en snotterend.

De grote man draaide zich om naar Ollie. Hij zei: 'Ze is oké.'

'Niks zeggen,' brabbelde Gospel.

De man sloeg zijn ogen ten hemel en richtte ze vervolgens op Ollie. 'Als je eigenlijk niks te maken hebt met het incident waar we het over hebben, hoef je je geen zorgen te maken. Dat beloof ik. We willen alleen maar weten of we op het goede spoor zitten.'

Ollie wiegde van voren naar achteren en trok aan zijn dreadlocks. Het was moeilijk om helder te denken nu hij zich zo moest concentreren om niet ter plekke in de auto in zijn broek te schijten.

'Was het jouw bende?'

Het leek wel alsof het pistool elk moment dwars door zijn huid zou gaan, recht door zijn ribben.

Kreunend van inspanning draaide de grote man zich moeizaam om in zijn stoel en legde één arm over de hoofdsteun. 'Wees nou verstandig en laat me niet van plaats ruilen met mijn vriend daar achterin,' zei hij. 'Hij is niet zo zachtaardig tegen kleine meisjes als ik.'

De oudere man lachte en wierp Gospel een kushandje toe.

Daarna was er nog wat bloed, maar niet al te veel, en toen alle verlangde informatie was verteld, werd Ollie en Gospel te verstaan gegeven dat ze de auto uit moesten. Dat ze hun vieze zakdoeken moesten meenemen.

Toen Ollie het portier wilde openmaken, trok de oudere man hem terug. Hij zei: 'Je bent verdomme een blanke, maar je hebt het haar van een zwarte. Waar is dát nou weer goed voor, stomme lul?'

De oudere man ging voorin zitten. Bij het wegrijden klikte hij zijn veiligheidsgordel vast en keek hij in de binnenspiegel nog een keer naar de twee tieners. Hij zag de jongen in elkaar zakken; zag hoe het meisje met haar vuisten en voeten naar hem uithaalde.

'De wereld staat op z'n kop, Clive, als je het mij vraagt.'

'Breek me de bek niet open, Billy,' zei Clive.

18

'Waar heb je dat pak vandaan?'

'Kringloopwinkel,' zei Easy.

'Het stinkt, man.'

Ze stonden in een baan langzaamrijdend verkeer op de Vauxhall Bridge, op weg naar een adres in Paddington. Easy zat achter het stuur van de Audi, Theo op de passagiersplaats. Mikey zat achterin in een nummer van *Loot* te bladeren.

'Ik heb geen tijd gehad om het te laten stomen, ja?' Easy wierp hem een zijdelingse blik toe. 'Het ziet er goed uit, dat is het belangrijkste. Een knap pak en dat lieve, onschuldige gezicht.'

Theo mocht dan geen pak hebben, maar hij had wel een paar mooie jacks. Dure merkkleding, in ieder geval veel mooier dan deze slecht zittende, stinkende shit die hij nu aanhad. Maar hij had niet in zijn mooiste kleren de flat uit willen gaan; dan had hij aan Javine moeten uitleggen waarom hij zo piekfijn gekleed de deur uit ging. Easy zei dat het niets uitmaakte. Hij zou overal voor zorgen. Hij had het pak eerder die dag opgepikt en Theo had zich in de auto omgekleed.

'Ik kan die teringadvertentie niet vinden,' zei Mikey.

'Blijf zoeken,' zei Easy. 'Hij staat achterin, na de rubriek caravans. Ik heb de adressen omcirkeld die we vanavond kunnen doen.'

Mikey sloeg de pagina's om en las: '"Duistere Drift. Volslanke ebbenhouten prinses." Volslank betekent vet, toch?'

'Zeker weten,' zei Easy. 'Heeft misschien wel grotere tieten dan jij.' Mikey stak zijn middelvinger boven de krant uit en zwaaide ermee naar de spiegel. Easy haalde zijn schouders op en gaf gas voor een oranje stoplicht. 'Luister, als die bitch maar genoeg klanten heeft gehad, kan 't me niks schelen hoe vet ze is.'

Vijfentwintig minuten later parkeerden ze aan het eind van een straat tussen St. Mary's Hospital en het station. Theo controleerde het nummer van de flat en Easy nam de zaken voor de laatste keer door.

'Tien minuten zou genoeg moeten zijn,' zei hij. 'Om ervoor te zorgen dat ze helemaal relaxed is.'

'Hij is degene die gestrest is, niet dan?' zei Mikey. Hij boog zich voorover en gaf Theo een stomp tegen zijn schouder. 'Als hij ooit in de slaapkamer terechtkomt, is ie slap, man, als een dooie wurm.'

Theo stapte de auto uit en liep zonder om te kijken naar de deur van de flat. De straat was goed verlicht en hij vroeg zich af hoeveel mensen zijn gezicht zouden kunnen zien als ze op dit moment uit het raam keken.

De vrouw die opendeed was niet zo dik als Mikey had voorspeld, maar ze was wel weelderig gebouwd. Ze was in de veertig en had een donkerder huid dan Theo. Nigeriaans, vermoedde hij. Ze was zwaar opgemaakt en hij dacht dat ze misschien een pruik droeg, maar haar glimlach leek echt.

Hij kon zich voorstellen dat een man die hier niet naartoe was gekomen om haar te beroven, haar sexy zou vinden.

'Ik ben Carlton,' zei hij. 'Ik heb gebeld voor een afspraak.' Easy had het gesprek gevoerd. Hij had ook de naam gekozen en het lollig gevonden om Theo er alles over te vertellen.

De flat op de begane grond was klein: een woonkamer met aan één kant een open keuken en een doorgang naar wat volgens Theo wel een slaapkamer en een badkamer zouden zijn. Het was schoon en modern. Boven een donkere leren bank hing een rij Afrikaanse maskers. Er lagen gladde stenen in houten schalen en een kralengordijn scheidde de woonkamer van de rest van de flat.

'Wil je iets drinken, tijger? Er is wijn en bier, of cola.'

'Mag ik een biertje?'

'Wat je maar wilt.'

Ze reikte Theo een warm flesje aan en hield het kralengordijn opzij. 'Kom je verder?'

Theo ging zitten en hield zijn flesje omhoog. 'Ik drink dit eerst even op.'

'Het is jouw feestje,' zei ze. 'En nu we het daar toch over hebben...'

Easy was aan de telefoon honderd pond overeengekomen. Dat was genoeg voor een uur en alle basishandelingen. Theo gaf haar het geld en zag dat ze het in een houten hutkoffer stopte die tegen de muur stond.

Ze gaf hem een gelamineerde kaart en zei: 'Voor het geval dat je iets speciaals wilt.'

Theo keek op de kaart alsof hij een menu bestudeerde, terwijl zij de rol van de hulpvaardige serveerster speelde en vroeg of hij misschien ergens uitleg bij nodig had. Er waren een paar onderdelen waarvan hij niet zeker wist wat ze voorstelden, maar hij kon met die onwetendheid leven.

'Hoe oud ben je?'

Theo zag geen reden om te liegen.

'Ik heb een jongen van jouw leeftijd,' zei ze. 'En een meisje dat twee jaar jonger is. Zij zit nog op school, en hij gaat volgend jaar naar de universiteit.'

'Oké.'

'Het gaat goed met ons,' zei ze. 'We doen het niet slecht.' Ze grijnsde, omvatte haar borsten en schudde ze op en neer, waarbij haar zwarte bh door de doorschijnende kamerjas zichtbaar was. 'Dankzij deze jongens.'

Theo was nog geen vijf minuten in de flat. 'Ik moet even sigaretten halen,' zei hij.

'O, ik heb wel, hoor.' Ze haalde een pakje uit haar handtas.

'Nee, ik wil Silk Cut hebben. Ik loop even naar de overkant van de straat.'

Ze haalde haar schouders op. 'Wat je wilt. Maar de klok loopt...'

Theo liep de nauwe gang uit en deed de voordeur open. Toen hij vijftien seconden later weer de woonkamer in kwam, werd hij gevolgd door Mikey en Easy.

Ze droegen allebei bivakmutsen en zwaaiden met een pistool.

'Niet schreeuwen,' zei Theo.

'Hou je kankerkop.' Easy wrong zich langs hem heen, ging snel op de vrouw af, het omhooggeheven pistool op haar hoofd gericht. Hij zette het tegen haar slaap.

Ze struikelde achteruit tegen de muur en viel met wijd opengesperde ogen op de grond.

'Waar is de poen?'

Theo wees het hem en keek toe hoe Easy het geld uit de koffer pakte. 'Ik heb hier ongeveer duizend pond,' zei Easy. 'Ik durf te wedden dat ze nog veel meer heeft, onder het bed, of waar dan ook.'

'Meer heb ik niet,' zei de vrouw.

'Zorg ervoor dat ze haar kop houdt.' Easy knikte naar Mikey en liep door het kralengordijn naar de andere kamer. Mikey viste een dikke rol tape uit de plastic tas die hij bij zich had en trok de vrouw overeind.

Theo zag de uitdrukking op Mikeys gezicht. 'Je moet haar alleen vastbinden,' zei hij.

Hij liep achter Easy aan de slaapkamer in, zag hoe hij laden leeghaalde en het matras omdraaide. Er brandden kaarsen op de vensterbank en naast het bed stond een metalen schaaltje met condooms.

'Waarom doen we dit?'

'Zie je al die poen, man?'

'Waarom mensen als zij?'

Easy glimlachte en was maar al te graag bereid om zijn genialiteit te showen. 'Omdat mensen als zij niet zo snel huilend naar de politie rennen. 'n Eitje.'

'We hoeven het niet met z'n drieën te doen, man.'

'Kan geen kwaad voorzichtig te zijn, T.' Easy trok een la open en haalde er met een onverschillig gebaar wat ondergoed uit. 'Sommigen van die sletten hebben dienstmeiden en shit. Filippino's en Thais. Sommigen kennen kung fu en die dinges.'

'Maar jij hebt een pistool,' zei Theo.

Easy trok een gezicht alsof hij hem niet begreep en ging door met de kamer overhoop halen.

Toen ze in de woonkamer terugkwamen zat Mikey naast de vrouw op de bank. Haar handen en voeten waren bij elkaar gebonden en de zwarte tape was strak om haar hoofd en schouders gesnoerd. Onder haar neus was een streepje huid zichtbaar; dat was onbedekt gelaten zodat ze kon ademen. Haar ogen waren ook onbedekt gelaten. Theo vroeg zich af of dat was omdat Mikey haar reactie wilde zien.

Mikey wenkte Theo en gaf hem zijn mobieltje. 'Maak een foto,' zei hij. 'Om aan iedereen te laten zien.'

Easy liet zich met een kreet aan de andere kant van de vrouw op de bank vallen en leunde dicht tegen haar aan.

'Kom op, man,' zei Mikey. 'Maak er een paar.'

Theo hield de telefoon omhoog en drukte af.

'Lach eens even,' zei Mikey. De vrouw jammerde achter de tape. Easy vond dat wel grappig en zei dat ook. Mikey sloeg één arm om de vrouw heen, grijnsde verlekkerd naar de camera en legde zijn vlezige handen over haar beide borsten. 'Glimlach dan maar met je ogen,' zei hij.

Theo nam de foto en gooide de telefoon terug naar Mikey.

De volgende die Easy had omcirkeld, woonde tien minuten verder weg, in Bayswater. Een meesteres die zich Helleveeg noemde en die het geld van de zenuwachtige jongen die straf nodig had graag had aangenomen.

Een kwartier nadat ze haar voordeur open had gedaan, zat ze in haar slaapkamer op een stoel vastgebonden en haalde moeizaam adem door een masker van zwarte tape.

Theo keek hoe Mikey te werk ging. Net als Easy leek hij deze keer geagiteerder. Ze waren ruwer; kwaad dat er niet meer geld in huis was.

'Nou kan die bitch over niemand meer de baas spelen,' zei Mikey toen hij klaar was.

'Ik dacht dat er massa's idiote fuckers waren die van die rare dinges houden,' zei Easy. 'Zwepen en luierseks.'

'Misschien is ze wel te goedkoop.' Mikey boog zich over haar heen en gaf haar een paar zachte klapjes in haar gezicht. Het klonk dof en nat tegen de tape.

'We moeten weg,' zei Theo.

Mikey slenterde naar de keuken alsof ze alle tijd van de wereld hadden.

'Relax, T,' zei Easy.

'Ik ben oké. Ik zie alleen niet waarom we hier moeten blijven rondhangen, da's alles. Stel dat ze nog een afspraak heeft?'

'We hebben voor een uur betaald,' zei Easy.

'Er is hier verder niks.'

Easy liep rond in de slaapkamer alsof er een hoop te genieten viel, pakte seksspeeltjes op en trok er een gezicht bij. 'Moet je al die dinges zien. Ik weet soms niet eens waar die shit voor dient, man.' Hij pakte een zwart latex bondagemasker op en trok het over zijn hoofd.

'Kom op, E, laat zitten.'

'Dit ruikt ranzig, man.' Easy liep terug naar de stoel en bracht zijn gezicht dicht bij dat van de vrouw en zei: 'Boe.'

Mikey kwam terug uit de keuken met een klein mes. Hij knielde naast de stoel en bracht zijn hand omhoog.

'Waar is dat voor?' vroeg Theo.

'Ik laat haar makkelijker ademen,' zei Mikey. 'Moet je horen hoe die arme bitch zit te hijgen en te blazen.' Hij zette de punt van het mes tegen de tape en zei: 'Mond wijd open als je niet opengesneden wilt worden.'

De vrouw brulde achter de tape, maar het klonk als een elektrisch gezoem.

Theo deed een stap naar voren, maar Easy stak zijn hand op, en Theo keek hoe Mikey een snee in de tape gaf. Zag een rode druppel opwellen en van de tape in de hals van de vrouw vallen.

'Shit,' zei Theo tegen hem. 'Je hebt haar gesneden.'

'Stelt niks voor.' Mikey kwam overeind. 'Niks met haar aan de hand. Zie je wel?' Hij veegde haar mond af met zijn hand en begon zijn spijkerbroek los te maken. 'Dat is perfect.'

De vrouw bleef brullen en wrong alle kanten op in de stoel.

'Wat dóé je godverdomme?' riep Theo.

Mikey negeerde hem en grijnsde naar Easy. 'Je moet het doen met dat masker op,' zei die.

Theo zei: 'Ik ga naar de auto,' en hij liep naar de deur. Easy riep hem iets na, maar Theo hoorde het niet boven het lawaai in zijn hoofd en het gejammer van de vrouw uit, terwijl hij snel de flat uit liep en de straat af rende.

Tien minuten later kwamen Easy en Mikey naar buiten. Theo zag ze in het spiegeltje terwijl ze over het trottoir liepen alsof ze een avondwandelingetje maakten. Ze schoven allebei grinnikend de auto in.

Theo keek ze aan.

'We hebben niks gedaan,' zei Easy. Hij startte de auto. 'Wat denk je wel?'

Theo dacht van alles, maar hij hield het voor zich terwijl ze wegreden. Easy en Mikey praatten opgewonden voor drie; maakten grappen over het geld en de kick ervan, en de grote joints die ze zouden roken als ze weer op eigen terrein waren.

Een kwartier of wat later, nadat ze de rivier waren overgestoken, zei Theo: 'Waarom moesten jullie die bivakmutsen trouwens zo nodig op?'

Mikey boog zich op de achterbank naar voren. 'Fokking stomme vraag.'

'Hoe bedoel je, man?' vroeg Easy.

'Nou, als het allemaal in de soep loopt, is mijn gezicht het enige wat ze hebben gezien, dat ze kunnen beschrijven.'

Mijn onschuldige gezicht.

'Niks aan te doen. Heeft geen zin als ze weten hoe we er alle drie uitzien.'

'Ik weet hoe jullie eruitzien,' zei Theo.

De Audi ging langzamer rijden en stopte voor een verkeerslicht. Theo toverde een moeizame glimlach op zijn gezicht en sloeg een luchtiger toon aan; probeerde duidelijk te maken dat hij zat te dollen. 'Dus misschien moeten jullie dat in gedachten houden wanneer we de buit verdelen.' Hij draaide zich naar Mikey om. 'Begrijp je, gabber?' Toen keek hij naar Easy. Geen van beiden scheen het erg grappig te vinden.

19

Een paar straten verderop zat een avondwinkel, en Helen maakte altijd graag een praatje met de grijze Turkse eigenaar en zijn vrouw. Dit keer was het wat lastiger geweest omdat ze de gelegenheid had aangegrepen om hen over Paul te vertellen. Ze waren heel aardig geweest en hadden gevraagd of ze ergens mee konden helpen, en Helen zag dat de man aarzelde om haar te laten betalen toen ze haar portemonnee tevoorschijn trok.

Ze liep langzaam terug naar Tulse Hill met brood, melk en een paar zakken cheese and onion chips in een plastic tas. Het was een warme avond, maar de wind begon op te steken. Verkeer dat op weg was van of naar de zuidelijke ringweg raasde in het donker langs haar heen toen ze naar huis liep.

Ze kwam langs de rij merkwaardige jarendertighuizen met het namaak tudorvakwerk dat ze altijd bizar had gevonden. Langs huizenblokken die leken op dat van haarzelf: Baldwin House, Saunders House, Hart House; vier of vijf verdiepingen in alle mogelijke tinten bruin, die in die tijd waarschijnlijk gewild waren. Langs de ingang van Silwell Hall, een negentiende-eeuws herenhuis waarin nu de middelbare meisjesschool St. Martin's in the Field was gevestigd. De rijk versierde pilaren en het koepeldak waren veel ouder dan de school zelf, maar toch hadden ze de beide in de jaren vijftig gebouwde middelbare scholen makkelijk overleefd, met inbegrip van het gebouw waarin Ken Livingstone les had gehad.

Helen sloeg de hoek om en graaide in haar tas naar haar sleutels. Peinzend over scholen: over het gebrek aan fatsoenlijke scholen in de buurten waar ze iets zou kunnen kopen; over de mogelijkheid uit Londen weg te gaan voordat het een probleem werd. Toen ze de hoofdingang van haar blok naderde, zag ze aan de overkant van de straat een man uit een auto stappen en op haar af lopen. Hij was lang, met blond haar tot op de schouders. Goed gekleed, maar toch...

Ze zag dat hij naar haar keek en ze greep haar sleutelbos steviger vast. Die kwam nog het dichtst in de buurt van een wapen. De man bleef op haar af lopen, en op een stompzinnige manier was ze dankbaar dat het verklikkerlicht aanfloepte toen ze vlak bij de deur was. Ze nam de laatste paar stappen zo snel als ze kon. Hoorde de man achter haar, hoorde het kleingeld in zijn zak rinkelen. Ze stak haar hand uit naar het slot, en hij kwam vlak bij haar staan, alsof hij ook een bewoner was en wachtte tot ze de deur voor hen beiden open zou maken.

'Jij bent de vriendin.'

'Hè?'

'Zodra Ray je had beschreven, had ik het door. Wie je was, en het feit dat je op eigen houtje met hem sprak.' Hij glimlachte. 'Dat je daar niet was in een... officiële hoedanigheid.'

Helen keek hem aan. Nu had ze ook door wie hij was.

Kevin Shepherd stak zijn handen in zijn zakken en deed een stap naar achteren. Alsof hij haar eens goed wilde opnemen.

'Wat kom je doen?' vroeg ze.

'Zie je, Ray is niet een van de snuggersten,' zei hij. 'Douw een legitimatiebewijs onder z'n neus en hij trekt allerlei overhaaste conclusies. Nou ja, dat doen we allemaal, toch? Maar ik weet wat Paul is overkomen, en het ligt nogal voor de hand dat degene die de zaak onderzoekt niet op zoek is naar iemand als ik.'

Helen wachtte. Het was duidelijk dat hij nog heel wat over zichzelf te vertellen had.

'Die is waarschijnlijk op zoek naar iemand die wat jonger is dan ik. En een tikje zwarter. En zelfs als je vriend niet gewoon de pech had gehad dat hij op het verkeerde moment op de verkeerde plaats was... zelfs als hij in het hoofd was geschoten, dan denk ik niet dat ze iemand als jij achter degene aan zouden sturen die het had gedaan. Met alle respect.'

Helen haalde haar schouders op, alsof ze niet in het minst beledigd was.

'En die zou zeker niet alleen komen.'

'Dus?'

'Dus probeer je waarschijnlijk gewoon uit te vissen wat Paul met mij van doen had. Je vindt eigenlijk dat mensen als wij normaal gesproken weinig met elkaar gemeen zouden moeten hebben.'

'En ga je me dat vertellen?'

'Ik ga je vertellen dat het misschien het beste is om het te laten zitten.' Zijn stem klonk behoorlijk bezorgd. Op die toon werden wel vaker bedreigingen geuit.

'Het beste voor wie?'

Hij knikte naar haar. 'Jezus, schat, moet je jezelf eens zien. Je zou je druk moeten maken over de toekomst, en hoe je het denkt te gaan redden. En over hoe je een mooie zwarte zwangerschapsjurk te pakken krijgt.' Hij schudde zijn hoofd, en schroefde de bezorgdheid nog een tikkeltje op. 'Waarom zou je allerlei vuiligheid ophalen? Vragen stellen waarop het antwoord misschien niet prettig is?'

Het was dezelfde vraag die Helen zichzelf had gesteld. Nu stond ze voor de man die daar het antwoord op wist. Die eruitzag alsof hij stond te popelen om het haar te vertellen.

'Nou, bedankt voor de waarschuwing.'

'Geen waarschuwing.'

'Ook goed.' Ze keek hem doordringend aan. Ze wilde naar binnen, maar niet voordat hij zich eerst had omgedraaid en wegliep. Plotseling ging het licht uit. Ze hadden twee minuten vrijwel roerloos staan praten en de tijdschakelaar had de lamp uitgeschakeld. 'Tijd om op te stappen,' zei ze.

Een paar stappen bij haar vandaan zuchtte Shepherd in het donker, alsof hij in het nauw was gedreven. Alsof hij geen andere keus had dan haar te vertellen wat hij veel liever voor zich had gehouden.

'Hoor eens, als dat het misschien wat makkelijker maakt, zeg dan gewoon tegen jezelf dat hij wat extra centen nodig had, met een kind op komst en zo. Dat hij het voor jou deed.'

'Ik geloof je niet.'

'Kom op, hij is echt niet de eerste smeris met wie ik zaken heb gedaan. Ga je me vertellen dat je nooit iemand hebt gekend die drie kilo coke vindt en er twee afgeeft? Nooit iemand gekend die zichzelf een handje hielp?'

Helen voelde dat het zweet begon te prikken en te lopen. De sleutel voelde warm en klam aan in haar vuist. 'Heb je Paul ooit geld gegeven?'

'Ik heb jammer genoeg nooit de kans gekregen, maar we hebben het over de voorwaarden gehad. Hij zou niet slecht hebben geboerd, dat durf ik je wel te vertellen. Je zou niet om babykleertjes verlegen hebben gezeten.'

'Sodemieter op!' zei ze.

'Wat een taal...'

Ze zei het weer, en na een paar seconden deed Shepherd wat hem was gezegd. Zijn beweging deed het licht weer aanspringen, en Helen keek toe hoe hij op een drafje de weg overstak naar zijn auto. Rammelend kleingeld, grijpend naar de afstandsbediening in zijn zak. Ze hoorde dat hij de muziek hard zette nadat hij had gestart en zag dat hij nog even naar haar keek vlak voor het licht in de auto langzaam doofde en hij wegreed.

Harder dan nodig was.

Daarna kostte het haar een paar seconden langer dan normaal om binnen te komen. Ze stond als een dronkenlap voor de deur, frunnikend met de sleutel terwijl ze het trillen van haar hand in bedwang probeerde te houden.

Terwijl Mikey bezig was geweest met Easy en Theo had hij het plan opgevat om bij Linzi langs te gaan, en nu hij van haar huis terugliep naar zijn eigen flat, vroeg hij zich af waarom hij zo geil werd van die overvallen.

Linzi was geen hoer, niet echt. Ze nam alleen geld aan van een paar jongens van de bende, haar favorieten, en ze was zeker niet zoals die gore sletten bij wie ze eerder op de avond langs waren geweest. Ze was lief en wist wat hij lekker vond. Ze zei dat hij er mooi uitzag zonder kleren aan, dat ze graag iets had om vast te pakken, en ze vertelde hem na afloop wanneer de stuff tevoorschijn kwam altijd sappige verhalen over de anderen. Geinige shit zoals dat SnapZ een klein pikkie had, of de manier waarop As If een keer was gaan janken nadat ze hem had afgetrokken.

Onbetaalbaar...

Hij dacht er niet meer over na waarom hij naar haar toe was gegaan. Vond dat het er niet toe deed, en dat hij als het erop aankwam geen betere manier wist om de poen uit te geven die hij die avond had verdiend. Ze hadden het bij Easy thuis verdeeld en waren daarna iets gaan drinken in de Dirty South: ze hadden allemaal van die helderblauwe Hypnotics gedronken. Hij had een uurtje aan de bar gehangen, sommige leden van de bende de foto's op zijn mobieltje laten zien en een paar vette bankbiljetten geshowd.

Tot hij steeds meer zin had gekregen om bij Linzi langs te gaan.

Nu had hij honger...

Het was maar vijf minuten lopen naar de flat, maar hij wilde zijn moeder niet wakker maken met gerammel in de keuken, om vervolgens te worden uitgescholden. Hij kon beter naar de hoofdstraat lopen en iets halen in een van de shoarmatenten die tot laat openbleven.

Hij sloeg de hoek om en zag de oude man op hem af lopen; zag hem opkijken en zijn ogen vervolgens neerslaan. Hij wist dat hij dit soort mensen angst aanjoeg. Hij trok zijn hoodie over zijn hoofd en liet één schouder hangen om zijn macholoopje nog iets aan te zetten; om die ouwe lul doodsbang te maken.

Nog één kick voor het slapen gaan.

Hij liep voorbij, raakte de man met zijn schouder om die ouwe zak te laten denken dat hem iets zou gebeuren. Vanwege zijn hoodie heeft hij de reactie van de man nooit gezien. Heeft hij nooit gezien dat die een meter verder stilhield en zijn hand in zijn jaszak stak.

Mikey besefte pas wat er aan de hand was toen hij zijn naam hoorde roepen en zich omdraaide. Een seconde of twee voordat het pistool werd geheven en de oude man hem in het gezicht schoot.

Terwijl Mikey nog aan het vallen was, draaide de oude man zich om en liep snel weg. Handen in de zakken. Nog steeds foeterend dat de wereld op zijn kop stond.

Javine rook heerlijk: naar cacaoboter in haar nek en iets zoetigs en citrusachtigs in haar haar. Hij duwde zich tegen haar aan, liet zijn handen over haar rug en billen dwalen terwijl ze haar tong in zijn mond duwde, maar hij bleef slap onder haar vingers.

Ze maakte haar mond los van de zijne en fluisterde: 'Heb je geen zin?'

'Ik ben moe.'

'Je lijkt anders niet moe.'

Hij trok zich los en rolde weg. 'Hoe lijk ik dan wel?'

Beneden in de straat loeide een motor en klonken luide stemmen.

'Alsof je ruzie zoekt.' Ze zette het kussen rechtop achter zich. 'Alsof je je lekkerder voelt als je ruzie hebt.'

'Je gaat onzin praten.'

'Het is al bijna een week geleden.'

Hij liet zijn adem lang en langzaam ontsnappen. 'Ik werk meer, oké?'

'Dat weet ik...'

'Niet tevreden met het extra geld?'

'Ja, ik ben tevreden.'

'Nou, laat me dan met rust.'

Javine zei niets meer, en al snel dreigde de stilte tussen hen het lawaai van de straat te overstemmen. Theo was opgelucht toen ze opkeek bij een zacht gejammer uit de kamer ernaast en het dekbed van zich af gooide.

Hij was als eerste bij de Dirty South weggegaan, opgelucht ze daar achter te laten om de complimenten in ontvangst te nemen en het succes uit te melken. Hij dacht dat hij stil had gedaan, maar Javine had zich omgedraaid, in het donker zijn naam geroepen terwijl hij zich stond uit te kleden en had zichzelf klaarwakker gepraat.

Had hem gevraagd of hij een goeie avond had gehad.

Hij was met vierhonderd pond bij Easy vandaan gekomen, terwijl hij wist dat ze met z'n drieën minstens vijftienhonderd pond bij elkaar hadden geharkt. Misschien had hij gelijk gehad. Misschien nam Easy een groter aandeel in ruil voor de rol die hij had gespeeld bij zijn promotie; als tegenprestatie voor de meevaller die hij hem had bezorgd. Misschien vond Easy dat hij zijn volle aandeel niet verdiend had. Hij wist niet wat Mikey had gekregen, hij had er niet over willen praten waar hij bij was.

Maar morgen zou hij het uitzoeken. Zou hij Easy vragen wat er loos was.

Hij lag daar en probeerde zich op het geld te concentreren; aan het bedrag en de dingen die hij ervoor kon kopen. Dat was makkelijker dan te denken aan hoe hij eraan was gekomen en wat hij had gedaan om die positie te bereiken.

'Enne... die klus die we vanavond gaan doen, daarom heb je in de auto van die bitch geschoten, toch?'

Als hij terugdacht aan een week geleden leek het alsof hij hoogtevrees had en toch was gesprongen, omdat dat de makkelijkste manier was om zijn angst te overwinnen.

'Hou die ding omhoog, man, hou het goed omhoog. Laat haar zien wat je hebt.'

'Wat ze kríjgt.'

'Doe 't.'

Hij was nog steeds bang dat ze elk moment konden binnenvallen. Easy kon praten wat hij wilde over hoe hecht de gang was. Theo verstarde nog steeds bij iedere sirene; voelde iedere dichtslaande deur als een hamer die neerkwam.

Javine kwam terug in bed. Ze schoof naar hem toe en zei: 'Alles is goed.'

'Gelukkig.'

Ze legde haar hand op zijn buik en haar hoofd op zijn borst, en begon hem te kussen, steeds lager. Theo sloot zijn ogen en dwong zichzelf een stijve te krijgen. Dwong zichzelf het beeld van een mes en een gerafelde snee te vergeten; van een bloederige veeg op glimmende zwarte tape.

Hij had een restje kip op een papieren bord gelegd; had toegekeken hoe een mannetjesvos een uur eerder over het grasveld was aan komen lopen. Hij was op een meter van het eten gaan zitten, op zijn hoede. Daarna was hij omgelopen naar de andere kant van het bord en had nog een paar minuten gewacht voordat hij op het gratis maal aanviel.

Er is niets mis met voorzichtigheid, had Frank gedacht.

Nu was de tuin weer donker, afgezien van de zwakke lampen in de borders, en Frank zat met een kruiswoordpuzzel op schoot en een glas wijn naast zich. Eigenlijk deed hij liever cryptogrammen en hield hij altijd bij hoe lang hij erover deed, maar dit keer bracht hij er niets van terecht. Hij kon zijn hersens er niet toe zetten.

Clive had hem kort daarvoor gebeld. Had hem bijgepraat over de renovatie van de pub en over een linkse opzichter die ellende had veroorzaakt over een woningbouwproject in het westen van de stad. En over de zaak in Lewisham.

Clive was goed in zijn werk en gebruikte altijd mensen die dat ook waren. Ze hadden alles in de hand.

Hij keek op van zijn krant toen Laura binnenkwam. Ze droeg een spijkerbroek en een T-shirt en haar haar leek nat, alsof ze net onder de douche vandaan kwam.

'Je hebt de vos gemist,' zei hij.

'Ik heb hem vanuit mijn kamer gezien.' Ze liep naar het raam en leunde ertegenaan. Ze keek naar hem alsof ze wachtte tot hij nog iets tegen haar zou zeggen, maar na een paar seconden richtte hij zich weer op de puzzel.

Hij keek op toen hij haar hoorde huilen. 'Wat is er aan de hand?'

'Wat heb je gedaan?'

Hij zette zijn bril af. 'Dat weet je, dus waarom vraag je het dan? Je wilt de details toch niet horen.' Ze wist het altijd. Hij kon niets voor haar verborgen houden, en dat was altijd al zo geweest. Vanaf het moment dat hij haar een paar dagen geleden het krantenartikel had laten lezen, had hij geweten dat dit gesprek eraan zat te komen.

Ze tilde haar arm op en wreef de mouw van het T-shirt tegen haar gezicht. 'Is het hiermee klaar?'

Hij liet de krant bij zijn voeten vallen. 'Nog lang niet.'

'Het verandert toch niks aan wat er is gebeurd?'

'Dat weet ik.'

'Paul heeft er niks aan.'

'Misschien heb ik er wat aan,' zei Frank. 'Je weet hoe ik ben, dat ik anderen nooit laat stikken.' Daardoor begon ze opnieuw te huilen. 'Jij bent de enige die me kent.'

Ze knikte en liep op hem af.

Achter haar gingen de verklikkerlichten in de tuin aan, maar Frank hield zijn ogen op de hare gericht. Ze liep op hem af en boog zich voorover om hem een kus op zijn wang te geven, en dat was belangrijker dan wat dan ook.

De jongens die bij de garages rondhingen hadden Mikey als eersten ontdekt. Ze hadden het pistoolschot gehoord en kenden het verschil tussen dat geluid en een rotje of een knallende uitlaat van een auto. De meeste mensen in de buurt kenden dat verschil natuurlijk ook, en er waren al verscheidene politieauto's onderweg, maar dat wisten de jongens niet.

Vijf van hen stonden om het lijk heen en keken naar beneden. Ze keken er vanuit alle hoeken naar, nieuwsgierig als alle tien- of elfjarigen zijn.

Voor twee van hen was het de eerste dode die ze van zo dichtbij zagen.

Iemand zei iets over de kettingen, over dat Mikey ze nu niet gauw zou missen, en een andere jongen vroeg zich af waar zijn portemonnee zou zijn. Maar de jongen naar wie ze allemaal luisterden, degene die door Wave was uitverkoren om ooit grootse dingen te gaan doen, zei dat ze hun stomme kop moesten houden en respect moesten tonen.

Zei tegen hen dat dat zo niet ging.

Op dat moment hoorden ze de sirenes en iemand schreeuwen uit het blok achter hen. Voordat de laatste jongen zich uit de voeten maakte stak hij de teen van zijn gymschoen voorzichtig naar voren; stak hem in de plas bloed onder Mikeys hoofd, die zich nog steeds uitspreidde en in de richting van de goot liep.

''t Plakt,' zei hij.

III

Wolven en luipaarden

20

'Ik weet wel dat we dit soort tenten eigenlijk niks horen te vinden,' zei Deering. 'Ik weet dat het trendy is om ze af te kraken omdat ze de hele wereld overnemen of zoiets. Maar ik vind de koffie zo lekker...'

Hij had iets merkwaardigs, absoluut, maar Helen vond hem niet zo'n mafketel als ze na die berichten op haar antwoordapparaat had gedacht. Misschien was het 'God zegene je' gewoon een soort verbale tik. En zelfs als het dat niet was, zag het er niet naar uit alsof hij haar zou willen overhalen zich binnenkort voor Jezus open te stellen.

Helen dronk thee. 'Ik vind de koffie ook lekker,' zei ze. 'Maar de baby vindt het minder. Begint als een gek te spartelen.'

Deering had die ochtend gebeld nadat Helen het grootste deel van een onaangename vrijdag en zaterdag ruzie met mensen had gemaakt: met Pauls moeder, die niet over 'rock'-muziek op de begrafenis wilde praten; met Jenny, die had gezegd dat ze Pauls oude kleren niet nodig hadden, maar bedankt voor het aanbod; met haar vader, die zich had geërgerd aan haar suggesties toen hij grote moeite had het wiegje in elkaar te zetten. Deering had gevraagd of ze zin had om met hem koffie te gaan drinken, en het vooruitzicht om alles met een vrijwel volslagen vreemde te bespreken, om haar hart uit te storten, sprak haar wel aan.

En er viel nogal wat uit te storten.

Hij had haar even na tienen opgehaald en was toen naar de Starbucks bij het metrostation Brixton gereden. Het was er niet druk en Helen was aan een tafeltje bij het raam gaan zitten, vanuit de gedachte dat ze nog altijd naar mensen kon zitten kijken als het gesprek stroef verliep. Een snelle koffie liep uit op een brunch met geroosterde panini en brownies, en Deering had erop gestaan te betalen. Toen Helen zag dat het bijna twaalf uur was, besefte ze dat ze bijna twee uur onafgebroken hadden zitten praten.

Dat zíj had zitten praten.

'Ik denk dat je extremer op andere mensen reageert,' zei Deering, 'als je iemand hebt verloren.' Hij frunnikte aan een knoop van het versleten spijkerjasje, dat hij op een donker poloshirt droeg.

Het verraste Helen hoeveel jonger hij eruitzag nu hij niet op zijn werk was, hoewel hij geen poging deed zijn vroegtijdige kaalheid te verbergen. Ze meende ook te horen dat zijn accent sterker was, en ze vroeg zich af of hij het onbewust onderdrukte wanneer hij met andere technici en politiemensen sprak.

'Dat je in de zevende hemel bent bij ieder snippertje goed nieuws. Of iemand meteen uitkotst wanneer ze je ergeren.'

Helen zei dat ze begreep wat hij bedoelde, dat zij zich precies zo voelde, maar dat er niet veel was geweest waarover ze zich in de zevende hemel voelde. Zeker de afgelopen dagen niet.

Ze had zich tegenover Pauls moeder weten te beheersen door zichzelf in te prenten dat deze vrouw, met wie het nooit helemaal geboterd had, net zo kapot was als zijzelf. Helen wist niet of Pauls moeder van haar avontuurtje wist, en ze stond niet te springen om het haar te vragen. De ruzie met haar vader was niet anders geweest dan die honderd andere die ze in de loop der jaren hadden gehad. De ouwe hield er niet van als iemand hem zei wat hij moest doen. Dat had hij ook aan zijn twee dochters doorgegeven.

Maar bij Jenny thuis was het flink uit de hand gelopen.

Zaterdagmiddag hadden ze gezellig zitten lunchen; Tim keek met een half oog naar het voetbal en de kinderen zaten lief te spelen. Om precies te zijn gedroegen ze zich iets te voorbeeldig, en Helen vermoedde dat ze waren geïnstrueerd om niets te zeggen of te doen waardoor tante Helen van streek zou kunnen raken. Over oom Paul werd al helemaal niet gesproken.

In de keuken zei Jenny dat ze het er met Tim over had gehad en dat hij nu eigenlijk al te veel kleren had en dat ze er zelf al veel eerder mee naar de kringloopwinkel had moeten gaan. Helen was uit haar vel gesprongen en Jenny was kalmpjes naar de woonkamer gelopen en had tegen de kinderen gezegd dat ze boven moesten gaan spelen. Ze waren niet prettig uit elkaar gegaan, en Helen had haar zus sindsdien niet meer gesproken.

Nu zuchtte ze, maar ze herinnerde zich nog steeds de drang iets naar Jenny's hoofd te gooien, wat van dat fijne dure servies op het granieten werkblad aan scherven te slaan. 'Ik ben belazerd als ik degene ben die het weer goedmaakt.'

'Dat bedoel ik,' zei Deering. 'Alles is... heftiger.'

'Ik ben nog het meest kwaad op Paul.'

'Dat weet ik.'

'Echt ziedend.'

'Je wordt er ontzettend emotioneel van.'

Helen knikte en dacht: maar nog steeds geen tranen, en sprak die gedachte vervolgens uit.

'Dat is óók normaal. Daar bedoel ik mee dat er tijdens zo'n periode geen "normaal" gedrag bestaat. Er is geen sjabloon voor verdriet, weet je?' Hij frunnikte weer aan de knoop. 'Ik ben zelf ook behoorlijk kwaad geweest.'

'O. Op wie?'

'Op mijn vrouw.' Deering glimlachte. 'Een hersentumor, anderhalf jaar geleden.'

Helen nam hem op. Plotseling was de aandacht die hij voor haar had, de zorgzaamheid, volkomen begrijpelijk. Ze deed haar mond open, naarstig op zoek naar de juiste woorden, maar Deering bespaarde haar de moeite.

'Ze had vaak last van hoofdpijn en ging er twee of drie keer per week bijna aan onderdoor.' Hij legde een vlakke hand tegen zijn hoofd, net boven het rechteroor. 'We noemden het gewoon migraine, en Sally was niet zo'n type dat bij het minste of geringste naar de dokter rende. Tegen de tijd dat ik haar zover had gekregen, had ze nog maar een paar maanden.'

'Wat erg.'

'Ik had meer moeten aandringen.'

'Doe niet zo raar.' Ze zag hoe hij zijn schouders ophaalde, zich vooroverboog en de lege kopjes uit het midden van de tafel schoof. Zag hoe hij in ieder kopje een vies lepeltje stak en ze in het gelid zette, zodat alle oren dezelfde kant op wezen. 'En hoe was je eraan toe? Nadat het was gebeurd?'

Hij blies lucht tussen zijn samengeperste lippen naar buiten alsof hij niet wist waar hij moest beginnen. 'Ik wilde met iedereen praten die haar had gekend. Wie dan ook. Ik wilde dingen horen die ik niet wist. Verhalen, dingen die ze zich herinnerden. Ik geloof dat ik al die dingen wilde opslaan. Herinneringen, zelfs als ze niet van mezelf waren, zodat ze niet... op zouden raken.' Hij glimlachte. 'Onnozel, hè? Alsof ze ooit op kunnen raken.'

Helen zei hem dat zij eigenlijk vrijwel hetzelfde had gedaan. Hij wachtte, maar ze wijdde niet verder uit.

'Het is altijd prettig om te weten dat je niet de enige mafkees bent,' zei hij.

Ze vertelde hem niet dat ze naar iets op zoek was gegaan om de man van wie ze dacht dat ze hem al behoorlijk goed kende, nog beter te leren kennen, en dat ze meer te weten was gekomen dan haar lief was. Ze vertelde hem natuurlijk ook niet met wie ze had gepraat: over haar gesprekken met Frank Linnell en Kevin Shepherd. En ze vertelde hem evenmin wie ze later die dag wilde spreken. Ze dacht dat hij het op een of andere manier ziek zou vinden.

En misschien was dat ook wel zo.

Toen Helens blikken op haar horloge niets aan duidelijkheid te wensen overlieten, zei Deering dat hij er ook vandoor moest. Hij vertelde haar dat hij bijna klaar was met zijn rapport, maar dat hij nog een paar zaken met de verkeerstechnisch rechercheur moest doornemen.

'Wat voor dingen?'

'Niks bijzonders. Wat procedurele zaken.'

'Nooit mijn sterkste kant geweest,' zei Helen.

'Je weet dat je me kunt bellen,' zei Deering. 'Als je ergens over wilt praten. Ik begrijp het. Nou ja, nu weet je dat ik het begrijp.'

'Dank je.'

'Of als je gewoon tegen iemand aan wilt schreeuwen.'

'Daar zul je spijt van krijgen,' zei Helen.

Buiten op straat keek ze naar de voorbijgangers die van het mooie weer genoten, en op weg waren naar barbecuefeestjes en pubs waar ze met hun vrienden hadden afgesproken. Ze zag hen kletsen en lachen, en ze haatte hen stuk voor stuk.

Precies zoals Deering had gezegd: heftig.

Ze stelde het zich voor als iets wat zich razendsnel door haar aderen verspreidde en vroeg zich af of de baby die ze droeg ook iets van die onnatuurlijke stof zou binnenkrijgen. Door de navelstreng toegediend zou krijgen tot hij zich rood aangelopen en schreeuwend een weg naar buiten had gevochten.

Javine had Benjamin die dag meegenomen naar een vriendin, zodat Theo het rijk alleen had. Dat kwam hem goed uit. Hij wist niet of zijn moeder en Angela twee verdiepingen lager thuis waren, maar zoals de zaken ervoor stonden, had hij geen behoefte aan gezelschap.

Het was een warme dag en hij liep in een korte broek en een hemd in de flat rond en maakte zijn laatste skunk en bijna al het bier in de koelkast op.

Hij had wat muziek opgezet en probeerde ernaar te luisteren, bladerde een krant en een oud tijdschrift door, maar kon niet langer dan een paar minuten stil zitten. Hij zette het geluid harder zodat hij het goed kon horen terwijl hij van de ene kamer naar de andere liep.

Wolves and leopards,
Are trying to kill the sheep and the shepherds.
Too much watch and peep,
It's time the wolves dem leave the sheep...

Theo wist niet of Dennis Brown nog leefde of niet, maar hij hield van zijn stem en de stemming waarin die hem bracht.

Toen de stokoude muziekinstallatie die ze thuis hadden gehad eenmaal de geest had gegeven, had hij een aantal van de reggae-elpees van zijn vader vervangen door cd's. Hij had ze met kerst en op verjaardagen aan zijn vader cadeau gedaan, en later had hij ze geërfd. Af en toe luisterde hij ernaar: Burning Spear, Toots and the Maytals, en de verzamelelpees *Rock Steady* en *Tighten Up*; en Marley natuurlijk.

Niet dat hij op de retrotoer was, of zo. Er waren genoeg grime-dj's en rapgroepen die de coolste beats op de mat legden waarop hij graag uit zijn dak ging, net als iedereen. Maar in deze oude albums vond hij iets wat ontbrak in het Amerikaanse imitatiegedoe waar zijn matties naar luisterden. Over hoe groot hun schietijzers wel niet waren en hoeveel bitches ze wel niet een ram hadden gegeven, al die shit.

En met een joint erbij klonk het helemaal te gek. Wat dat betreft had zijn vader gelijk gehad.

Hij lag op bed, sloot zijn ogen en bedacht dat alles klote was geworden sinds Mikey was vermoord.

Er was meer politie in de buurt dan ooit. High Street stond nog steeds vol met politiebusjes, en er liepen zwaarbewapende patrouilles rond. Op iedere straathoek stonden mensen elkaar boos aan te staren, en heel even had Theo zich opgelucht gevoeld, omdat ze in ieder geval niet naar hem op zoek waren.

Niet allemaal, tenminste.

Hij had er zelfs een paar gesproken. Niet dat hij veel keus had, ze spraken iedereen aan. Hij had niet veel gezegd, alleen zijn naam en adres opgegeven en gezegd dat hij niets wist. Kreeg die blik terug waaruit sprak dat ze dat die dag al honderd keer hadden gehoord.

Eén van hen, een vrouw, zei: 'Wil je soms niet dat dit wordt opgelost?'

Theo wist genoeg, natuurlijk. Vermoedde in ieder geval genoeg...

Er waren altijd bendes die elkaar om de handel naar het leven stonden, die het op groepen als zij hadden gemunt vanwege de drugs, vanwege het feit dat er geld voor het oprapen lag. Maar meestal ging het om territorium. Om de grenzen ervan en de marges ertussen.

Easy had die grenzen overschreden, en Theo wist dat, omdat hij zo stom was geweest om zich te laten meeslepen. Inbreken en hoeren bestelen. Hij twijfelde er niet aan of ze waren doorgeschoten, hadden zich op andermans terrein begeven, en Easy had heel goed geweten waar hij mee bezig was. Meestal waren de grenzen duidelijk gemarkeerd: een bepaalde tag op een muur, een paar oude gympen die aan een telefoonlijn hingen, en ook al was er geen teken, iedereen wist het. In welke pubs je beter niet kon komen, en in welke straten je niet verzeild wilde raken.

Easy dacht dat hij kon gaan en staan waar hij wilde, die stomme klootzak. Dacht zeker dat hij een speciaal visum had of zoiets, en nu had hij iets in gang gezet.

En nu ontplofte de hele boel in hun gezicht, smerig en keihard.

Theo had hem de afgelopen dagen niet veel gezien, maar hij had gemerkt dat zijn vriend van slag was. Hij wist niet of de rest van de groep het had gemerkt, maar hij wel. Wave had zich ook gedeisd gehouden. Die werd waarschijnlijk zwaar op de huid gezeten door de lui in de driehoek boven hem die bang waren dat mensen hun crack nu zouden kopen bij een bende die niet in de vuurlinie lag.

'*Wolves and leopards are trying to kill the sheep and the shepherds...*'

Hij stond op en liep terug naar de keuken, gooide zijn lege bierblikje weg, staarde in de koelkast en dacht erover om wat te eten.

Javine zou voorlopig niet terug zijn. Zij vond het best om weg te zijn en hij vond het ook best. Het was lastig geweest de laatste dagen, sinds Mikey. Het was altijd hetzelfde als er iemand dood was.

Niet dat ze veel had gezegd. Ze had hem alleen maar aangekeken. Had de baby vastgehouden en hem aangekeken met een blik die zei: ga je er nu over nadenken? Over hoe je ons uit dit krot gaat krijgen?

Theo deed de koelkast dicht.

Hoe zou hij dat voor elkaar moeten krijgen? Hij zat toch al niet zo goed in de slappe was, en bovendien moest hij aan zijn moeder en Angela denken. Hij had nooit met zoveel woorden beloofd dat hij voor hen zou zorgen, had geen rustig moment met zijn vader gehad waarin hij het had toegezegd, maar dat was ook niet nodig. Het sprak voor zich.

Het nummer stierf weg en werd gevolgd door een ander: een intro met drum en bas, met de aanzwellende blazers op de achtergrond. Hij herinnerde zich dat zijn vader met die nummers meezong met zijn hoge, hese stem; er nog steeds van overtuigd dat hij heupwiegend de casanova kon uithangen.

Toen Theo opgroeide had hij zich een buitenbeentje gevoeld omdat hij een vader had die er altijd was, maar nu was hij net als de anderen. Net als de meesten in zijn groep tenminste. Afwezige vaders. Daar zaagden de kranten maar steeds over door, en de blanken aan de universiteiten die rapporten schreven en dat soort onzin. Daar werd de ellende door veroorzaakt, vermoedden ze. Daarom ontspoorden types als Easy en Mikey, en Theo zelf. Het kwam er allemaal op neer dat hun een raadgever was ontnomen omdat de mannen waren weggelopen of weggenomen. Door kanker of een kogel.

Toen hij de woonkamer in liep, betrapte Theo zich erop dat hij aan het kind van de dooie smeris dacht, het kind dat nog niet eens geboren was. Hij vroeg zich af hoe die het eraf zou brengen. Het kind wiens vader Theo hem had ontnomen.

Hij zette de muziek harder en ging bij het open raam staan. Hij zag het niet snel gebeuren, maar als hij ooit de kans wilde krijgen om Javine te geven wat zij voor hun drieën voor ogen had, had hij geld nodig, veel geld.

Hij moest naar buiten. Naar beneden en rakelings langs die blauwe uniformen lopen en langs de rijen busjes met tralies en getint glas. Om te gaan werken.

Frank pakte zijn mobieltje om te controleren of hij bereik had. Hij wilde Clives telefoontje niet missen. De invalchauffeur, een van Clives mannen, kwam het terras op lopen, of liever gezegd wat een terras zou zijn als alles klaar was, en pakte zijn zonnebril.

'Kan ik iets te drinken of iets anders voor je halen, Frank?'

'Nee, dank je.'

'Zeker weten?'

Frank hield zijn hand omhoog om het felle licht af te schermen, en zei: 'Een bitter lemon dan, of zo.'

De chauffeur liep terug naar het café en Frank pakte de zondagskrant weer op, terwijl het lichte maar welkome briesje zachtjes aan de pagina's trok.

De achterkant van de pub was behoorlijk zonnig, en er zouden pas parasols komen als de tent was verkocht, maar hij had uiteindelijk wat schaduw gevonden door aan één kant dicht tegen het hek aan te gaan zitten. Er moesten nog vlonders worden gelegd en potplanten neergezet, maar toch was het al een prettige plek om de zondagochtend door te brengen, en Frank vond het belangrijk om er te zijn. Om ervoor te zorgen dat het werk aan de kroeg opschoot terwijl Clive zich met belangrijker zaken bezighield.

De kranten schreven nog steeds over de problemen met de bendes, maar de strekking ervan was nu algemener. Pauls dood was geen voorpaginanieuws meer. Er werd zijdelings naar verwezen in een paar redactionele commentaren, maar alleen voor zover zijn dood symptomatisch was voor de bredere problematiek van de drugsbendes, die nog eens extra onder de aandacht was gebracht door de meest recente afrekening, het neerschieten van Michael Williamson, zestien jaar, twee dagen geleden in Lewisham.

Clive had al voorspeld dat ze tot die conclusie zouden komen. Zat wat in. Maakte het hun wel makkelijker.

Hij sloeg net het sportkatern van de *Mail* open toen de chauffeur terugkwam met zijn drankje: een groot glas frisdrank, met ijsblokjes en citroen. 'Volgende keer geen citroen,' zei Frank. Hij had medelijden met die vent die zweette als een otter in zijn donkere pak en stropdas, maar uiterlijk was nu eenmaal belangrijk. In zijn werk bestond er geen dag waarop je informeel gekleed kon gaan. Dat gold natuurlijk niet voor Frank zelf, die een zwembroek, sandalen en een overhemd aanhad dat hij voor het mooie weer had bewaard. Hij noemde het een hawaïhemd, maar Laura had gezegd dat het eruitzag alsof iemand erop had gekotst. 'Geven de mensen in Hawaï veel over?' had ze gevraagd.

Frank las het verslag van de wedstrijd van West Ham. Eigenlijk volgde hij ze niet meer; het was meer uit gewoonte. Er was een midweekmatch waar hij wel naartoe wilde, en golf op tv waarvoor hij niet moest vergeten de Sky Plus-box in te stellen.

Hij nam een slok en sloeg de voorpagina van de *Sunday Mirror* op: voornamelijk foto's, en hoewel hij zijn best deed, snapte hij het verhaal niet. Het was moeilijk om je te concentreren met al dat lawaai binnen: het hameren en boren. Maar hij was wel blij met het lawaai. Hij betaalde deze klootzakken anderhalf keer zoveel om op zondag te werken en hij zat daar om ervoor te zorgen dat ze niet op hun reet zaten en thee dronken.

'Als je ze de kans geeft,' had Clive gezegd, 'vreten ze de suiker ook nog op. Eigenlijk zouden ze hun offertes moeten opstellen inclusief suiker en chocoladebiscuitjes.'

Hij vroeg zich af of hij de telefoon boven die herrie uit kon horen en legde hem dichterbij neer. Omdat hij het telefoontje niet wilde mislopen, zette hij zijn mobieltje ook op de trilstand in de hoop dat als hij hem niet hoorde overgaan, hij het ding op de tafel zou zien rondspringen.

Toen hij het krantenartikel opnieuw begon te lezen, bleek dat een of andere tv-babe die ooit een realitysoap had gehad het nu deed met het vriendje van een andere loser. Ze poseerde in bikini om iedereen te laten zien wat ze haar nieuwe minnaar te bieden had. Frank wist dat het allemaal met verkoopcijfers had te maken, dat zaken zaken waren, maar toch werd hij er onpasselijk van.

De prioriteiten die mensen stelden...

Hij dronk de rest van de bitter lemon op en zocht naar het kruiswoordraadsel. Paul mocht dan geen voorpaginanieuws meer zijn, maar Frank monterde enigszins op bij de gedachte dat hij op dit moment bezig was een paar voorpagina's ten behoeve van zijn vriend te creëren.

21

SnapZ kon zich niet herinneren wat hij had gedroomd.

Het was hem ontschoten zodra hij zijn ogen open had gedaan, als het gezicht van een geliefde die vanuit een snel wegrijdende auto zwaaide. Maar hij wist dat het heerlijk was geweest, iets waarvan hij het lekker warm had gekregen en zich behaaglijk onder het dekbed uitrekte, tot het dreunen opnieuw klonk. Het kabaal dat zijn droom had verstoord en hem eruit had gesleurd; iedere klop knalde als een pistoolschot door de flat.

Hij keek op de wekker op zijn nachtkastje. Het was nog niet eens lunchtijd, en de nacht ervoor was het achterlijk laat geworden. De meeste leden van de groep hadden zich een stuk in de kraag gezopen: feestvieren voor Mikey. Zijn hoofd zat nog vol watten, hij proefde de drank op zijn tong en zijn keel was nog rauw van de wiet. Proefde het meisje nog steeds dat op de parkeerplaats achter de Dirty South op haar knieën was gaan zitten.

'Die bitch stond te popelen om me te pijpen,' vertelde hij Easy later. 'En ze was lekker smerig ook.'

Degene die buiten aanklopte, beukte nog een keer, harder. SnapZ gooide het dekbed van zich af, zwaaide zijn voeten op de vloer en haalde diep adem.

Wat de fuck, was uitslapen op zondagochtend – elke ochtend trouwens, als hij daar zin in had – niet een van de voordelen van deze business? Flexibele werktijden. Om die reden was hij verhuisd en had hij een eigen woning gezocht. Vroeger zou zijn moeder hem uren geleden al uit bed hebben gehaald; helemaal aangekleed en klaar voor haar zondag; zou hem gebakken eieren en dat soort shit hebben opgedrongen en hem gezegd hebben zijn dag niet te verlummelen.

Nog meer geklop. En dit waren geen knokkels; dit was de zijkant van een vuist, hard en zwaar alsof iemand de deur aan gort wilde slaan. Iemand die op de deur stond te beuken, *for real*.

SnapZ begon te vloeken en probeerde het lawaai te overstemmen, maar slikte het toen in. Er was een kans dat het Wave was. Of Easy, misschien.

Hij schreeuwde dat hij zo dadelijk zou opendoen, greep zijn broek en daarna de rest van zijn kleren die hij de vorige nacht over een stoel had gesmeten. Niet dat Easy hoger in rang was dan hij, of meer overwicht in de groep had, en zeker niet omdat hij bang was voor Easy, helemaal niet. Maar SnapZ had hem vaak genoeg met Wave in een hoekje zien smoezen. Hij wist dat Easy leep was, dat hij zich weleens sneller door de rangen zou kunnen opwerken dan de meesten als hij de juiste reten bleef likken. En het kon nooit kwaad om al je mogelijkheden open te houden. Het was verstandig om zo veel mogelijk mensen te vriend te houden. En één fout woord en het was gebeurd. De verkeerde blik, op de verkeerde tenen gaan staan, iets wat je had geroepen toen je nog slaapdronken was.

Dan had je opeens een week later een mes tussen je ribben, net als je dacht dat het allemaal vergeten was.

Hij trok zijn spijkerbroek en een hemd aan terwijl hij naar de woonkamer liep. Hij griste het pistool onder het bankkussen vandaan en liep naar de deur. Keek door het spionnetje.

'Wie de fuck ben je?'

Hij herkende de grote zwarte man op de overloop niet, maar de rest kwam hem maar al te bekend voor: handen diep in de zakken van zijn jack, opgetrokken schouders, lippen wanhopig op elkaar geperst. Dat zag hij tientallen keren per dag.

'Ik heb een paar pakjes nodig.'

'Ik kan je niet helpen.'

'Jij bent SnapZ toch?'

'Van wie heb je die naam?'

'Ollie en Gospel zeiden dat je me kon helpen. Kom op, man.'

'Het is hier de fucking Kentucky Fried Chicken niet, hoor je me?'

'Tien per stuk, zeiden ze.'

SnapZ wachtte. Hij zou dat blanke joch eens even snel afleren klanten op zijn dak te sturen in plaats van naar het drugspand zoals hij hoorde te doen. De dreadlocks van die bleekscheet afknippen en ze in zijn rect stoppen.

'Ik geef je vijftien. Ik heb haast, man.'

Ja, dat hadden ze allemaal. Alsof er ooit iemand zei: 'Rustig aan, ik kom volgende week weleens langs om het op te halen.'

'Laat maar zien.'

De man ging op zoek in zijn zak, haalde een verfrommelde prop bankbiljetten tevoorschijn en haalde er drie briefjes van tien uit.

'Beneden,' zei SnapZ.

'Kom op, twee maar, dat is alles.'

'Wacht voor het goklokaal.' Commissie op twintig, plus tien pond pure winst was geen slecht begin van de dag. Het werd toch al tijd dat hij eens een paar klanten voor zichzelf regelde. Ze deden het allemaal, en Wave keek de andere kant op zolang het maar niet al te veel in het oog liep en er genoeg in de geldkist kwam.

'Hoe lang?'

'Tien minuten.'

'Shit.'

'Wat je wilt, man. Ik heb nog niet eens kunnen pissen.'

SnapZ keek toe hoe de man zich langzaam omdraaide en naar de trap liep. Nou, dat was de moeite waard om voor uit bed te komen; het warme gevoel uit de droom begon zelfs terug te komen en straalde behaaglijk uit naar zijn buik.

Nog meer goed nieuws: er lag een nog niet helemaal opgerookte joint in de asbak op tafel. Hij pakte zijn aansteker en stak de brand erin, en liep knippend met zijn vingers de badkamer in.

Het duurde niet langer dan een paar seconden voordat iemand iets zei, maar dat was lang genoeg voor de twee vrouwen om elkaar goed op te nemen. Om een indruk te krijgen.

Helen zag een gezicht dat waarschijnlijk mooi was geweest zonder de hechtingen, de geelgroene bloeduitstortingen om de ogen, die aan het vervagen waren waardoor de donkere wallen eronder aan het licht kwamen, en nog iets anders dat haar trekken iedere zachtheid ontnam. Toen de vrouw enigszins op haar hoede achter de deur vandaan kwam, zag Helen de mitella waar haar linkerarm in hing. De doek zag er behoorlijk smerig uit.

Het was duidelijk dat de vrouw precies wist wie Helen was. Haar ogen werden groot en schoten vrijwel meteen vol nadat ze van Helens buik omhoog gleden. Maar haar gezichtsuitdrukking veranderde toen Helen zich officieel voorstelde. Toen de vrouw die haar voordeur als schild had gebruikt erachter kwam wat ze voor de kost deed.

'Ik had misschien even moeten bellen,' zei Helen.

Sarah Ruston haalde haar schouders op, alsof ze niet wist wat ze moest zeggen, en vroeg toen of Helen wilde binnenkomen. Ze liep weg, zodat Helen zelf de deur achter zich dicht moest doen, en terwijl ze haar voorging naar de woonkamer haalde ze een papieren zakdoekje tevoorschijn.

Het was een victoriaans huis met een dubbele gevel aan de noordkant van Clapham Common. Het was een prachtige locatie aan een rustige straat omzoomd door bomen, en toen ze eenmaal binnen was, werd de jaloezie die bij Helen de kop op had gestoken toen ze van de auto naar het huis liep, nog een paar tandjes opgeschroefd. In de gang lagen nog de oorspronkelijke tegels en aan de muren hingen ingelijste reproducties; ze ving een glimp op van een enorm roestvrij stalen fornuis in de keuken. Mooier nog dan dat van Jenny. De woonkamer had een houten vloer en een stel diepe, antiek uitziende leren banken. Nog meer kunst in houten lijsten, kaarsen in de lege open haard, een plasma-tv en chique zwarte wandlampen in twee hoeken.

Het was het soort huis dat zij en Paul hadden willen kopen, waar ze van gedroomd hadden het te kunnen kopen.

Nadat Helen was gaan zitten, zei ze wat een mooi huis het was. Ruston, die tegenover haar zat, glimlachte, maar zei niets. Wreef alleen maar over het leer van de zitplaats naast haar. Helen hoorde muziek uit de keuken klinken, iets folkachtigs; en er klonk nog meer, hardere muziek, van boven.

'Twee dienders die samenwonen. Was dat niet lastig?'

'Soms wel,' zei Helen. Ze wachtte, maar kreeg geen antwoord. 'Hoor eens, ik wilde alleen maar...'

Ruston draaide zich om bij het geluid van voetstappen op de trap en bleef kijken tot er een man binnenkwam. Hij was rond de veertig, ongeveer tien jaar ouder dan Ruston; lang, en iets te zwaar. Ze stelde hem voor als Patrick. Echtgenoot of vriend? Helen wist het niet; zo specifiek waren de aantekeningen van de rechercheur niet geweest. Ze wist wel dat Ruston op Canary Wharf werkte, bij een van de grote buitenlandse banken.

Ze hoefde niet te vragen of het goed betaalde.

Patrick liep op haar af en gaf haar een hand. Hij droeg sportieve merkkleding, net als zijn partner – een dure spijkerbroek en een T-shirt – hoewel Ruston daar een dun zwart vest over droeg. Nadat Deering haar bij de flat had afgezet, had Helen de wijdste zomerjurk aangetrokken die ze kon vinden, zonder eigenlijk te weten waarom ze zoveel moeite deed zich netjes aan te kleden. Nu voelde ze zich net een opgetutte dikkerd die te vroeg op een chic zomerfeest was aangekomen.

'Helen is bij de politie,' zei Ruston.

Patricks glimlach veranderde in een zucht. 'Jezus, hebben we dat niet allemaal gehad?' Hij knikte naar Ruston. 'Ze heeft geloof ik al tien verklaringen afgelegd. Het zou fijn zijn als ze nu de tijd eens kreeg om... eroverheen te komen, begrijpt u?'

Helen keek naar de grond. Patrick droeg Chinese slippers, en ze zag dat er haren op zijn wreef groeiden.

'De man die bij de bushalte werd gedood was haar echtgenoot.'

Helen keek op maar nam niet de moeite haar te verbeteren. Ze zag hoe Patricks gezicht opnieuw van uitdrukking veranderde, hoe zijn hersens maalden en hoe hij vocht tegen de aandrang om de voor de hand liggende vraag te stellen: wat kom je hier doen?

Helen was dankbaar voor zijn terughoudendheid, zijn onbeholpenheid; bijna net zo dankbaar als hij was toen Ruston hem vroeg of hij misschien koffie wilde zetten. Hij nam de bestelling op – een thee, een koffie – en was gevlogen, waarbij de deur zo hard achter hem dichtsloeg dat Ruston ervan schrok.

'Zoals ik al zei, ik had even moeten laten weten dat ik kwam.'

'Het is goed,' zei Ruston. 'Ik begrijp het wel.'

Helen knikte en vond dat dat mooi van haar was. Ze bedacht dat Sarah Ruston alles leek te begrijpen. 'Wanneer ga je weer aan het werk?'

'Eind volgende week misschien.'

'Dat is fijn.'

'Ik wacht nog even. Met m'n sleutelbeen gaat het wel, maar ik wil niet dat de mensen denken dat Halloween dit jaar vroeg valt.'

'Je ziet er prima uit.'

'Ja.'

Helen zag dat Ruston haar hand door haar haar haalde dat tot op haar schouders viel. Ze gaf het waarschijnlijk om de drie of vier weken een spoeling, maar nu was het bij de wortels uitgegroeid. Helen kon zich voorstellen dat ze het had laten versloffen na wat ze had doorgemaakt. Toen zag ze de scheve glimlach waaruit ze afleidde dat dit een vrouw was die eraan was gewend te horen dat ze er heel wat beter uitzag dan 'prima'.

'En jij?'

'Ik heb me wel 's beter gevoeld.'

'Wanneer komt de baby?'

'Officieel over een paar weken, maar daar kun je nooit van op aan. Heb je zelf kinderen?'

'Patrick heeft er een paar. Van vroeger...'

'Hoe dan ook,' Helen bloosde terwijl ze op haar buik klopte. 'In principe kan hij ieder moment z'n opwachting maken.'

'Weet je dat het een jongen is?'

'Dat denk ik wel.'

'Spannend.'

'Doodeng. Zeker nu, snap je...' Ze keek weg en merkte dat ze naar de prent boven de haard staarde. Omdat ze niets beters wist te zeggen, vroeg ze waar hij vandaan kwam, en Ruston legde uit dat Patrick en zij die op vakantie in Thailand hadden gekocht. 'Daar heb ik altijd al eens naartoe gewild,' zei Helen. 'Ik was er bijna naartoe gegaan met een ex, maar...' Ze zweeg toen ze besefte wat ze had gezegd en vroeg zich af hoe die dingen werkten.

Hoe lang duurde het voordat een 'overleden vriend' een 'ex' werd?

'Wil je over het ongeluk praten?' Ruston boog zich naar haar toe en gebruikte haar goede arm om zichzelf naar voren te schuiven. 'Dat mag best. Ik heb er zelf ook veel over gepraat.' Voordat Helen antwoord kon geven, ging de deur open en kwam Patrick binnen met de koffie en de thee. Hij zette alles voor hen neer en trok zich meteen weer terug. Nadat hij weg was, glimlachte Ruston en begon op samenzweerderige toon zachter te praten. 'Hij doet z'n best om me te beschermen,' zei ze. 'Hij is bezorgd, begrijp je? Nou, je hebt hem zonet gehoord.'

'Het moet verschrikkelijk zijn geweest. In de auto.'

Ruston knikte. Ze zag eruit alsof ze nog steeds doodsbang was. 'Het gebeurde allemaal ontzettend snel. Ik weet dat iedereen dat zegt, maar het ene moment reed die auto naast me en hoorde ik die schoten. Het volgende ogenblik lag ik in de ambulance.'

Dat was waarschijnlijk zoals ze het zich herinnerde, dacht Helen. Ze kon het de vrouw moeilijk kwalijk nemen een selectief geheugen te hebben, als je bedacht met wie ze bij een kop koffie aan het babbelen was.

Toen boorde de auto zich in die bushalte en ik weet nog goed hoe je vriend over de motorkap vloog...

'Sorry,' zei Ruston. Het leek alsof ze ieder moment weer in huilen kon uitbarsten.

'Wat deed je in Hackney?' vroeg Helen.

Dat leek de tranen terug te dringen. Ruston staarde Helen aan alsof ze de clou van een grap niet had begrepen. 'Wat heeft dat ermee te maken?'

Helen voelde zich ongemakkelijk. Deed alsof ze moest lachen. 'Dat is de smeris in me, denk ik. Routinevragen, dat soort dingen.'

'Wil je misschien ook weten of ik gedronken had?'

'Het spijt me. Neem me alsjeblieft niet...'

'Ik had één glas wijn op en ik zat ver onder de grens. Dat weet ik zeker, want je fijne collega's hebben in het ziekenhuis bloed afgenomen. Dat was heel aardig van ze.'

'Dat is de standaardprocedure.'

'Ik kwam terug van een bezoek aan een vriend,' zei Ruston.

Helen knikte, nog steeds slecht op haar gemak, en stelde zichzelf de vraag die Rustons partner voor zich had gehouden. Waarom zat ze hier in godsnaam beleefd te converseren met die vrouw? Ze dacht aan wat Deering had gezegd, dat hij baat had gehad bij het praten met degenen die zijn overleden vrouw hadden gekend. Voor Helen gold dat absoluut niet, maar toch kon ze er niet mee ophouden. Ze had van tevoren niet kunnen bedenken wat ze over Paul te weten zou komen, welke twijfels en verdenkingen daardoor gevoed zouden worden, maar door dit gesprek zou ze zich niet beter gaan voelen, toch? Misschien was dat het waar het om ging.

Strafte ze zichzelf voor wat ze had gedaan?

'Had je gedacht dat je me zou haten?'

Helen knipperde met haar ogen. Het was alsof Ruston precies wist wat ze had gedacht. 'Daar heb ik over nagedacht,' zei ze. 'Ik bedacht dat dat zou kunnen, maar ik wist ook dat dat stom zou zijn. Jij hebt Paul aangereden, maar het was niet jouw schuld. Die vent die de trekker heeft overgehaald, heeft Paul vermoord.' Ruston knikte, alsof ze dankbaar was. 'Heb je hem goed kunnen zien?'

'Ik zei al, het ging allemaal zo verdomd snel. Maar toch heb ik honderden foto's onder m'n neus gehad. Van die politiefoto's of zoiets. Na een tijdje gaan ze allemaal op elkaar lijken.' Ruston sloeg haar hand voor haar gezicht. 'O god, dat bedoel ik niet... racistisch, hoor. Ik bedoel, ik was zo moe en zat onder de pijnstillers. Jezus, ik zit nog steeds onder de pijnstillers.'

Helen wuifde het weg en ze wisten allebei een lachje te forceren. De zon stroomde door de grote ramen aan weerszijden van de kamer naar binnen en weerkaatste op de lak van de houten vloer. De muziek in de keuken en boven was uitgezet, en even was het stil.

Helen dronk haar thee op en zei: 'Hij was bezopen.'

'Wie?'

'Je zei dat jij onder de grens zat; nou Paul in ieder geval niet. Hij kwam terug van een zuippartij ter gelegenheid van een collega die met pensioen ging, en hij had de hele avond zitten hijsen. Als hij niet zoveel had gedronken, had hij misschien nog weg kunnen springen. Ik weet het niet.' Ze keek rond op zoek naar een plek om haar lege kopje neer te zetten. Uiteindelijk boog ze zich voorover en zette het op de vloer. 'Hoe dan ook...'

'Was hij een goeie vent?'

Helen dacht aan het slippertje. Aan Pauls gezicht toen hij erachter was gekomen. Aan zijn gezicht acht dagen geleden, witter dan het laken op de baar in het mortuarium. 'Te goed voor mij,' zei ze.

Ruston haalde diep adem en barstte het volgende moment uit in een snik. Ze deed haar best niet te huilen, staarde naar haar voeten terwijl ze tegen Helen zei hoe erg ze het vond en de woorden er met moeite uit kreeg.

Helen zocht in haar tas naar zakdoekjes en gaf haar een nieuw pakje. Knikte dat het goed was. Voelde ook een plotselinge wrevel tegenover deze vrouw; tegenover iemand die heel wat meer van streek was vanwege Paul dan zijzelf.

In het drugspand was niet veel te doen sinds Theo was aangekomen, maar dat was al een paar dagen zo. De aanwezigheid van de politie op straat zou de handel nooit helemaal tot staan kunnen brengen, maar er waren altijd een paar dealers die net iets voorzichtiger deden en een paar klanten die liever ergens anders kochten waar meer hoodies op straat liepen dan blauw.

Theo zat half en half naar MTV te kijken. Een of andere rapper van wie hij nog nooit had gehoord, pronkte met zijn pooltafel met paars laken, en in de keuken zette een joch dat Suger Boy heette, thee voor hen beiden. Op de salontafel voor de bank lag een pistool naast Theo's mobieltje en het notitieboekje waarin de inkomsten en voorraden werden bijgehouden.

'Voor het geval de belastinginspecteur de boeken komt controleren,' had Wave gezegd.

Uit de keuken klonk gevloek, en daarna: 'Deze melk ruikt vet ranzig, man.'

'Ik hoef niet,' riep Theo.

Hij zou nog een halfuur blijven zitten en daarna bij zijn moeder langsgaan. Hij wist dat ze hem graag wilde zien, dat ze genoeg eten had gemaakt om het halve blok op de lunch te kunnen vragen. Dat een bezoekje van een uurtje haar zou opvrolijken, hoewel ze teleurgesteld zou zijn dat Javine en de baby er niet waren en hem daar zwaar over aan de tand zou voelen.

Op weg van huis naar het drugspand was hij langs de plek gekomen waar Mikey was vermoord: langs een stuk of vijf bosjes verlepte bloemen die tegen de muur stonden of in de goot lagen. De inkt op de meeste briefjes was uitgelopen, waardoor de traditionele briefjes van zijn familie en de boodschappen in sms-taal van degenen die hem minder goed kenden, waren vervaagd.

'RIP Mikey. Jij was de beste. Heengegaan maar niet vergeten.'
Van die dingen.

Op zaterdag, toen de bloemen werden gelegd, was er een kleine ceremonie geweest. Zelf had Theo geen bloemen gelegd. Bloemen leken niet op zijn plaats voor iemand die had gedaan wat Mikey bij die hoer had gedaan. Maar Mikeys moeder had hij wel omhelsd, vlak nadat hij zijn eigen moeder had omhelsd en zij hem zo stevig tegen zich aan had gedrukt dat hij het gevoel kreeg dat ze zijn ribben zou kraken terwijl ze met haar schorre stem allemaal onzin in zijn oor had gefluisterd.

Een paar mensen hadden wat gezegd, opbouwwerkers en mensen uit de wijkraad of wie het ook waren, en Mikeys moeder werd in verlegenheid gebracht toen de mensen verwachtten dat zij ook iets zou zeggen. Maar ze hield geen praatje. Je weet wel, over dat Mikey een goeie jongen was geweest, dat hij nooit iets met drugs te maken had gehad en die shit. Theo kende Mikeys moeder al eeuwen, en ze was niet stom. Ze zou zichzelf of anderen niet voor de gek houden, net zomin als zijn eigen moeder dat zou doen.

Maandag zouden ze aan de muurschildering beginnen, zei Easy.

Theo wist niet wie het zou doen, maar ze hadden een stuk muur uitgekozen dicht bij de plek waar Mikey was opgegroeid – bijna dezelfde plaats waar hij was neergeschoten – en ze zouden als eerbetoon met spuitbussen een mooie piece maken. De leden van de groep zouden hun tag eronder zetten als hij af was. Om iedereen te laten weten dat ze nog steeds een hechte club waren.

Sugar Boy kwam terug uit de keuken en zette een mok voor Theo neer. Hij zei: 'Ik heb wat van dat poederspul in de kast gevonden.' Er dreven witte klonten op de thee.

Theo bedankte hem en ging nog een keer de kanalen op de televisie langs terwijl hij zag hoe Sugar Boy met het pistool speelde. Het joch had het ding de hele ochtend al zitten strelen alsof het de borst van zijn vriendin was en zei steeds maar dat iemand moest boeten voor Mikeys dood. Daarbij keek hij Theo aan alsof die degene was die dat zou moeten doen. Alsof die degene was met die grote reputatie, vanwege je weet wel...

'Laat ze zien wie we zijn, man,' zei Sugar Boy. 'Geef die fuckers een lesje.'

Niet dat iemand wist wie die fuckers waren.

Op tv praatte een ouwe vent strak in het pak over een of andere lucratieve zakendeal, en Theo bedacht dat als hij behoorlijk wat geld bij elkaar wilde krijgen, hij dringend zoiets nodig had. Dat het zonde was dat hij totaal niet kon tekenen. Nog geen lucifermannetje.

Hij vermoedde dat als je het over groeisectoren had, je met het maken van muurschilderingen voor Mikey en zijn soortgenoten wel goed zat.

22

De badkamer in het huis van Sarah Ruston was al net zo smaakvol ingericht als de rest van het huis: hout en chroom, matglazen flessen. Helen nam het allemaal in zich op toen ze daar zat, de glans en de zoete geur ervan, en dacht weer aan verhuizen.

Dat ze móést verhuizen.

De flat in Tulse Hill zat nog vol met Paul. Niet dat ze hem wilde ontvluchten – ze voelde zich tenslotte al schuldig genoeg – maar ze vond dat ze moest doen wat ze van plan waren geweest. Wat zij in ieder geval van plan was geweest.

Als ze daar bleef wonen, wist ze dat het haar naar de keel zou vliegen, dat het 's nachts uit de muren tevoorschijn zou komen en naar haar op zoek zou gaan. Ze sloeg haar handen om haar buik en bewoog haar vingers heen en weer. 'We moeten eruit,' zei ze zachtjes. Ze keek op en ving een glimp op van Paul die zich net van de scheerspiegel afkeerde. 'Niet zo zuur kijken, Hopwood, jij gaat ook mee...'

Ze trok door, waste haar handen, en rook aan de geparfumeerde zeepjes in een houten schaal op de plank. Ze bekeek zichzelf in de spiegel terwijl ze de handdoek opvouwde en zorgvuldig terughing over het verwarmde handdoekenrek. Jezus, ze stond te popelen om weer een spijkerbroek aan te kunnen trekken. Om niet bij het minste of geringste buiten adem te zijn en om de vijf minuten te moeten piesen. Om de mensen anders naar haar te zien kijken als ze langsliep.

Ze had er een hekel aan. Een pesthekel aan om zo'n vet varken in een idiote jurk te zijn.

'Waarom ben je zelf de deur niet uit gegaan om iemand te neuken? Dan was de stand gelijk geweest. Ik had het je niet kwalijk genomen.'

Als ze eerlijk was, had Helen geen flauw idee wat Paul van plan was geweest. Twee weken geleden had ze het niet zeker geweten, en nu leek het alsof Kevin Shepherd en Frank Linnell en god weet wie, er meer van af wisten dan zij. Ze voelde een lichte huivering door zich heen trekken toen ze zich de blik op Shepherds gezicht voor de flat herinnerde. En Linnells stem aan de telefoon.

'Ik weet wie je bent...'

Nu wist ze ook wie hij was, en wat hij was, maar ze had nog steeds het gevoel dat ze hem wilde spreken. Je kon evengoed aan achterdocht kapotgaan als aan schuldgevoel en nare herinneringen. Ze moest de waarheid weten.

Ze spuugde in de wasbak en spoelde het weg voordat ze de badkamer uit liep.

Sarah Ruston stond bij de voordeur te wachten toen Helen de trap af kwam en Patrick kwam een paar seconden later naar beneden gedrenteld. Om Helen uit te laten. Hij had andere kleren aangetrokken en het leek alsof hij net onder de douche was geweest.

'Dank je wel,' zei Helen. Uit de blik die ze van Sarah Ruston terugkreeg, bleek dat die net zomin als Helen zelf een idee had waarvoor ze werd bedankt. 'En bedankt voor de thee.' Boven op de twee koppen die ze al met Deering had gedronken, had ze het gevoel dat ze in het spul verzoop.

'Graag gedaan,' zei Patrick. 'Ik wil me verontschuldigen voor wat ik daarnet zei. Het is alleen... wat Sarah allemaal heeft doorgemaakt, weet je?'

'Voor haar is het ook niet bepaald gemakkelijk geweest,' zei Ruston.

'Natuurlijk niet. Ik was...'

'Het is oké,' zei Helen.

Patrick knikte en zocht koortsachtig naar iets anders om te zeggen. 'Ben je echt zelf aan het onderzoeken wat er is gebeurd? Ik bedoel, mag dat?'

'Ik onderzoek niks.'

'Denk je dat ze die jongens in die auto nog vinden?' vroeg Ruston.

'Ik zou er geen geld op zetten.'

'Maar zijn ze al wat verder gekomen?'

'Ik heb nog niks gehoord,' zei Helen.

Ruston boog haar hoofd en deed de voordeur open. Helen bedankte haar nog eens en liep toen snel de straat op, voordat er weer een huilpartij kwam. Patrick deed een stap achter haar aan en stak zijn hand op alsof er net een gedachte bij hem was opgekomen, maar hij kon niet verbloemen dat hij had staan popelen om het Helen te vragen sinds ze binnen was gekomen.

'Als je met de politiemensen spreekt die... de zaak behandelen, zou je ons dan een lol willen doen?'

'Ik zal het proberen.'

'Het gaat om de BMW. Ik wil graag weten of ze ermee klaar zijn. Ik bedoel, ik weet dat hij total loss is, maar het is nu tien dagen geleden of zoiets, en ik kan niets regelen met de verzekering tot we hem terugkrijgen.'

Acht dagen, dacht Helen. Het is acht dagen geleden dat Paul is vermoord.

Ze zei dat ze zou kijken wat ze kon doen.

Hij had makkelijk binnen kunnen komen en het joch zijn pistool afgenomen. Wat voor naam was dat ook, SnapZ?

Zodra hij de sleutel in het slot hoorde omdraaien was Clive tevoorschijn gekomen van de plek waar hij had staan wachten, uit het zicht van het spionnetje, en had de jongen bij de deur weer naar binnen geduwd. Hij had niet meer hoeven doen dan zijn armen te strekken en met zijn enorme vuisten tegen de borst van het joch te beuken waardoor hij achteruit het nauwe halletje in tolde alsof hij een paar duizend volt door zijn lijf had gekregen.

De flat lag achter aan een galerij op de tweede verdieping. Billy had aan de andere kant de wacht gehouden, en toen Clive eenmaal binnen was kwam hij hem snel achterna. Ze pakten het handvuurwapen uit de zak van het leren jack van de jongen die nog steeds op de grond lag te kronkelen.

'De stuff is hier niet, man. D'r is hier helemaal niks. Jezus.'

Clive en Billy pakten SnapZ op en sleepten hem naar de kleine woonkamer. Hij zakte op de bank in elkaar en toen hij opkeek, zag hij Billy's pistool voor zijn neus. Hij keek hoe Clive naar de stereo liep, op PLAY drukte, wachtte tot de muziek startte en het geluid toen harder zette.

'Wat is dat voor pestherrie?' vroeg Billy.

Clive haalde zijn schouders op. 'Kan best zijn dat het wat lawaaiig gaat worden.'

'Er is ook geen geld, dat zweer ik,' gilde SnapZ. 'Alleen wat ik bij me heb.'

'We hebben geen geld nodig,' zei Clive.

'Neem het, man.' SnapZ greep naar zijn achterzak met zijn ogen gericht op het pistool terwijl hij zijn portemonnee tevoorschijn probeerde te trekken.

Billy sloeg de portemonnee uit zijn hand en duwde de loop van het pistool tegen zijn voorhoofd. 'Problemen met je oren of zo?'

SnapZ kromp in elkaar en sloot zijn ogen. Wachtte op het schot.

Clive pakte de portemonnee en maakte hem open. Hij pakte de bankbiljetten eruit en stopte ze in zijn zak, waarna hij de portemonnee op de grond gooide. 'Nou, de zaken gaan zo te zien behoorlijk goed,' zei hij. Hij haalde zijn schouders op toen SnapZ niets zei, en ging op de stoel tegenover hem zitten. 'We willen alleen maar even babbelen. Wat informatie hebben. En een adres, misschien. Oké?'

'Ik ben maar een koerier,' zei SnapZ. Hij drukte zich stijf tegen de rugleuning van de bank, zo ver mogelijk bij Billy's pistool vandaan. 'Ik weet niks van wat er hogerop allemaal gebeurt. Namen en die dinges.'

'We hebben al namen,' zei Clive. 'Het gaat eigenlijk alleen om een bevestiging. Een soort dubbelcheck.'

Hij stelde zijn vragen en SnapZ gaf antwoord alsof zijn laatste uur geslagen had. De angst sloeg toe, en het koude zweet brak hem uit toen hij besefte waar ze het over hadden.

Zijn aandeel erin...

Clive bedankte hem en stond op. Hij liep op hem af, boog zich voorover en dreef zijn vuist in SnapZ's gezicht. 'Dat is voor de manier waarop je net tegen me praatte. Ons gesprek via de deur.'

Billy keek toe hoe de jongen probeerde het bloeden te stoppen en lachte. 'Fucking Kentucky Fried Chicken...'

'Breng hem daar naartoe.' Clive knikte in de richting van de slaapkamer.

Billy trok SnapZ van de bank en duwde hem door de kamer terwijl het bloed nog steeds uit zijn verbrijzelde neus stroomde en op het smerige groene tapijt terechtkwam. Na een paar onzekere stappen schoot SnapZ plotseling recht op de badkamer af, wierp zich naar binnen en probeerde wanhopig de deur achter zich op slot te doen. Billy schudde zijn hoofd. Clive liep kalm door de kamer, zette zijn schouder tegen de deur en duwde hem open.

'Zinloos,' zei hij.

Billy liep langs hem en bukte zich om de jongen eruit te trekken, en sloeg hem met het pistool tegen zijn oor toen hij begon te gillen. Enkele seconden lang was er alleen maar een laag gekreun en de baslijn uit de andere kamer als een gejaagd hartritme te horen.

Clive pakte het pistool van tafel. 'Te jong voor dit speelgoed,' zei hij. 'Te jong om een man te zijn als iemand het van je afpakt.'

Billy duwde SnapZ de slaapkamer in en dwong hem op het onopgemaakte bed te gaan liggen. SnapZ trok zijn benen op en verborg zijn gezicht achter zijn knieën, zodat hij zijn spijkerbroek met bloed besmeurde.

'Ga liggen,' zei Billy. 'En draai je om.'

'Wat ga je doen, man?'

Billy sloeg hem weer met het pistool. 'Ik word niet goed van je.'

Clive stond midden in de woonkamer en keek rond. Het was een zwijnenstal, zo erg had hij het nog nooit gezien. Hij begreep niet waarom deze mensen het geld dat ze verdienden niet gebruikten om hun zaken beter voor elkaar te krijgen. Waarom ze niet iets aan hun woonomstandigheden deden.

Hij maalde er niet om hoe ze aan hun geld kwamen; hij oordeelde niet. Hoe zou hij kunnen? Hij hield zelf ook wel van een joint aan het eind van de dag om even te relaxen, maar hij vond het toch beschamend dat ze niet meer hun best deden. Dat ze alles wat ze verdienden verspilden aan gouden ringen en dure gympen.

Dat ze eruitzagen als rapsterren maar leefden als zwervers.

'Handelen we dit af, maat, of wat doen we?'

Clive draaide zich om toen Billy riep. Zag hem door de open slaapkamerdeur over het bed gebogen staan. De jongen lag op zijn buik.

'Ik heb thuis een mooi stukje vlees klaarstaan, vandaar.'

Clive knikte. Hij pakte de afstandsbediening om de muziek zachter te zetten en klapte zijn mobieltje open.

Theo's moeder dronk altijd een glaasje wijn bij de zondagslunch. Dan werd ze sentimenteel en vertelde dat zondag de favoriete dag van Theo's vader was geweest. Dat hij altijd zei dat het een familiedag was. En na de lunch gingen ze altijd kaarten.

Ze speelden gin rummy, en Angela was opgetogen dat ze haar grote broer zo vaak wist te verslaan, en maakte met een gebalde vuist steeds een overwinningsgebaar wanneer ze keer op keer haar winnende kaarten op tafel legde. Meestal liet Theo haar een paar spelletjes winnen, maar dit keer had ze geen hulp nodig. Hij kon zich niet langer dan een paar seconden concentreren; voelde dat hij afdwaalde. Het geduld van Angela en zijn moeder raakte op toen hij steeds maar niet reageerde wanneer het zijn beurt was.

Na afloop zat hij een sigaret te roken terwijl zijn moeder afruimde, en Angela kwam nog steeds stralend aangehuppeld. 'Ik heb gewonnen!' zong ze.

'Je hebt geluk gehad, man. Jij had alle goeie kaarten.'

'Ik ben gewoon goed.'

Ze ging aan zijn voeten zitten met haar gezicht naar hem toe; haar duimen vlogen over de knoppen van haar Nintendo DS, in zichzelf mompelend onder het schieten op monsters of het verzamelen van schatten, of wat voor spelletje ze ook deed. Hij keek boven op haar hoofd. Zijn moeder had iets anders met haar haar gedaan dat Theo nog niet eerder had gezien. Het was op een nieuwe manier gevlochten.

'Hoe is 't op school?' vroeg hij.

'Gewoon.'

'Gewoon?'

Ze keek op van haar spelletje. 'Het is leuk.' Haar ogen richtten zich weer op het scherm en haar mond vertrok zich in concentratie. Na een paar seconden keek ze weer op en zuchtte diep, alsof ze zojuist was afgeleid van een belangwekkend wetenschappelijk onderzoek. 'Wat?'

''t Is goed...'

Ze legde het spel opzij. 'De aliens hebben me toch al bijna te pakken,' zei ze.

Hij zou niet hebben gewild dat zijn zusje het ellendig vond op school, maar hij speelde nog steeds met het idee om weg te gaan, om met z'n allen weg te gaan; dat begon nu een fantasie te worden waarin hij steeds vaker wegvluchtte. Het zou een slechte start zijn als hij Angela ergens vandaan moest slepen waar ze het naar haar zin had. Om haar weer uit haar doen te brengen.

Het was niet haar schuld dat hij zich in de nesten had gewerkt. Daar kon hij niemand de schuld van geven behalve zichzelf, wat de kranten ook mochten schrijven.

'Zou mooi zijn als je met me mee naar school kon,' zei Angela. 'Je bent slim, dus dan zou je alle dingen kunnen doen die ik moeilijk vind.'

'Klinkt goed.' Hij knikte alsof hij erover nadacht, en zei: 'Maar we hebben wel een probleem.'

'Wat dan?' zei ze bloedserieus.

'Ik denk dat de mensen me door zouden hebben. Ik ben wat groot voor een tienjarige.'

Ze haalde haar schouders op alsof dat een onbelangrijk detail was. 'Je bent slim, dus dat los je wel op.'

'Oké...'

'Ik zou dan nog steeds spelletjes doen en knutselen en tafel dekken, en dan kun jij al het andere doen, oké?'

Ja, hij was echt een genie. Slim genoeg om zich af te vragen of zíjn moeder wel een verhaal zou hebben wanneer het zijn beurt was: als de groep serieuze sms'jes stuurde en Angela bloemen op het trottoir legde. Slim genoeg om alles met Javine te verkloten en zijn zoontje te verwaarlozen terwijl zijn vrienden op straat werden neergeknald.

Hij boog zich voorover om zijn sigaret uit te drukken en luisterde naar het blikkerige melodietje van Angela's spelletje dat zich eindeloos herhaalde.

Waren het ooit zijn vrienden geweest?

Hij dacht aan Ransford en Kenny. De jongens met wie hij in Chatham had gevoetbald. Dacht aan ze zonder de beklemming op zijn borst te voelen die kwam opzetten als hij de jongens in het blok ging opzoeken om de kost te verdienen.

Ze waren meer dan vrienden; dat zeiden ze altijd. Broeders. Zelfs meer dan familie, als je eenmaal lid was van de groep, maar Theo had nooit een seconde in die shit geloofd, hoe vaak ze ook het ritueel opvoerden van elkaar de boksgroet geven en daarbij ernstig knikken, zo van: 'Kijk maar, we menen het echt.' Niet Mikey of SnapZ, niet echt. Zeker Wave niet. Hij had nog het meest met Easy, kende hem in ieder geval het langst, maar nu waren ze van elkaar vervreemd. Vanaf het moment dat hij in die Cavalier was gestapt.

Slim genoeg om iemand te vermoorden om zelf hogerop te komen. Angela sloeg hem op zijn knie om zijn aandacht te trekken. 'Is alles goed met je, Theo?'

Hij keek op en zag zijn moeder in de deuropening staan met een bord dat ze aan het afdrogen was, en er was iets in haar blik waardoor zijn borst nog beklemder aanvoelde.

Nog een klap. 'Théo?'

Hij keek zijn zusje aan en loog.

'Dus Billy is er helemaal klaar voor?' vroeg Frank.

Clive keek de slaapkamer in. Billy stond klaar, maar van het joch op het bed kon hij niet hetzelfde zeggen. Hij had om zich heen geslagen en geschreeuwd tot Billy hem nogal hardhandig duidelijk had gemaakt dat hij zijn kop moest houden en stil moest blijven liggen. Clive had de stem van een doodsbang kind gehoord en de donkere vlek op de lakens onder hem gezien. Aan de andere kant van zijn voordeur en met een pistool bij de hand had het joch behoorlijk brutaal geklonken. Maar tegen het einde was daar meestal weinig van over.

'Ja, hij wil graag beginnen,' zei Clive. 'Er ligt thuis een stuk rosbief voor hem klaar.'

'Lekker,' zei Frank. 'Ik heb een van de bouwvakkers eropuit gestuurd om een sandwich voor me te halen.'

'Schiet het al op?'

'Zo te zien pezen ze behoorlijk, maar ik weet niet of dat komt omdat ik er ben. Maar die gast die de sierlijsten maakt, weet waar hij mee bezig is. Ziet er prachtig uit.'

'Wil je dat ik langskom, zodat jij naar huis kan?'

'Kom straks maar bij mij thuis,' zei Frank. 'Dan kijken we even hoe ver we zijn.'

Het was maar een subtiele verandering van toon, maar Clive begreep heel goed dat ze het nu niet meer over de verbouwing van de pub hadden. Zo deden ze het altijd, ze hadden geen keus. Frank was niet stom en wist hoe het werkte. Hightechafluisterapparatuur, onderschepte telefoongesprekken en dat soort zaken. Als er ooit iets opdook, een transcriptie of wat dan ook, zou het in de rechtszaal nooit overeind blijven. De enigen die baat zouden hebben bij dat soort onzin zouden Frank en zijn advocaat zijn.

Het was nu een soort tweede natuur geworden, en het hielp dat ze elkaar zo goed kenden, dat ze een soort steno hadden ontwikkeld.

'Ik bel wel als ik er aankom,' zei Clive.

'Goed. Dan kunnen we de planning doornemen.'

Clive was trots op de manier waarop hij altijd de klussen afhandelde die hij voor Frank deed. Hij was zakelijk en nam dit soort werk nooit licht op. Aan het eind van een dag als deze dronk hij altijd een paar stevige borrels: het maakte niet uit hoe lang je het al deed. En als hij meer dan één klus had moeten klaren, rookte hij soms ook een joint.

'Nou, dan hou ik je niet langer op,' zei Frank. Weer die subtiele verandering van toon, alsof er even een wolk overdreef. 'Oké?'

Clive klapte zijn telefoon dicht, liep naar de stereo en zette het geluid weer harder. In de slaapkamer zag hij dat de jongen weer was gaan schreeuwen, en Clive moest op zijn rug gaan zitten om te voorkomen dat hij van het bed sprong. 'Rustig,' zei hij, en hij pakte het kussen en duwde het op het achterhoofd van het joch. Hij leunde er met zijn volle gewicht op en gaf Billy een knikje.

Billy kwam lichtvoetig toelopen en zocht zijn plek uit.

Er klonk een gedempte plof en er was een schroeiplek te zien, niet veel groter dan de brandplek van een weggegooide peuk, zwart met een onregelmatige rand. Clive had zoiets een paar keer in Amerikaanse gangsterfilms gezien, en om een of andere reden dwarrelden er na afloop altijd een paar veertjes door de lucht. Soms in slow motion, als sneeuw in een sneeuwbol. De mannen die het hadden gedaan, keken altijd uitdrukkingsloos en slenterden de kamer uit terwijl de muziek aanzwol en de veertjes neerdwarrelden alsof ze verdomme een paar kippen kapot hadden geschoten.

In het echt had hij nog nooit zoiets gezien; het was altijd gewoon zoals nu. Waarschijnlijk deden ze het voor het effect. Of misschien, dacht Clive, had hij gewoon nog nooit te maken gehad met iemand die een veren kussen had.

23

Helen hielp haar vader de tafel afruimen en droogde af terwijl hij stond af te wassen. Toen zij en haar zus jonger waren, hadden ze het altijd leuk gevonden om deel uit te maken van een kleine productielijn zodat haar moeder even kon uitrusten, waarbij Jenny alles wegzette en ze met z'n drieën flauwe moppen vertelden of met de radio meezongen. Dit keer voerden Helen en haar vader hun taak in betrekkelijke stilte uit.

Haar vader had bij Marks & Spencer een grote pastei met rundvlees en niertjes gehaald en een blikje bier opengetrokken. Hij had haar verteld wat hij de vorige dag had gedaan: tv-programma's in de *Radio Times* omcirkeld die hij wilde zien, rond lunchtijd een biertje gedronken met een vent van twee deuren verder, en een kop koffie met de aardige mevrouw van de overkant, en Helen knikte en at ondertussen haar bord leeg omdat ze zoals gebruikelijk uitgehongerd was na de ochtendlijke overgeefsessie.

'En hoe was jouw zondag?' had hij gevraagd.

Ze had een passend neutraal antwoord gegeven omdat ze niet zat te wachten op de vragen die zeker zouden volgen als ze vertelde dat ze met Roger Deering had geluncht en de middag bij Sarah Ruston had doorgebracht. Ze zei dat ze thuis een rustige avond had gehad.

Terwijl ze toekeek hoe haar vader zijn bord leeg at, had ze van de gelegenheid gebruikgemaakt om zich te verontschuldigen voor de ruzie die ze twee dagen geleden hadden gehad toen hij het wiegje in elkaar zette. Het was niet haar schuld geweest, maar dat telde allemaal niet als het om haar vader ging. Hij voelde zich snel verongelijkt, net als Jenny.

Hij had haar over de tafel beschaamd aangekeken. 'Doe niet zo mal, lieverd. Ik had sorry moeten zeggen. Ik heb me er gisteren de hele dag rot door gevoeld.'

'O...'

'Ik ben maar een ellendige ouwe zak.'

Dit was een eerste stap. Ze wist hoe graag hij haar in bescherming wilde nemen, en ze voelde een vlaag van sympathie voor deze man wiens grote handen nu eenmaal niet in fluwelen handschoenen pasten.

Helen had al snel ontdekt dat haar gezegende toestand een soort 'Verlaat de gevangenis zonder te betalen'-kaart was. Van woordenwisselingen in het postkantoor tot lichte gevallen van winkeldiefstal: als je zwanger was genoot je een zeker voordeel. Het was tenslotte geen goed idee ruzie te maken met een zwangere vrouw, om het arme schepsel van streek te maken, om die instabiele hormonen te prikkelen. Als daar nog eens een recent verlies bovenop kwam, was het duidelijk dat je bijna alles kon flikken. Als je zwanger was én weduwe, hoefde je nooit meer te zeggen dat het je speet.

Toch zei ze het nog een keer – dat het haar speet dat haar vader een rotdag had gehad – terwijl ze zich voornam om voortaan een stuk bitser tegen iedereen te zijn.

'Maar ik had wel gelijk met die wieg,' zei hij.

Toen ze klaar waren met de afwas, draaide haar vader zich van de gootsteen weg en droogde zijn handen aan een theedoek. 'Je hebt nog steeds niet echt goed gehuild, hè, schat?'

Helen lachte en droogde het laatste bord af. 'Dat meen je niet. Gisteravond heb ik zitten snotteren bij *Midsomer Murders*.'

'Je weet best wat ik bedoel.'

'D'r hoeft maar iets te gebeuren...'

'Om Paul,' zei hij. 'Je hebt niet om Paul gehuild.'

Toen haar vader op haar af liep zette Helen het bord neer en begon te huilen, maar het was niet om Paul. Hij suste haar en wreef over haar rug, en zij drukte haar gezicht tegen zijn schouder, rook zijn aftershave en bewoog haar wang tegen de zachte stof van zijn overhemd.

'Ik zei het je toch,' zei ze snikkend. 'Er is niks voor nodig.'

Nadat ze zich had losgetrokken en de borden in de kast had gezet, kregen ze het over de begrafenis. Er was nog steeds geen nieuws over de datum, maar Helen dacht dat het niet lang meer zou duren voordat het stoffelijk overschot zou worden vrijgegeven. Ze vertelde hem dat Pauls moeder nog steeds lastig deed. Helen wilde geen bloemen en had liever dat er schenkingen aan een liefdadigheidsfonds van de politie werden gedaan, maar Caroline Hopwood was wat dat aanging net zo traditioneel als in haar keuze voor de muziek.

'Dat is begrijpelijk.'

'Is dat zo? Ik ben verdomme zwanger van haar kleinkind.'

'Ze draait vast wel bij.'

'Ik weet eerlijk gezegd niet of het me veel kan schelen,' zei Helen. 'Ik heb alleen geen zin om er ruzie over te maken.'

'Zal ik met haar gaan praten?' vroeg haar vader.

Helen herinnerde zich de ongemakkelijke sfeer op het feestje voor Pauls dertigste verjaardag, de geforceerde gesprekken bij de enige gelegenheid dat haar vader Pauls ouders had ontmoet. 'Ik los het wel op,' zei ze. 'Bedankt.'

Haar vader knikte en deed de koelkast open. Pakte er een trifle uit die hij tegelijk met de pastei had gehaald.

Helen glimlachte. 'Zo, jij hebt flink uitgepakt,' zei ze.

'Ik wilde vragen of ik kon helpen Paul te dragen,' zei haar vader. Hij schraapte zijn keel. 'De kist te dragen. Maar misschien doen zijn vrienden dat wel, familieleden, en zo...'

'Het zijn agenten,' zei Helen. 'Een erewacht in groot tenue. Pauls moeder wil het hele ceremoniële gedoe. Zesentwintig saluutschoten, trompetten, alles.'

Haar vader knikte, onder de indruk.

'Ik maak maar een grapje.'

'Het maakt niet uit. Ik wilde het alleen graag aanbieden.'

'Misschien moet je mij wel dragen.'

'Ik weet niet of ik dat aankan,' zei hij.

Ze stond dicht bij hem en keek toe hoe haar vader een grote portie trifle opschepte. 'Ik moet eigenlijk eens naar huis,' zei ze. 'Waarom neem je dat niet mee naar je vriendin? Je moet je taille trouwens in de gaten houden als je nog iets bij haar wilt klaarspelen.'

'Wie zegt dat ik dat niet al heb gedaan?'

Ze gaf hem een stomp tegen zijn schouder en keek rond op zoek naar haar tas.

'Bel me wanneer je thuis bent,' zei hij. 'Of later. Maakt niet uit.'

Helen knikte. 'Als m'n toestand het toelaat. *Midsomer Murders* is iedere avond op UK Gold...'

Helens auto stond min of meer tegenover de voordeur van haar vader geparkeerd. Toen ze overstak, verstarde ze bij het gepiep van banden en zag vijftig meter rechts van haar een zwarte jeep van het trottoir wegscheuren. Toen hij langsreed, zag ze dat er twee mannen in zaten die strak voor zich uit keken, en ze vroeg zich af of ze niet eenzelfde soort auto, misschien wel dezelfde auto, een paar dagen geleden voor haar huis had gezien.

Ze hield zichzelf voor dat ze zich aanstelde, dat er een heleboel zwarte jeeps rondreden, toen haar mobieltje overging. Het was Martin Bescott, Pauls baas in Kennington.

'We hebben nog wat spullen van Paul,' zei hij.

'O? Ik dacht dat ik alles al had meegenomen.'

Er was een stilte. 'We hebben nog een kluisje gevonden. Pauls... vervanger liep niet over van enthousiasme om zijn oude kluis te nemen, dus...'

Helen zei dat ze het begreep. Smerissen waren bijgeloviger dan de meeste mensen.

'Uiteindelijk moesten we het verrekte ding openbreken.'

'Kun je die spullen niet gewoon aan een kringloopwinkel geven? Dat bespaart me een hoop...'

'Nou, ja, er liggen een paar oude gympen in en wat andere spullen. Maar ik dacht dat je de laptop misschien wel wilde hebben.'

Nu was het Helens beurt om een stilte te laten vallen.

'Helen?'

'Ik kom wel langs om hem op te halen,' zei ze.

Theo had bijna de hele ochtend in het drugspand gezeten en wat zitten dollen met Sugar Boy, die er door Wave heen was gestuurd toen SnapZ niet was komen opdagen. Theo had gehoopt dat de eerste dag van de nieuwe week goed zou worden. Dat er wat meer geld binnenkwam en dat hij zich misschien iets minder zenuwachtig zou voelen, iets minder als iemand die zit te wachten tot er iets akeligs gebeurt.

Maar op geen van de twee punten had hij geluk, en zodra het tijd was om te lunchen was hij naar de flat gegaan om samen met Javine een sandwich te eten.

Hij zat nog maar net of Easy kwam opdagen met zijn dikke, lelijke pitbull die op Theo's drempel aan zijn lijn stond te rukken. Hij had het beest gekocht zodra Wave er een had; hij had er vijfenzeventig pond voor betaald aan een scharrelaar die ze achter de Dirty South verhandelde, en hij had het voor mekaar gekregen de stomste hond van de hele buurt op de kop te tikken. Wave zei dat iemand het beest als pup een klap op zijn kop gegeven moest hebben. Dat leek Easy wel te bevallen. Die dacht dat hij en die achterlijke hond van hem bij elkaar hoorden of zoiets.

Zodra ze het geblaf hoorde, begon Javine 'eruit' te mimen. Ze had een hekel aan de hond en wilde die niet in de buurt van haar of de baby hebben. Theo wilde net de deur achter zich dichttrekken toen ze razend werd en schreeuwde dat ze geen achterlijke dieren in haar huis wilde, of ze nou op vier poten liepen of op twee.

Easy haalde zijn schouders op. 'Kom, dan gaan we een stukje lopen,' zei hij.

Eerst maakten ze een rondje door de buurt, en Easy genoot van de aandacht van de kinderen bij de garages, van de boze blikken van de oudere vrouwen – de moeders en zussen – terwijl hij toekeek hoe zijn hond zijn behoefte deed op het miezerige grasveldje; daarna paradeerden ze langs het zogenaamde speeltuintje en sloegen ze de hoek om naar Lewisham High Street.

Het was ruim twintig graden, en het zou nog warmer worden. Easy droeg een roestkleurig openstaand zijden overhemd met daaronder een hemd, en een legerbroek en gympen in dezelfde kleur. Theo droeg een heupspijkerbroek en een Marley-T-shirt, en de Timberlands die hij drie weken geleden had gekocht na de kraken die hij met Easy had gezet.

Met het geld dat hij niet opzij had gelegd.

'Wazzup, Star Boy?'

Theo zei tegen Easy dat alles oké was, dat hij hem niet veel had gezien de laatste dagen. Niet sinds Mikey.

'Druk gehad, T.'

Theo knikte naar achteren in de richting van het drugspand, waar hij Sugar Boy had achtergelaten om op de winkel te passen. 'De zaken gaan beroerd.'

'Precies. Je moet nieuwe business aanboren waar je maar kan, weet je wel?'

'Dus waar boor jij het aan?'

'Hier en daar, man.'

'Ook op verboden terrein?'

'Je bedoelt?'

'Toen we die gewapende overvallen deden, toen we die hoeren hebben uitgeschud. Misschien zijn we toen op iemands tenen gaan staan, dat wil ik maar zeggen.'

Easy wierp Theo een kwaaie blik toe en liep bijna een meisje omver dat een wandelwagentje voortduwde. Ze vloekte hem stijf, maar hij negeerde haar. 'Wiens tenen? Waar de fok heb je het over, man?'

'Maakt niet uit wiens tenen het waren. Als het niet in deze buurt is, zijn het iemand anders z'n tenen.'

'Je bent altijd al een zwartkijker geweest, T.'

'Ja, misschien wel.'

'Sinds we kleine kinderen waren al, man.'

Een geüniformeerde agent en twee hulpagenten – steuntrekkers die aan het werk waren gezet – kwamen op hen af slenteren. De smeris nam Easy en Theo uitgebreid op, terwijl de hulpagenten zich meer zorgen maakten om de pitbull.

Easy grijnsde naar hen en trok de hond weg. Ze sloegen de hoek om naar Lee Bridge. 'Al die extra blauw gaat binnenkort weg,' zei hij. 'Dan wordt alles weer gewoon, ja?'

'Denk je?'

'Dit is het Wilde Westen, man. Je ziet het aan hun gezicht, ze hebben er geen trek in.'

Een paar meter verder bleven ze staan toen Waves Mercedes naast ze kwam rijden en bij de gele strepen stopte. As If zat achter het stuur en gaf de bestuurder van de auto achter hem kalmpjes een teken om hem heen te rijden toen die op de claxon drukte. Theo keek toe hoe Easy naar de auto toe liep en zich vooroverboog om door het raampje met Wave te praten. Ze praatten een paar minuten en Theo zag Waves ogen zijn kant uit schieten; zag hem knikken en lachen om iets wat Easy zei. Theo knikte terug. Hij wist dat ze het over hem hadden en probeerde er niet aan te denken.

Het kon van alles zijn geweest. De kleren die hij droeg, whatever.

Nadat Wave was doorgereden, liepen ze verder. Easy zei dat hij nog steeds van plan was As If een ram te verkopen als hij de kans kreeg, en vertelde vervolgens over de problemen die hij met verschillende vrouwen had. Hij had behoorlijk wat ijzers in het vuur, beweerde hij, en had minstens twee kinderen rondlopen.

'Ik ga me niet vastleggen,' zei hij. 'Afwisseling kan geen kwaad, weet je wat ik bedoel? Ik heb altijd al een vrije jongen willen zijn.' Ze liepen verder. 'Ik ga je zeggen, man, je gaat je handen vol hebben aan die vrouw van je, serieus.'

'Ach.'

'Echt.'

Theo glimlachte en ontweek een bruine veeg op het trottoir en dacht: ja, maar het is wel míjn vrouw.

Ze ouwehoerden nog wat; Easy gaf af op een dj die hij op het lokale radiostation had horen opscheppen dat hij een of andere loser die zijn Audi op Shooters Hill in de vernieling had geholpen, de stuipen op het lijf had gejaagd. Theo deed zijn best om er relaxed uit te zien. Hij dacht nog steeds aan die drie uniformen die ze daarnet waren tegengekomen; de uitdrukking op het gezicht van die smeris toen die hem aankeek. Hij moest moeite doen om Easy's gezwets te volgen boven het gieren van zijn hersens uit die overuren maakten, en zijn fantasie wrong zich in allerlei bochten om uit de donkere hoeken te ontsnappen.

'T? Ga je luisteren, man?'

'Ik hoor niks wat de moeite waard is, man.'

'Ik heb honger. Jij ook?'

Ze kwamen bij de McDonald's net buiten het winkelcentrum van Lewisham. 'Ik moet ook pissen,' zei Easy. 'Twee vliegen in één klap, man. Makkelijk zat.' Hij gaf Theo de hondenriem en vroeg hem op het beest te letten terwijl hij naar binnen ging om McFlurries voor hen te kopen.

Theo wachtte tot Easy klaar was en probeerde de hond in bedwang te houden toen die uitviel naar voorbijgangers, en hij moest zich beheersen om die rothond niet los te laten en te zien hoe hij zich op een drukke hoofdweg zou houden.

Easy kwam naar buiten en gaf Theo zijn ijsje. 'Nog even over daarnet, hè?' zei hij. 'Die shit over op tenen gaan staan. Vind je het mijn schuld dat Mikey dood is?'

'Dat heb ik niet gezegd.'

'Ik had het gevoel dat je dat bedoelde.'

''t Is gewoon allemaal klote, man, dat is alles,' zei Theo. 'Had nooit mogen gebeuren.'

Easy haalde zijn schouders op. Hij at snel, en toen hij klaar was gooide hij de verpakking in een boog naar een afvalbak. Hij draaide zich naar Theo toe, spreidde zijn armen uit terwijl de hond om zijn enkels zijn eigen staart achternazat. 'Zo gaat 't nou eenmaal, man. Ga je me horen? Zo gaan die dingen.'

'Wat? Dat je schijtbenauwd bent?'

Easy kneep zijn ogen tot spleetjes, sloeg de hondenriem een paar keer om zijn hand en rukte het dier naar zich toe. 'Wie is er bang?'

Theo staarde naar het verkeer.

'Eet je dat nog op?'

Theo gaf hem zijn McFlurry die hij nog niet had aangeraakt, en deed toen zijn ogen dicht en probeerde zich de smaak van gerstewijn op een winderig balkon te herinneren, een halve minuut lang genietend van de zon op zijn gezicht, terwijl hij wachtte tot Easy klaar was.

Paul en zij hadden elkaar nooit op de lip gezeten. Ze hadden hun eigen vrijheid gehouden, elkaar vrij gelaten, en daar waren ze tevreden mee geweest. Ze waren hun eigen vrienden blijven zien en hadden het nooit nodig gevonden ieder gesprek aan de ander te melden, elkaar te vragen met wie ze hadden gesproken wanneer de telefoon werd neergelegd. Het was zelden nodig geweest om hun agenda's op elkaar af te stemmen, en ze hadden allebei een aparte bankrekening; een prettig soort onafhankelijkheid, hoewel die later – in de nasleep van Helens avontuurtje – te ver werd doorgedreven, vooral door Paul.

Dit alles hield ze zichzelf voor in een poging het bestaan van de computer te verklaren die ze op weg naar huis uit Kennington had opgehaald. Om het bestaan ervan te bagatelliseren, glad en grijs voor haar op tafel. Om zichzelf een tikje minder ongerust te voelen op het moment dat ze hem aanzette.

Ze had alle ramen in de flat opengezet, maar het was nog steeds benauwd, drukkend, zou haar vader hebben gezegd. Ze zat te zweten in een wijde korte broek en een van Pauls oude T-shirts. Een koel glas wijn, of liever nog een biertje zou meer dan welkom zijn geweest.

Bescott had haar op de parkeerplaats opgewacht.

Hij had haar meegenomen naar zijn kantoor en haar een plastic tas gegeven met de laptop erin. Hij leek vriendelijk, maar zoals altijd viel het moeilijk uit te maken in hoeverre dat aan haar toestand lag. Haar... omstandigheden. Maar er was iets in zijn gezicht geweest, alsof hij te hard zijn best deed, en Helen vroeg zich onwillekeurig af of hij en de anderen boven hem dezelfde argwaan tegenover Pauls activiteiten koesterden als zij. Hoe lang zou het duren voordat een ernstig kijkende figuur van de Dienst Professionele Integriteit zou aankloppen?

De stillen.

De Mac startte op en het scherm kleurde blauw.

Hoe fanatiek zou de DPI het onderzoek voortzetten als de politieman in kwestie dood was? Liep ze gevaar zelf te worden verdacht? Ze wist hoe die mensen werkten en dat ze, omdat ze Pauls partner was, automatisch ook vraagtekens zouden zetten bij haar integriteit.

Ze klikte op het pictogram boven Pauls naam en maakte zichzelf wijs dat ze zich aanstelde. In het ergste geval zouden ze Pauls spullen waarschijnlijk willen onderzoeken en kijken wat er allemaal op zijn computer stond. Op zoek naar vuiligheid.

Net zoals zij nu deed.

Het bureaublad verscheen en Helen had het gevoel alsof ze geen adem kreeg: een korrelige foto van Paul en haarzelf in een Griekse *taverna* drie zomers geleden, lachend naar de camera. Pauls haar was heel kort geknipt en zijn gezicht was rood. Haar tieten puilden haast uit een bikinitopje dat ze nooit had moeten dragen.

'Vuile rukker,' fluisterde Helen driftig hamerend op het toetsenbord. 'Je wilt dat ik me nog beroerder voel, hè?'

Ze maakte Pauls standaardmap open en inspecteerde die. Alle standaard systeembestanden stonden waar ze moesten staan. Er stond niets in 'Afbeeldingen' of 'Films', en in de map 'Documenten' stonden alleen de te verwachten gebruikersgegevens.

De Mac was amper gebruikt, of er was in ieder geval niet veel mee gedaan.

Thuis deden ze samen met de IBM waar ze twee gebruikersprofielen op hadden. Pauls bureaublad was altijd bezaaid met allerlei documenten en krantenknipsels, en verscheidene mappen stonden bol van de gedownloade nummers en licht aanstootgevende videoclips die welwillend ter beschikking waren gesteld door Gary Kelly en andere collega's. Zij was degene geweest met de prettig geordende mappen met namen als 'gas- en lichtrekeningen', 'baby' en 'gemeentebelasting'.

Op de laptop had ze vrij snel in de gaten welke map ze moest hebben. Er zat maar één document in, met de titel 'Victoria'. Helen dubbelklikte erop om het te openen en werd gevraagd een wachtwoord op te geven.

Ze staarde een tijdje naar het lege vakje op het scherm met de knipperende cursor, en typte toen Pauls achternaam en geboortedatum. Net als de meeste mensen gebruikte hij zijn geboortedatum als PIN voor zijn bankrekening.

Mis.

Ze tikte zijn moeders naam in. Die van zijn vader. Daarna haar eigen naam en vroeg zichzelf onder het typen af waarom ze dat niet meteen had gedaan.

Het door u opgegeven wachtwoord is onjuist.

Hoe moeilijk kon dit nou verdomme zijn? Paul was geen... was geen whizzkid geweest als het om dit soort dingen ging.

Victoria...

Misschien had hij toch nog wraak op haar genomen. Jezus, zou het dan toch om zoiets simpels draaien als vreemdgaan? En naar de naam te oordelen was ze nog kakkerig ook. Het was een pijnlijke gedachte, maar misschien minder pijnlijk dan het alternatief.

Maar dan moest ze ook nog een verklaring zien te vinden voor Kevin Shepherd. En voor Frank Linnell.

Ze begon snel te typen en schold zichzelf telkens uit als ze een typefout maakte of de CAPS LOCK-toets per ongeluk had ingeschakeld. Ze tikte alle woorden in die bij haar opkwamen en drukte op de ENTER-toets. Alles wat voor Paul enige betekenis zou kunnen hebben: de naam van zijn beste vriend op school, de hond die hij als kind had gehad, Queens Park Rangers, *The Great Escape*, Freddie fucking Mercury...

Het door u opgegeven wachtwoord...

Ze klapte het scherm dicht zo hard als ze durfde en bleef zitten tot ze weer op adem was. Tot het zweet in haar nek en op haar schouders begon af te koelen.

Ze herinnerde zich dat Jenny's man Tim handig met computers was, dat hij hen ontelbare keren tot vervelens toe de oren van het hoofd had geluld over netwerken en firewalls. Ze dacht erover om hem in te schakelen, maar bedacht al snel dat dat een slecht idee was. Ze wist dat Jenny haar kans zou ruiken zodra ze erachter was gekomen, en haar eindeloos zou uithoren. Misschien kon ze Tim vragen haar stiekem te helpen en het voor zich te houden. In ruil voor een pijpbeurt? Ze wist dat hij een zwak voor haar had.

Jezus, wat was dat nou?

De baby had geschopt, en hard ook. Ze voelde zich plotseling duizelig en licht in het hoofd. Ze ging naar de keuken en dronk een halve fles water.

Toen ze zich weer wat beter voelde, nam ze de laptop mee naar de slaapkamer, ze deed hem in de plastic tas en verstopte hem onder in de kleerkast, achter Pauls gitaar. Ze voelde zichzelf rood worden terwijl ze het deed, maar besefte ook dat de eventuele informatie die op de harde schijf stond, verborgen moest blijven.

Ze bedacht dat Frank Linnell op een hoop vragen antwoord zou kunnen geven, maar het zou niet makkelijk worden hem te vinden. Ze kon niemand om hulp vragen zonder uit te hoeven leggen waarom, en ze kon niet naar kantoor gaan en achter een computer gaan zitten. Een kenteken traceren zoals ze met Ray Jackson had gedaan was makkelijk zat, maar voor iedere sessie met de nationale politiecomputer moest ze zich aanmelden en haar wachtwoord opgeven, en dat zou geregistreerd worden.

Jezus, als ze nou maar een van de namen van Linnells firma's had geweten, dan zou ze die misschien gewoon in de Gouden Gids kunnen opzoeken.

Terug in de woonkamer wierp ze een blik op de rest van Pauls spullen, die nog steeds op tafel lagen waar ze ze had neergelegd: zijn agenda, bandjes en cd's, het stratenboek uit de auto, en zijn navigatiesysteem.

'Kom op, Hopwood, geef toe. Dat is toch wel verrekte slim van me...'

Misschien ook niet, maar het was op zijn minst een goed idee, en het was geen ramp als het behoorlijk wat tijd in beslag zou nemen, want verder had ze toch niet veel te doen.

Misschien zou de technologie haar dit keer een handje helpen...

24

Ze hadden SnapZ 's morgens vroeg ontdekt.

En weer zwermde de politie door de hele buurt; geschreeuw en sirenes, het ochtendkoor. Een blauwe deken, voertuigen die opstoppingen in de zijstraten veroorzaakten en wapperende gele tape voor de ingang tot het blok waar SnapZ had gewoond. De geruchten deden behoorlijk snel de ronde en halverwege de ochtend wist iedereen die oren aan zijn kop had wat er was gebeurd.

Een bendelid neergeschoten. Nóg een.

Volgens een welingelichte praatgrage bron, die het van een loslippige smeris had, was de politie de dag daarvoor gebeld door een vriendin die SnapZ al vierentwintig uur niet op zijn mobiel had kunnen bereiken. De melding was plichtsgetrouw geregistreerd en vervolgens vergeten. Vierentwintig uur daarvoor had een vrouw gebeld om te klagen over herrie in de flat naast haar: dat het niet de eerste keer was dat die schooier van twee deuren verder haar zondag had verziekt door de muziek keihard te zetten en met de deuren te slaan. Die melding had nog minder aandacht gekregen, want als het om de Lee Marsh flat ging, scoorden klachten over geluidsoverlast of iets wat op een huiselijke ruzie leek nog minder dan rotzooi op straat gooien of honden die de straat bevuilden.

Easy had gelijk. Ze hadden er gewoon geen trek in.

Pas nadat een oplettende brigadier de twee meldingen met elkaar in verband had gebracht en had gezien welke naam ze gemeen hadden, kwam iedereen met zijn luie reet overeind. Een uur later braken ze de deur van SnapZ's flat open. En vervolgens, nog voordat ze de kans kregen hun kogelwerende vest uit te trekken, haastten al die politiemensen die weer tevreden op weg waren gegaan naar hun bureaubaantje of patrouilledienst in Greenwich en Blackheath, zich weer bleek en boos terug naar Lewisham.

Theo stond toe te kijken vanachter een groepje van vijftien of twintig mensen die zo dicht bij de commotie stonden als maar mogelijk was. De meesten wisten kennelijk niet dat SnapZ al was meegenomen, en stonden nog steeds te wachten in de hoop een glimp van het drama op te vangen.

Het was een merkwaardige mengeling: winkeliers, een paar gezinnen die in de wijk woonden, en een paar verwarde types die eruitzagen als toeristen en die blijkbaar een heel eind uit koers waren geraakt. Er hingen ook een paar leden van de bende rond om hun eer te bewijzen of misschien gewoon om wat troost te putten uit de aanwezigheid van de anderen. Theo had Gospel en Sugar Boy zien rondlummelen en had van die vage knikjes met ze uitgewisseld voordat hij zijn ogen neersloeg.

Vlak bij hem stonden een vader en zijn zoontje aan een ijsje te likken en rekten hun hals om wat te kunnen zien. Theo's maag speelde op. Hij was vroeg naar het café gegaan en nu leek het alsof zijn baconsandwich ieder moment omhoog kon komen.

Na een paar minuten maanden een paar verveeld kijkende agenten in uniform de toeschouwers verder naar achteren te gaan, en sommigen liepen al weg. Theo wist dat de mensen hun toespraken reeds aan het voorbereiden waren. Er waren sowieso al een paar lokale nieuwsteams aanwezig, en hij wist dat de grotere later zouden komen. Waarschijnlijk de landelijke tv en die shit.

Op het moment dat de vader met zijn zoontje langs hem liep, ving Theo de blik van het joch op, het schouderophalen en de uitdrukking op zijn plakkerige gezicht.

Niks te zien.

Anderen, die weer verder gingen met wat ze aan het doen waren, hadden een andere uitdrukking op hun gezicht.

Niks wat ze niet al eens eerder hadden gezien.

Theo hoopte dat zijn gezicht niet te veel verried. Dat het geen aanwijzing gaf over wat er in zijn hoofd omging; over de storm die daarin woedde. Hij had geen idee wat er aan de hand was, en nog minder wie erachter zat, maar hij wist nu wel dat dit niets te maken had met Easy en zijn... excursies. Dat het niets te maken had met territorium.

De straatbende telde zeker dertig mensen, en nog een hele hoop anderen in de driehoeken daarboven, maar dat was alleen bekend bij degenen die wisten waar ze moesten zoeken.

Mikey dood, en nu SnapZ. Het was geen toeval meer.

Wat de media betrof was de verklaring eenvoudig. Ze zouden worden weggezet als slachtoffers van een felle bendeoorlog of een ruzie over territorium. Ze zouden wellicht ook worden gezien als slachtoffers van iets groters: symptomen van een vervreemde dit en een gedepriveerde dat, het product van een in ellendige omstandigheden levende etnische onderklasse of zoiets.

Maar Theo wist ook dat ze iets specifieks gemeen hadden, iets wat ze alleen met Theo zelf en nog twee anderen gemeen hadden: die nacht, nu tien dagen geleden, waarin de politieman was vermoord. Toen hij die politieman had vermoord.

Mikey en SnapZ hadden allebei op de achterbank gezeten.

Theo draaide zich om en botste bijna tegen Gospel op. Ze hield haar hoofd omlaag en haalde een hand door haar haar. 'Ziek, man,' zei ze.

Theo voelde zijn ontbijt weer in beweging komen.

Gospel liep snel door alsof ze haast had. 'Fokking ziek.'

'Ja,' zei Theo.

Helen moest toegeven dat sommigen van die kruimeldieven verdomd slim waren.

Voordat ze met zwangerschapsverlof ging, had ze gehoord van een grote toename van autodiefstallen waarbij jongeren auto's met navigatiesystemen openbraken, op de knop 'Thuis' drukten en naar een huis werden gedirigeerd waar ze onmiddellijk inbraken, in de wetenschap dat de eigenaar van de woning ergens anders was. En erachter kwam dat zijn auto net was gestolen.

Het snufje kon natuurlijk ook voor nobeler doeleinden worden gebruikt, hoewel wat zij deed nou niet bijzonder nobel was.

Paul wist goed de weg in het grootste deel van Zuidwest-Londen en het centrum, zodat hij de navigatie alleen gebruikte om thuis te komen wanneer hij aan de noordkant van de rivier terechtkwam of naar een andere stad moest. Helen wist dat er een lijst van 'recente bestemmingen' bestond, in de volgorde waarin ze in het systeem waren ingevoerd, en hoopte dat ze er niet al te veel hoefde na te pluizen. Ze herkende er een paar die ze kon uitsluiten. Toen herinnerde ze zich dat ze van Gary Kelly had gehoord waar Frank Linnell opereerde, en ging ze op zoek naar adressen in het zuidoosten van de stad.

De eerste twee bleken tijdverspilling te zijn: het was duidelijk dat Linnell niet in het politiebureau van Catford werkte, en het rijtjeshuis in Brockley bleek van een ouder echtpaar te zijn wier dochter getuige was geweest in een moordzaak die Paul enkele maanden geleden had onderzocht.

De oude vrouw herinnerde zich hem. 'Aardige man,' had ze gezegd. 'Beleefd.'

Helen was vroeg op pad gegaan, en rond halfelf reed ze een zijstraat in bij Charlton Park en zette de auto voor een pub ongeveer anderhalve kilometer ten zuiden van de Theems. Ze zag een zwarte Range Rover geparkeerd staan en een afvalcontainer voor de deur, en ze herinnerde zich dat Kelly had gezegd dat Linnell in de vastgoedontwikkeling zat.

Drie keer was scheepsrecht.

Toen ze op de pub af liep, kwam er net een man in een met verfspatten besmeurde overall naar buiten die de inhoud van een zwaar uitziende plastic emmer in de container leegde.

'Is de baas er?' vroeg ze. Haar legitimatiebewijs bleef in haar tas. De man bromde wat – kon 'ja' zijn, maar ook 'nee' – en ging weer naar binnen.

Ze zocht de schaduw op en wachtte.

Vijf minuten later ging de deur weer open en verscheen er een zwaargebouwde zwarte man. Hij nam haar van top tot teen op en vroeg toen of ze iets wilde drinken. Helen was enigszins overdonderd, maar deed haar best het niet te laten merken. 'Wat water zou lekker zijn.' De man hield de deur voor haar open.

Hij ging haar voor door de pub, waar vijf mannen aan het schilderen, timmeren en boren waren. Ze hoorde dat twee van hen een Oost-Europese taal spraken. Pools, vermoedde ze. Er werkten zo veel Polen als loodgieter en bouwvakker in Engeland dat hun regering onlangs een officieel verzoek had ingediend of ze er een paar konden terugkrijgen.

Frank Linnell zat in de tuin. Hij stond op toen ze het terras op liep en zei: 'Helen, is 't niet?'

Hij was in de vijftig, maar zag er fit uit in zijn korte blauwe sportbroek en witte poloshirt. Zijn haar, dat krulde in de nek en waar hij iets in had gedaan om het achterover te kunnen kammen, was nauwelijks grijs. Het gezicht was... zachter dan Helen had verwacht.

Ze ging tegenover hem zitten aan een klein tafeltje van latwerk en zei 'dank je' toen de grote man haar glas neerzette.

'Roep maar als je nog meer wilt,' zei hij.

'Mooi hier, hè?' zei Linnell. 'Over een paar dagen is het hier helemaal geweldig. Om je de waarheid te vertellen, weet ik eigenlijk niet of ik deze tent wel wil verkopen.'

Er waren graszoden gelegd vanaf de plaats waar zij zaten tot aan een nieuw hek een meter of tien verderop, en een kant van de patio was helemaal vol gezet met rijen hangplanten in manden en potplanten die nog in plastic waren verpakt.

'Daar op het gras nog een paar schommels neerzetten of een glijbaan, en dan ziet het er prachtig uit.'

Helen nam een flinke slok en haalde diep adem. Keek naar een man die, als er ook maar een fractie klopte van wat ze had gehoord, op het verlanglijstje stond van de helft van de rechercheurs, en die nu met haar sprak alsof ze elkaar al jaren kenden.

'Dat kan niet lang meer duren.' Hij wees op Helens buik. 'Volgens mij is het daarbinnen bijna klaar.'

'Maak maar niet al te veel lawaai,' zei ze.

'Ga je weer meteen aan de slag? Of...'

'Niet meteen.'

'Zou het beste voor de kleine zijn, als je het mij vraagt.'

'We zien wel.'

'En vandaag?' Linnell nam een slok van zijn eigen drankje. Het zag eruit als cola, maar het viel niet uit te maken of er nog iets anders in zat. 'Ben je vandaag aan het werk?'

'Ik wil alleen over Paul praten,' zei Helen.

Linnell glimlachte. 'Dat zou ik fijn vinden.'

Voor de tweede keer in evenzoveel minuten werd Helen in de verdediging gedrongen. Ze hield zichzelf voor dat Linnell en degenen die voor hem werkten daar waarschijnlijk zeer bedreven in waren; ze dwong zichzelf kalm te blijven en haar kop erbij te houden. De baby roerde zich heftig en ze ging voorzichtig verzitten om het zich wat gemakkelijker te maken. Ze legde een hand op haar buik en begon zachtjes te wrijven. 'Hoe heb je Paul leren kennen?' vroeg ze.

'We hebben elkaar zes jaar geleden ontmoet,' zei Linnell. Hij begon met een gouden halsketting te spelen, trok onder het praten de schakels tussen zijn vingers heen en weer. 'Hij zat in het team dat een zaak onderzocht waar ik van dichtbij bij betrokken was. De moord op iemand met wie ik erg close was. Daarna… de hele tijd trouwens, was Paul fantastisch. Een paar van zijn collega's waren niet zo… meelevend, als je begrijpt wat ik bedoel. Als je een reputatie hebt, zien sommige mensen maar één kant van je. Paul heeft me altijd bejegend zoals hij ieder ander slachtoffer zou bejegenen.'

'En daarna?'

'We hebben contact gehouden.'

'Dat is alles?'

'We zijn vrienden geworden, zou je kunnen zeggen.' Hij haalde zijn schouders op, alsof het allemaal heel eenvoudig was. 'We wáren vrienden.'

'Zag je hem vaak?'

'Eens in de twee maanden, schat ik. We hadden het allebei erg druk. Je kent het wel…'

'Dus jullie gingen samen lunchen, naar de film, of zo?'

'We gingen lunchen, praatten over van alles, gingen naar de pub. Ik heb hem eens een dagje meegenomen naar de Oval om een cricketwedstrijd te zien.' Hij lachte. 'We werden compleet uitgekotst.'

Helen knikte, alsof Linnell haar niks bijzonders vertelde, maar van binnen kolkte het, en dat had niks te maken met het feit dat de baby met haar nieren lag te voetballen. Ze moest zich opladen om de ongemakkelijker vragen te stellen die ze sinds de avond ervoor had gerepeteerd. Ze zag de affectie op het gezicht van Linnell als hij het over Paul had en vroeg zich af of er misschien werkelijk niets meer speelde dan de vriendschap die hij zo scheen te waarderen. Het kwam even bij haar op dat hij misschien homo was, en verliefd op Paul was geweest. Ze keek omlaag en zag dat hij geen trouwring droeg.

Misschien had Paul in de gaten gehad dat Linnell iets voor hem voelde, en had hij daar op een of andere manier misbruik van gemaakt.

'Wil je iets eten?' vroeg Linnell.

Helen schudde lichtjes met haar hoofd en vroeg: 'Hadden jullie het weleens over het werk?' Aan de uitdrukking die over Linnells gezicht gleed, zag ze dat hij begreep wat ze bedoelde. Zíjn werk, als je dat zo kon noemen, en dat van Paul.

'De eerste paar keer dat we elkaar ontmoetten misschien wel, om het ergens over te kunnen hebben, maar daarna niet meer. Het was een soort ongeschreven regel. We wilden niet dat dat soort dingen de zaken zou vertroebelen.'

Helen zag dat hij nog steeds met zijn ketting zat te spelen. Ze dacht: wélke zaken vertroebelen? 'Dus hij heeft je nooit naar je zakenpartners gevraagd? Nooit gevraagd waar je mee bezig was?'

'Zoals ik zei, dat zou de boel hebben vertroebeld. Ongemakkelijk zijn geweest.' Hij liet het smeltende ijs in zijn glas rondwalsen. 'Praten jouw vrienden altijd met je over misbruikte kinderen?'

Weer in de verdediging gedrongen. Linnell liet blijken dat hij veel over haar wist, wat voor werk ze deed. Misschien had hij rondgeneusd; ze twijfelde er niet aan dat hij andere smerissen kende die maar al te graag spitwerk voor hem deden en informatie doorspeelden. Of hij had het gewoon van Paul gehoord tijdens een van hun gezellige onderonsjes. Tijdens de cricketwedstrijd, misschien.

Hoe dan ook, het gaf Helen het gevoel dat ze zin had in een lange hete douche. 'Wanneer heb je hem voor het laatst gezien?' vroeg ze.

Hij dacht na. 'Ongeveer twee weken geleden. Zoiets. Dat was trouwens hier.'

'Dat weet ik,' zei Helen. Gewoon om te laten merken dat zij ook wat spitwerk had verricht.

'Hij had iets meegenomen voor de lunch.' De herinnering deed Linnell plezier, maar de glimlach gleed alweer snel van zijn gezicht. 'Om je de waarheid te vertellen, had ik graag prettiger afscheid genomen.'

'Hoezo?'

Hij keek wat ongemakkelijk, wikkelde de ketting nu om zijn vinger, maar haalde toen zijn schouders op, alsof hij besloten had dat het geen kwaad kon het haar te vertellen. Alsof hij besloten had dat ze waarschijnlijk niet al te verbaasd zou zijn. 'Wat ik eerder zei, dat we nooit over het werk praatten? Nou, de laatste paar keer dat we elkaar zagen, hebben we dat wel gedaan. Paul had me gevraagd om hem te helpen, om een paar namen door te geven. Mensen van wie ik dacht dat hij met hen kon... praten.'

Helen slikte.

'Ik zei hem dat ik hem niet kon helpen,' zei Linnell. 'Nou ja, dat ik het niet wilde. Het zou om allerlei redenen niet goed zijn geweest.'

'Wat voor soort mensen?'

'Mensen die hetzelfde werk doen als ik. Zakenlieden. Mensen die je misschien ook in jouw werk weleens bent tegengekomen.'

'Zoals Kevin Shepherd?'

'Wie?' Hij keek alsof hij de naam nog nooit had gehoord.

Helens tong voelde dik en zwaar aan in haar mond. 'Waarom zou Paul willen dat je dat deed?'

'Kom op, liefje.'

'Waag eens een gokje.'

'Wat, net zoals jij hebt gedaan, bedoel je?'

Helen boog zich voorover naar haar handtas en zette hem iets dichter bij zich neer omdat ze het gevoel had dat ze ieder moment uit de stoel zou moeten opstaan om op te stappen.

Linnell wendde zich af en keek uit over de kleine tuin. 'Achteraf heb ik spijt dat ik hem niet heb geholpen. Je overdenkt die dingen altijd als je iemand bent kwijtgeraakt, vind je niet? Je haalt momenten terug. Dat heb jij ook vast gedaan.'

'Ik denk niet dat we hetzelfde hebben gedaan.'

'Stom eigenlijk.' Linnell schraapte zijn keel. 'Ik had hem graag wat geld geleend als het daarom ging. Hij had het alleen maar hoeven vragen, weet je?'

'Je moet nooit geld van vrienden lenen,' zei Helen. Ze legde de nadruk op het woord 'vrienden', omdat ze er nog steeds niet van overtuigd was dat er geen zakelijker relatie tussen hen had bestaan.

'Zat hij in de problemen, wat geld betreft?'

Helen was niet van plan om daar antwoord op te geven. Ze wilde niet dat hij iets over haarzelf, over Paul en haar, zou weten. Ze zou hem nooit vertellen dat Paul de moeilijkheden waarin hij zat strikt voor zichzelf had gehouden. Ze voelde woede in zich opborrelen als een aandrang om te pissen of te kotsen; ze was kwaad op Paul, jezus, ja, maar ook op zichzelf, omdat ze zo stom was geweest.

En ze was op dat moment vooral kwaad op Linnell, toen ze zag dat hij het meende. Hoe veel het hem deed. Toen ze zag dat er tranen in zijn ogen opwelden, net voordat hij wegkeek.

De grote man kwam de patio op lopen en zei tegen Linnell dat hij binnen nodig was. Iemand had bij het boren een kabel geraakt.

Linnell legde zijn hand op die van Helen toen hij opstond. 'Blijf lekker zitten en drink je watertje op, schat,' zei hij.

Theo zat in het drugspand, niet omdat hij verwachtte dat de handel een hoge vlucht zou nemen nu de straten vergeven waren van de politie, maar omdat hij dacht dat het het veiligst was.

Sinds Mikey had hij zich al afgevraagd of hij nu steeds een pistool bij zich moest dragen. Easy en Wave deden dat wel, en showden er graag mee alsof het blingbling was. De meeste anderen beweerden ook dat ze er een bij zich hadden en klopten liefkozend op hun zak alsof ze hun pik daar hadden zitten, maar Theo had het nooit wat gevonden. Volgens hem werd je dan een doelwit, wild waarop gejaagd mocht worden. Easy zei dat dat stom was; dat hij als lid van de straatbende toch al een doelwit was, en dat anderen ervan uitgingen dat hij gewapend was, of dat nou klopte of niet.

Af en toe had Easy wel iets verstandigs te zeggen. Een pistool was misschien een betere investering geweest dan die Timberlands.

Toch kon Theo zich er niet toe zetten er een voor eigen gebruik te kopen. Er lag er altijd een in het drugspand, en daarom was het een goeie plek om na te denken. Om je te verbergen. Hij wist hoe hij het ding moest gebruiken, wist dat hij het in zijn hand had tegen de tijd dat iemand door de gepantserde deur heen was gebroken.

'Als Fort Knox,' had Easy gezegd. 'Je hebt alleen een probleem als een of andere fucker hier met een shovel aan komt zetten.'

Mikey en SnapZ waren die avond allebei in Hackney geweest, en nu waren ze dood. Of was Theo nou stom bezig? Misschien had Mikey de rekening gekregen voor wat hij met die hoer had gedaan. Misschien had SnapZ zelf een zaakje op touw gezet waar niemand iets van af wist.

In zijn hoofd ging hij alle mogelijkheden af, maar hij kon geen verklaring voor het gebeurde bedenken die niet belachelijk klonk.

Misschien was het de politie?

Hij had tenslotte een van hen gedood, en hij wist hoe dat werd opgenomen. Hij had ooit een film gezien met Clint Eastwood, voordat die oud en serieus werd, waarin de blauw het recht in eigen hand nam en drugdealers en verkrachters uit de weg ruimde. Stel dat ze wisten wie er in die auto hadden gezeten? Stel dat ze dat de hele tijd hadden geweten en vonden dat vijf kogels een stuk minder moeite kostten dan vijf huiszoekingsbevelen? Het zou een hoop papierwerk schelen...

Theo hoorde gegil buiten en verstrakte. Zijn ogen zochten het pistool op de tafel voor hem.

Hij wachtte. Gewoon kinderen die genoten van alle opwinding.

Hij moest Javine bellen om haar te vertellen waar hij zat en wat er aan de hand was. Hij klapte zijn mobieltje open, riep het nummer op en probeerde zich te ontspannen zodat ze niets aan zijn stem zou horen.

Dat was niet makkelijk.

Op weg naar het drugspand was hij langs de plek gekomen waar ze bezig waren met de muurschildering voor Mikey. Net als altijd hadden ze zich uitgesloofd en hadden ze hem neergezet als een of andere engel. Goudbruine huid en glimmend witte tanden.

Theo had naar de beschilderde baksteen staan staren en aan SnapZ en de rest gedacht. Het was bij hem opgekomen dat ze weleens een grotere muur nodig zouden kunnen hebben.

Met de benen omhoog voor de buis – in kamerjas en pyjamabroek, met thee en een snel slinkend pak Jaffa-cakes – dat maakte de herinnering aan de ontmoeting met Frank Linnell een klein beetje goed.

Het gevoel dat ze aan het lijntje was gehouden.

Niet dat ze had verwacht er erg veel of zelfs ook maar iets wijzer van te worden, maar ze had er niet op gerekend dat ze de pub zou verlaten met meer vragen dan toen ze er binnenging.

Op het werk bleek een zaak vaak veel complexer dan zich in het begin liet aanzien: het geschokte familielid dat de dader bleek te zijn en van wie aan het licht kwam dat hij zelf was misbruikt. Er was altijd nog iets anders aan de hand. De meesten van haar collega's hadden een hekel aan dat soort zaken; raakten uitgeput door de lange dagen en het papierwerk, door de druk van al dat leed.

Maar Helen leefde daar juist bij op.

De meeste mensen die een blik wormen openmaakten, deden het deksel liefst zo snel mogelijk weer dicht, maar Helen had altijd al de neiging gehad om haar vingers er goed diep in te steken. Om de slijmerige, kronkelende dingen om haar vingers te laten glijden tot ze er een gevoel bij kreeg.

Ze genoot van narigheid, ze was niet gelukkig als er niet een paar probleempjes opgelost moesten worden, dat was wat Paul altijd zei. Hoe meer ellende hoe beter.

'Ja, precies, Hopwood. Nogal ironisch, de omstandigheden in aanmerking genomen...'

Ze zapte naar een andere zender en propte nog een Jaffa-cake in haar mond; zette het geluid harder en zwaaide haar benen van de tafel toen ze zag wat er aan de hand was.

Een verslaggeefster praatte recht in de camera, met een graffitischildering als achtergrond. Ze was jong en zwart, had een uitdrukking op haar gezicht waaruit gepaste ernst sprak, en ze probeerde het groepje jonge jongens te negeren dat zijn best deed om in beeld te komen. 'Dit is alweer een schietpartij tussen bendes,' zei ze. 'De tweede moord in een paar dagen tijd waardoor deze hechte gemeenschap wordt opgeschrikt. De politie in Lewisham zet nu alles op alles om de onderste steen boven te krijgen in deze moorden, maar het lijkt er sterk op dat ze met een bendeoorlog te maken hebben.' Twee van de jochies slaagden erin in beeld te komen op het moment dat de verslaggeefster overschakelde naar de studio. Ze schreeuwden naar de camera en namen maffe houdingen aan.

Helen herinnerde zich wat de leidinggevend rechercheur had gezegd toen ze die eerste maandag na de aanrijding in zijn kantoor zat. Dat Paul in Noord-Londen was omgekomen, maar dat de auto in het zuiden van de stad was gestolen. Misschien was de bende die hiervoor verantwoordelijk was in een territoriale oorlog verwikkeld en hadden ze de schietpartij expres op vijandelijk gebied laten plaatsvinden. Het was alleen een kwestie geweest erachter te komen welke bendes, had hij gezegd, en dat viel niet mee, gezien het feit dat het er zo veel waren. En dat er niemand in de rij stond om de politie te helpen.

Nu was dat misschien wat duidelijker geworden.

Het was in ieder geval de moeite waard om daar eens een kijkje te gaan nemen. Ze had de volgende ochtend vroeg een afspraak in het ziekenhuis, maar daarna kon alles en iedereen de klere krijgen. Geen reden waarom ze het niet zou proberen.

Om met die dikke vingers nog wat verder te poeren.

25

De vrouw die iedere maandag kwam, de heilige Betty, kookte de meeste maaltijden voor de rest van de week, maar Frank vond het prettig om zelf zijn ontbijt te maken. Hij genoot van de tijd die hij dan had om na te denken. Hij luisterde naar de medianichten en politici die onzin uitkraamden op Radio Four terwijl hij een pot thee zette, het ontbijt klaarmaakte en zich mentaal voorbereidde op de dag die voor hem lag. Soms was Laura vroeg beneden en brachten ze de tijd samen door, maar deze ochtend had ze zich niet laten zien.

Dat was oké; hij had genoeg om over na te denken.

Hij sneed een tomaat om bij zijn roerei te bakken en bedacht wat een leuke vrouw Helen Weeks was. Maar aan de andere kant had hij ook niet verwacht dat ze niet leuk zou zijn. Waarom zou ze anders Pauls vriendin zijn geweest?

Paul had nooit zo veel over haar verteld, en Frank had nooit aangedrongen, maar hij had aangevoeld dat er rond afgelopen kerst problemen waren geweest. Het viel moeilijk te zeggen of Paul die had veroorzaakt of zij, en misschien maakte dat ook niks uit. Maar je hoefde geen Einstein te heten om uit te knobbelen dat dat rond de tijd was dat ze in gezegende toestand was geraakt.

Het was niet voor het eerst dat Frank blij was dat hij dat gedoe allemaal achter de rug had. Hij stelde zich tevreden met de herinnering aan een paar speciale mensen uit zijn verleden en betaalde af en toe om van bil te gaan. Het was de eenvoudigste manier om verdriet te voorkomen.

Afgelopen winter had Frank tegen Paul gezegd dat hij er voor hem was als hij ergens mee zat, als hij wilde praten, op welk tijdstip dan ook, en hij had het daarbij gelaten.

Hij schoof de tomaat van de snijplank in de pan en deed er nog wat boter bij. Dat was het geheim van een perfect roerei: veel goeie, zoute boter.

Maar Paul had er goed aan gedaan zich niet in de kaart te laten kijken, dat zag Frank wel in. Deze meid was slim en achterdochtig, en bovendien was ze niet bang om in vuiligheid te graven. Waarschijnlijk was ze een verdomd goeie smeris. Hij was eerlijk gezegd blij dat ze niet bij de Zware en Georganiseerde Misdaad werkte. Zodra hij dat had bedacht, had hij er spijt van dat hij dat de vorige dag niet tegen haar had gezegd. Hij had het idee dat ze dat wel grappig zou hebben gevonden.

Hij schepte de eieren op de toast, zette het bord op tafel en strooide er flink wat zwarte peper overheen.

De afgelopen kerst had hij Paul een zilveren heupfles gegeven, en Paul had hem een cd van Bruckner gegeven waar hij over had lopen zeuren. Het Weens filharmonisch orkest dat de zevende symfonie speelde. Dezelfde die hij had opgezocht en tot in de kleine uurtjes had gedraaid op de avond dat Helen hem had gebeld om te vertellen dat Paul was vermoord.

Laura was slaapdronken naar beneden gekomen en had hem gevraagd wat er mis was, maar hij had haar weer naar bed gestuurd.

Nadat hij had gegeten, ruimde Frank de vaatwasser in en liep naar zijn kantoor om Clive te bellen. Hij wilde dat de zaak door liep. Hij wilde de dingen altijd zo snel mogelijk afronden en verder gaan met de volgende klus. Het ijzer smeden als het heet was...

Bovendien gaf hij liever niemand de kans om te ontdekken dat hij het op hem had gemunt.

Inspecteur Spiky Bugger belde net toen Helen het ziekenhuis uit kwam. Hij zei dat het hem speet dat ze nog niet veel had gehoord; verontschuldigde zich ervoor dat ze niet op de hoogte was gehouden. Ze zei dat ze het wel begreep, dat ze haar waarschijnlijk ook niet zo veel te vertellen hadden, en hij sprak haar niet tegen.

Hij scheen erop gebrand te zijn het kort te houden en wilde haar alleen laten weten dat ze een paar nieuwe invalshoeken onderzochten. Hij beloofde haar beter op de hoogte te houden. Ze antwoordde dat ze dat op prijs zou stellen en zei dat het prima met haar ging toen hij daarnaar vroeg.

Toen ze een halfuur later uit de parkeergarage boven het winkelcentrum van Lewisham naar beneden liep, had Helen een donkerbruin vermoeden wat die 'nieuwe invalshoeken' zouden kunnen zijn. Nadat ze de avond ervoor het nieuws had gezien, begreep ze dat een hoop mensen van het team van de inspecteur door dezelfde straten liepen als zijzelf, als de inspecteur er zelf al niet liep. Ze verwachtte half en half hem tegen het lijf te lopen, wachtend voor de betaalautomaat in de garage, en ze vroeg zich af hoe het gesprek zou verlopen als dat gebeurde.

'De wereld is klein...'

'Wat doe jij hier?'

'Ik maak gewoon een wandelingetje. Beweging is goed voor de baby.'

'In Lewisham?'

'De wijk wordt behoorlijk ondergewaardeerd.'

Afgaand op haar verkennende wandeling rond het winkelcentrum begreep Helen dat er niet veel mensen waren die Lewisham zouden overwaarderen. Toegegeven, geen enkele buurt waar binnen een week twee schietpartijen hadden plaatsgevonden, zou lijken op Hampstead of Highgate Village, maar dan nog. Je kreeg de indruk dat de mensen hier alleen kwamen als het echt nodig was; alleen als het leven dat ze binnen hun eigen vier muren leidden bijna ondraaglijk werd. Het was een buurt waar je weer zo snel mogelijk weg wilde. Lewisham had een sport- en recreatiecentrum, een redelijk mooi park en een bibliotheek, en Helen wist dat als ze er de tijd voor nam, ze ook een aantal kleinere buurten zou aantreffen waar de spanningen en het geweld aan voorbij waren gegaan. Maar rond het station van de Docklands Light Railway en het busstation en voor de pubs en de winkels leken het lawaai en de bedrijvigheid de gespannen sfeer alleen maar te verhevigen.

Je kreeg de indruk dat het hart van de buurt was dichtgeslibd en er bijna mee ophield.

Helen liep High Street af, met de gebruikelijke winkelketens: Boots, Argos, en de onvermijdelijke Starbucks. Er leek een buitenproportioneel aantal tenten te zijn waar je kon eten – McDonald's, Kentucky Fried Chicken, Jenny's Burgers, Nando's, Chicken Cottage – die werden afgewisseld door outletwinkels en goedkope kruideniers. In gedachten zag ze Jenny's geschokte blik al.

'Wat, geen Marks & Spencer? En hoe ver is het naar de dichtstbijzijnde Waitrose?'

Binnen een uur had Helen met een stuk of tien mensen gesproken, en had ze plekken gevonden waar het niet opviel als je een praatje aanknoopte: in de rij voor een geldautomaat, bij een bushalte, in de rij voor een kleine bakker. Haar legitimatiebewijs had ze niet laten zien. Ze dacht dat de gesprekken meer zouden opleveren zonder, en ze wilde niet het risico lopen dat ze werd gezien door de politiemensen die betrokken waren bij het officiële onderzoek naar de moorden.

De mensen hadden genoeg te zeggen; hadden meningen die ze maar al te graag kenbaar maakten. Diepgevoeld, geringschattend, of, in Helens ogen, zonder meer belachelijk.

'Het leven is hier op dit moment geen stuiver waard, en dat is de waarheid.'

'Sommigen van die kleine klootzakken verdienen niet beter.'

'En waar denk je dat al die wapens vandaan komen? Vraag je dat eens af. Wie levert die wapens? Dat is de regering. Die wil dat we elkaar uitmoorden.'

Helen verliet de hoofdstraat en liep over Lee Bridge naar de stillere buurt achter het station. Naar de flatgebouwen: Lee Marsh, Kidbrooke, Downtown en Orchard. Er hingen een heleboel jongeren rond, genietend van de zon. En ook een hoop mannen in uniform die graag even met hen zouden babbelen.

Op een kruising waar twee politiebusjes stonden geparkeerd, had zich een groepje mensen verzameld voor een muurschildering. Mensen namen foto's, en er was een cameraploeg neergestreken die straatinterviews afnam. Uit een gettoblaster op het trottoir klonk rapmuziek. Ze las de opdracht: Michael Williamson. 1992–2008.

Langs de ene kant van de muur was een kolom met graffiti aangebracht: een lijst handtekeningen, tags op een witte achtergrond in de vorm van een perkamentrol. Een erelijst. Helen keek naar de veelkleurige wirwar van krullen en symbolen op het metselwerk. De meeste namen kon ze niet ontcijferen, maar bij een paar lukte dat wel.

Wave. Met drie golvende blauwe lijnen eronder, als de zee.

Sugar Boy.

Easy. Met 'S & S' in een cirkel naast de naam; de letters waren als sissende slangen getekend.

Aan de overkant van de straat, bij de ingang van de Lee Marsh-flat, zag Helen een groepje jongens rondhangen bij een laag blok met garages. Ze slenterde ernaartoe en was zich bewust van de blikken die werden gewisseld toen ze zagen dat ze eraan kwam. Ze stonden daar met z'n zessen of zevenen, en ze betwijfelde of ze de tienerleeftijd al hadden bereikt. Het had geen zin je af te vragen of ze normaal gesproken op school zouden zitten als het geen zomervakantie was, of ook maar een seconde te denken dat ze te jong waren om iets met de plaatselijke straatbendes te maken te hebben. Helen vroeg zich niet voor het eerst af waarom de jeugd- en zedenteams zoals die van haarzelf niet veel meer tijd stopten in de bescherming van kinderen voordat er brokken waren gemaakt.

Ze knikte in de richting van de muur, van de man met de camera en zijn collega die voorbijgangers een microfoon onder de neus hield. 'Ze hebben het over een bendeoorlog,' zei ze.

Op twee na liepen de kinderen een voor een weg, ogenschijnlijk onverschillig, grappen makend, maar erop gebrand om het gesprek uit de weg te gaan. Van de twee overgebleven jongens was meteen duidelijk dat de kleinste het meest mededeelzaam was, maar dat betekende weinig.

'Ze zeggen zoveel,' zei hij. 'Ze weten niks.'

'Wat denk jij?'

De stuurse uitdrukking op het gezicht van de jongen veranderde. Het duurde maar een seconde, maar in dat ogenblik zag Helen dat hij het waardeerde dat hem naar zijn mening werd gevraagd. Hij droeg een spijkerbroek en een wijd honkbalshirt en zijn haar was gemillimeterd. Toen hij even opzij keek, zag Helen dat er op zijn achterhoofd een of ander patroon in was geschoren. 'Als het een oorlog is, dan gaat die andere gang echt niet weten wat ze overkomt, man.'

'Hoe heet die andere bende?'

De jongen haalde zijn schouders op en wierp een blik op zijn vriend. De andere jongen was slungelig, onhandig als een pasgeboren giraffe. Hij schopte wat in het stof en draaide langzaam rond op één been; liep een paar passen weg en kwam daarna weer terug slenteren.

'Zit jij in die bende?' Helen knikte in de richting van de muurschildering.

'Misschien wel,' zei de praatgrage jongen. Hij stak zijn duimen in de zakken van zijn spijkerbroek en ging wijdbeens staan met zijn korte beentjes. Hij was minstens dertig centimeter kleiner dan Helen.

'Kennen jullie de mensen op die lijst? Wave en Sugar Boy?'

'Iedereen kent Wave.'

'Is hij de leider?'

De jongen haalde opnieuw zijn schouders op. Zijn vriend maakte een ts-geluid en leek aanstalten te maken om ervandoor te gaan.

'Als het geen oorlog is, wie denk je dan dat Michael en... die andere jongen heeft vermoord?' Helen had de naam van de tweede jongen op het nieuws gehoord, maar hij was haar ontschoten.

'Mikey en SnapZ,' zei de jongen.

'Waarom zijn Mikey en SnapZ vermoord? Wat denk jij?'

De jongen hield zijn hoofd schuin, alsof hij erover nadacht. Helen gaf hem de tijd, keek van de ene jongen naar de andere; naar hun houding en de donzige haartjes op hun gezicht. Ze had geen idee waar ze mogelijk toe in staat waren, maar ze had nog steeds het gevoel dat je dit soort jongens informatie kon ontfutselen in ruil voor snoep en frisdrank.

'Misschien hebben ze iemand gedist,' zei het joch.

'Wie dan?'

'Maakt niet uit. Maar dat is genoeg, begrijp je?'

'Dat geloof ik wel.'

'Je moet een reputatie hebben en die moet je houden, ja? Je moet de sterke man zijn, dus je moet op iedereen af stappen die zich niet gedraagt. Ik zeg je, man, wie me probeert te dissen, die gaat moeten betalen.'

Helen knikte om te laten zien dat ze het begreep.

'Iedereen weet dat. Mikey, SnapZ, iedereen...'

'Hoe komt iemand bij de bende?' vroeg Helen, alsof het plotseling bij haar was opgekomen. 'Is er een soort initiatie of zo?'

De jongen stak zijn kin omhoog. 'Ben je soms een stille?'

Helen voelde dat ze bloosde, voelde de blos dieper worden toen de langere jongen op haar af stapte en haar van top tot teen opnam; ze zag iets in zijn ogen wat er niet had moeten zijn. Ze twijfelde er niet aan dat deze jongens al seksueel actief waren, dat ze in alle belangrijke opzichten geen kinderen meer waren.

De grotere jongen spoot een dun straaltje spuug van tussen zijn tanden en vroeg: 'Ben je vet of ben je gewoon zwanger, man?'

Het kostte Helen tien minuten om de betrekkelijk korte afstand naar High Street af te leggen. Lopen ging steeds moeilijker, net als autorijden, met haar stoel helemaal naar achteren geschoven vanwege haar buik, zodat ze met haar voeten amper bij de pedalen kon. Die ochtend had de dokter op haar laatste controleafspraak geglimlacht en gezegd dat alles prima ging. Alle vakjes waren aangevinkt. 'Ga maar gewoon lekker thuis zitten en verwen jezelf,' had hij gezegd. 'Bereid je maar voor op de grote dag. Binnenkort is het voorbij.'

Dus waarom liep ze dan in godsnaam zwetend in Lewisham rond te sjouwen, met het gevoel dat ze stom bezig was? Haar tijd liep te verdoen. Zich radelozer voelde dan ooit.

Ze dacht terug aan het gevoel dat die jongens haar hadden gegeven, terwijl ze nota bene al in gevaarlijker situaties had verkeerd. Ze was in een verhoorkamer eens fysiek bedreigd door een agressieve pedofiel en had hem met haar ogen in bedwang weten te houden, maar nu hadden twee kinderen haar zo van haar stuk weten te brengen dat ze nog stond na te trillen.

Dit keer was de impuls om snel weg te lopen sterker geweest dan de impuls om uit te halen.

Helen wist dat je fundamenteel veranderde als je kinderen had, dat had ze aan Jenny gezien. Ze wist dat je de confrontatie minder zocht en geneigd was geen enkel risico te nemen. Paul had haar eens tijdens een uitzonderlijk venijnige ruzie gevraagd of ze het wel zou kunnen bolwerken als ze weer terugging. Of ze werkelijk dacht dat ze het politiewerk nog wel aankon, háár werk in het bijzonder.

Ze had het destijds weggelachen, maar nu vond ze die suggestie niet meer zo grappig.

Terug in het winkelcentrum ging ze de supermarkt in om een paar spullen voor het avondeten te kopen. Toen ze zich op weg naar buiten moeizaam door de deuren wurmde, kwam ze in botsing met een buggy en liet een van haar boodschappentassen vallen. Terwijl ze de jonge moeder nakeek die zonder één blik achterom te werpen wegliep, kwam er een tienerjongen uit een kiosk op haar aflopen.

'Alles goed?'

Helen graaide in de tas en zag tot haar ergernis dat twee van de zes eieren kapot waren. 'Nou, 't gaat net,' zei ze.

De jongen pakte de eierdoos, droeg de smurrie naar een afvalbak een paar meter verderop en kwam toen weer terug. 'Dat was niet oké.'

'Je kunt me toch moeilijk over het hoofd zien,' zei Helen.

Hij wachtte tot ze weer stevig op haar benen stond met een tas in iedere hand, knikte toen en liep weg. Ze bedankte hem, maar hij stak al een sigaret op en haastte zich om over te steken voordat het licht versprong. Helen riep hem na, en de jongen bleef aan de overkant van de straat staan en wees op zichzelf om er zeker van te zijn dat ze hem bedoelde.

Tegen de tijd dat Helen hem had ingehaald, was ze buiten adem. 'Zou je me anders willen helpen om de boodschappen naar de auto te brengen?'

Ze liepen zwijgend terug naar de overkant, sloegen de hoek van het winkelcentrum om en liepen door de menigte naar de ingang van de parkeergarage.

'Woon je hier in de buurt?' vroeg Helen.

'Daar.' De jongen knikte naar de flats.

'Ik heb niet bepaald een geweldige dag gehad. Dus weet je, dit is...'

Een andere jongen kwam hen tegemoet, hield in toen hij dichterbij kwam en grijnsde naar de jongen met de boodschappentassen. 'Stille wateren, diepe gronden, T,' zei hij. Hij knikte naar Helen. 'Je hebt een vet lekkere MILF achter de hand.' Hij knipoogde en wees op Helens buik. 'Dat is er zeker een van jou?'

De jongen die haar tassen droeg, liep hoofdschuddend langs hem heen en de ander liep lachend verder over de stoep.

'Sorry.'

Helen haalde haar schouders op. 'Wat is een MILF?'

'Dat wil je niet weten.'

'Ik zei al, veel slechter kan m'n dag niet worden.'

'*Mummy I'd Like to Fuck*,' zei de jongen. Hij keek opzij naar Helen die net een man met een grote hond ontweek. 'Sorry.'

Helens auto stond op de eerste verdieping van de parkeergarage, en de jongen bleef op de trap na iedere twee of drie treden even wachten tot zij er ook was. 'Er is een lift, weet je,' zei hij.

Helen leunde even tegen de muur. Het nauwe trappenhuis rook naar urine en hamburgers. 'Als ik één trap al niet meer op kom, kan ik net zo goed bij het grof vuil gaan zitten,' zei ze. Nadat ze haar uitrijkaart bij de automaat had betaald, liepen ze samen naar haar auto. 'Dit is geen prettige plek op het moment, hè?' vroeg ze.

De jongen keek om zich heen.

'Niet de parkeergarage,' zei Helen. De jongen glimlachte. 'Ik bedoel hier in het algemeen.'

'Niet slecht als je bloemist bent,' zei hij. 'Of als je muurschilderingen maakt.'

'Wat doe jij voor de kost?'

'Niks.' Hij keek naar zijn gympen. 'Ik probeer overal wat geld mee te verdienen.'

'Kende je die jongens die zijn vermoord?'

'Allebei.'

'Dat spijt me.'

'Het waren niet direct vrienden. Geen echte vrienden.'

'Dan nog. Moet beangstigend zijn.'

Hij haalde zijn schouders op.

'Denk je dat het blijft doorgaan?'

'Dat denk ik wel.'

'Hier sta ik,' zei Helen. 'Bedankt.' Ze deed de auto van het slot en de jongen tilde haar boodschappen in de achterbak. De muren aan weerszijden van hen weerkaatsten het geluid van auto's die piepend de scherpe bochten om kwamen. 'Goeie tijd om op vakantie te gaan, als je het mij vraagt.'

De jongen had net weer een sigaret opgestoken, schudde zijn hoofd en kneep zijn ogen dicht omdat de rook in zijn gezicht kwam. 'Ik zie niet zo gauw hoe ik binnenkort pleite kan gaan,' zei hij.

'Hou je dan in ieder geval gedeisd, oké?'

'Ja.' Hij trok aan zijn sigaret. 'Heb je er al een naam voor?'

Helen verkeerde een moment in verwarring, maar toen wees hij en besefte ze dat hij het over de baby had. 'Nee. Nog niet.' Paul en zij hadden een tijdje namen bedacht tot hij achter haar slippertje was gekomen. Daarna was het onderwerp niet meer ter sprake gekomen. Nu ze met niemand meer kon overleggen, had ze er eigenlijk opvallend weinig over nagedacht. Ze glimlachte. 'Misschien kan ik hem naar jou noemen,' zei ze. 'Je hoort wel dat vrouwen dat doen, toch? Hun kind naar de vroedvrouw noemen, of naar de taxichauffeur die ze naar het ziekenhuis racet. 't Is waarschijnlijk een even goeie naam als alle andere.'

De jongen grijnsde en schudde zijn hoofd. 'Vet slecht idee,' zei hij. 'Nou ja...'

Helen stapte in en rukte aan de veiligheidsgordel. Ze was zich ervan bewust dat de jongen keek hoe ze achteruit de nauwe parkeerplaats uit manoeuvreerde. Ze stak haar hand naar hem op toen hij opzij stapte om haar erlangs te laten.

26

Nu was het volledig uit de klauwen gelopen.

Sinds de dood van SnapZ was er geen moment rust geweest, en op iedere hoek van de straat leken camera's te staan. Horden journalisten van zowel de grote kranten als de tabloids stonden overal in hun colbertjes met elleboogstukken en hielden iedereen die een hoodie ophad een microfoon onder de neus, knikkend als hongerige wolven. Ze smachtten allemaal naar een primeur en kregen een stijve bij het idee een stukje van dat lekkere gevaar op hun voorpagina te kunnen afdrukken.

En er was geen gebrek aan mensen die hun dat wilden geven. Kinderen die zelfs nog nooit een pakje chips hadden gejat, praatten alsof ze echte gangsters waren, zeiden hun ding en kregen tien pond voor de moeite. 'Zorg wel dat je m'n naam goed spelt, man, hoor je?'

Zelfs een paar leden van de groep hadden eraan meegedaan.

Theo had een paar van hen gezien, Sugar Boy en een stel anderen die tegen het decor van een donkere steeg aan de rand van het woonblok een nummertje weggaven voor *London Tonight*. Sommigen hadden een bandana voor hun gezicht gedaan, een zonnebril opgezet, en al die shit. Eén idioot poseerde met een pistool. Misschien was het van hem, maar het kon ook een replica zijn die hij van de tv-lui had gekregen. Allemaal deden ze hun best zich zo gevaarlijk mogelijk voor te doen en een grote bek op te zetten.

'Als je niet bij een bende hoort, ben je niks, man.'

'Hechter dan familie.'

'Als een brada wordt geschoten, gaan we het allemaal voelen, hoor je? Je voelt het hier.' De vuist tegen de borst en het knikken.

Theo had op ze af willen stormen, ze op hun stomme smoel willen slaan en zeggen dat ze hun kop moesten houden. De uitrusting van de cameraman af willen pakken en in zijn reet willen steken; zelf met zijn vuist op de borst willen slaan en hun allemaal willen zeggen dat wat híj daarbinnen voelde, hem deed hakkelen en doodsbenauwd maakte. Hem naar adem deed snakken als hij midden in de nacht klaarwakker was en naar zijn zoon keek.

Hij zat al vanaf acht uur in het drugspand en ging de laatste dagen steeds vroeger van huis. Hij haalde zijn krant en sigaretten en wachtte voor de deur tot het café openging.

Ze waren naar binnen gewandeld en hadden SnapZ in zijn eigen huis doodgeschoten.

Theo had zich in zijn flat toch al nooit erg veilig gevoeld: er waren in zijn blok vaak genoeg mensen neergestoken. Maar dit was een ander verhaal. Het probleem was dat hij niet wist wat hij tegen Javine moest zeggen. Hij durfde niet goed tegen haar te zeggen dat ze Benjamin moest meenemen en de hele dag moest wegblijven, tot hij terug was, voor het geval dat, nou ja, er iemand aanklopte met een pistool in de hand, terwijl hij zich als een schijtluis schuilhield aan de andere kant van het blok.

Sugar Boy kwam om een uur of halfelf binnen. Ze hadden het even over wat er aan de hand was, en Sugar Boy liet Theo het geld zien dat hij had verdiend door de verslaggevers shit te verkopen. Theo zette de tv aan, probeerde daar helemaal in op te gaan.

Hij had voorgesteld dat Javine wat vaker naar beneden zou gaan om bij zijn moeder te zitten, maar dat was niet in goede aarde gevallen. De afgelopen twee weken was er eigenlijk niets in goede aarde gevallen, als hij eerlijk was.

'Geef haar zelf eens wat meer aandacht. En je zoon ook, nu we het er toch over hebben.'

'Ik moet werken.'

Ze hoefde niets meer te zeggen. Het sprak uit de manier waarop ze de baby optilde en tegen zich aan drukte en over zijn rug wreef, terwijl ze Theo over zijn schouder aanstaarde. Oké: ga maar werken en de stoere jongen uithangen, net als je vriendje Easy. En Mikey. Net als degene die hem een kogel door zijn stomme kop heeft gejaagd. Een echte stoere jongen zou voor zijn vrouw en kind zorgen; zou een baantje zoeken waar je ander gereedschap gebruikte dan een pistool.

Maar ze wist niet dat hij iemand had vermoord. Dat iemand om welke reden dan ook, alles op alles zette om degenen die dit op hun geweten hadden, er met hun leven voor te laten boeten. Dat hij niet helder kon nadenken of besluiten kon nemen en al veertien dagen slecht sliep en moeite had met poepen.

'We gaan straks wel even bij je moeder langs,' zei Javine uiteindelijk. 'Wippen tien minuten binnen, oké?'

Ze wist niet dat hij zich voelde als een schaap dat in doodsangst blaatte omdat er aan de andere kant van de deur een wolf op de loer lag.

Helen maakte zich nog steeds zorgen dat iemand die onderzoek deed naar Paul, mogelijk ook in haar geïnteresseerd zou kunnen zijn, zodat ze, toen ze om kwart over acht slaapdronken naar de telefoon strompelde en een officieel klinkende politieman aan de lijn kreeg, op het ergste was voorbereid.

De paniek nam snel af toen de man uitlegde dat hij belde om de formaliteiten te regelen in verband met de uitkering van Pauls pensioen; om de bankgegevens op te nemen en een doorlopende order te geven enzovoort.

En dat had weer een paniekgolf van een heel andere aard tot gevolg gehad.

Hoewel alles rond de begrafenis in theorie geregeld was, door Pauls moeder en de politiebond, wist Helen dat er op een of ander moment nog een massa administratieve zaken moesten worden afgerond: het opheffen van rekeningen, de levensverzekering en de afbetaling van het huis. Het testament zelf, dat Paul en zij op een namiddag hadden opgesteld met behulp van zo'n doe-het-zelfpakket van WH Smith, was voor zover ze zich kon herinneren redelijk eenvoudig en beschreef ieder van hen als enig erfgenaam van de ander. Niets van dat alles kon worden afgewikkeld tot het onderzoek rond was en er een overlijdensverklaring was opgesteld; maar toch dacht ze er liever helemaal niet aan, dat kwam wel als de baby was geboren. Haar vader had aangeboden om haar met die dingen te helpen en dit keer had ze zijn aanbod maar al te graag aangenomen.

De medewerker van de afdeling Financiële Dienstverlening was aan de telefoon rustig maar efficiënt geweest en had begrip voor haar situatie getoond toen hij haar uitlegde hoe het precies zat. Het was het moeilijkste deel van zijn werk, vertelde hij haar. Toen het achter de rug was bedankte ze hem en haastte zich naar de badkamer om over te geven.

Nu, na een douche en een paar geroosterde boterhammen liep ze naar het bureau en trok de lade open die Paul en haar zo'n beetje als archief had gediend. Ze bladerde in mappen met hypotheekgegevens, autopapieren en rekeningen van mobiele telefoons, en trok de klapper met Pauls bankafschriften eruit.

Ze zette de radio aan en nam de klapper mee naar de bank.

Misschien moest ze al het andere gedoe ook maar afhandelen. Een afleiding, een prettige, saaie, veilige afleiding, zou welkom zijn geweest. Ze had er de afgelopen dagen verstandiger aan gedaan met hypotheekverstrekkers en verzekeraars te bellen, en zich te wentelen in het medeleven van de callcenterwerkers, dan zich te gedragen zoals ze nu had gedaan. Ze was tekeergegaan als een ongeleid projectiel en had genoeg vuil naar boven gehaald om Paul drie keer te begraven.

Op de radio vertelde een vrouw hoe ze had leren leven met een zwaargehandicapte zoon. De presentator zei dat ze fantastisch was. Helen stond op en schakelde weer over naar Radio One.

Paul had een lopende rekening en een spaarrekening bij de HSBC gehad, en de meeste transacties had hij telefonisch of online afgehandeld. Helen pakte een stapel afschriften van het afgelopen halfjaar en bladerde ze door. Het was merkwaardig dat zo'n droge opsomming van namen en nummers zo veelzeggend kon zijn en een momentopname van iemands leven kon geven.

Betalingen aan Virgin, HMV en Game, het Indiase restaurant in de buurt, het filiaal van Woodhouse in Covent Garden dat die makkelijk strijkbare overhemden verkocht die hij zo graag op zijn spijkerbroeken droeg. Automatische afschrijvingen van Sky en Orange. Een kleine automatische overboeking naar een liefdadigheidsfonds voor dove kinderen sinds bij Pauls nichtje een paar jaar geleden doofheid was geconstateerd.

Ze vond de betaling van het horloge dat hij twee maanden geleden voor haar verjaardag had gekocht. Hij had gezegd dat hij de bon had bewaard voor het geval ze het wilde ruilen, maar ze had hem gezegd dat het niet nodig was. Ze was van plan geweest om de volgende keer dat ze langs de juwelier kwam te kijken hoe duur het was, maar dat was ze vergeten. Nu zag ze dat het dertig pond goedkoper was dan hij had gezegd.

'Jij vuile krent, Hopwood.'

Er waren ook veel betalingen die ze niet kon thuisbrengen: betalingen met zijn kaart die ze bij de bank kon opvragen als ze wilde, maar het ging niet om grote bedragen, en bovendien moest ze vooral aandacht besteden aan betalingen ten gunste van de rekening.

Salaris, een paar cheques van Helen zelf, het minieme dividend op een paar aandelen die hij van zijn moeder had gekregen. Niets wat van belang leek. Als hij betalingen van Shepherd en Linnell en dat soort lieden had ontvangen, moest dat op een andere rekening zijn overgemaakt.

Helen voelde geen opluchting toen ze de bankafschriften weer in de klapper deed. Ze wist dat er iets was waarvan het niet de bedoeling was dat ze het zou vinden. En je kon zeggen van Paul wat je wilde, maar niet dat hij stom was.

Zij was degene geweest die nooit een geheim kon bewaren.

Helen liep de slaapkamer in om zich aan te kleden, trok een T-shirt uit de kast en vroeg zich af of wat ze zocht misschien achter in de kledingkast lag, achter Pauls gitaar. Maar met haar beperkte kennis van computers kon ze helemaal niets uitrichten, wat haar bijzonder frustreerde. Op haar werk was ze natuurlijk ook vaak genoeg tegen een muur op gelopen, maar meestal zat er wel iemand in het team die de kennis had om die te omzeilen.

Deze keer moest ze het alleen doen.

In de kamer ernaast zeurde een dj aan wie ze allebei altijd de pest hadden gehad over een of ander optreden dat hij had bijgewoond, in de veronderstelling dat zijn eigen derderangs sociale leven de luisteraars meer interesseerde dan de muziek die hij draaide.

Een herinnering: Paul die naar de koelkast liep om melk te halen en snauwde: 'Stompzinnige dikke klootzak.'

Je kon naar een bakstenen muur blijven staren, of je kon proberen hem te omzeilen. En als alles was mislukt, kon je je erop kapot lopen omdat de pijn goed aanvoelde.

Zodat je je beter voelde.

Het was maar een blik. Hij had gebogen over de tafel alleen maar van zijn keu opgekeken terwijl er een zelfgenoegzame grijns over zijn gezicht gleed, maar dat was genoeg om Theo's nekharen overeind te zetten, om te weten dat er iets ergs was gebeurd.

Iets anders.

Ze waren naar de Cue Up gegaan om te lunchen: een sandwich met worst en een drankje, een paar spelletjes pool om even weg te zijn uit het drugspand. Easy was in een goeie bui. Hij had voorgesteld om per spelletje twintig pond in te zetten, maar Theo had Javines gezicht weer voor zich gezien en die klank in haar stem gehoord, en had ingestemd met een tientje voor degene die na drie potjes had gewonnen.

Het was niet drukker in de poolhal dan anders. Dezelfde mensen die zacht pratend boven de pooltafels hingen of bij de bar zaten. Dezelfde ouwe vent die boven zijn thee met toast zat te mummelen en de vrouw achter de bar verveelde.

Easy had het eerste spelletje gewonnen en lag in het tweede potje ver voor; zou waarschijnlijk sowieso hebben gewonnen, zelfs als Theo zijn hoofd bij het spel had gehad.

'Ik raak vandaag geen enkele bal,' zei Theo.

'Ik ben gewoon beter, Star Boy, zo simpel is het.'

'Je hebt gelijk.'

Easy droeg een nieuwe ketting, zo dik als een touw. Het ding zwaaide tegen zijn keu als hij zich vooroverboog om een stoot te maken. 'Je kan je niet concentreren, man.' Hij knalde er een gestreepte bal in. 'Al dagen niet.'

'Er gebeurt ook een hoop.'

'Misschien.'

Theo knikte in de richting van het raam en de straat, buiten. 'Heb je soms een probleem met je ogen, man?'

Easy grinnikte en haalde zijn schouders op. 'Dan is het juist nodig om te focussen, snap je wel? Andere mensen letten niet meer op de bal, proberen de blauw te ontlopen, rouwen, al die shit. En dat is nou precies de moment dat je scherp moet zijn. Iemand moet zorgen dat deze club bij de les blijft.'

'En Wave zorgt daar niet voor?'

Er ging nog een gestreepte bal in een pocket. 'Wave doet wat hij doet.'

Theo had Wave niet veel meer gezien sinds het gelazer was begonnen.

Hij had ook minder andere leden van de bende zien rondhangen dan gewoonlijk. Dat kwam allemaal door Mikey en SnapZ, dat wist hij; maar toch waren er mensen die hij al een paar dagen niet op de gebruikelijke plekken had gezien, misschien nog wel langer.

'As If houdt zich gedeisd, hè?'

'Als hij weet wat goed voor hem is,' zei Easy.

'Hangt hij bij Wave rond?'

'Lijkt er meer op dat ie z'n kop in Wave z'n reet heeft gestoken.'

'Heb Ollie ook al een tijdje niet meer gezien,' zei Theo.

Op dat moment kwam die blik, als een vuistslag, en de dodelijke zekerheid die zich in hem vastzette terwijl Theo wachtte tot Easy weer wegkeek, en toen met zijn hand steun zocht op de rand van de tafel.

Hij dacht terug aan die zaterdagavond, twee dagen nadat Mikey was vermoord, toen de groep in de Dirty South samen was gekomen. Om zich suf te drinken en te roken. Om zich te hergroeperen.

Hij had in het achterzaaltje naar een band staan luisteren en toen hij er genoeg van had, was hij naar de groep terug geslenterd. Easy had zich luidruchtig en zelfvoldaan gedragen, was van de een naar de ander gelopen en had ze opgepept als een voetbalcoach die een team dat achterstaat, in de rust weer moed probeert in te spreken.

Ollie had aan een tafeltje in de hoek gezeten met een drankje voor zijn neus, en Theo herinnerde zich dat Wave en Gospel een meter verderop op een bank bij de deur diep in gesprek waren gewikkeld. Theo had de snijwonden en blauwe plekken op Gospels gezicht gezien toen ze zich fluisterend vooroverboog; hij had gezien dat Wave onder het praten zijn hand in haar nek legde om te laten zien dat hij dingen van haar gedaan kreeg waar Ollie alleen maar van kon dromen.

Theo had de blik op Waves gezicht gezien toen Gospel was uitgepraat, en de uitdrukking op Ollies gezicht toen Wave zich omdraaide en hem aanstaarde tot hij wegkeek. Hij zag het weer voor zich terwijl hij eraan terugdacht, en hij hoorde de stem van Dennis Brown hoog boven de rauwe dreun van de band in het achterzaaltje. De tekst van het nummer waar hij een paar dagen geleden naar had geluisterd.

Wolves and leopards,
Are trying to kill the sheep and the shepherds.
Too much informers,
Too much tale-bearers...

Toen Easy opkeek van de pooltafel, wist Theo dat hij Ollie nooit meer zou terugzien. Hij kon alleen maar hopen dat hij niet door Easy te pakken was genomen. Hij wist dat zijn vriend gewelddadig was. As If was minstens dertig centimeter langer dan Easy, maar Theo wist op wie hij zijn geld moest zetten als het er ooit op aankwam.

Easy's laatste bal bleef tussen de zijkanten van een pocket caramboleren zonder te vallen, en hij stond vloekend op. 'Jouw beurt, T.'

Theo dacht koortsachtig na. Als Wave wist dat Ollie zijn mond voorbij had gepraat, wist hij misschien ook tegen wie dat was geweest. Misschien nam hij al maatregelen om wat er gaande was tot staan te brengen. Misschien zou Easy ook opdracht krijgen om de situatie in goede banen te leiden...

'T...'

Theo boog zich voorover en veegde de zwarte bal met zijn hand in een pocket.

'Wat de fuck doe je nou, man?'

Theo legde een biljet van tien pond neer en zei: 'Ik ga naar huis.'

Helen was meteen na het nieuws van één uur naar de Turkse kruidenier gelopen. De vrouw van de eigenaar had haar wat versgemaakte baklava met pistachenootjes gegeven. Helen had ook wat brood en kaas gekocht en had alles meegenomen naar het parkje ertegenover om het daar op te eten. Toen ze thuis kwam, stonden er drie berichten op het antwoordapparaat. De eerste twee bellers hadden opgehangen. Dat was de laatste week verscheidene keren gebeurd, en in alle gevallen had de beller de nummerherkenning uitgeschakeld en had hij vijftien seconden gewacht voordat hij had opgehangen. Alsof hij blij was dat hij niets hoefde te zeggen of te bang was om iets in te spreken.

Helen was er vrij zeker van dat het een man was. En dat hij niet een verkeerd nummer had gedraaid.

Het derde bericht was van een vrouw, een civiele administratief medewerkster van de afdeling Moordzaken, West.

De rechercheur die de leiding had over het onderzoek was blijkbaar tevreden met de voortgang. Hij had met de rechter-commissaris overlegd, die graag bereid was toestemming voor een begrafenis te verlenen en een voorlopige overlijdensverklaring af te geven. In dit licht was de leidinggevend rechercheur zelf graag bereid het stoffelijk overschot van brigadier Hopwood de volgende dag vrij te geven.

Gráág bereid.

27

De pub was nog lang niet klaar, en Clive zei dat hij in SE3 nog wat zaken te regelen had, dus Frank ging vroeg naar het kantoor dat hij achter Christ's College School huurde en was de hele ochtend bezig zijn andere zakelijke belangen op orde te brengen.

Er lag een hele stapel bouwvergunningen die hij moest doornemen, en hij moest nog het een en ander uitzoeken voor drie nieuwe onroerendgoedprojecten die hij wilde kopen. Hij had met een Poolse aannemer onderhandeld over weekendtarieven en had 'giften' georganiseerd voor twee raadsleden, wier welwillendheid goed van pas zou komen bij een nieuw project in Battersea dat hij op het oog had. Hij pleegde een paar telefoontjes en regelde een paar kisten fatsoenlijke wijn en horloges 'voor hem en haar'.

Het hoorde bij het spel. Verantwoorde uitgaven. Zijn accountant zou de uitgaven afschrijven als 'relatiegeschenken' als hij de boekhouding kwam doen.

Toen reed hij naar Laura's moeder. Hij reed voor de verandering zelf, en zat alleen in de auto. Hij wilde niet dat zijn werknemers iets wisten van dit aspect van zijn privéleven, zelfs Clive niet.

Ze woonde in een maisonnette in het betere gedeelte van Eltham, die Frank een paar jaar geleden voor haar had gekocht. Hij had ook een autootje voor haar aangeschaft, zodat ze kon gaan en staan waar ze wilde, maar hij had de indruk dat ze tegenwoordig niet vaak meer buiten kwam. Hoewel de zaken toen al behoorlijk goed liepen, was Frank haar zo vaak mogelijk op gaan zoeken toen hij er eenmaal achter was gekomen dat hij een zus had, en bij het weggaan had hij altijd het gevoel dat hij iets goeds had gedaan.

Zoals gewoonlijk vond ze het heerlijk om hem te zien. Ze zei hem hoe dankbaar ze was dat hij langskwam, dat ze hem voor alles dankbaar was, en nog voordat hij binnen was liepen er al tranen over haar wangen. Hij rook de drank in haar adem toen ze hem omhelsde.

Zoals altijd praatten ze over Laura terwijl Frank sinaasappelsap dronk en zij nog een fles wijn openmaakte. Ze vroeg hem hoe de zaken stonden en hij vertelde haar over de pub. Ze zei dat het haar geweldig leek, hoe heerlijk ze het vroeger vond om naar de pub te gaan, toen er nog geen keiharde muziek werd gedraaid en de mensen nog niet naar voetbal keken.

'Laura zat altijd heel braaf buiten. We brachten haar dan een flesje cola en een zakje chips.'

'Dat deed mijn moeder ook bij mij,' zei Frank.

'Nou, zie je wel?'

'Hij hield wel van een borrel, hè?'

Zodra 'hij' werd genoemd, veranderde de toon van het gesprek. Franks ouweheer had hem en zijn moeder in de steek gelaten, en had vele jaren later precies hetzelfde gedaan toen Laura ongeveer even oud was als Frank was geweest. Laura's moeder kwam altijd op de proppen met een foto van een man met een smal gezicht, die ontzettend veel op Frank leek. Dan zei ze steevast: 'Jij bent een betere vader voor haar dan die waardeloze klootzak ooit is geweest.'

Frank was jarenlang op zoek geweest naar zijn ouwe heer en had veel geld aan privédetectives uitgegeven en was geen stap verder gekomen. Hij hoopte nog steeds dat hij hem op een dag zou terugvinden.

Om die waardeloze zak eens goed te laten zien wat er van hem terecht was gekomen...

'Hij hield van drank, maar de drank hield niet van hem.' Geen van tweeën hadden ze veel goede herinneringen als het om Franks vader ging, en in de stem van de tweede ex-vrouw van de man klonken de alcohol en de bitterheid door. 'Als je erover nadenkt is het ongelooflijk dat Laura en jij zo goed terecht zijn gekomen.'

'Dankzij jou en mijn moeder,' zei Frank.

'Maar genen hebben veel kracht.' Ze schonk zichzelf nog een glas in. 'Heb je je ooit zorgen gemaakt over wat je van hem geërfd zou kunnen hebben?'

'Daar heb ik nooit over nagedacht.'

'Heb je daarom zelf nooit kinderen gehad, Frank?'

'Nee...'

'Het is nog niet te laat, weet je.'

Frank schudde zijn hoofd. 'Daar geloof ik niet in.'

'Nooit te laat.'

'Je hebt zelf in de hand wat je van je leven maakt. Er is geen enkel excuus. Het is nooit de schuld van iemand anders als je er een klerezooi van maakt.'

'Je hebt er geen klerezooi van gemaakt, schat. Je hebt het ver geschopt.'

'Klopt. En dat heb ik alleen aan mezelf te danken.'

De helft van het glas wijn was al op, en met nog een flinke teug was de rest ook weggewerkt. 'Je zou een goede vader zijn, Frank.'

Frank stond op en liep naar de spiegel boven de gashaard. Hij hing zijn halsketting recht en fatsoeneerde zijn haar terwijl zij vertelde hoe zijn vader soms tekeerging als hij er een paar te veel ophad, over hoe hij zijn handen niet thuis kon houden... of zijn vuisten. Toch hoorde Frank onder alle walging ook de droefheid in haar stem. Zijn ouweheer was een knappe vent geweest, dat viel niet te ontkennen, en Frank wist dat er geen andere mannen meer in het leven van deze vrouw waren geweest sinds zijn vader haar in de steek had gelaten.

Hij vermoedde dat ze diep in haar hart nog steeds iets meer dan alleen maar verachting koesterde voor die ellendige smeerlap die haar zo schandelijk had genaaid.

'Waarom ben je eigenlijk met hem gaan samenwonen?' vroeg hij.

Ze drukte het lege glas tegen haar wang. 'Slechte hand van kerels kiezen, zo simpel is het.'

'Net als Laura,' zei Frank.

Toen hij een uur later op weg naar huis was, dacht hij erover om even naar Lewisham te rijden. Het was tenslotte maar tien minuten rijden van zijn huis.

Een kilometer of vijf, maar een andere wereld.

Zijn mijmeringen over Laura hadden hem als vanzelf aan Paul doen denken en het leek Frank wel interessant om rond te rijden in de buurt waar een paar van de lui woonden die verantwoordelijk waren voor zijn dood – zolang het nog duurde althans. Om een idee te krijgen van de mensen die het hadden bedacht. Van de lucifermannetjes...

Trouwens, het zou best kunnen dat behoorlijk wat mensen zouden proberen de buurt uit te komen nu de zaken er zo voor lagen. Wie weet kon hij er voor een spotprijs wat huizen op de kop tikken.

Jenny kwam Helen iets na zessen ophalen. Toen ze de hoofdstraat op draaiden, keek Helen achterom omdat ze dacht dat ze vier of vijf auto's achter hen een zwarte jeep had gezien. Jenny vroeg waar ze naar keek, en omdat ze de auto toch niet meer kon zien, gaf Helen het op. Het was te lastig haar nek helemaal te draaien, en tenslotte reden er zo veel fourwheeldrives rond.

Ze was bang en voelde zich stom, en ze probeerde zichzelf te kalmeren. Terwijl ze in zuidelijke richting naar Chrystal Palace reden, probeerde ze te genieten van het uitzicht dat aan de ene kant door schijnwerpers werd verlicht: the Eye, St. Paul's en Canary Wharf.

Jenny had een tafeltje gereserveerd in een gastronomische pub die in de *Time Out* was besproken. Houten vloeren, rare schilderijen en jazzy muziek uit de luidsprekers. Helen was liever wat later gaan eten, en ze bedacht dat ze de koelkast wel weer zou plunderen voor ze naar bed ging, maar ze wist dat Jenny op tijd thuis moest zijn om de kinderen naar bed te brengen, dat Tim er niet zo goed in was om voor ze te zorgen, of voor zichzelf.

'Het ziet eruit als een slagveld als ik thuiskom,' zei Jenny.

Helen bestelde gegrilde garnalen en lamskoteletjes, en haar zus nam paté en caesarsalade met kip. Ze namen samen een fles spuitwater en hadden een prettig gesprek.

De ruzie die ze het vorige weekend hadden gehad was nog niet vergeten, en Helen had verwacht dat de sfeer enigszins gespannen zou zijn, zodat ze verbaasd was toen Jenny haar excuses aanbood. Meestal was Helen degene die het goedmaakte, omdat ze niet kon leven met het schuldgevoel dat haar zus na een ruzie zo goed wist op te wekken.

'Doe niet zo idioot,' zei Helen. Nu ze de excuses in ontvangst moest nemen, vergrootte dat haar schuldgevoel alleen maar. Het leek alsof ze er een eindeloze voorraad van in huis had.

'Ik heb me er afschuwelijk door gevoeld.'

'Maak je nou maar geen zorgen.'

Jenny pakte Helens hand en kneep erin, waarmee de zaak was afgedaan. Zo was het nu altijd tussen hen: kat en hond, of de beste maatjes.

''t Is goed, echt waar,' zei Helen. 'Ik was helemaal in de war.'

'Dat is begrijpelijk.'

'Ik ben nog steeds helemaal in de war.'

Jenny knikte. 'Natuurlijk.'

Op weg van Tulse Hill had Helen haar verteld dat Pauls lichaam aan de begrafenisondernemer was vrijgegeven, en dat de begrafenis over een paar dagen zou plaatsvinden. Ze hadden het erover gehad of Jenny de kinderen zou meenemen en hadden uiteindelijk besloten dat niet te doen. Ze zouden allemaal naar het huis van Pauls ouders in Reading gaan voor de plechtigheid, met na afloop nog een paar drankjes, en ze hadden het erover of Helen daar zou blijven logeren; dat ze zich nog meer van Pauls moeder zou vervreemden als ze naar huis zou gaan.

'We steken allemaal een handje toe,' zei Jenny.

Toen ze had gezegd dat ze in de war was, had ze niet aan de begrafenis gedacht. Heel even had ze op het punt gestaan haar zus alles te vertellen: Linnell, Shepherd, het materiaal dat volgens haar op de laptop stond, maar dat had ze niet gedaan. Ze had behoefte het aan íémand te vertellen, maar wist dat ze zich meer op haar gemak zou voelen als ze het aan Katie of zelfs aan Roger Deering zou vertellen – een buitenstaander – dan aan Jenny of haar vader. Daar zat geen logica achter, dat begreep ze wel. Zelf mocht ze van Paul denken wat ze wilde en tot de conclusie komen dat hij achter haar rug om verachtelijke dingen had gedaan, maar ze kon de gedachte niet verdragen dat anderen hem misschien zouden veroordelen.

Uiteindelijk sneed ze een onderwerp aan dat haar zus welbekend was. 'Het is Adam Perrin,' zei ze.

Jenny zette haar glas water neer. 'Je gaat hem toch niet uitnodigen?'

Helen lachte, hoewel de gedachte bij haar was opgekomen dat hij misschien op de begrafenis zou opduiken. Het zou tenslotte niet moeilijk voor hem zijn om de datum en tijd van de begrafenis te achterhalen. 'Ik denk dat hij degene is die heeft gebeld.'

Ze hadden elkaar iets meer dan een jaar geleden ontmoet op een meerdaagse cursus. Hij was daar met verscheidene andere vuurwapenexperts, en hij had nog het aardigst geleken van hen allemaal toen ze veel te luid hadden zitten lachen en praten in de lounge van het hotel. Helen dronk in die tijd behoorlijk veel, wat ze aan de stress op het werk toeschreef, maar ze was er absoluut niet op uit geweest om een verhouding te beginnen. Ze had genoten van de gesprekken, van het geflirt. Hij was goedgebouwd en had kort blond haar. Anders dan Paul...

'Denk je?'

'Gebeld zonder een bericht in te spreken.'

Jenny keek al net zo verward als Helen zich voelde. Ze had geen idee waarom ze aan de man had moeten denken met wie ze het avontuurtje had gehad. Waarom ze had gefantaseerd over hun telefoongesprek, over de bijtende opmerkingen die ze had bedacht, wachtend op de gelegenheid ze te kunnen spuien:

'Zo, snuffel je bij weduwen rond. Dat getuigt van klasse, zelfs bij jou.'

'Doe niet zo stom, Helen.'

'Je had op z'n minst kunnen wachten tot hij begraven was.'

'Denk je zo over me?'

'Ik ben helemaal niet met je bezig.'

'Ik ben alleen maar met je naar bed geweest, weet je?'

'Ik herinner me er niks meer van.'

'Ik heb niemand vermoord. En jij scheen het ook leuk te vinden.'

'O ja? Nou, ik dronk in die tijd nogal veel...'

Het gaf een goed gevoel om eens uit te halen, al was het maar in haar fantasie.

De serveerster kwam aanlopen. Ze leunden achterover in hun stoel om haar de borden te laten neerzetten. Jenny wachtte een minuut, begon aan haar voorafje, en zei toen: 'Je zou weer eens met hem moeten afspreken.'

'Wat?'

Het was niet druk in het restaurant, er waren maar een paar andere tafeltjes bezet, zodat het geluid ver droeg, en meteen gingen ze zachter praten.

'Jezus, ik bedoel niet meteen.'

'O, goed.'

'Later misschien.' Helen had haar hoofd gebogen en schudde van nee, en Jenny wachtte tot ze was opgehouden. 'Je voelde wat voor Adam. Dat weet je ook wel.'

'Het was een slippertje. Het was stom.'

'Het gebeurde omdat je wist dat het tussen Paul en jou niet goed zat.'

'Ik was degene die de boel in het honderd heeft laten lopen, ja?'

Jenny zei niets, keek alleen ongemakkelijk omdat ze zich bewust was van de mensen achter haar.

'Jij vond het alleen maar spannend omdat je Paul vanaf het begin nooit echt hebt gemogen.'

'Ik heb het nooit zien zitten als je met minder genoegen nam,' zei Jenny.

'Gelul.' Achter Jenny strekte een vrouw aan het hoektafeltje haar nek. Helen keek haar strak aan tot de vrouw zich weer over haar eten boog, en sprak toen weer verder op fluistertoon: 'Dat is gelul, Jen...'

De spanning waar ze zo bang voor was geweest, knetterde nu over tafel. Oogcontact was onmogelijk, en toen Jenny de fles pakte om water in te schenken, staarden ze allebei naar het glas.

'Je hebt hem nooit iets over de baby gezegd.'

'Paul is de vader,' zei Helen.

'Je hebt het nooit gezegd, dat is alles.'

'Paul is de vader.'

Het hoofdgerecht werd gebracht, en daarna spraken ze over hun vader en over Jenny's kinderen, maar het gesprek wilde niet meer vlotten. Helens lamsvlees was heerlijk en ze had meer honger dan ze had gedacht, maar toch kreeg ze het niet op.

Het was laat, en Theo zat thuis samen met Javine naar een dvd te kijken toen Easy langskwam met blikjes bier en wat wiet. Javine nam met tegenzin een joint van hem aan en zei dat hij zachtjes moest doen, maar ze zei verder niets en bleef aan de buis gekluisterd zitten omdat ze niet naar de slaapkamer af wilde druipen. Easy leverde wat commentaar op de film en sloeg zijn ogen ten hemel, tot Theo de tegenstrijdige hints van beide kanten oppikte en tegen Easy zei dat ze hun bier maar mee naar buiten moesten nemen.

Ze rookten samen een joint en staarden naar beneden over de muur

van de galerij. Twee meiden fietsten rond in het donker, een jong stelletje zwaaide langzaam naast elkaar heen en weer op de autoband-
schommels. Hij kon ze niet zien, maar Theo wist dat de kinderen aan
de andere kant van de garages stonden, bij de straat. Ze zouden elkaar
wel weer opnaaien en kwaad kijken naar iedere auto die langsreed om
duidelijk te maken dat ze nergens bang voor waren.

Theo vond dat ze net kleine ratjes waren.

'Wat was dat allemaal in de poolhal, gisteren?'

'Ik had gewoon geen zin, da's alles.'

'Waarschuw me de volgende keer dat je geen zin hebt. Die poen kan
ik wel gebruiken.'

Drie verdiepingen onder hen riep de jongen op de schommel iets tegen de meiden op de fiets. Een van hen riep iets terug en reed weg de
schaduw in, naar de doorgang die naar het volgende blok leidde.

'Heb jíj nou veel nagedacht over Mikey en SnapZ?' vroeg Theo.

'Ik dacht: ik ben fokking blij dat ik het niet was!'

'Over wat er is gebeurd, bedoel ik.'

'Iedereen weet wat er is gebeurd, T.'

'Maar heb je ook nagedacht waarom?'

Easy blies rook uit. 'Ga je weer beginnen over die territoriumshit?
Over op wiens tenen ik ben gaan staan, en alles?'

'Nee...' Het was een warme avond en Theo droeg een onderhemd.
Hij keek naar de dunne stof die over zijn borst spande en zag die bewegen door het kloppen van zijn hart eronder.

'Ik heb met Wave gepraat,' zei Easy.

De stof ging sneller bewegen.

'Weet je nog van die driehoek?'

'Ja.'

'We moeten een paar dinges veranderen, ja? Vanwege wat er is gebeurd. Een paar andere mensen in de huis en een paar nieuwe jongens
die onderaan binnenkomen. Die op de uitkijk staan en koerieren en alles, ga je me horen?'

Theo knikte. Werkgelegenheid voor de ratjes.

'Het is een kans voor je om hogerop te komen, man.'

'Ga jij ook hogerop dan?'

Easy slurpte van zijn bier. 'Jij gaat gelijk met mij hogerop, Star Boy.

Wij tweeën gaan de zaken in de gaten houden. Fluitje van een cent, T, ik zweer het je. We houden in de gaten hoe het loopt en geven 't door aan Wave. Jij bent m'n – hoe zeg je? – m'n luitenant of zoiets.'

'Laat me erover nadenken, man.'

'D'r valt nergens over na te denken.'

'Ik zie wel.'

'Wat?' Hij knikte naar achteren, naar Theo's voordeur. 'Ga je 't eerst bespreken met je vriendin?'

Theo zei niets.

Easy kwam dichter bij hem staan en de spottende toon in zijn stem was nu dreigender geworden. 'Je moet hier maar heel goed over nadenken, hoor je? We hebben het hier wel over een buitenkans.'

Theo was al aan het nadenken. Over het extra geld en over het feit dat de toestand haast niet erger kon worden. Over hoeveel de vorige stap in zijn carrière hem had gekost.

'Wat je daarnet zei: "Ik ben fokking blij dat ik het niet was..."'

Easy haalde zijn schouders op. 'Ja, en?'

'We zaten allemaal in die auto, man.'

'Nou, en?'

'Mikey en SnapZ. En Wave. Jij en ik.'

'De peuk van Easy's joint zeilde over de muur naar beneden. Hij ademde zwaar. Theo zag het langzame schudden van zijn hoofd, de poging om een uitdrukking van schrik of ongeloof op zijn gezicht te leggen. Maar Theo kon zien dat hij iets had aangekaart wat ook al bij Easy zelf was opgekomen. 'Je bent de fokking draad helemaal kwijt, Star Boy.'

'Het is geen toeval, dat wil ik maar zeggen.'

'Heb je een klap op je kop gehad of zo? Zwaait die bitch van je met pannen rond, man?'

'Misschien moeten we met Wave praten.'

'Die dinges die ik over je heb geschreven...'

'Ik wil gewoon voorzichtig zijn.'

Easy sloeg onder het praten met zijn hand op de muur en werd steeds kwader. 'Al die shit, die getuigschrift of hoe die ding heet...'

'Ik schijt in m'n broek, Eez, ik zeg het je eerlijk, ja?'

Easy bracht zijn gezicht tot vlak bij dat van Theo; duwde zijn bierblikje in Theo's nek en besproeide hem met speeksel. 'Je schijt maar in je broek wat je wilt, maar ik wil niks te maken hebben met die schijt-lijstergedoe. Ik wil het niet meer horen en ik wil niet aan je zien dat je ermee bezig bent. En ik wil niet dat je je mond er nog één keer over opendoet. Ga je me horen?'

Theo knikte.

Easy ging achteruit, staarde hem een paar seconden aan en smeet zijn blikje toen snel en hard tegen Theo's borst. Hij liep al weg toen het bier alle kanten op vloog en het blikje op de grond stuiterde en rond-tolde.

Door het geschreeuw waren Javine en een paar andere buren naar hun voordeur gelopen, maar Theo keek niet op. Keek alleen naar het schuim op de betonnen galerij, en naar het bier dat als pis over de grond liep en beneden op het gras drupte.

Paul en Adam Perrin lagen samen in de doodkist opgebaard, allebei van top tot teen in gala-uniform, als kinderen die in hetzelfde bed sliepen. Om een of andere reden had men niet de moeite genomen een deksel op de kist te leggen, en toen ze een eerste schep zand in hun gezicht kregen, schoten ze allebei precies tegelijk als een komisch duo overeind, proestend en lachend.

''t Is oké,' zei Paul, omhoog kijkend naar Helen. 'Het maakt niets uit, echt niet.'

'Als we nou eens allebei de namen uitkozen,' zei Adam. 'Wat denk je van Adam-Paul?'

'Paul-Adam klinkt veel beter,' zei Paul, en plotseling waren de twee aan het vechten. Maar het was alleen maar voor de lol, en ze sloegen maar zo'n beetje met hun handen als een stel ouwe vrouwtjes die met hun handtas zwaaien en het werd met de seconde belachelijker, tot de dominee ze vanaf de rand van het graf tot de orde moest roepen en ze in niet mis te verstane bewoordingen te kennen gaf dat ze de rouwenden van streek maakten en dat hij echt verder moest.

Helen werd wakker.

Het kussen voelde drijfnat en sponzig aan en de baby schopte en schopte. Alsof hij er genoeg van had, genoeg had gehoord en klaar was om naar buiten te komen en ervoor te zorgen dat ze zich beter voelde.

28

Wave klopte op de deur van het drugspand, rukte aan de hondenketting en gaf zijn hond bevel te gaan zitten. Hij wachtte en boog zich toen naar de deur toe en riep iets; riep tegen Sugar Boy dat als hij lag te slapen, hij hem wakker zou maken met een pak op zijn donder.

'Niet op de bank hangen en niet op de PlayStation of je staat zo weer op straat, begrepen?'

Het was vrijdag en Wave wilde zijn zaakjes graag afhandelen. Ophalen waarvoor hij was gekomen en dan de andere plekken langs waar hij geld moest oppikken. De opbrengst afdragen aan de gebruikelijke types en zijn commissie opstrijken zodat hij voor het weekend goed in de slappe was zat.

Hij hoefde niet in de rij te gaan staan voor een geldautomaat, en een PIN had hij niet nodig.

Hij haalde zijn sleutel tevoorschijn, maakte de deur open en trok ondertussen de hond terug om hem te leren wie er het eerst over de drempel hoorde te gaan. Bij het naar binnen gaan ging hij harder praten, hij sloeg de deur keihard dicht om Sugar Boy duidelijk te maken dat hij op het punt stond de Wave over zich heen te krijgen.

Sugar Boy zat op een houten stoel naast de bank. Wave deed een stap zijn kant op, met de pitbull voorop, maar bleef staan toen hij de twee mannen tevoorschijn zag komen: de ene vanuit de badkamer, de andere vanuit de slaapkamer achterin.

De mannen hadden allebei een pistool met een geluiddemper.

Sugar Boy begon te huilen.

Wave liet de hondenketting vallen en greep naar zijn zak, maar de minieme hoofdbeweging van de grootste van de twee mannen was genoeg om hem duidelijk te maken dat dat buitengewoon onverstandig was. Hij stak zijn handen op en zei: 'Neem al de poen maar mee. Ik laat je wel zien waar het ligt.'

De oudere man draaide zich om en schoot Sugar Boy neer, draaide weer terug en schoot toen de hond dood.

Wave schreeuwde het uit en liet zich vallen, kroop op de hond af en sloeg zijn armen om het beest heen. Hij drukte zijn gezicht tegen de nek van het dier en hield hem stevig vast, was zich er ondertussen vaag van bewust dat Sugar Boy nog leefde en dat er gejammer van de andere kant van de kamer kwam. Hij deed net op tijd één oog open om te zien hoe de oudere man over de salontafel heen stapte om Sugar Boy met een schot door het hoofd af te maken.

'Goed, en nu verder,' zei de grote man.

Wave ging moeizaam op zijn knieën zitten en haalde diep adem. Hij wilde iets zeggen, maar het kwam eruit als gebrabbel. Er zat bloed in zijn haar en aan een kant van zijn gezicht gesmeerd.

'Je mag ons wijzen waar het geld is, maar het zal je niet helpen.'

'Ik word toch wel betaald,' zei de oudere man.

'Dit gaat om Paul Hopwood.'

'Wie de fok is dat?' sputterde Wave.

'Hij wás een politieman die op de bus stond te wachten.'

Wave kwam wat verder overeind, spreidde zijn armen uit toen het tot hem doordrong. 'Dit is die dinges in Hackney, toch? Dat we op die auto schoten.'

'Die dinges in Hackney,' zei de grote man.

Wave keek opgelucht. Hij liet zijn schouders zakken en wist een soort glimlach te produceren. Hij haalde zijn handen door zijn haar. Ze kwamen onder het bloed weer tevoorschijn. 'Dan zitten jullie helemaal fout, man,' zei hij. 'Communicatielijnen en die shit. Dat was een ingewikkelde zaak.'

'Voor die politieman die daar stond was het nogal simpel.'

'D'r zijn dingen die je moet weten, man.'

'Vertel 't me dan maar...'

Clive luisterde hoe de man die op zijn knieën zat alle feiten eruit gooide waarvan hij hoopte dat ze zijn leven zouden redden; hoe hij probeerde kalm te blijven en zijn informatie doorgaf. Clive was absoluut geïnteresseerd, en probeerde wat hij hoorde te rijmen met iets wat Jacky Snooks had gezegd.

Schoof alle puzzelstukjes in elkaar zodat hij het straks aan Frank kon vertellen.

Toen Wave door zijn tekst heen was, vroeg Clive hem of hij dacht dat er nog andere belangrijke dingen waren. Wave zei dat hij alles had verteld wat hij wist en wilde net opstaan toen Clive hem tweemaal in de borst schoot.

Clive en Billy wisselden blikken om elkaar te laten weten dat ze de klus goed hadden geklaard. Daarna stopten ze de pistolen in de canvas gereedschapstas die Billy had meegenomen.

'Wil je nog op zoek?' vroeg Clive. 'Om te zien of je dat geld kunt vinden waar hij het over had?'

'Wat denk je?'

'Wat jij wilt.'

Billy zei dat hij er niet om zat te springen, dus ruimden ze de boel maar op.

Toen Helen de vorige avond thuiskwam, stond er een bericht van Jenny op het antwoordapparaat, waarin ze zei dat het niet de bedoeling was geweest om haar overstuur te maken; dat het haar speet als ze iets verkeerds had gezegd. Er was ook een bericht van Roger Deering die vroeg hoe het met haar ging. En weer iemand die had opgehangen, Adam Perrin of iemand anders.

Onder het luisteren had ze nagedacht over wie haar gebeld zou kunnen hebben zonder iets te zeggen. Over haar woordenwisseling met Kevin Shepherd. Over de zwarte jeep waar ze iedere keer als ze het huis uit kwam op was gaan letten.

's Ochtends belde ze Jenny en ze liet een bericht achter om te zeggen dat alles goed was. Ze nam niet de moeite om Deering terug te bellen. Door de droom verkeerde ze raar genoeg in een goede stemming en had ze er bij het wakker worden zin in de dingen te doen die gedaan moesten worden. Die mochten dan wel onprettig zijn, ze hoefde in ieder geval haar eigen dikke reet niet achterna te rennen en zichzelf daarom te haten en evenmin een beginnende haat te koesteren tegen de man die ze over een paar dagen zou moeten begraven.

Ze belde Pauls moeder en ze namen de afspraken door. Het was het hartelijkste gesprek dat ze in lange tijd hadden gehad. Helen besefte dat Caroline Hopwood waarschijnlijk zo onbeholpen was geweest in de omgang met mensen omdat ze niet had geweten wanneer en hoe ze van haar zoon afscheid zou kunnen nemen. Ze kon alleen maar hopen dat, nu het allemaal ging lopen, ze zelf ook weer in haar normale doen zou komen.

Dat was wel nodig ook, als de baby een moeder wilde krijgen die die naam verdiende.

Ze bespraken de muziek en de bloemen, en Helen kreeg de verzekering dat de dominee die de dienst zou leiden er iets moois van zou maken. Hij was iemand die ze al lang kenden, zei Pauls moeder, en hij had bij het huwelijk van Pauls zus de mis opgedragen.

'Dus hij kent de familie...'

Caroline was zoals altijd superefficiënt geweest en had al een lijst van genodigden opgesteld. Helen kreeg het verzoek om eventuele vrienden op te bellen met wie Pauls familie weinig contact had. Dat was min of meer dezelfde groep mensen die ze twee weken eerder had gebeld om te vertellen dat hij overleden was. Ze belde Gary Kelly en Martin Bescott, nog wat andere collega's en een paar maten met wie Paul af en toe kaartte. Ze hield de gesprekjes zo kort mogelijk en was blij als ze de kans kreeg alleen maar een berichtje in te spreken.

Eén telefoontje zou moeilijker zijn dan de rest, maar Helen had beloofd het te doen. Ze voelde dat hij zou komen, of hij nu uitgenodigd was of niet, hoewel zijn naam zeker niet op de lijst stond die Pauls moeder had opgesteld.

'Helen...'

'O... ja.'

'Ik zag je nummer op het display,' zei Linnell. 'Hoe is het met je?'

'Goed, hoor. Ik bel alleen even over de begrafenis.'

'Dat is aardig van je. Ik vroeg me al af wanneer het zou zijn.'

'Ze hebben Pauls stoffelijk overschot nog maar net, eh... vrijgegeven.' Helen liep onder het praten heen en weer door haar woonkamer. Ze hoorde muziek op de achtergrond. Plotseling werd het geluid zachter gezet en ze hoorde dat Linnell zijn keel schraapte.

'Ik heb een pen,' zei hij.

Ze gaf hem de tijd en de plaats van de ceremonie zelf. Ze zei niet wat er daarvoor of daarna zou gaan gebeuren, en ze was hem dankbaar dat hij er niet naar vroeg.

'En hoe zit het met bloemen?' vroeg Linnell.

'Dat is echt niet nodig.' Helen had al een scenario voor ogen waarin Pauls moeder alle rouwkransen naliep en bij elk ervan vroeg van wie hij was en wat voor relatie die persoon met Paul had gehad. 'Ik heb eigenlijk liever niet dat je dat doet.'

'Een bijdrage dan?'

'Ik moet nog een hoop telefoontjes doen, dus...'

'Heb je al een grafsteen uitgezocht?'

'Pardon?'

'Je wilt vast iets bijzonders voor Paul. Hij verdient iets bijzonders, en ik weet dat dat schreeuwend duur is.'

'We regelen wel wat.' Helen gloeide. Ze leunde achterover tegen de armleuning van de bank. 'Je hoeft niet bang te zijn dat ik een stuk karton en een viltstift gebruik.'

'Sorry, ik bedoelde er niks mee,' zei Linnell. 'Ik wilde alleen maar een bijdrage geven.'

Helen zocht verwoed naar woorden; luisterde nog een paar seconden naar de ademhaling van Linnell voordat ze ophing.

Jézus, het was ziek. Bijna grappig.

Waarschijnlijk zouden ze de steen samen betalen – Helen, Pauls moeder, zijn zus misschien – en het geld dat van Helen kwam was nu van haar alleen, maar was zowel door haar als door Paul verdiend.

Dus toen Linnell had voorgesteld een bijdrage te geven, kon Helen alleen maar bedenken dat hij dat naar alle waarschijnlijkheid al had gedaan.

Theo voelde de zenuwen in zijn lijf zodra hij zichzelf binnenliet en de geur rook.

Hij stond te trillen toen hij de deur achter zich dicht had gedaan en de vlekken op het vloerkleed zag. Drie grote vlekken – twee bij de salontafel en een aan de andere kant van de kamer naast de enige houten stoel – die al aan het opdrogen waren maar nog steeds vochtig glommen op de versleten en smerige stof. Er liep een slingerend spoor van vegen en spetters naar de slaapkamer, en Theo bleef daar even staan omdat hij bang was het te volgen.

Ze waren het drugspand binnengekomen.

De plek waar hij zich het veiligst had gevoeld.

Waren ze naar hem op zoek geweest?

De vorige avond hadden Javine en hij na het gedoe met Easy wel een uur lang tegen elkaar staan schreeuwen. Ze had voldoende opgevangen van wat Easy had gezegd en had Theo even goed duidelijk gemaakt hoe stom hij was om achter zijn waardeloze vriendje aan te lopen. Ze had in de deuropening gestaan, haar gezicht en nek helemaal gespannen en verwrongen terwijl ze zich naar hem toe boog en haar woede eruit gooide.

Theo had meteen terug geschreeuwd: dat hij nergens ja tegen had gezegd, dat hij alleen maar dacht aan het extra geld dat ze goed konden gebruiken, en dat ze geen enkel fokking idee had wat er in hem omging. Hij was zelfs doorgegaan met schreeuwen nadat ze was weggelopen om de baby te troosten. Hij had tegen haar lopen schreeuwen omdat hij het niet pikte dat ze hem vertelde wat hij moest doen en omdat hij zich op de galerij door Easy had laten uitlullen; omdat die hem het gevoel had gegeven dat hij geen besluit kon nemen als een volwassen vent.

Niet dat het nog veel zou uitmaken, of hij nou hoog of laag sprong. De geur in de kamer prikkelde zijn neus: metaal en zweet, en iets... verbrands, zoals op Guy Fawkes Day in de lucht hing.

Hij liep langzaam naar de slaapkamer en wist wat Javine waarschijnlijk zou zeggen als hij Easy daar zou vinden. Hij wist eigenlijk niet zeker wie hij daar wilde aantreffen...

Er lag nog veel meer bloed op de houten vloer en een kleine plas bij het hoofdeinde waar het van het kale matras af was gedropen. Theo stond bij het voeteneinde van het bed en keek naar de lijken: dat van Wave was over dat van Sugar Boy heen gegooid. Blote huid waar een shirt omhoog was gekropen en een arm die over een gezicht lag. Hij wist dat ze achter Wave aan hadden gezeten, dat Sugar Boy gewoon pech had gehad.

Hij voelde zich opeens gewichtloos en gebroken.

Hij wilde ter plekke gaan liggen en wachten tot ze terug zouden komen. Net als het bloed tussen de kieren in de planken kruipen. Hij wilde rennen tot de zolen van zijn Timberlands versleten waren en zijn voetzolen rauw en kapot waren.

Nu moest hij werkelijk als een grote vent beslissingen nemen, want hij begreep precies waar hij bang voor moest zijn. Theo vermoedde dat de moordenaars bij het overhalen van de trekker minder medelijden met de jongens hadden gehad dan met Waves opgeblazen, akelige hond, uitgestrekt aan het eind van het bed, alsof hij over hen waakte.

Hij had een hoop geld uitgegeven aan een superieur Bose-systeem voor zijn studeerkamer. Subwoofers, luidsprekers met direct en weerkaatst geluid, de hele zwik. Het klonk niet echt zoals in een concertzaal, maar als Frank het geluid goed hard zette, moest hij toegeven dat het tamelijk indrukwekkend was.

Hij zat met zijn ogen dicht te luisteren hoe Bruckner de ruimte vulde: de strijkers sneden dwars door hem heen, het koper bijna hard genoeg om de ramen te doen trillen, en de pauken stuiterden van de muren toen tegen het eind van het derde deel alle registers pas echt werden opengetrokken.

Zoals altijd had hij de begeleidende tekst van de cd van begin tot eind gelezen omdat hij graag alles in zijn context plaatste. Blijkbaar was Wagner, zijn grote inspiratiebron, overleden toen Bruckner bezig was de zevende symfonie te schrijven. Frank meende een hoop verdriet, echte smart, te horen in enkele van de terugkerende melodieen, de thema's of hoe ze ook mochten heten. Daarbij kwam nog eens dat Von Karajan een paar maanden nadat hij deze uitvoering had opgenomen, het loodje had gelegd, wat het voor Frank allemaal nog aangrijpender maakte. In de tekst op de hoes viel te lezen dat Hitler er volgens zeggen ook weg van was geweest, dat hij vond dat het bijna even goed was als Beethovens Negende. Maar daar viel niks aan te doen.

Vreemd, bedacht Frank, dat iemand als Hitler iets had geapprecieerd wat zo mooi was.

Toen hij zijn ogen opendeed, zag hij dat Laura naar beneden was gekomen en in de deuropening stond. Hij wist dat ze hier niet echt van hield. Hij vroeg haar of hij haar had gestoord. Ze zei dat het oké was en dat ze het best mooi vond, maar Frank draaide het geluid toch zachter.

Hij vertelde haar van Pauls begrafenis, dat hij weer met Helen had gesproken.

'Je gaat toch ook?' vroeg hij. 'Je moet erheen.'

'Natuurlijk ben ik er.'

'Ik koop een nieuwe jurk voor je.'

'Moet hij zwart zijn?'

'Nou, tegenwoordig zijn blauw en bruin ook wel enigszins in de mode op begrafenissen,' zei Frank. 'En zelfs lichte kleuren. Maar ik vind dat traditioneel het best is. Het meest respectvol.'

'Wat jij het liefst hebt.'

'Je weet toch dat ze een baby krijgt? Pauls vriendin?'

'Dat heb je nooit verteld.'

'Ieder moment. Je moet eens zien hoe dik ze is.'

'Dat is mooi,' zei Laura. Ze liep verder de kamer in en ging in de vensterbank zitten. 'Maar het is ook afschuwelijk. De omstandigheden, bedoel ik.'

Frank knikte. 'Maar ze zal altijd een stukje van Paul bij zich hebben. Dat is een cadeautje. Van vlees en bloed.'

'Dat maakt het wat makkelijker voor haar.'

'Het is belangrijk. Daar kan ik over meepraten.'

Ze luisterden een halve minuut naar de muziek.

'Heb je deze van Paul gekregen?'

Frank knikte.

'Vertel er eens iets over.'

Frank haalde de tekst uit het doosje, las die hardop voor en legde, toen de muziek bijna was afgelopen, uit dat dit het droevigste gedeelte was, het stuk dat ook wel de 'tragische sonate' werd genoemd.

Buiten werd het donker. Toen de cd was afgelopen, vroeg Frank aan Laura of ze nog iets anders wilde horen, maar ze antwoordde dat dit wel genoeg klassieke muziek voor één dag was geweest. Ze zei dat ze naar boven ging om naar iets vrolijkers te luisteren.

'Zeker die pestherrie met te veel drums en zonder een greintje melodie?' vroeg Frank.

Ze lachte en zei dat ze haar best zou doen om iets te vinden wat echt irritant was.

Frank liep met haar mee de kamer uit en keek toe hoe ze naar boven liep, en ging toen zelf naar de keuken om zijn avondeten klaar te maken.

29

De agent die op zaterdagochtend aan Helens deur stond was daar zeker niet om over pensioenregelingen te praten. Maar gelukkig was hij
ook niet van de Dienst Professionele Integriteit. De man die zich voorstelde als rechercheur Jeff Moody overhandigde zijn legitimatie en
Helen herkende het opvallende logo. De grote kat die over een gestileerde wereldbol sprong, werd geacht zowel vasthoudendheid als internationale oriëntatie uit te stralen, maar het was ook bekend geraakt
dat er 160.000 pond aan gemeenschapsgeld in het ontwerp was gaan
zitten, wat de publiciteit rond het recent opgerichte bureau voor zware en georganiseerde misdaad (SOCA) geen goed had gedaan.

Helen vroeg of Moody binnen wilde komen, maakte wat grappen
over de badge terwijl ze hem voorging naar de zitkamer en vroeg of hij
thee wilde. Hij zei dat hij liever water had. Dat ze, wat betreft het gekrakeel over het logo door de Olympische Spelen waren gered, omdat het
olympische logo met de veelkleurige krabbels bijna viermaal zoveel
had gekost en bovendien minder populair was.

'Daar worden de mensen ook niet goed van,' zei Helen.

'Dat zeggen ze ook weleens van ons...'

Helen lachte terwijl ze het water binnenbracht en door babbelde,
maar ondertussen was ze koortsachtig aan het bedenken wat een leidinggevend functionaris van de SOCA van haar zou willen, en probeerde ze te verhullen dat ze reden had om bang te zijn.

Moody was een jaar of vijftig, lang en mager, droeg een bril en had
een volle kop met grijzend haar. Hij droeg een mooi kostuum en een
stropdas, en Helen bedacht dat de meeste mensen hem voor een accountant zouden houden, of met een beetje goede wil voor een archi-

tect. Hij nam plaats op de bank en Helen ging aan de tafel zitten omdat ze wilde voorkomen dat ze naar hem moest opkijken. Ze had het idee dat hij precies wist wat ze deed.

Hij schraapte zijn keel en pakte een map uit zijn diplomatenkoffertje. 'Je hebt het druk gehad, Helen. Vooral als we je situatie in aanmerking nemen.'

Helens gedachten gingen nog steeds alle kanten op. Hij had tenminste niet het woord 'toestand' gebruikt. Ze antwoordde dat beweging haar goed deed.

'Héél druk...' Hij bladerde door de pagina's in de map en keek op. 'Je weet in grote lijnen wat de SOCA doet, toch?'

Helen zei dat ze wist wat iedereen wist die er niet rechtstreeks mee te maken had maar wel de kranten las. De zogenaamde Britse FBI: een samensmelting van de oude landelijke misdaadbestrijding, de criminele inlichtingendienst, de belastingdienst, de douane en de immigratiedienst. Nu het een aantal jaren bestond, zeiden sommigen al dat dit zogenaamd heilige bondgenootschap in een heidense knoeiboel was ontaard.

'Ook wel logisch dat jullie met de nodige kinderziektes te maken hebben gehad,' zei ze.

Moody glimlachte. 'Precies. Er rust geen zegen op een huwelijk tussen smerissen en belastingmensen. En dan hebben we het nog niet eens over degenen die van die speciale rubber handschoenen moeten dragen.' Hij deed zijn best om aardig te zijn, en Helen vond dat het hem goed af ging.

Het leek erop dat hij zijn papieren eindelijk op orde had. 'Dus...'

'Wil je nog wat water?'

Hij zei dat hij niets hoefde. 'Je moet weten dat we je gangen hebben nagegaan sinds je Ray Jacksons kentekenregistratie hebt opgevraagd.'

De gedweeë taxichauffeur van Kevin Shepherd. Helen wist niet wat ze moest zeggen.

'We zijn in Jackson geïnteresseerd om redenen die je zelf wel kunt bedenken, dus alle onderzoek naar zijn persoon wordt onmiddellijk in ons computersysteem gemarkeerd.'

'Dat is handig,' zei Helen.

'We weten dat je sindsdien ontmoetingen van enigerlei aard hebt gehad met Kevin Shepherd en Frank Linnell. Nou ja, je hebt allerlei dingen gedaan, maar dit vinden we het meest opmerkelijk.'

'Wat bedoel je precies met "opmerkelijk"?'

Moody maakte een wuivend handgebaar, alsof hij haar de moeite wilde besparen, alsof ze snel verder konden zonder moeilijk te doen. 'We weten waarom, Helen.'

Ze kon alleen maar knikken.

'We weten dat je Pauls gangen hebt nagetrokken.'

'In het begin niet...'

'Wil je me vertellen hoe je Ray Jackson op het spoor bent gekomen?'

Helen nam een paar seconden de tijd en vertelde Moody vervolgens over de parkeerkaarten. Ze beschreef haar bezoek aan de centrale van de bewakingscamera's en vertelde hem dat ze gezien had dat Paul bij twee verschillende gelegenheden dezelfde taxi had genomen. Dat had haar aandacht getrokken. Ze had het gevoel dat ze opbiechtte dat ze een argwanend kreng was, en tegen de tijd dat ze klaar was, zat ze moeizaam te ademen.

Moody stond op en bood aan een glas water voor haar te halen. Ze schudde haar hoofd en hij ging weer zitten. 'Vanaf dat moment kan het niet eenvoudig zijn geweest.'

'Niet echt, nee.'

'Gemengde gevoelens.'

'Dat is zacht uitgedrukt.'

'Luister, ik kan me voorstellen hoe je je gevoeld moet hebben, wat je door hebt moeten maken, en dan kwam al het andere er nog eens bij. Nou ja, eigenlijk heb ik natuurlijk geen flauw idee, maar ik kan het ongeveer wel raden.' Hij legde zijn papieren opzij. 'Het spijt me dat het zo moest lopen.'

'Spijt het je?'

'Maar je kunt het nu laten rusten, goed?'

Helen wachtte. Eén hand lag vlak op de tafel, maar de andere was naast haar zij tot een vuist gebald.

'De SOCA rekruteert uit alle geledingen van de organisatie, snap je? En de meeste van die benoemingen worden niet in de persverklaringen vermeld.'

'Hoor 's, ik geloof dat ik er zo langzamerhand geen bal meer van snap.'

'Je kunt gerust zijn, Helen, dat is wat ik je probeer te zeggen. Alles is goed. Paul werkte voor ons…'

Als Theo zich aan het eind van de galerij vooroverboog, kon hij om de hoek het blok ernaast zien en in de gaten houden wat er gebeurde. De dag ervoor had hij er ook gestaan en urenlang gekeken: de komst van politieauto's, minstens een stuk of vijf; de mannen en vrouwen die tape spanden, tenten opzetten en over de naburige straten uitwaaierden; de lijkenzakken die naar buiten werden gedragen en in het busje van het mortuarium werden geladen.

De hond was in een zwarte vuilniszak naar buiten gebracht.

Zodra hij uit het drugspand was gekomen, had hij Easy gebeld en hem gevraagd direct terug te bellen. Daarna had hij weer gebeld, omdat hij bang was dat Easy na hun ruzie de tijd zou nemen, en vertelde hem precies waarom hij hem moest spreken. Omdat hij bang was dat Javine thuis zou zijn had hij de politie op straat gebeld; hij had ze het adres gegeven en was toen terug naar de flat gegaan en had een halfuur onder de douche gestaan om de stank van zich af te spoelen.

Op dit moment gebeurde er niet zoveel, maar Theo kon zich er niet van losrukken. Hij vroeg zich af of de vader en moeder van Sugar Boy al een telefoontje hadden gehad. Vroeg zich af wat dat voor spul was dat de smerissen onder hun neus smeerden voordat ze naar binnen gingen, en of je dat in Boots kon kopen.

Hij controleerde zijn mobieltje nog een keer, hoewel hij wist dat het bereik goed was.

Hij zat nog steeds te wachten tot Easy hem terugbelde.

'Het was Pauls werk om collega's in het vizier te krijgen,' zei Moody. 'Om bewijs te verzamelen waarmee politiemensen die informatie doorspeelden aan figuren in de georganiseerde misdaad veroordeeld konden worden. Individuen, bendes, wat dan ook.'

'Hoe lang al?' vroeg Helen. Ze was naar de leunstoel verhuisd en bladerde door de papieren die ze van Moody mocht inzien. Het waren fotokopieën van rapporten en observatielogboeken, notulen van vergaderingen. De meeste namen en plaatsen waren zwart gemaakt.

'Iets meer dan een jaar. Het liep vrij goed.'

'Wie wist ervan?'

'Om voor de hand liggende redenen werd het allemaal zorgvuldig geheimgehouden,' zei Moody. 'Wat betreft de mensen met wie Paul werkte, werden de bijzonderheden van de operatie alleen doorgegeven aan de hoofdinspecteurs en hogerop. Martin Bescott wist het niet, en Pauls directe collega's ook niet. Het ging erom collega's te ontmaskeren, maar evengoed om de betrouwbaarheid van het onderzoek niet op het spel te zetten.'

'En daar viel ik ook onder.'

Moody knikte. 'Hij had je hoe dan ook niks kunnen vertellen. Wat voor werk je ook had gedaan.'

Helen schoof de stapel papier terug en stond op. 'Het is anders wel door mijn werk dat ik hem ben gaan verdenken.'

'Je intuïtie, misschien,' zei Moody. 'Je hoeft jezelf op dat punt geen verwijt te maken.'

Ze liep de keuken in en leunde tegen het werkblad. Na enkele ogenblikken pakte ze een doekje uit de gootsteen en haalde het afwezig over het aanrecht. Ze dacht terug aan sommige momenten met Paul die plotseling een nieuwe betekenis kregen, speelde in gedachten gesprekken opnieuw af. Ze hoorde Moody in de woonkamer nog wat met papieren rommelen en zijn keel schrapen.

Ze liep terug en ging weer zitten. 'Dus Paul was bezig met Kevin Shepherd?'

'Met Shepherd maakte Paul aardige vorderingen. Je hebt hem ontmoet, dus je weet over wat voor figuur we het hier hebben.'

'Hij is een klootzak.'

'Klopt, en hij is een klootzak van wie we vermoeden dat hij een aantal politiemensen bij verscheidene eenheden heeft betaald.'

'En Frank Linnell?'

Moody zette zijn bril af en leunde achterover. 'Dat weten we niet zeker. Hij is niet iemand in wie we actief zijn geïnteresseerd. Maar een hoop andere collega's wel, natuurlijk...'

'Dus wat moest Paul dan met hem?'

'Wat zei Linnell?'

'Weet je dat niet?'

Hij glimlachte. 'We hebben je geobserveerd, Helen, dat is alles. Je telefoon is niet afgetapt.'

'Hij zei dat ze vrienden waren.'

'Misschien is het wel zo eenvoudig als hij zegt.' Moody's glimlach werd breder. 'Ik tenniste vroeger met een vrij bekende valsemunter.'

Helen was nog steeds niet overtuigd. 'Hij zei ook dat hij Paul geen namen had willen geven; dat hij hem niet had willen helpen.'

'Ik zal ernaar kijken,' zei Moody. 'Als ik je daarmee kan geruststellen.'

Helen zag dat hij het meende, en dat hij het alleen deed om haar te helpen. Ze zei hem dat ze dat fijn zou vinden, en dat ze zelf ook bereid was om nog wat speurwerk te verrichten, maar dat ze het de komende weken nogal... druk had.

Moody bedankte haar voor het glas water en zei dat hij ervandoor moest. 'Is er nog iets anders dat je bij je naspeuringen hebt ontdekt waarvan je misschien denkt dat het bruikbaar is? Heeft Shepherd nog iets gezegd, of...'

'De computer,' zei Helen. Ze vertelde hem over de laptop die Bescott had gevonden en die ze had verstopt.

'Godzijdank,' zei Moody. 'Die waren we eigenlijk uit het oog verloren na wat er met Paul is gebeurd.'

'Operatie Victoria, is dat het?'

'Heb je...'

'Ik kon het bestand niet openmaken,' zei Helen.

Moody keek opgelucht. 'Toevallig is het de naam van m'n dochter,' zei hij. 'Een tikkeltje willekeurig, moet ik zeggen. Net als het geven van een naam aan een orkaan.'

Helen stond op en vroeg of hij de computer wilde meenemen. Hij schudde zijn hoofd. 'Ik moet de Eurostar halen.'

'Leuk,' zei Helen.

'Conferentie. Inspecteurs en hoger.'

Helen trok een gezicht. 'Jammer.'

Moody pakte zijn jasje. 'Ik stuur wel iemand langs met een auto om hem op te halen,' zei hij. Hij liep naar de deur. 'Op dat ding staan de vruchten van noeste arbeid. Pauls arbeid.' Hij keek enigszins gegeneerd. 'Ik zou hem niet graag in de trein laten liggen.'

Theo greep zijn mobieltje toen hij zag wie er belde, ging snel naar de slaapkamer en deed de deur achter zich dicht.

'Goed dat je mij eerst hebt gebeld,' zei Easy.

'Waar heb je gezeten, man?' Javine zat in de kamer ernaast tv te kijken en Theo moest zijn best doen om niet te schreeuwen, maar het kostte hem wel moeite. Hij was opgelucht dat Easy terugbelde, maar kwaad dat het zo lang had geduurd. Hij had het gevoel alsof er bij hem vanbinnen iets verdraaid zat. 'Ik ging er naar binnen en ik heb ze daar gevonden, man. Jezus, allebei.'

'Ik weet dat het pijn doet, man. Ik voel het ook.'

'Ik heb ze gevonden, man.'

'Relax, Star Boy.'

'Wave en Sugar Boy helemaal kapotgeschoten, en die fokking hond.'

'Ja, dat was hard.'

'Waar heb je gezeten?'

'D'r moeten dingen geregeld worden, T.' Theo hoorde verkeer en muziek op de achtergrond. Het klonk alsof Easy in de auto zat. 'Er gebeurt nou eenmaal shit als dit en d'r moeten dingen geregeld worden. Hergroeperen, whatever.'

Theo klemde de telefoon tussen zijn wang en zijn schouder en probeerde een sigaret op te steken. Hij liet de aansteker vallen.

'Luister je, T?'

'Het is wat ik laatst zei.' Theo bukte zich om de aansteker te pakken en kreeg eindelijk wat rook in zijn longen. 'Het heeft allemaal te maken met wat we in die auto hebben gedaan, die smeris die doodging.'

'Daar wil ik het nu niet over hebben.'

'Dat snap je nou toch wel, hoop ik? Begrijp je het nu?'

'Ja, jij bent de slimste, T. Knapste van de klas.'

Easy had het gezegd op een toon alsof Theo net het juiste antwoord had gegeven op een quiz op de tv. Alsof het er niet toe deed. 'Je moet echt luisteren,' zei Theo. 'Alleen jij en ik zijn nu nog over, ga je me horen?'

Een paar seconden lang was er alleen het geluid van een motor en drum and bass uit Easy's autostereo, of die van iemand anders. Toen zei Easy: 'Nee, jij bent degene die moet luisteren, T. Je moet je kop 's effe houwe en ontspannen. Rook een paar joints voordat je een fokking hartaanval krijgt. Zijn we duidelijk?'

Theo bromde wat. Hij wist dat het geen zin had tegen hem in te gaan.

'Ik check je vanavond.'

'Waar?'

'Dirty South. Later op de avond, oké? Dan komen we er wel uit.'

Theo hoorde dat de muziek harder werd gezet en een seconde later werd de verbinding verbroken.

30

Rustig aan, heen en weer...

Zaterdagmiddag was niet de handigste tijd om naar de supermarkt te gaan, dat wist Helen ook wel, maar ze moest er even uit. Ze had geprobeerd in de flat te blijven zitten nadat Moody was vertrokken en alles wat hij had gezegd tot haar door te laten dringen, maar het was te veel om te verwerken. Te veel om daar tussen Pauls spullen te zitten. Met zijn geur die nog steeds in de flat hing en een stem, die van haarzelf of die van hem, die haar vertelde hoe stom ze was geweest.

Hoe ze hem opnieuw had verraden. Hoe ze zijn nagedachtenis had bezoedeld.

Zoals ze had verwacht was het in Sainsbury's stampvol, maar toch voelde ze zich terwijl ze zich door de nauwe gangpaden wurmde, meer op haar gemak. De implicaties van wat ze net had gehoord, drongen net iets makkelijker tot haar door nu ze ondertussen aan iets anders kon denken, en haar boodschappenwagentje langzaam kon vullen.

Rustig aan, heen en weer lopend door de gangpaden. Waarom had ze automatisch aangenomen dat hij corrupt was of met iemand anders lag te naaien? Waarom namen luiers in godsnaam zo veel ruimte in beslag?

Het geroezemoes was een welkome afleiding, en de stem die via de intercom koopjes aankondigde en personeel opriep naar een bepaalde afdeling of kassa te gaan, was minder schel dan de stem in haar eigen hoofd. Ze had trouwens al veel eerder naar de supermarkt moeten gaan. De muffins van haar vader waren allang op en ze gaf Jenny liever geen hint door te zeggen hoe heerlijk haar soep was geweest, zodat ze thuis vrijwel uitsluitend op toast en biscuitjes leefde.

God, ze moest nog biscuitjes hebben. Misschien moest ze wel die koekjes nemen waar Paul zo van hield, die gewone met chocola, omdat hij een eerlijke, hardwerkende diender was geweest en zij een achterdochtige slet.

De mensen waren ook prettig, omdat ze om haar heen liepen en hun gang gingen; gewone mannen en vrouwen die haar niet kenden, en bij iedere kleine ontmoeting werd haar stemming beter. Een glimlach van een oude man toen ze in een poging een botsing te vermijden hun wagentjes allebei dezelfde kant op stuurden. Het aanbod om te helpen toen ze zich bukte om flessen water te pakken of reikte naar iets wat op een hoog schap stond.

'Alsjeblieft.'

'Zo, kijk eens aan.'

'Kalm aan maar, mop. Hier wil je hem niet krijgen.'

En natuurlijk ook een paar rare blikken. En de stiekeme porren als andere klanten probeerden niet al te nadrukkelijk naar die hoogzwangere idioot te kijken die zich in zichzelf mompelend en met een slakkengang voortbewoog.

'Je hebt gelijk, Hopwood, ik ben een etterbak, maar dat heb je altijd al geweten.'

Kaas, halfvolle melk, yoghurt naturel...

'Kom maar bij me spoken, dan. Waarom niet? Rammel maar met je stomme handboeien in het donker.'

Bleekmiddel, tandpasta, toiletpapier...

'Wat had ik verdomme dán moeten denken? Misschien had het geholpen als je 's een keer thuis was geweest.'

Toen zag ze het jongetje dat door het gangpad op haar af kwam rennen en in de haast om bij zijn moeder te komen een wagentje ontweek, zwaaiend met een pak van Pauls favoriete graanontbijt. Hetzelfde merk...

Ze zag het en bleef stokstijf staan. Hoorde het spul ritselen toen het joch langs haar liep, net als wanneer Paul het op zijn bord schudde. Toen begon alles te vervagen.

Ze viel al voorover toen ze het op voelde komen als kokende melk. Ze tastte met haar voet naar de rem op het wiel van het wagentje, maar miste. De vlammen sloegen haar uit. Ze gaf haar handen opdracht los te laten, maar ze luisterden niet. Ze was zich vaag bewust van de mensen die bleven staan om te kijken, de kleuren die ze droegen, terwijl het boodschappenwagentje haar met zich meesleurde; haar op haar knieen trok op het moment dat de jammerklacht begon te ontsnappen, en die hartverscheurende snik voelde als een schop in haar middenrif toen ze de vloer raakte.

Een vrouw, de moeder van het jongetje, vroeg of alles goed was. Helen wilde iets zeggen, maar de vrouw haastte zich al weg om er iemand bij te halen, en toen Helen weer opkeek, zag ze alleen het jongetje dat haar aanstaarde. Van de weeromstuit begon hij ook te huilen, en op dat moment zag Helen een bewaker de hoek van het gangpad om komen. Hij ging achter haar staan, boog zich voorover en stak zijn armen onder de hare; vroeg of hij haar kon helpen overeind te komen. Maar ze huilde zo hard dat ze geen antwoord kon geven, zodat hij weer opstond. Hij zei tegen haar dat ze alle tijd moest nemen.

Helen hoorde hem tegen de andere klanten zeggen dat alles goed was met deze mevrouw. Toen sprak hij in zijn walkietalkie, en in de pauze tussen het snikken door, terwijl ze als een baby de lucht naar binnen zoog, hoorde ze het ding tegen hem terug kraken.

Van de bewaker had Helen niet mogen rijden, hij had haar in een taxi gezet, haar autosleutels gepakt en beloofd dat hij haar auto naar haar huis zou brengen als zijn dienst erop zat. Hij was al de tweede in een paar dagen die ze naar zijn naam vroeg en tegen wie ze zei dat ze haar baby misschien wel naar hem zou noemen. Hij zei haar dat hij Stuart heette, en was heel wat enthousiaster over het idee geweest dan de jongen die ze in Lewisham was tegengekomen.

Ze moest aan die jongen denken, aan de uitdrukking op zijn gezicht op het moment dat ze die parkeergarage uit reed, terwijl ze de taxi nakeek en de paar meter naar haar voordeur aflegde. Ze had de sleutel van de voordeur al in haar hand toen ze een stem achter zich hoorde.

'Helen?'

Ze draaide zich om, half en half in de verwachting dat het Adam Perrin zou zijn, en was opgelucht een kalende man van middelbare leeftijd te zien die zijn handen ophief in gespeelde overgave, en haar alleen maar bezorgd aankeek. Hij had duidelijk de spanning op haar gezicht gezien.

'Sorry,' zei ze. Ze voelde zich toch al uitgewrongen en herinnerde zich hoe bang ze was geweest toen Kevin Shepherd dreigend uit het donker op haar af was gelopen en haar op dezelfde plek feitelijk had bedreigd.

'Hoe voel je je?' vroeg de man.

Ze vermoedde dat hij een van haar buren was. Paul en zij hadden het er vaak over gehad dat ze hen eens wat beter moesten leren kennen door misschien een feest voor het hele blok te organiseren, maar het was er nooit van gekomen.

'Over een paar weken voel ik me wel beter. Als ik dit maar eenmaal kwijt ben.'

De man glimlachte. 'Dat is mooi. We vroegen ons alleen af hoe het met je ging.'

'Met mij gaat het goed, dank je wel.'

'De begrafenis is overmorgen, toch?'

'Pardon?' Ze zag nu dat hij een kleine recorder droeg. 'Wie zijn "we"?'

'Gewoon de plaatselijke krant.' Hij stak zijn hand uit, die door Helen werd genegeerd.

'En plaatselijke kranten verkopen aan de landelijke. Ik weet hoe het werkt.'

'Het is duidelijk een belangrijk verhaal voor ons. Een buurttragedie.'

Helen draaide zich weer om naar de deur en morrelde om de sleutel in het slot te krijgen. Ze hoorde dat de verslaggever een stap dichterbij kwam.

'Het zou goed zijn om de mensen te laten weten wat er echt door je heen gaat,' zei hij. 'Wat je allemaal hebt doorgemaakt. Hoe je denkt dat het zal zijn om de baby te krijgen na...'

Ze draaide zich snel om en zag een andere man uit een auto stappen op de plaats waar de taxi had gestaan. Ze zag hoe hij zijn camera instelde en omhoog hield. Zag hoe de flitser zijn werk deed.

'Kom op, Helen, een paar woorden maar...'

Ze wrong zich langs hem heen en liep zo snel als ze kon naar de fotograaf. 'Terug in die auto,' zei ze. 'En snel.'

De verslaggever stond achter haar nog steeds vragen te stellen, maar ze liep door, genoot van de blik op het gezicht van de fotograaf toen hij eindelijk ophield met foto's maken en snel achteruit stapte.

'Sodemieter op voor ik die camera pak en hem in je reet steek.'

Die avond draaide er geen dj in de Dirty South. Op een briefje dat op de deur was geplakt stond: *Het optreden van vanavond is afgelast uit respect voor de families van Michael Williamson, James Dosunno, Errol Anderson en Andre Betts.*

Mikey, SnapZ, Wave en Sugar Boy.

Boven het bericht waarin werd beloofd dat reeds gekochte kaartjes geldig zouden zijn op de nieuwe datum had iemand gekrabbeld 'LIVE 4EVER'.

De bar was ook iets rustiger dan anders voor een zaterdagavond. Er klonk geen muziek uit de luidsprekers en het grote tv-scherm stond uit. Maar de barkeepers hadden het druk zat, en er lagen heel wat stapels munten klaar op de rand van de pooltafel.

Theo stond aan de bar op zijn Southern Comfort met cola te wachten. Toen hij rondkeek, zag hij de meeste leden van de groep bij de boog zitten die de verbinding vormde met het achterzaaltje; een paar van hen waren al aan het poolen en de rest stond in kleine groepjes bij elkaar. Easy was nergens te bekennen.

Toen hij zijn drankje had liep Theo op ze af en knoopte een praatje aan met een paar jongens. De meesten leken blij te zijn hem te zien, hoewel een paar jongere knullen nerveus waren en onder het praten hun ogen alle kanten op lieten dwalen en hem niet aankeken. Hoewel hij erop was voorbereid, vroeg niemand hem wat hij in het drugspand had aangetroffen.

Hij was opgelucht dat Easy het niet had rondgebazuind.

Als dat algemeen bekend werd in de wijk, zou het een kwestie van tijd zijn voordat iemand het allemaal nog eens met hem wilde doornemen in een verhoorkamer, en daar zat Theo niet op te wachten. De politie werd op dit moment in beslag genomen door de liquidaties, maar hij wist dat ze nog steeds op zoek waren naar degene die in die auto had gezeten in de nacht dat die smeris omkwam. Ook al was iemand anders ze al voor geweest.

Maar de politie was niet meer Theo's grootste zorg. Hij was er nu vrijwel zeker van dat de moordenaars geen legitimatie droegen.

Hij zag Easy eindelijk binnenkomen en merkte dat de sfeer achter in de pub veranderde. Easy glimlachte en liep ongedwongen rond in de bar alsof hij goed nieuws te vertellen had. Theo zag hem op ieder groepje af lopen en een paar minuten kletsen voordat hij naar het volgende groepje ging. Er werden heel wat vuisten gekust en plechtige knikjes uitgewisseld.

Toen een zwaargebouwde blanke gast zich zonder het te vragen langs hem heen wilde wringen, keek Easy hem vuil aan en versperde hem de weg. De man zei iets wat Theo niet verstond en liep om. Easy richtte zich weer tot de groep alsof er niets was gebeurd, en knikte ook naar Theo, om te laten weten dat hij hem in de peiling had.

Theo liep op Gospel af, die met een van de Aziatische jongens pool stond te spelen, en probeerde een praatje met haar aan te knopen. Hij zei dat ze moest proberen zo veel mogelijk ballen voor de pockets over te houden, en vroeg of ze Ollie de laatste tijd nog had gezien. Ze keek langs hem heen en haalde haar schouders op; zei dat het niet haar werk was om bij te houden waar iedereen uithing. Toen ze hem eindelijk aankeek, wees Theo op de blauwgroene bloeduitstortingen onder haar ogen en de snee over de brug van haar neus.

'Met wie heb je mot gehad?' vroeg hij.

'Met iemand die zich niet met z'n eigen zaken bemoeide,' zei ze.

Vanaf dat moment deed ze alsof ze opging in het spel, en toen de jongen met wie ze speelde, miste, liep ze snel naar de andere kant van de tafel om een stoot te maken. Ze had geluk en kreeg er een in de pocket, en de jongen riep dat ze een mazzelteef was.

Theo liep naar de tafel bij het televisiescherm en wachtte daar op Easy. Toen hij zijn kant op keek, zag hij dat Easy met As If stond te praten, die tot dan toe verloren in zijn eentje had gestaan. Easy's mond bewoog het meest. Na een paar minuten zag Theo dat ze elkaar een boks gaven, wat hem deed vermoeden dat ze hun ruzie op een heel andere manier hadden opgelost dan Easy had gedreigd te zullen doen.

Theo draaide zich om en zag dat Gospel hem aanstaarde. Ze sloeg haar ogen neer toen ze zag dat hij keek.

'Nog steeds stijf van de zenuwen, Star Boy?'

Theo keek op terwijl Easy de stoel tegenover hem een zet naar achteren gaf. In iedere hand had hij een Hypnotic.

'Ik heb ook voor twintig pond skunk in m'n zak,' zei Easy. 'Dat gaat ons de avond wel door helpen, moeiteloos.'

Theo nam het drankje aan en nam een slok... zag Gospel van de pooltafel weglopen en het toilet in gaan.

Easy zag hem kijken en zei: 'Javine gaat je kop eraf trekken, man.'

'Nou ja, Ollie is nu uit beeld, toch?' Theo zocht naar een reactie, maar ving bot. 'Dus je hebt alles weer op de rails staan?' vroeg hij.

Easy schudde zijn hoofd, alsof hij het niet begreep.

Theo hief zijn glas en gebaarde naar het plukje groepsleden dat verderop tegen de muur stond. 'Het leven gaat dus gewoon door? Makkelijk zat.'

'Min of meer.'

Het was Theo duidelijk dat Easy de laatste paar dagen met de mensen in de hogere driehoeken had gepraat, met degenen die uitmaakten wat waarheen ging en wie wat deed. Wie de gaten moest opvullen. Hij was altijd al een goede prater geweest, beter nog dan Wave, en hij leek er geen moeite mee te hebben in de voetsporen van een dooie te treden.

'Jij wilt zeggen dat Wave en Sugar Boy me niks doen, hm? En de anderen ook niet? Je wilt me neerzetten als een gevoelloze gast?'

'Dat heb ik nooit gezegd, man.' Theo wist dat Easy Wave nooit erg had gemogen, maar hij was wel kapot geweest van Mikey en SnapZ, en dat had hij net zo laten blijken als ieder ander. Hij had hem de avond nadat ze Mikey hadden ontdekt, in deze zelfde pub zien kijken alsof hij geen adem meer kon krijgen, stil en bijna in tranen. 'Het is alleen dat je het zo snel van je hebt afgeschud, ja? Alsof je alleen maar denkt aan de volgende stap.'

Easy boog zich voorover. 'Hoor eens, T. Denk jij nou echt dat als David Beckham onder een tram komt, de voorzitter en de fokking aandeelhouders of wie dan ook de komende wedstrijd van Man United gaan annuleren?'

'Hij speelt niet meer bij United.'

'Maakt niet uit. 't Is maar een voorbeeld, man.'

'Er is niemand onder een tram gekomen.'

'Ik zei verdomme dat het maar een voorbeeld was. Jezus...'

'Het waren geen ongelukken,' zei Theo. 'Het is allemaal geen toeval, snap je wat ik bedoel?'

'Precies. We hebben met z'n allen in die auto gezeten, ik snap 't. Die nacht dat je hogerop kwam, wat alleen maar kon omdat ik m'n nek voor je heb uitgestoken, ja? En ik vind dat je dat al heel snel bent vergeten.'

'Je weet het, maar het lijkt alsof het niks betekent.'

'Dus wat ga jíj doen, T? Als jij de volgende op de lijst bent? Heb jij een strak plan?'

'Nee...'

Easy stak zijn handen in de lucht ten teken dat hij daarmee zijn gelijk had bewezen. Hij wipte achterover op zijn stoel, draaide zijn hoofd om om een langslopend meisje te zeggen hoe mooi ze bewoog. Toen hij de stoel weer naar voren klapte, lag er een andere blik in zijn ogen.

'Punt is, dat als iemand me zoekt, in welke fokking auto ik ook mag hebben gezeten, dat die er maar beter voor kan zorgen dat ie 't aankan.' Hij tikte met één vinger op zijn broekzak. 'Ik heb hier genoeg stof tot nadenken voor ze, ga je me horen?'

'Dat dacht Wave waarschijnlijk ook,' zei Theo.

Daarna leek Easy zijn belangstelling al snel te verliezen, hij stond zonder iets te zeggen op en ging met een paar jongere gasten staan praten. Theo bleef zitten waar hij zat en bedacht dat het lang geleden was dat ze gewoon over niks hadden gepraat; gewoon hadden zitten dollen en lol hadden gemaakt. Hij herinnerde zich hoe Easy hem altijd aan het lachen had weten te maken, zoals die keer toen hij die golfballen naar die ouwe kerel sloeg, dat soort shit.

Opeens stond Easy weer bij zijn tafel en zei hem dat hij moest opstaan, dat ze ergens anders heen gingen. Theo deed zonder nadenken wat hem was gezegd, dat wil zeggen, hij dacht alleen aan de skunk die Easy bij zich had, en liep langs de bar achter hem aan naar buiten.

Toen ze buiten waren, zag hij dat Easy zijn mes tevoorschijn haalde. Hij zag de mensen aan de houten tafeltjes op het trottoir zitten roken, en besefte toen dat ze tien meter achter die grote blanke gast aan liepen met wie Easy eerder bonje had gehad.

'Wat doe je verdomme, man? Je bent gek...'

Easy ging sneller lopen, en was nu nog maar een meter bij de man vandaan.

Theo hield in, schreeuwde dat Easy gestoord was, en keek toe hoe de grote man zich omdraaide, zag wat hem boven het hoofd hing en toen scherp rechts af een kronkelende steeg in rende die naar de achterkant van de bar leidde. Easy schreeuwde iets en rende zwaaiend met zijn mes achter de man aan, terwijl Theo zich op datzelfde moment omdraaide en de benen nam. En met gebogen hoofd de andere kant op bleef rennen tot hij straten ver weg was.

31

Toen ze Gary Kelly had gebeld over de details van de begrafenis had Helen afgesproken hem ergens te ontmoeten. Hij wist niet wat hij bij de dienst moest voordragen, en ze had beloofd hem te helpen een keus te maken. Hij had aangeboden haar op te halen. 'Ik weet wat het is,' zei hij. 'M'n vrouw paste al niet meer achter het stuur van onze Astra toen ze vier maanden was.'

Ze dronken een kop thee in de flat en reden toen naar een café achter het metrostation Brixton. Het zag eruit als een echte jarenvijftigtent, maar geen van beiden had enig idee of het authentiek was. Ze namen allebei een grote beker thee en gebakken eieren met bacon en worstjes.

'Wil je morgen een lift hebben?' vroeg Kelly. 'Ik weet niet zeker waar vandaan de auto's vertrekken.'

'Doe geen moeite,' zei Helen. 'Ik slaap vanavond bij mijn vader en dan rijden we er morgenochtend samen naartoe.'

'Nou ja, als ik ergens mee kan helpen, weet je dat je het maar hoeft te vragen.'

'Je doet al genoeg.'

'Dit vind ik echt moeilijk,' zei Kelly. Hij spreidde stukken papier op tafel uit en wees er een aan. 'Je weet hoeveel Paul van muziek hield, hè?' Hij las een gedicht voor dat ene Charlie Daniels had geschreven toen zijn vriend Ronnie van Zandt was overleden. 'Hij was de zanger van Lynyrd Skynyrd,' legde Kelly uit. 'Omgekomen bij een vliegtuigongeluk, dus eh... allebei afschuwelijke ongelukken, snap je? Ik dacht dat het misschien toepasselijk was.'

Helen vond het niet slecht, zei tegen Kelly dat het mooi was, maar dat ze niet zeker wist of Paul ooit kon worden omschreven als een 'trotse vogel'.

Kelly knikte en legde het opzij. Hij liet haar daarna iets zien wat hij op internet had gevonden, een gedicht van Charlotte Brontë, dat gelukkig niet zo sentimenteel was, en een eenvoudige Gaelische zegening, die hij op de begrafenis van zijn vader had opgelezen, vertelde hij. 'En het verwijst ook naar muziek,' zei hij. 'John Lydon heeft het in een nummer gebruikt, dus...'

'O, oké.'

'Dus welke zal ik nemen?'

Helen had niet erg goed op zitten letten. Ze had het met Jeff Moody niet over geheimhouding gehad, maar nu er met Pauls dood een einde aan de operatie was gekomen, nam ze aan dat dat geen probleem zou zijn. Niet dat ze van plan was een bekendmaking in de *Police Review* te plaatsen, maar toch. Ze deed haar best om niet te glimlachen, maar slaagde daar duidelijk niet in.

'Wat?'

'Wat je me vertelde, dat Paul dingen voor zich hield, weet je nog? Dat je niet zeker wist wat hij in z'n schild voerde of zoiets?' Ze vertelde Kelly over het bezoek van Moody, over de operatie die Paul geheim had moeten houden. Nu ze het voor het eerst hardop uitlegde, hoorde ze het enthousiasme in haar stem, de trots op wat Paul had gedaan. Iets wat ze al bijna was ontwend.

De Ier keek alsof hij het in Keulen hoorde donderen. 'Stiekeme klootzak,' zei hij uiteindelijk. Een grijns verspreidde zich langzaam over zijn gezicht. 'En ik maar denken dat hij het met een agente had aangelegd.'

'Geloof me, dat had ik wel geweten.'

'Ja, Sue is net zo,' zei Kelly. 'Ik hoef er alleen maar aan te denken...'

Helen knikte.

'Dus... hoe lang al?'

'Iets meer dan een jaar. Moody zei dat het heel goed liep. Blijkbaar ging dat stiekeme gedrag hem goed af.'

'Hij heeft mij in ieder geval tuk gehad.' Kelly schudde zijn hoofd en veegde zijn bord schoon met een stuk geroosterd brood. 'Jezus, nou snap ik het allemaal. Geen wonder dat hij zo weinig op het bureau was.

Daarbij vergeleken moet de CID wel ontzettend saai zijn geweest. En hij speelde ook een gevaarlijk spelletje, denk ik. Sommigen van die klootzakken kunnen behoorlijk link worden als je te dichtbij komt.'

Helen veegde het vet van haar vingers. 'Nou, ja, hij zocht nooit naar de makkelijkste weg. Want dan zou hij ook niet aan mij zijn blijven hangen.'

'Wat dat betreft heeft hij het niet slecht gedaan,' zei Kelly. 'Maak je maar geen zorgen.'

Ze wisselden nog wat verhalen uit, en Helen vertelde hoe moeilijk het was geweest om tijd te vinden om alles te regelen. Daarna viel Kelly stil, hij duwde zijn bord opzij en staarde naar de tekst van de grafredes.

'Heb je ooit gedacht dat hij corrupt was, Gary?'

Kelly keek op en knikte. 'Ja, ongeveer vijf minuten lang.'

Daardoor voelde Helen zich al wat beter.

'Jij ook, hè?' vroeg hij.

Ze vertelde hem dat ze Linnell en Shepherd had opgespoord, en over het bestand op de laptop dat ze niet had kunnen openmaken. Legde uit hoe gefrustreerd en stom ze zich had gevoeld, zonder in detail te treden over wat er de vorige dag in de supermarkt was gebeurd.

'Hoor eens, het is nu allemaal achter de rug, toch? Je moet je nu op de baby en op de toekomst richten. Je bent nu van alles af.'

'Nou, dat is pas zo als ik die computer kwijt ben.' Ze glimlachte. 'Dat verrekte ding is nu nog weggestopt alsof het een geheime stapel pornobladen is.' Dat deed haar ergens aan denken. 'Zeg, ik wil graag dat je Pauls gitaar neemt. Ik weet dat je net zoveel van muziek houdt als hij, dus...'

Kelly knikte langzaam. 'Dat is fantastisch, Helen. Dat zou ik fijn vinden.'

'Misschien moet je morgen maar een nummertje spelen.'

'Dat zou hij me nooit vergeven,' zei Kelly.

'En als we het daar toch over hebben...'

Ze keken weer naar de vellen papier, vastbesloten om de knoop door te hakken. Ze vroeg hem om het gedicht van Brontë nog eens voor te lezen en concentreerde zich dit keer volledig. Het leek op een merkwaardige manier op een bevestiging van het leven, en ze wist dat sommige mensen dat gezien de omstandigheden misschien raar zouden vinden, maar het was een gedachte die haar wel aansprak. Ze vond het toepasselijk, in aanmerking genomen dat ze op het punt stond nieuw leven op de wereld te zetten.

Toen Kelly klaar was vroeg Helen om het gedicht en herlas de regels die haar het meest hadden geraakt:

Maar als nu de dood zich meldt,
En de besten uit ons midden graait?
Stel dat de hoop wordt geveld,
En door smart wordt weggemaaid?

'Laten we deze maar nemen,' zei ze, en ze gaf het gedicht terug.

Dat leek Kelly genoegen te doen. 'Goeie keus,' zei hij. 'Hij was tenslotte onze "Beste", toch?'

Helen sprak hem niet tegen.

De pub zag er goed uit, vond hij. Beter zelfs: chic. De steigers en de afvalcontainer waren verdwenen, de ramen waren gelapt om meer licht binnen te laten, en Frank bedacht dat de tijd rijp was om potentiële kopers voor de tent te zoeken.

Hij liep rond in de lege ruimte waarin zijn voetstappen hol weerkaatsten op de geboende houten vloer. Hij streek met zijn hand langs de hele bar en staarde naar de lamparmaturen en het nieuwe lijstwerk op het plafond. Ze hadden zonder meer goed werk geleverd, en ze hadden ervoor gezorgd dat hij de prijs kon vragen die hij in gedachten had. Misschien zou hij zelfs weleens terugkomen voor een drankje als de zaak eenmaal open was.

Boven het raam dat door de baksteen was verbrijzeld op de dag dat Paul was langsgekomen, hadden ze panelen met gebrandschilderd glas aangebracht. Het was een mooi detail. Hij liep naar de plek waar ze samen hadden geluncht aan een schraagtafel, afgedekt met plastic dat toen onder de schelpen en de azijn had gezeten.

'Gewoon een vriendendienst,' had Paul gezegd, en Frank had iets stoms gezegd over eergevoel. Het zou uiteindelijk toch geen verschil hebben gemaakt, in aanmerking genomen wat er was gebeurd, maar hij wenste nog steeds dat ze op een prettiger manier uit elkaar waren gegaan, dat Paul positiever over hem had gedacht. Het had een nare smaak achtergelaten.

Achteraf was het makkelijk praten, maar toch wenste Frank dat hij op dát moment meer had gedaan, toen het nog had gekund. Dat hij het niet goed had hoeven maken zoals nu, achteraf. Dan had het hem heel wat minder gekost, dat was één ding dat zeker was.

En had hij zichzelf al die jaren geleden niet beloofd dat hij dat nooit meer zou laten gebeuren?

Buiten stond een chauffeur te wachten en Frank stond op het punt om weg te gaan toen hij bij de deur een paar bruine strepen door de lak zag schemeren. Hij keek nog eens beter en liep toen naar de andere bar om daar ook het houtwerk te controleren. Die brutale schooiers hadden niet de moeite genomen er een tweede verflaag op te zetten, en hier en daar zat zelfs een kwasthaar in de verf.

Hij belde de aannemer en vertelde hem wat hij ervan vond. 'Ik ga er niet mee akkoord,' zei hij. 'Zorg maar dat het in orde komt.'

In Engels met een zwaar Pools accent probeerde de aannemer uit te leggen dat zijn ploeg al met een andere klus bezig was. Frank zei dat hem dat geen bal kon schelen en dat als er niet binnen het uur een vent met een kwast voor de deur stond, hij ervoor zou zorgen dat de volgende opdracht van de aannemer heel onaangenaam zou uitpakken.

Hij kon niet tegen onvolkomenheid. Controlfreak, scherpslijper, het deed er niet toe hoe je het noemde; voor Frank ging het om de toewijding waarmee je iets deed. Het maakte niet uit wat voor werk het was, alleen een amateur stelde zich tevreden met half werk.

Helen liet een lekker warm bad vollopen. Terwijl ze zich er langzaam in liet zakken, bedacht ze dat een paar van die handgrepen aan de muur best handig waren geweest; van die artikelen waar ze 's middags mee adverteerden, als de ouderen en zwakkeren werden geacht tv te kijken. Een inloopbad zelfs. Ze herinnerde zich dat ze had moeten lachen toen Paul het spotje een keer zag en zich had afgevraagd hoe het werkte. Hoe het kwam dat het water er niet uitliep als je het deurtje opendeed.

Ze was blij dat ze die avond thuis was gebleven en haar vader had gevraagd haar de volgende ochtend op te halen. Hij was teleurgesteld geweest toen ze hem belde, maar ze wist dat ze zich in haar eentje beter zou kunnen ontspannen. Voor zover dat mogelijk was, tenminste.

'Wat jij het prettigst vindt,' had haar vader gezegd, maar hij bedoelde 'het minst ellendig'.

Ze had de radio uit de slaapkamer gehaald en installeerde zich om heerlijk lang in bad te gaan liggen weken. Haar buik rees op uit het water en ze sloeg er met haar handen kleine golfjes overheen, kijkend naar de stroompjes die van haar opgezwollen navel naar beneden liepen. Ze praatte een poosje zachtjes tegen de baby en wreef met een zeephand over het gedeelte waar ze dacht dat het hoofdje zat, en toen haar borsten een beetje begonnen te lekken, veegde ze de melkachtige sporen met een washandje weg.

Ze wist dat het allemaal veel beter zou worden als ze de dag van morgen maar zou doorkomen...

Op de begrafenis van haar moeder hadden Jenny en zij elkaar kunnen steunen. Maar ze wist dat het dit keer heel anders zou zijn. Ja, Jenny zou er zijn, en een paar goeie vrienden, en ze wist dat het voor Pauls familie even moeilijk zou zijn als voor haar. Maar zij zouden steun bij elkaar kunnen zoeken om de pijn en de verdoving met elkaar door te maken. Helen wist dat op de momenten dat het er echt op aankwam, zij zich in haar eentje door de dag zou moeten slaan.

Zij alleen, samen met het ongeboren kind aan wie ze het op een dag allemaal zou moeten uitleggen.

Jezus, ze hoopte dat het niet zo zou zijn als op haar moeders begrafenis. Pauls moeder zou er natuurlijk eer in scheppen om na afloop nog een passende bijeenkomst te organiseren, maar uitgedroogde sandwiches en familieleden wier naam niemand zich herinnerde, leken haast onvermijdelijk. Tenzij ze de dingen bij dit soort gelegenheden anders aanpakten; na een overlijden als dat van Paul. Dit zou eerder het soort begrafenis worden waarop niemand die bij zijn volle verstand was op het verkeerde moment zou lachen of weemoedig zou glimlachen bij de herinnering aan een mooi en lang leven.

Ze kon niet eens terugvallen op de drank om haar erdoorheen te helpen, zoals Jenny en zij op de begrafenis van hun moeder hadden gedaan.

Ze wreef opnieuw over haar buik. 'Jouw schuld.'

Op de radio draaiden ze een oud nummer van Oasis waar ze in haar studententijd dol op was geweest: een rechttoe rechtaan danskraker. Ze boog zich voorover om de muziek harder te zetten, maar stopte omdat ze een geluid hoorde. Alsof er iets viel op het trapportaal tussen de flats, of alsof ergens een deur werd dichtgedaan.

Ze zette de radio uit en luisterde.

Misschien was het geluid van de bovenburen gekomen. Jezus, had ze de deur wel goed dichtgedaan toen ze thuiskwam? Misschien was er iemand uit het appartement naast haar net naar buiten gegaan.

Over het volgende geluid was geen misverstand mogelijk: een lade die werd dichtgedaan, die la boven in de kast in de woonkamer. Ze kende dat raspende geluid, als een scherp inademen als hij tegen de geleider aanliep.

Net als haar eigen inademing...

Ze spande zich in om iets te kunnen horen boven het bonken van haar hart en het klotsen van het water uit, dat plotseling oorverdovend leek te zijn. Ze hoorde dat de deur van de slaapkamer werd opengedaan. De voetstappen klonken licht, maar ze hoorde de vloer kraken toen iemand naar het bed liep.

Ze kon geen kant op. Ze moest zichzelf verdedigen.

Zo stil als ze kon schoof Helen in het bad naar voren tot ze voldoende ruimte had om te manoeuvreren. Ze steunde met haar handen aan weerszijden op de rand van het bad om haar gewicht gelijk te verdelen, en begon zich omhoog te duwen.

Voorzichtig, beetje bij beetje.

Degene die de flat was binnengedrongen, had er duidelijk geen idee van dat ze thuis was, en dat wilde ze graag zo houden. In ieder geval tot ze bij de badkamerdeur was en die op slot kon doen. Ze was al half uit het bad toen haar hand wegelde en ze weer het bad in plonsde waardoor er een stortvloed van water tegen de muren en op de vloer spatte, en ze gilde het uit toen ze met haar hoofd tegen de rand sloeg.

Ze was de pijn in haar hoofd in een seconde vergeten toen ze worstelde om weer overeind te komen en de snel aanzwellende golf van paniek probeerde te onderdrukken. Ze wist dat degene die in haar slaapkamer stond haar moest hebben gehoord en nu wist dat hij niet alleen was.

Ze luisterde.

Een paar seconden lang bleef het stil, maar toen hoorde ze de voetstappen weer uit de slaapkamer komen, nog geen drie meter bij haar vandaan. Ze hoorde de indringer langzaam door de gang lopen en voor de deur van de badkamer stilstaan. Ze staarde strak naar de deurklink en kreeg het plotseling koud en huiverde; ze wist dat ze nooit eerder bij de deur kon zijn dan voordat degene die buiten stond hem open had gedaan.

Het besluit kwam als vanzelf: ze reikte naar het eind van het bad en pakte een glazen schaal met drijfkaarsen terwijl ze begon te schreeuwen: 'Sodemieter op! Lazerstraal nú m'n huis uit.' Ze slingerde de glazen schaal tegen de deur en sloot haar ogen op het moment dat die versplinterde en greep vervolgens alles wat ze te pakken kon krijgen, alles wat gewicht had. Flessen shampoo en haarconditioner, een houten rugborstel, het zeepbakje, de zeep zelf; gillend terwijl zij ze een voor een tegen de deur smeet. 'Ik vermóórd je! Als je binnenkomt dan maak ik je af...'

Ze voelde de adrenalinestoot opkomen onder het gooien en wist dat ze er klaar voor was om het te doen. Ze beet in haar lip tot ze bloed proefde, en toen er niets meer te gooien viel, begon ze te schoppen en te slaan en haar stem sloeg over van woede terwijl ze met haar handen op het water sloeg. 'Donder op. Sodemieter godverdomme op en laat ons met rust...'

Een minuut lang, of misschien wel twee, was het stil. Het overgebleven water kwam tot bedaren. Ze stond op het punt om een uitval te doen naar het slot toen ze van de andere kant van de deur een stem hoorde, nog steeds vlakbij.

'Helen? Alles goed?'

Een bekende intonatie; een vleugje Tyneside.

Deering.

32

Deering wachtte voor de slaapkamerdeur terwijl Helen zich aankleedde, en legde uit wat hij had gezien toen hij vijf minuten geleden bij de ingang van het blok was aangekomen: 'Ik wilde net op de bel drukken toen er een vent naar buiten kwam rennen.'

'Hoe zag hij eruit?'

'Geen idee,' zei Deering. 'Hij droeg een hoodie en hield z'n hoofd omlaag. Gemiddelde lengte denk ik, maar veel meer kan ik je niet vertellen. Ik kreeg de deur bijna in m'n gezicht toen hij naar buiten stormde.'

Helen had een trainingsbroek en T-shirt aangedaan en wilde net haar kamerjas vanachter de deur pakken, toen ze voelde dat haar benen trilden. Ze ging op bed zitten wachten tot het over zou gaan.

'Het leek me niet handig de deur weer dicht te laten slaan, dus ik glipte naar binnen voor hij in het slot viel. Toen ik boven kwam stond je voordeur wijd open en hoorde ik je schreeuwen.'

Degene die in haar flat was geweest zou het gebouw wel op dezelfde manier zijn binnengekomen, dacht Helen. Dat had ze zelf vaak genoeg gedaan, maar dat verklaarde nog niet hoe hij de voordeur van de flat open had kunnen maken. Ze wist zeker dat ze de deur goed dicht had gedaan. Ze probeerde te bedenken wie er allemaal een set sleutels zou kunnen hebben gehad. Jenny, en in de loop der jaren waren er een aantal werklieden over de vloer geweest. Had Paul soms een set aan iemand gegeven?

'Helen?'

'Sorry.' Ze keek op naar de deur van de slaapkamer. 'Het is goed, hoor. Ik kom er zo aan.'

'Ik zet wel even thee…'

Toen Deering de thee uit de keuken binnenbracht, zat Helen languit op de bank in de woonkamer. Ze wikkelde haar kamerjas steviger om zich heen en zag hoe Deering min of meer beroepsmatig zijn oog door de kamer liet dwalen. Hij had niet lang nodig om tot dezelfde conclusie te komen als zij.

'Wie hadden er allemaal sleutels?'

Ze gaf hem een paar namen, maar vond het moeilijk om helder na te denken.

'Je moet maar een lijst maken wanneer je eraan toe bent,' zei hij.

Ze knikte naar de deur van de badkamer. 'Ik heb een enorme rotzooi gemaakt.'

'Je hebt hem weggejaagd.'

'Er ligt overal glas.'

'Ik ruim het wel op.' Hij wilde opstaan, maar bleef zitten toen Helen het idee wegwuifde. Hij merkte dat ze even een schrikbeweging maakte en zag vervolgens een vreemde glimlach over haar gezicht glijden. 'Is alles goed met je?'

Helen liet haar handen onder haar kamerjas glijden en hield ze stijf tegen haar buik. 'De baby heeft de hik,' zei ze. De glimlach werd breder en er stonden tranen in haar ogen. 'Ik maakte me zorgen nadat ik was uitgegleden.' Ze viste een papieren zakdoekje op uit de zak van haar kamerjas, vertrok haar gezicht nog een keer krampachtig en lachte.

'Dat verbaast me niks,' zei Deering. 'Arme stakker is zich natuurlijk rot geschrokken. Ik zou heel wat meer hebben dan die verrekte hik.' Hij staarde haar aan. 'Wat?'

'Niks, het is goed,' zei Helen, die zich herinnerde wat ze had geroepen toen ze de man aan de andere kant van de deur probeerde af te schrikken. Toen ze er klaar voor was om hem te vermoorden. Ze herinnerde zich dat ze 'ons' had gezegd.

Laat ons met rust.

Deering wees. 'Er zit een snee in je lip.'

Helen likte eraan en depte haar mond met het zakdoekje.

Deering nam een slok thee en keek weer om zich heen. 'Weet je of er iets is gestolen?'

'Zo te zien niet, en hij heeft niet echt veel kans gehad.'

'Dat is in ieder geval iets.'

'Er valt ook niet zo veel te pikken: de tv, de dvd-speler misschien. Ik heb hier echt geen geheime bergplaats vol juwelen.' Helen had in de loop der jaren vaak genoeg met slachtoffers van inbraak gesproken, en als ze eenmaal over de ergste schrik heen waren, hadden ze altijd gezegd dat ze zich kwetsbaar voelden omdat er inbreuk op hun levenssfeer was gemaakt. Ze vroeg zich af of haar dat ook te wachten stond, of dat ze het misschien niet eens zou merken, gezien de bodemloze voorraad verdriet en schuldgevoel. 'Maar het is nou niet zo dat ik het gevoel heb dat ik van geluk mag spreken.'

Deering knikte. 'Nee, je hebt geen fantastische weken achter de rug.'

Helen lachte, maar de lach ging algauw over in een huivering, en ze trok de kamerjas dichter om zich heen.

'Ik hoef jou natuurlijk niks te vertellen, maar ik vind echt dat je de politie moet bellen.'

'Weet ik.' Ze vond het geen prettig vooruitzicht. Waarschijnlijk zou ze met gepaste egards en respect worden behandeld, maar het was ook heel goed mogelijk dat ze met een stelletje onhandige aspirant-agenten te maken zou krijgen.

'Ze zullen er in ieder geval snel zijn,' zei Deering. 'Als je je omstandigheden uitlegt.'

'Ik zou er niet op rekenen. Ik geloof dat er vanavond een optreden in de politieacademie is.'

'Wil je dat ik het doe?'

Helen bedankte hem, maar zei dat ze het wel zou redden. Ze stond op om te bellen, en maakte hen goed duidelijk dat ze zelf ook bij de politie werkte.

'Dan wacht ik wel tot ze er zijn,' zei Deering toen ze had opgehangen. 'Daarna kan ik je helpen opruimen.'

'Dat hoeft echt niet.'

''t Is oké,' zei hij. 'Ik wilde toch al even met je praten.'

'O ja... sorry,' zei Helen, die plotseling besefte dat ze Deering helemaal niet had gevraagd waarom hij eigenlijk bij haar langs was gekomen.

Easy was dol op hamburgers en kipnuggets, net als zijn matties, maar dat was zo'n beetje het enige wat de meeste andere jongens aten. Meestal had het met tijdgebrek te maken – even snel iets snaaien en dan weer aan het werk – maar ook als het alleen maar om het eten ging, namen ze nog steeds genoegen met shit. Het was eigenlijk belachelijk dat je, als je voor een bedrag van vier cijfers kettingen droeg, minder dan een vijfje aan je avondmaaltijd uitgaf.

Kettingen of een opzichtig horloge kon je niet eten.

Soms gaf hij een vermogen uit om iets echt lekkers te eten, iets wat niet snel klaar was; met champagne erbij als hij goed in de slappe was zat of misschien een glas wijn, waarbij ze dan eerst een beetje inschonken zodat je kon proeven. Het was belangrijk het spel mee te spelen en erbij te kijken alsof je niet anders deed.

Tenzij er een meisje bij was dat hij wilde versieren, of als er iets te vieren viel, at hij ook eigenlijk liever in zijn eentje. Niet dat hij niet gezien wilde worden, maar hij was dol op lekker eten en wilde er geen afleiding bij. Kletsen of whatever was allemaal best in een Kentucky Fried Chicken, maar hij wilde van het eten genieten en hij kon zich niet ontspannen als er allerlei onzin over tafel vloog. Hij was altijd onder de indruk geweest van mensen die in hun eentje konden zitten eten. Hij dacht dat die mensen iets bijzonders hadden, tevreden waren met wat ze deden, weet je wel?

Hij was naar een Franse tent in Brockley gereden die hij in de krant had zien staan, een bistro of hoe het heette. Het was niet zo'n bekakte tent als die andere in het westen van de stad waar hij naartoe was geweest, maar het eten was fantastisch. Hij had slakken gehad, rundvlees en croûte, en een heerlijke pudding van dunne custard waar een meringue op ronddreef. In sommige van die andere tenten hadden de obers één blik op hem geworpen en hem als een stuk stront behandeld. Maar de vrouw die hem deze avond zijn eten had gebracht was aardig geweest, hoewel ze ongeveer even Frans was als hij, en hij had een dikke fooi achtergelaten, zoals altijd.

Teruglopend naar de auto vroeg hij zich af of hij nog bij de Dirty South zou langsgaan om iets te drinken. Kijken hoe de sfeer er was, of de gemoederen wat tot bedaren waren gekomen.

Hij sloeg de hoek om en zag een of andere fucker bij zijn Audi staan die het raampje te pakken nam met een schroevendraaier alsof het hem niks kon schelen.

'Waar de fok ben jij mee bezig?' Easy handelde snel, klaar om die vent eens flink toe te takelen, en de man bij de auto deed een stap naar achteren. 'Je bent fokking dood, man. Stomme fucker.' Hij had de man bijna te pakken, toen die een pistool trok, en opeens was Easy degene die zich stom voelde.

'Instappen,' zei de man.

Easy hoorde voetstappen achter zich, en een andere stem, die zei: 'Doe wat je wordt gezegd.'

Hij ging achter het stuur zitten en de grote vent die uit het niets was opgedoken, nam naast hem plaats. Zei tegen hem dat het een mooie avond voor een ritje was. De eerste man stapte achterin en Easy kromp ineen toen hij de loop van het pistool tegen het zachte vlees onder zijn oor voelde.

Hij herinnerde zich dat hij tegen Theo had gezegd dat hij hierop was voorbereid, maar hij voelde het rundvlees en de smaak van de wijn naar boven komen, en uiteindelijk kon hij alleen maar doen wat hem werd opgedragen.

Makkelijk zat.

'Ik heb het natuurlijk allemaal in m'n rapport gezet,' zei Deering. 'Maar ik wilde het je ook graag persoonlijk vertellen. Omdat ik je ken.'

'Wat "allemaal"?' vroeg Helen.

'Weet je nog dat ik vorige week zei dat er nog wat zaken waren die ik probeerde op te helderen?'

'Alleen maar procedurele dingen, zei je.'

'Ik wilde niks loslaten voordat ik het zeker wist.'

Helen pakte haar mok thee, maar die was bijna koud. De baby was gekalmeerd. Ze vroeg Deering om door te gaan.

Hij schraapte zijn keel en zette zijn mok neer. Helen vond dat het leek alsof hij zorgvuldig had overdacht wat hij ging zeggen en hoe hij het ging zeggen. Ze voelde opnieuw een huivering en vroeg zich af waarom dat was.

'Het eerste was het glas.'

'Welk glas?'

'Het glas van de ruit van de BMW,' zei Deering. 'Die heb je gezien toen je naar de garage kwam.'

Helen knikte en herinnerde zich de achterkant van de auto, met de matten die eruit waren gehaald. De stukjes glas onder de stoelen en op de vloer achterin, glinsterend tegen het donkere metaal.

'Een heleboel in de auto, maar niks op straat. Dat heb ik gecontroleerd.'

'Ik volg je niet. Zou het glas niet altijd in de auto terecht zijn gekomen? Het valt toch zeker naar binnen?'

'Het meeste zeker, maar je zou ook verwachten dat er wat scherven op straat zouden zijn gevallen. Ik heb het oorspronkelijke rapport gelezen en een dubbelcheck gedaan. Ik heb gesproken met de agent die het eerst ter plekke was, en met de verkeerstechnisch rechercheur nadat hij er nog eens had gezocht. Er lag geen glas.'

'Misschien is het door langsrijdend verkeer verspreid of is er een veegwagen langsgekomen.'

'Mogelijk.'

'Misschien is die agent niet grondig genoeg te werk gegaan.'

Deering hield zijn hoofd schuin, alsof hij die mogelijkheid openhield, maar hij leek te popelen om verder te gaan. 'Zou kunnen, maar dat was de verkeerstechnisch rechercheur zéker wel, en daarom begon ik me ook zorgen te maken over de snelheid.'

'Wat heeft die er nou mee te maken?'

'Hij heeft alles opgemeten wat nodig was, heeft slipsporen en dergelijke bekeken, en kon op die manier precies vaststellen hoe hard de beide auto's reden toen het ongeluk gebeurde. Merkwaardig genoeg luidde het antwoord: niet bijzonder hard.'

'En?'

'Een kilometer of dertig maximaal, toen de BMW zogezegd weg probeerde te komen, op een tijdstip dat er heel weinig ander verkeer op de weg was.'

'Het regende behoorlijk hard.'

Deering schudde zijn hoofd. 'In feite maakte de BMW pas behoorlijk snelheid nadat de schoten waren afgevuurd, toen hij op de bushalte af slingerde.'

Helen snapte er helemaal niets meer van. 'Wat is daar zo raar aan?

Zou jij niet op het gas trappen wanneer er iemand op je schoot?'

'Ja, maar dat is het 'm nou net,' zei Deering.

Hij moest hebben gezien welk effect zijn woorden of de uitdrukking op zijn gezicht op Helen had. Hij keek plotseling bezorgd en pakte zijn mok. 'Ik haal nog wat thee voor je.'

Helen schudde haar hoofd omdat ze het graag wilde horen.

'Oké... Nou, ik heb je verteld dat we twee kogels hebben gevonden. Een in het spatbord en een in de onderkant van het achterportier aan de andere kant, weet je nog? Punt achtendertigers, zoals we al dachten.'

Helen knikte.

'Maar ze zaten niet op de juiste plek.'

'Wat ís de juiste plek?'

'Een Cavalier staat niet zo hoog op de poten. Ik bedoel dat het misschien zou kunnen kloppen als die BMW zo'n laag sportmodel was geweest, of als er vanuit een hogere auto was geschoten, een grote fourwheeldrive of zoiets, maar nu klopt de hoek niet.'

'De hoek van de schoten?'

'Precies. Kijk, we schieten zo.' Hij boog zich naar voren en strekte zijn arm in haar richting, met twee vingers een pistool nabootsend. Hij zag Helens gezicht en liet zijn arm geschrokken zakken. 'Wacht maar, kijk hier maar naar.' Hij haastte zich om een aktetas te pakken die hij bij de deur had laten staan en haalde een paar computerafdrukken tevoorschijn. 'Ze hebben een computerprogramma waarmee je de baan van de kogels kunt berekenen op basis van de relatieve hoogte van de beide auto's.' Hij reikte haar de bladzijden aan en wees. 'Je kunt de baan van de schoten volgen. Zie je? De inslagpunten zitten geen van beide op de plek waar ze zouden moeten zitten.'

Helen bekeek de bladzijden nauwkeurig en probeerde te begrijpen wat hij zei. 'Zouden de kogels niet altijd van baan zijn veranderd nadat ze het glas hadden geraakt?' Dat was het enige wat ze kon verzinnen. 'Dat zou kunnen verklaren waarom ze ergens anders terechtkwamen.'

'De eerste kogel misschien wel,' zei Deering alsof hij dat allemaal al had overwogen. 'Maar de tweede kogel hoefde zich niet meer door het glas te boren. Het heeft niets met het glas te maken. Het gaat erom vanwaar de schoten zijn afgevuurd. En wanneer ze zijn afgevuurd.'

Helen staarde naar de papieren terwijl Deering opstond en achter de bank ging staan.

Hij wees omlaag. 'Zó...'

Helen keek omhoog en staarde Roger Deering aan, en de paniek die ze zojuist in de badkamer had gevoeld, leek een vage herinnering. Die was vervangen door iets wat dieper en wanhopiger was, een verschrikkelijk besef waarvan ze de greep met de seconde sterker voelde worden.

'Je zei "wanneer".' Haar stem was een fluistering.

'De schoten zijn eerder afgevuurd,' zei Deering. 'Ik weet niet precies wanneer, maar zeker vóór het ongeluk. Ze zijn afgevuurd door iemand die buiten de auto stond en de auto stond op dat moment stil.'

'Wil je zeggen dat het hele gedoe in scène is gezet? Wat er is gebeurd...'

Hij stak zijn handen omhoog. 'Ik zeg helemaal niks. Ik vertel je alleen wat ik heb ontdekt, meer niet.'

'Het was geen ongeluk.'

Deering keek ongemakkelijk, alsof ze de grenzen van zijn deskundigheid waren overgestoken. 'Niet het soort ongeluk waar we eerst aan dachten, nee.'

'Je wilt zeggen dat dit allemaal is gedaan om iets anders te verhullen. Dat Paul... uit de weg is geruimd.'

'Dat zeg ik niet.' Hij leek nog minder op zijn gemak. 'Dat kan ik niet zeggen. Er stonden ook andere mensen bij die bushalte, Helen.'

Maar zij wist iets wat hij niet wist. Ze wist van Operatie Victoria.

'Het is oké,' zei ze. 'Dank je.'

Ze wist dat Paul met opzet was gedood.

Helen maakte een schrikbeweging toen ze de deurbel hoorde, en Deering zag het. 'Dat was niet de baby, hè?'

Ze stond zonder een woord te zeggen op van de bank en liep langzaam naar de deur.

Deering liep achter haar aan en legde zijn hand op haar arm. 'Hoor eens, ik wil morgen graag komen, als dat goed is.'

Ze zei ja zonder de vraag precies te hebben gehoord.

'Dus wat ga je vanavond doen? Als ze eenmaal klaar zijn?'

Helen draaide zich om. Ze kon niet helder nadenken en liep rond als een slaapwandelaar, maar één ding wist ze zeker. Ze wilde niet alleen in de flat blijven. 'Ik wil naar m'n vader,' zei ze.

Deering knikte en zei dat hij haar erheen zou brengen. Hij wreef over haar arm. 'Doe nou maar open.'

33

Ze wilde dat het zo snel mogelijk was afgelopen en tegelijkertijd wilde ze dat er nooit een einde aan zou komen.

Het laatste moment was het ergst, en dat had ze al die tijd al geweten. Die paar seconden waarin de doodkist uit het zicht verdween. Het moment van afscheid. Toen de woorden in haar hoofd over elkaar heen buitelden en tegen elkaar op botsten: de dingen die ze nooit gezegd had en de dingen die ze wilde zeggen, nu, na alles wat ze had bedacht en gevoeld in die weken sinds Paul was overleden. Maar toen het zover was en de korte fluwelen gordijnen dichtgingen, en de muziek het mechanische gezoem en het gesnik van de mensen die dicht bij haar zaten net niet overstemde, was er eigenlijk maar één ding dat ze hem wilde zeggen: 'Sorry...'

Haar vader had fantastisch gereageerd; niet dat ze iets anders had verwacht. Hij had gezegd dat het geen probleem was toen ze hem midden in de nacht uit bed had gebeld om te zeggen dat ze van gedachten was veranderd en toch kwam logeren. 's Ochtends had hij het ontbijt voor haar klaargemaakt en had haar gezegd dat ze er goed uitzag, en hij was dicht bij haar in de buurt gebleven vanaf het moment dat ze bij het huis van Pauls ouders waren aangekomen.

Helen had hem niets over de inbraak verteld.

'Eigenlijk klopt het niet,' zei hij toen ze op weg gingen. 'Zulk prachtig weer op een dag als deze.'

'Op mams begrafenis was het ook mooi, weet je nog?'

'Ik denk dat het alleen in films regent op begrafenissen.'

Het had allemaal toch niets uitgemaakt, dacht Helen, omdat Paul werd gecremeerd. Ze herinnerde zich Paul en Adam die in een graf hadden liggen vechten en vroeg zich af waarom ze over een begrafenis had gedroomd.

Niemand zou hebben gedacht dat Pauls moeder en zij ooit een woordenwisseling hadden gehad. De omhelzing bij Helens aankomst was warm en stevig, en hoewel Helen niet precies wist wat het betekende, zei Caroline Hopwood dat haar zoon 'trots zou zijn geweest'. Toen iedereen na afloop in de woonkamer stond, ging ze rond met een fles en wat glazen en zorgde ervoor dat iedereen een drankje kreeg of er op zijn minst een aangeboden kreeg. De meesten namen een klein glaasje cognac en Helen hoorde een van Pauls tantes zeggen dat ze wel een 'pierenverschrikkertje' kon gebruiken, wat in deze context niet zo'n gelukkige woordkeus was. Ze vertelde het aan haar vader en hij moest erom lachen.

'Ze houdt zich kranig,' zei hij, terwijl ze toekeek hoe Pauls moeder van groepje naar groepje liep. Het was de zin van de dag, hoewel een variant op hoe vriendelijk het weer zich hield, een goede tweede was.

Pauls vader en zus waren al even hartelijk, ook al hielden ze zich minder goed staande omdat ze minder te doen hadden. Pauls vader was tien jaar ouder dan zijn vrouw en zei nooit veel. Toen Helen de keuken in liep om te zien of ze kon helpen, had hij langzaam zijn kale hoofd geschud en haar tegen zich aan getrokken, en hij had haar pas losgelaten toen iemand zei dat de auto's waren gearriveerd.

'Ik krijg dit verdomme niet voor mekaar,' zei hij. Hij zag eruit alsof hij wilde gaan liggen en nooit meer zou opstaan.

Het was tien minuten rijden naar het crematorium. Het zonlicht stroomde de grote Daimler binnen en versterkte de geur van de gebarsten leren zittingen. Helen, die met haar vader en Pauls ouders in de auto zat, keek naar de reacties van de voorbijgangers op de passerende stoet. Ze herinnerde zich dat ze op weg naar haar moeders begrafenis mensen had zien stilstaan en hun hoofd had zien buigen; ze had een man gezien die zijn hoed afnam. Misschien deed men dat nu niet meer, dacht ze. Misschien maakte iemands overlijden tegenwoordig minder indruk omdat iedereen eraan gewend was heel veel dood en verderf live op tv te zien. Dat zei ze tegen haar vader, en hij boog zich naar haar toe om samen met haar uit het raam te kijken.

'Misschien hebben de mensen gewoon geen manieren meer,' zei hij.

Voor de kapel stond al een hoop politie. Helen zag dat er sigaretten werden uitgemaakt toen de auto kwam aanrijden. Gary Kelly en Martin Bescott stonden bij Pauls andere collega's van de CID in Kennington. Ze zag Jeff Moody met een klein groepje, van wie ze veronderstelde dat het SOCA-functionarissen waren, en er waren een heleboel agenten in uniform aanwezig als onderdeel van de officiële politiemacht.

Ze werd door de chauffeur uit de auto geholpen en sprak met verscheidene mensen. Ze merkte op dat het park er zo prachtig uitzag, maar haar gedachten waren elders, alsof dit allemaal niet echt gebeurde.

Bij de ingang van de kapel stelde de regiocommandant zich voor en zei tegen haar dat Paul een goede politieman was geweest die geweldig werk had verricht. Een ogenblik vroeg ze zich af of hij van Operatie Victoria wist, maar ze vermoedde dat hij alleen maar zei wat hij gewoonlijk bij dit soort gelegenheden zei; dat hij waarschijnlijk nog nooit van Paul Hopwood had gehoord tot hij het memo had gekregen. Ze keek om naar de lijkwagen toen ze de kist begonnen uit te laden, en ze zag uit haar ooghoek dat de regiocommandant een stuk papier uit zijn zak haalde om nog snel een laatste blik te werpen op de tekst van de toespraak die hij over enkele minuten zou houden.

De dragers kwamen naar voren, stuk voor stuk in onberispelijk gala-uniform, en ze werden op zachte toon door de uitvaartleider geïnstrueerd. Helen vond dat ze er prachtig, maar ook nerveus uitzagen. Toen ze het gewicht van de kist op hun schouders namen, keek ze naar Pauls moeder en zag hoe trots en verdriet op haar gezicht om voorrang streden.

Over de kist was de vlag van de Londense politie gedrapeerd, en nu werd ook Pauls pet op het deksel gelegd, achter de eenvoudige rouwkrans van witte bloemen die Helen had uitgekozen. Ze voelde ieders ogen op haar rusten en vroeg zich af welke uitdrukking er op haar eigen gezicht lag. Ze voelde zich leeg en zwaar. Alsof ze aan het vallen was.

Ze leunde tegen haar vader aan toen de dragers zich in beweging zetten. Ze liepen langzaam: niet echt in een langzaam marstempo,

maar in de pas, recht voor zich uit starend. De plichtsgetrouwe vast-
beradenheid in de blik van de politieman het dichtst bij haar was als
een stomp op haar borst. Daarom liet ze haar ogen afdalen en keek
maar naar de glimmend gepoetste laarzen terwijl de kist langs haar
heen werd gedragen, naar de scherpe plooi in de broek van hun gala-
uniform en naar de steentjes die bij iedere pas opzij werden geschopt.

Pauls vader legde zijn hand tegen de onderrug van zijn vrouw en ze
voegden zich in de rij achter de dragers.

'Ben je zover, schat?' vroeg haar vader.

Een halfuur na het ontbijt had ze het zuur gekregen. Dat was nu net
wat aan het afnemen. Haar panty kriebelde en ze voelde dat ze straks
naar de wc moest. Toen ze inademde, rook ze gemaaid gras en boen-
was, en ze hoopte dat haar benen het zouden uithouden tot ze mocht
gaan zitten.

'Laat me niet in de steek, Helen.'

'Alleen die ene keer, Hopwood. Daar blijft het bij.'

Ze stak haar arm door die van haar vader en liep achter de kist aan.

Na de plechtigheid sprak Helen kort met Roger Deering en Martin Bescott en stelde hen aan elkaar voor. Bescott zei dat het team Paul erg zou
missen en Helen bedankte hen allebei voor hun komst. Ze was Deering
om diverse redenen dankbaar, ook al was hij een tikkeltje te aanrakerig
en te zijig. Bescott vond ze wel aardig, en ze vroeg zich af waarom Paul
zo zelden iets positiefs over hem te melden had gehad.

Samen met Pauls vader en moeder voegde ze zich bij de mensen die
langs de rij rouwkransen liepen die waren neergelegd voor het bloem-
bed dat om het gebouw heen liep. Na een paar minuten bleef ze staan
en bukte zich om de kaarten te lezen en liet anderen passeren. Ze deed
een stap terug en staarde naar de rijkversierde goudkleurige koepel
van de kapel, met op de achtergrond een strakblauwe lucht.

Het weer was inderdaad net zo fraai als haar vader had gezegd.

Toen ze naar links keek, zag ze Frank Linnell achter in de rij staan.
Hij had waarschijnlijk toch bloemen gestuurd, dacht ze, en was even
komen kijken of ze wel genoeg indruk maakten. Hij zag haar en stak
zijn hand op, en ze keek snel weg voor het geval dat hij van plan was
naar haar toe te komen.

Om te laten zien dat hij er kapot van was en haar te zeggen wat een mooie plechtigheid het was geweest. Om haar wanneer er niemand keek, een handvol bankbiljetten toe te steken. 'Gewoon een kleine bijdrage voor de steen, lieverd. Mijn gift...'

Op weg naar de auto's hoorde ze voetstappen die haar inhaalden.

'Helen?'

Ze draaide zich om in de verwachting dat het Linnell zou zijn, maar het was inspecteur Spiky Bugger, met de rouwbrief stevig in zijn hand geklemd. 'Inspecteur...' Ze probeerde zich zijn echte naam te herinneren, het duurde maar één seconde, maar lang genoeg voor hem om het in de gaten te krijgen en naar zijn schoenen te kijken. 'Thorne.'

'Tom.'

'Fijn dat je er bent,' zei ze.

Hij zag er ongemakkelijk uit in zijn pak, zijn nek puilde uit een duidelijk te strakke boord. 'Ik wilde je alleen maar zeggen dat we het volledige rapport van de technisch rechercheur binnen hebben.' Hij ging zachter praten. 'Dat we morgen een verdachte arresteren.'

'Mooi.' Tenzij er iets was gebeurd waar ze niets van wist, had ze wel een vermoeden wie ze zouden arresteren. 'Ik zou er graag bij zijn.'

Zijn blik zei haar dat hij die reactie had verwacht. 'Ik zal zien wat ik kan regelen,' zei hij.

Ze antwoordde dat ze hem erkentelijk was. 'En de mensen in de auto?'

'Nou, we weten dat we warm zijn.'

'Een bendeoorlog?'

'Niet echt. We hebben de eigenaar van de gestolen Cavalier opgespoord toen hij probeerde een uitkering van zijn verzekering los te krijgen. Hij wilde niet al te veel kwijt.'

'Wat een verrassing.'

'Maar we hebben hem zover gekregen dat hij een blik wierp op het lijk van de jongens die zijn neergeschoten.'

Helen knikte. Ze wist dat de politie overtuigender kon zijn dan gewoonlijk wanneer het erom ging iemand te pakken die een van hun eigen mensen had vermoord.

'Hij heeft twee ervan geïdentificeerd als leden van het groepje dat zijn auto heeft gepikt. Dus, zoals ik zei, zochten we het in de juiste hoek.'

'Maar…?'

'Het is geen bendeoorlog. Of als dat wel zo is, dan komt die maar van één kant. We weten dus niet wie die jongens doodschiet, maar we zijn er vrij zeker van dat zij… de jongens in die auto waren.' Hij haalde zijn schouders op. 'Dit is trouwens niet het juiste moment. Ik wilde alleen laten weten dat we er wel komen… en zeggen dat we het vreselijk vinden.' Hij tikte met de rouwbrief tegen zijn vingers. 'En… veel geluk.'

'Heb je zelf kinderen?' vroeg Helen.

'Er is er een onderweg,' zei Thorne. 'Nog lang zover niet als die van jou, maar… onderweg.'

'Nou, jij ook veel geluk, dan.'

Hij draaide zich al om en liep weg, glimlachend tegen Helens vader, die hem op weg naar de auto tegemoet liep.

'Wie was dat?'

'Een vriend van Paul,' zei Helen.

Haar vader hield de deur open en ze schoof naar binnen naast Pauls ouders. Omdat hij als laatste binnenkwam, ging Helens vader tegenover hen zitten en trok snel zijn jasje weg zodat de chauffeur het portier dicht kon doen. Hij boog zich naar voren, klopte Helen troostend op haar been en vroeg of het nog ging.

Om een uur of vier waren ze weer terug bij het huis. Pauls vader deed de openslaande deuren open die uitkwamen op de patio, en Caroline en een paar vriendinnen zetten het eten klaar. De sandwiches lagen op schalen van Marks & Spencer. Er was koude kip, pastasalade, cakejes en fruitsalade van bosvruchten.

'Geen worst op stokjes,' zei Helens vader.

Helen zat uit de zon op een bank met Gary Kelly te praten die op de leuning zat en probeerde te jongleren met een papieren bord en bekertje. Ze zei hem dat hij het gedicht mooi had voorgedragen.

'Ik heb een van de regels verhaspeld,' zei hij.

'Dat heeft niemand gemerkt.'

'Ik wilde gewoon dat het volmaakt zou zijn.'

Ze herinnerde hem aan Pauls gitaar en zei dat hij langs kon komen wanneer hij wilde om hem op te halen.

'We waren die nacht aan het zingen,' zei hij. 'De Rolling Stones, luidkeels. De vrouw bij de bushalte zei dat we onze kop moesten houden.'

'Dat was meestal ook mijn reactie wanneer Paul ging zingen,' zei Helen. Ze keek hoe Kelly terugliep naar de tafel om zijn glas nog eens te vullen. Hij zag eruit alsof hij niet al te ver bij de drank vandaan zou blijven, en ze nam het hem niet kwalijk.

Ze bleef niet lang alleen. Er waren zo'n dertig mensen over de vloer, en er waren er maar weinig die haar niet minstens één keer vroegen of ze iets nodig had. Of ze iets konden doen. Meestal vroeg ze alleen om wat water of een sandwich.

Jenny en Tim kwamen na een halfuur langs om te zeggen dat ze weggingen. De babysitter moest worden afgelost. Helen zei tegen haar zus hoe attent iedereen was geweest en hoe vermoeiend dat begon te worden.

'De mensen willen alleen maar aardig zijn,' zei Jenny.

'Ja, zal wel.'

Jenny boog zich over haar heen om haar te kussen. 'Je zou pissig zijn als iedereen je zou negeren.'

'Toch is het raar,' zei Helen. 'Niemand heeft het gehad over... je weet wel.' Ze wees melodramatisch op de bolling onder haar jurk. 'Het lijkt wel alsof ze niks hebben gemerkt. Ik weet dat ze zeggen dat zwart slank afkleedt, maar dit is belachelijk.'

Nadat haar zus weg was, zat Helen voortdurend glimlachjes te retourneren tot haar gezicht pijn begon te doen en liep toen naar buiten, het terras op. Daar zat Pauls vader op een laag muurtje te roken. Hij keek alsof hij niet wilde dat iemand hem daar zag.

'Dat deed Paul ook altijd,' zei ze. 'Dan ging hij stiekem op het balkon staan. Alsof ik het niet wist.'

Pauls vader nam een lange haal van zijn sigaret. 'Jullie vrouwen weten altijd alles.' En nam nog een trek. 'Wij komen nergens mee weg.'

'Oké.'

'Denk erom dat hij als kind een slimme dondersteen was.' Hij glimlachte bij die herinnering droevig door de rook heen. 'Je wist nooit wat hij nu weer zou uitspoken.'

Daarna leek de oude man niet veel meer te willen zeggen, dus wandelde Helen maar een minuut of twintig door de tuin tot haar benen pijn gingen doen en ze weer naar binnen moest om naar het toilet te gaan. Daarna ging ze in de buurt van de deur zitten om de mensen die weggingen te bedanken. Na een tijdje ging het allemaal vanzelf en kon ze het juiste gezicht trekken terwijl ze dacht aan wat Deering haar had verteld en wat Thorne buiten de kapel had gezegd.

Ze wist nu dat de inbraak de vorige nacht geen gewone inbraak was geweest, en dat er een grote kans was dat de jongens die in die Cavalier hadden gezeten toen Paul werd vermoord, niet op eigen houtje hadden gehandeld. Nu stond iemand hén naar het leven. Misschien degene die ze had ingehuurd, en die nu zekerheid wilde dat ze het nooit zouden verder vertellen.

'God zegene je, lieverd.'

'Dank je wel.'

Ze vroeg zich af of degenen die Pauls dood onderzochten ondertussen ook bezig waren de puzzel in elkaar te schuiven. Of dat zijzelf meer wist dan zij.

'We zullen aan je denken.'

'Ik weet het. Dank je wel.'

Na met haar vader te hebben overlegd, liet ze Pauls moeder weten dat ze straks naar huis zou gaan. Het zou niet makkelijk worden om weg te komen.

'We gingen ervan uit dat je zou blijven.'

'Ik weet dat je al een huis vol hebt.'

'Het is echt geen probleem. We hebben al bedden opgemaakt voor jou en je vader.'

'Ik moet echt terug,' zei Helen. 'Ik heb het gevoel dat ik dicht bij huis moet blijven, weet je?'

'Dit huis is ook het jouwe, Helen.'

'Maar toch...'

Caroline Hopwood omhelsde haar bij de deur en zei dat ze alles zou doen wat ze kon om haar kleinkind te helpen grootbrengen. Het zou heerlijk zijn als het een jongen was, zei ze. Ze had nog geen kleinzoon. Helen beloofde haar te bellen zodra er nieuws was, en toen ze met haar vader wegreed, bleef ze uit het autoraam zwaaien tot ze de hoek om waren.

Het was over negenen toen ze bij Tulse Hill aankwamen, en hoewel het nog steeds licht en zonnig was, leek het koud in de flat. Helen was uitgeput, maar ze had niet beseft hoe uitgeput ze was, tot ze haar vader had uitgezwaaid en bijna door de voordeur naar binnen was gevallen. Ze zette thee en trok haar jurk en panty uit. Ze ging in haar kamerjas op het balkon zitten om een beetje bij te komen.

'Dus je was slim, hè, Hopwood? Ook al toen je nog een jochie was?'

Ze vroeg zich af hoe lang het zou duren voordat ze ophield tegen hem te praten. Of dat zou gebeuren nog voordat ze zijn gezicht niet meer duidelijk voor de geest kon halen.

Binnen haalde ze de rouwbrief uit haar tas en streek de vouw eruit. De vouw liep door zijn foto op de achterkant. De muziek die Pauls moeder had uitgekozen, bleek uiteindelijk mooi, maar Helen was nog steeds kwaad op zichzelf dat ze niet wat meer tegengas had geboden.

Ze maakte zich zorgen dat het misschien had geleken alsof het haar niets kon schelen.

Ze zocht tussen Pauls oude Queen-platen tot ze het nummer had gevonden dat ze wilde horen. 'Who Wants to Live Forever?' draaide vijftien minuten later nog steeds met de repeat-functie toen ze in bed kroop.

Daar lag ze terwijl het donker werd naar de muziek te luisteren, en wenste dat ze Paul kon vertellen hoe de dag was verlopen. Zodat ze er samen om hadden kunnen lachen. Wenste dat het nog steeds goed tussen hen was geweest voordat hij stierf. Ze wilde ineenkrimpen, dingen stukslaan en degene pijn doen die haar dit had aangedaan. Die een groot gat in haar binnenste had uitgehold. Daar lag ze, en het getrappel binnenin leek wel op kleine schreeuwtjes.

Ze was over twee dagen uitgerekend.

34

'Ik vond het mooi,' zei Laura.

'Maar ze zijn meestal wel... mooi, toch?' Frank had een dienblad met ontbijtspullen naar de serre gebracht. Het was een schitterende ochtend en hij hield ervan om naar de tuin te kijken terwijl hij zat te ontbijten en de kranten doornam. 'Maar "mooi" is zo verdomd... veilig. Vind je niet?'

'Mensen voelen zich graag veilig wanneer ze net iemand hebben verloren. Hoe wil je anders dat ze zich voelen?'

'Ik zou weleens 'n keer een begrafenis willen meemaken die iets zegt over de overledene, weet je. Die je vertelt hoe ze werkelijk waren.'

'Ik vond wat die politieman zei heel ontroerend, en de voordrachten...'

'Ja, mooi, ik weet het.' Frank schudde zijn hoofd. 'Die smeris zei waarschijnlijk hetzelfde als hij altijd bij dit soort gelegenheden zegt. Begrijp me niet verkeerd, ik bedoel niet dat de mensen moeten ronddansen en grappen moeten vertellen of zoiets, maar er zou wat meer... feestelijkheid mogen zijn, weet ik veel. En het zou ook geen kwaad kunnen als God eens wat minder vaak om de hoek kwam kijken.'

Laura glimlachte. 'Ik hou daar wel van.'

'Paul had niks met religie, en z'n vriendin leek me nou ook niet direct een godsdienstfanaat, dus wat heeft het voor zin?' Hij nam een hap toast en leunde achterover in zijn stoel. 'Paul zou er de schurft aan hebben gehad. Als hij daar had gezeten, zou hij de dominee belachelijk hebben gemaakt of moeite hebben moeten doen om niet in slaap te vallen.'

'Ik denk dat er iemand met het verkeerde been uit bed is gestapt.'

'Ja, ik heb geen geweldige nacht gehad.' Hij staarde langs haar heen over het gazon aan de achterkant. De tuin zag er goed uit, maar hij moest de luie flikker die hem onderhield eens zeggen dat hij wat meer zorg aan de randjes besteedde. 'Ik ga hem heel erg missen, da's alles. Op mijn leeftijd heb je alle vrienden nodig die je hebt.'

'Je bent niet oud, Frank.'

'Zo voel ik me soms wel.'

'Natuurlijk zul je hem missen,' zei Laura. 'Ik mis hem ook.'

'Het zou mooi zijn geweest als het gisteren wat meer over hém was gegaan, dat is alles wat ik zeg. Z'n persoonlijkheid, weet je wel?' Hij veegde wat kruimels van zijn overhemd op zijn bord. 'Misschien word ik met het verstrijken der jaren wel kritischer.'

Ze liep op hem af en kwam naast hem zitten. 'Misschien heb je wel te veel begrafenissen meegemaakt.'

De vestiging van de Workz in Clapham verschilde waarschijnlijk niet veel van alle andere chique fitnessclubs in de stad: chroom, staal en getint glas, erg zachte handdoeken en dure toiletartikelen, en een jaarlijkse contributie die er niet om loog, een stok achter de deur om een paar maanden lang twee keer per week te gaan, tot je je realiseerde dat het leven te kort was om je tijd op een roeimachine te verdoen.

Helen zat in een hoek van de *salad & smoothie*-bar en bladerde onder het wachten een brochure door. Ze had al vanaf zeven uur aan de telefoon gezeten om alles te regelen, en het gaf een goed gevoel dat haar dag al helemaal was ingevuld. Dit was een prettige start.

Ze zag Sarah Ruston uit de vrouwenkleedruimte de trap af komen; zag hoe ze haar tas op een stoel gooide en terugliep naar de bar om iets te bestellen. Haar haar was opgestoken, vochtig, en ze droeg een gestroomlijnd zwart trainingspak met rode biezen. Haar gezicht zag er veel beter uit, zelfs van een afstandje, maar haar arm zat nog steeds in een mitella.

Maar ze zag er al met al behoorlijk goed uit.

Ruston draaide zich om, zuigend aan het rietje in haar glas en zag Helen staan die naar haar zwaaide. Haar ogen werden groot, en na enkele seconden pakte ze haar tas en liep op haar af. 'Wat doe jij...?' Ze keek op haar horloge. 'Ik ben bang dat ik niet veel tijd heb. Ik heb een afspraak met Patrick.'

'Dat geeft niet,' zei Helen. 'Ik heb zelf ook maar een paar minuten.'

Ruston ging op het puntje van een stoel zitten. Haar ogen bleven naar beneden gericht, en ze zag de brochure op tafel liggen. 'Ben je van plan lid te worden?'

'Nou, het zou fijn zijn om weer een beetje in vorm te komen wanneer ik dit kwijt ben.' Helen glimlachte. 'Maar voor zeshonderd pond per jaar denk ik dat ik gewoon wat meer ga wandelen. En misschien doe ik eens gek en koop ik een fitnessvideo.'

'Ja, 't is wel veel geld,' zei Ruston. 'Ik zou het zelf ook nooit doen, maar ik krijg het lidmaatschap via mijn werk. Ze hebben ook zo'n tent vlak bij het kantoor, en we mogen gebruikmaken van alle filialen, dus...'

'Dus waarom niet?'

'Waarom niet?'

'Maar je loopt wel verdomd hard van stapel, vind je niet?' Helen knikte naar de mitella.

Ruston probeerde te glimlachen en hield haar arm omhoog. 'Nou, ik heb hem afgedaan toen ik ging trainen, en ik heb maar een uurtje op de band gelopen. Waarschijnlijk ben ik er volgende week voorgoed van af.'

'Dan nog.'

Ruston zoog aan het rietje.

'Ik vind het toch altijd maar raar,' zei Helen. 'Dat mensen naar dit soort plekken komen om zich in het zweet te werken en hun lijf mooi te houden terwijl ze het de rest van de tijd vol rotzooi stoppen.' Ze probeerde de reactie te peilen. 'Wat is het? Crack? Waarschijnlijk ook coke, als ik het zo inschat.'

'Pardon?'

'Ik bedoel dat je toch ook niet recht van de looptrainer een banketbakker binnenloopt? Dat slaat nergens op.' Er liep een werkneemster in een strakke witte jas vlak langs hun tafeltje. Ruston keek hoopvol op, maar Helen besteedde geen aandacht aan de vrouw. 'Maar het is wel een tikje armoedig, zou ik denken, om helemaal naar Lewisham te gaan om het spul te kopen. Is er in de City geen aardige jongen in een Armani-pak die je kan voorzien?'

Het bloed was onmiddellijk uit Rustons gezicht weggetrokken

waardoor de bijna vervaagde bloeduitstortingen er plotseling wat bleker uitzagen.

'Je moet dik bij ze in het krijt hebben gestaan,' zei Helen. 'Ik bedoel, je moet wel een enorme macht over iemand hebben om hem te laten doen wat jij hebt gedaan. Of iets dergelijks. Of misschien was je wel zo high dat je er niet eens bij na hebt gedacht...'

Ruston huilde bijna een minuut lang. Ze drukte de muis van haar handen tegen haar ogen en hield haar hoofd omlaag; het maakte niet al te veel geluid. Helen keek toe en genoot ervan.

'Ik hoef geen jankverhaal te horen,' zei ze toen Ruston uiteindelijk opkeek. 'Begrijp je, voordat je daar je energie aan verspilt. Als je bedenkt waar ik gisteren was, dan zal dat bij mij niet zo goed werken, wat denk je zelf?'

Ze zou de anderen alle details wel laten verzamelen, in de verhoorkamer, maar Helen durfde nu al een gokje te wagen. Een hoogvlieger uit de City met een dure levensstijl en dito verslaving. Creditcards waarvan de bestedingslimiet allang overschreden was en schulden die zich opstapelden, tot de leverancier bij wie je diep in de schulden zit, op de proppen komt met een nieuwe manier om je schulden af te betalen. Het prachtige huis van om de hoek was waarschijnlijk van onder tot boven verhypothekeerd, tenzij haar oudere, rijkere wederhelft ervoor zorgde.

Helen vroeg zich af hoeveel Patrick wist.

'Ik had geen keus,' zei Ruston.

Op dat moment had Helen haar wel aan kunnen vliegen, tegen haar willen zeggen dat de keus tussen het aflossen van een schuld en het plegen van een moord iemand normaal gesproken tot nadenken zou moeten stemmen. Ze had elk woord er wel in willen rammen.

'Ze dreigden m'n familie iets aan te doen.'

'Wat denk je dat ze met die van mij hebben gedaan?'

Nu deed Ruston haar uiterste best om tussen het snikken door alles te vertellen; klauwend naar de armleuning van haar stoel en schuddend met haar hoofd, het snot wegvegend met haar mouw. 'Ik wist niet dat er iemand vermoord zou worden. Ze hebben me helemaal niks verteld. Ze hebben me alleen maar gezegd waar... hoe hard ik moest rijden... ik wist niet wie... de...'

'Wie het doelwit was?' Ruston deed haar mond open, maar er kwam alleen een krassend gejammer uit, als een nagel over een schoolbord. 'Als je met een auto op iemand inrijdt, loopt dat meestal niet goed af.'

'Het spijt me...'

'Je zult er zeker spijt van krijgen.'

Helen stond op en liep om de tafel heen toen ze Patrick door het atrium op hen af zag benen. Ze boog zich voorover, pakte Rustons geblesseerde schouder stevig beet en zei heel rustig en vriendelijk, zodat Ruston zou weten dat ze elk woord meende: 'Ik wou dat je je nek had gebroken.'

Als Patrick al stomverbaasd was om haar daar te zien, liet hij het niet blijken. Hij wees met zijn duim naar achteren naar de ingang. 'Wat is er aan de hand? Er staan twee politieauto's voor de deur.'

'Sarah heeft voorlopig waarschijnlijk weinig tijd,' zei Helen. Ze zag de twee agenten bij de receptie hun legitimatie onder de neus van de vrouw achter de balie houden. Een paar anderen waren al op weg naar binnen en duwden de glazen deuren open. Op weg naar buiten zou ze hen bedanken.

Voordat ze wegging, bleef ze voor Patrick staan. 'Dat je het even weet. Ik geef geen ruk om die BMW van je.'

Theo nam zijn bord mee naar een tafeltje in de hoek en liep toen terug om een paar tabloids te pakken die op de bar waren achtergelaten. Daar zou hij misschien een halfuur mee zoet kunnen brengen. Hij vermoedde dat het zo was wanneer je je baan kwijt was, behalve dat hem geen ontslag was aangezegd, en dat je, als je werkloos was geworden, je meestal niet afvroeg wanneer je een kogel door je kop zou krijgen.

Alles was ingestort sinds hij de jongens in het drugspand had gevonden. De politie had het appartement uitgekamd en de drugshonden waren helemaal door het dolle heen geraakt. Nu was het de zoveelste lege flat in het blok. De handel was volledig tot stilstand gekomen, de klanten gingen ergens anders heen en alle leden van de groep stonden op de straathoeken, zich afvragend wat er ging gebeuren; wanneer iemand ze zou zeggen wat ze nu moesten gaan doen.

Een paar dagen geleden leek het erop dat Easy de zaak onder controle had, dat hij de problemen had gladgestreken en de voorraad en de verkoop weer op orde had gebracht. Maar Theo had hem sinds zaterdagavond niet meer gezien. Niemand trouwens. Eerlijk gezegd begon het hem de keel uit te hangen dat de anderen steeds vroegen wat Easy deed en waar hij uithing.

Theo had hem vaak gebeld, maar Easy's mobieltje stond uit of de batterij was leeg.

Of wat dan ook.

De liquidaties waren nog steeds voorpaginanieuws, maar er stond niets wat hij al niet eerder had gelezen. Het leek erop dat ze ouwe kost opdienden om de verkoop op peil te houden terwijl ze met ingehouden adem op de volgende moord zaten te wachten. Alsof ze wisten dat die eraan zat te komen. Hij dacht terug aan Easy die buiten de pub helemaal over de rooie was gegaan; hoe hij hun bijna nog een lijk had bezorgd waar iedereen zich over kon opwinden.

Theo was zondagochtend teruggegaan naar de Dirty South en had bij de achterdeur gekeken of er bloed lag. Hij had niets gevonden en was opgelucht dat Easy zich ermee tevreden had gesteld met zijn mes te zwaaien en die gast de stuipen op het lijf te jagen. Hij had voor de zekerheid ook naar alle nieuwsuitzendingen gekeken, maar had gelukkig niets gezien. Niet dat een steekpartij tegenwoordig nou direct groot nieuws was, maar toch.

Het enige wat hij nu kon doen was op zijn reet blijven zitten en zorgen dat hij veilig was, zorgen dat iedereen om hem heen veilig was, tot iemand hem zei wat hij moest doen.

Hij sloeg de bladzijden langzaam om onder het eten, met een oog op de deur gericht zoals altijd, en voelde in zijn zak het gewicht van het pistool dat hij uit het drugspand had meegenomen. Het pistool waar Sugar Boy niet snel genoeg bij had kunnen komen.

Hij hield op met kauwen, hield een paar seconden zijn adem in, toen hij de foto zag. En de kop erboven: VERDRIET ZWANGERE WEDUWE AGENT.

Haar gezicht stond gespannen en haar mond stond open alsof ze schreeuwde, maar hij zag dat het de vrouw was die hij een week of wat geleden had gesproken. Toen hij haar overeind trok, was hij verrast geweest door haar gewicht. De vrouw met de blauwe Fiesta en de gebroken eieren.

Theo las het artikel, maar het drong niet echt tot hem door. Hij had haar geholpen en ze had hem bedankt. Jezus, ze had zelfs iets in die parkeergarage gezegd, een of andere grap over dat ze haar baby naar hem wilde noemen...

Hij herinnerde zich het lawaai toen de BMW de bushalte ramde. Voelde het. Het metaal en het glas en de doffe dreun toen ze wegreden en hij door de regen achterom probeerde te kijken.

''t Is waarschijnlijk een even goeie naam als alle andere.'

Hij staarde naar de foto en liet zijn ontbijt koud worden. In de kop stond het woord 'verdriet', maar zo vond hij het er niet uitzien.

Ze zag eruit alsof ze iemand wilde mollen.

35

Helen keek omhoog naar de bewakingscamera's op iedere hoek van het dak terwijl ze bij de voordeur stond te wachten. Ze had ze ook al zien hangen bij het hek waar ze van de weg was afgeslagen, en ze vroeg zich af of hij haar had zien komen aanrijden. Ze was niet verbaasd dat een man als hij voorzichtig was. Hij had alles te verliezen, en er waren waarschijnlijk genoeg mensen die dat maar al te graag zagen gebeuren.

Maar hij zou ook wel zijn eigen mannetjes hebben, mensen die hem voor gevaar zouden waarschuwen of informatie voor hem verzamelden wanneer anderen met de handen in het haar zaten. Een netwerk. En hij had vast ook zijn eigen methoden om mensen wat kabaal te laten maken als een officieel onderzoek het oor te luisteren legde tegen een muur van stilte.

Maar het idee dat degene die achter Pauls dood zat ook verantwoordelijk was voor de liquidaties sloeg nergens op. Als je je kont wilde schoonvegen, waarom organiseerde je dan iets waardoor je na afloop een hele bende uit de weg moest ruimen? Dus aangezien degene die de jongens in de auto zijn vuile werk had laten opknappen niet in aanmerking kwam, lag het voor de hand.

Er waren niet zo gek veel andere kandidaten.

Nadat Helen die ochtend verschillende gesprekken met de moordbrigade had gevoerd om haar afspraak bij de Workz te regelen, had ze Jeff Moody gebeld. Toen ze Frank Linnell ter sprake bracht, had hij haar verzekerd dat hij nog steeds bezig was uit te zoeken wat de precieze aard van de relatie tussen Linnell en Paul was.

'Ik denk dat ik zelf wat meer te weten kan komen,' zei Helen.

'Ik weet niet of dat wel verstandig is.'

'Ik heb het weken geleden al opgegeven verstandig te zijn,' kaatste Helen terug.

Dit keer was het geen probleem om Linnells adres te krijgen.

De hal leek op de lobby van een exclusief hotel met een enorme vloer in bruin, geaderd marmer en een protserige kroonluchter. Er hingen olieverfschilderijen aan de muur en een brede wenteltrap liep omhoog naar de drie of misschien wel vier verdiepingen daarboven. Dat had wel een paar miljoen pond gekost, vermoedde Helen.

Linnell ging haar voor naar een keuken die nog veel luxer was dan die van Jenny. Ze ging aan tafel zitten en keek toe hoe hij thee zette. Het verbaasde haar dat er geen inwonend personeel leek te zijn, dat er verder niemand in huis leek te wonen.

'Je ziet er ongelooflijk goed uit,' zei hij. 'Als je bedenkt wat voor nacht je waarschijnlijk achter de rug hebt. Ik heb zelf ook niet best geslapen, om je de waarheid te zeggen. Het is moeilijk, hè, om gewoon door te gaan alsof er niks is gebeurd?'

'Tja.' Helen staarde naar zijn rug terwijl hij melk inschonk en roerde. Hij deed het weer, erover praten alsof zijn relatie met Paul net zoveel betekende als die van haar.

'Maar uiteindelijk hebben we geen keus, zo is het toch?' Hij zette de mokken op tafel en vroeg of ze een koekje wilde. Hij zei dat de vrouw die voor hem kookte de heerlijkste cakes maakte, als ze daar soms zin in had.

Helen had al gegeten en had al twee keer moeten overgeven.

'Je hebt je gisteren goed gehouden,' zei hij. 'Je hebt je van je sterkste kant laten zien, als ik het mag zeggen. In elk geval was je sterker dan de meesten van ons. Er zijn wel een paar tranen vergoten.'

Helen nam een slokje gloeiend hete thee en genoot van de pijn. Ze had geen zin in lulpraatjes over de begrafenis. Ze wilde over datgene praten waarvoor ze was gekomen. 'Heb je over die liquidaties in Lewisham gehoord?'

Hij knikte en sloeg zijn handen om zijn mok. 'Je kunt er niet omheen, het is voortdurend in het nieuws.'

'Vier moorden in amper twee weken,' zei ze.

'Twaalf dagen.'

'Ik geloof je op je woord.'

'Er moet wat gebeuren,' zei Linnell. 'En niet alleen door jullie. Door mensen hogerop... Die moeten de troep eens opruimen.' Hij schudde zijn hoofd. 'Ik wil niet harteloos overkomen, maar ik word er kotsmisselijk van, begrijp je wat ik bedoel? Je neemt afscheid van iemand als Paul terwijl er mensen rondlopen die dat soort dingen doen, alsof het leven niet meer waard is dan een afhaalmaaltijd. Dan zou je toch de armen ten hemel willen heffen?'

Hij keek alsof hij het meende. Misschien konden mensen als Frank Linnell dat wel, bedacht ze; misschien konden ze hun eigen handelen volledig los zien van dat van anderen, hoe schandelijk het ook was. Of misschien had hij die façade in dit soort situaties al jaren weten op te houden, lang voordat zij geboren was.

'Het waren die jongens in de auto,' zei ze. 'Degenen die zijn doodgeschoten. Zij zaten in die Cavalier toen Paul werd vermoord.'

Linnell deed niet echt moeite om verbijstering te veinzen. 'Je kunt ze toch moeilijk jongens noemen.'

'De jongste was veertien.'

Hij haalde zijn schouders op. 'Vind je niet dat je ieder recht op medeleven verspeelt als je aan de kost komt zoals zij? Als je vuurwapens gaat dragen?'

'Wat vind jij?'

'Hoor eens, je zult wel begrijpen dat ik niet diepbedroefd ben. Je zou het tenminste moeten begrijpen.'

'Is dat zo?'

'Was je niet een heel klein beetje blij toen je erachter kwam?'

Helen kon hem niet blijven aankijken en haar blik dwaalde af naar het dressoir in de hoek. Er stonden een stuk of tien foto's in felgekleurde lijsten op: een zwart-witfoto van een oude vrouw met een baby, een recentere foto van een andere vrouw met een jong meisje, Linnell zelf die met verscheidene mannen in pak poseerde. En verschillende foto's van een jonge vrouw. Ze was buitengewoon knap, met lang bruin haar, grote ogen en een glimlach die suggereerde dat ze dat feit niet helemaal accepteerde. Helen wist bijna niets over Linnells privéleven, en vroeg zich af of het zijn dochter was.

Linnell draaide zich om en volgde haar blik. 'Ik heb er ook ergens een paar van Paul, als je ze wilt zien.'

'Nee, bedankt.'

Ze wendden zich allebei van de foto's af.

'Luister, ik weet wel waarom je zo pissig bent,' zei hij.

'O, ja?' Heb je daar ook maar enig idee van? dacht Helen. Komt het ook maar één seconde in je op dat, ongeacht wat die jongens in die auto hebben gedaan, ze niet hebben verdiend wat jij ze uit wraak hebt laten doorstaan? Geloof je werkelijk dat wat jij hebt gedaan, gerechtvaardigd is, op een zieke egocentrische manier achtenswaardig is?

'Je kunt de gedachte niet verdragen dat Paul zijn tijd doorbracht met mensen van mijn soort.'

Helen slikte. 'Wat Paul deed was zijn zaak.'

'Ik zeg ook niet dat ik je dat kwalijk neem.'

'Ik wil niet over Paul praten.'

'Ik vermoed dat je erachter bent gekomen waar hij mee bezig was.' Hij wachtte, maar Helen zei niets. 'Wat betekent dat het je behoorlijk dwarszit dat hij het wel aan mij heeft verteld en niet aan jou.'

'Waarom denk je dat dat was?' Ze had zich voorgenomen kalm te blijven, maar nu begon ze harder te praten. 'Hij heeft het jou verteld omdat je deel uitmaakte van de operatie. Hij hoopte dat hij je kon gebruiken, dat is alles.'

'Als je dat wilt denken, oké. Maar als je zou willen luisteren, voel je je een heel stuk beter.'

'Ik heb jou niet nodig om me beter te voelen.'

'Ik was de enige die hij in vertrouwen kon nemen,' zei Linnell. 'Denk je eens in. Aan wie zou ik het moeten vertellen? Je mag geloven wat je wilt, maar ik betaal geen enkele politieman voor welke gunst dan ook, en als Paul met zijn activiteiten een paar van mijn concurrenten in de problemen zou brengen, des te beter. Ja, helemaal op het laatst vroeg hij me om een duwtje – waarvan ik wenste dat ik het hem gegeven had, geloof me – maar meer ook niet.' Hij speelde nu weer met zijn gouden ketting en wikkelde hem om zijn vinger. 'Ik denk dat hij er met iemand over moest praten, snap je? Ik denk dat hij erover piekerde. En hij kon bij niemand anders terecht.'

Er was enige opluchting, een welkome dosis begrip, maar dat gevoel verdampte weer snel en liet een vieze smaak achter. Helen kon het niet verkroppen dat wat Linnell haar vertelde als een soort troost was bedoeld, net zomin als ze de gedachte kon verdragen dat hij ongestraft wraak zou kunnen nemen op de jongens in die auto.

Maar er was niet veel wat ze eraan kon doen.

'Dus je weet niks over die moorden?'

'Behalve wat je me net hebt verteld, bedoel je?'

'En wat er in het nieuws is geweest natuurlijk.'

Hij dronk de rest van zijn thee op en glimlachte. 'Ik weet echt niet wat je wilt dat ik je vertel, Helen.'

Toen ze haar stoel achteruit schoof, stond Linnell op en stak zijn hand uit om te helpen. Ze negeerde hem. Hij zag hoe ze opstond en wegliep, en mompelde 'nou nou', alsof hij teleurgesteld in haar was of vond dat ze onbeleefd was. Hij vroeg of ze het zeker wist van die cake en zei dat hij zo een stuk voor haar kon inpakken zodat ze het kon meenemen.

Hij deed de koelkast open, maar Helen liep door.

Theo had het aan de stem van zijn moeder gehoord toen ze had opgebeld, en hij zag het aan haar gezicht toen hij bij haar binnenkwam. Toen ze opstond van de bank en op hem toe liep om hem te knuffelen.

'Heb je een drankje op?'

'Ik heb een paar drankjes op.'

'Wat is er aan de hand?'

'Waarom moet er wat aan de hand zijn?'

'Het is geen zondag,' zei Theo.

Ze gingen aan de tafel in de voorkamer zitten. Ze bood hem niets aan en vroeg niet of hij al had gegeten. Ze zette haar bril af en wreef in haar ogen.

'Alles goed met Angela?'

Ze keek hem aan alsof dat een idiote vraag was. 'Angela zit op school.'

'Ik maak me gewoon zorgen om jullie.' Hij glimlachte, maar hij had het gevoel dat dat niet zo lang zou duren.

'Jíj maakt je zorgen?' Er lag woede in zijn moeders ogen, een zeldzame en felle woede.

'Wat nou?'

'Hoe lang maak jij je al zorgen? Die paar minuten sinds je de deur bent binnengekomen?' De drank had haar accent sterker aangezet, waardoor de woorden langgerekter en zangeriger klonken. 'Wil je weten hoe het is om je de héle tijd zorgen te maken?'

Theo maakte een afkeurend ts-geluid, keek een andere kant op en bedacht dat ze geen flauw idee had.

'Je zo veel zorgen te maken dat je er niet van kunt slapen? Dat je je zo veel zorgen maakt om een van je kinderen dat je haast geen tijd hebt om aan de andere te denken?'

'Kom op, mam...'

'Niks kom op.' Ze schudde langzaam met haar hoofd en stond op. 'Ik wil geen ruzie met je, Theodore.' Ze liep naar de bank en pakte haar handtas. 'Ik wilde niet boos op je worden.'

'Het is goed.'

'Ik had die fles niet open moeten maken.'

'Als het maar af en toe is, kan het geen kwaad.'

Ze nam haar tas mee naar de tafel en ging weer zitten. 'Ik denk dat je je misschien meer zorgen maakt als je je kinderen laat hebt gekregen, zoals wij. Dan denk je dat je er misschien niet meer zo lang voor ze bent, snap je?'

'Ik weet het.'

'In het geval van je vader hadden we natuurlijk gelijk.'

Theo vroeg zich even af of hij zo door alles in beslag was genomen dat hij een belangrijke datum was vergeten: zijn vaders verjaardag of zijn sterfdag. Maar die waren allebei nog maanden ver weg.

'Hij zei altijd tegen me dat je te slim was,' zei ze. 'Dan zat hij daar en zei dat je een goed stel hersens had, dat je die natuurlijk van zijn kant van de familie had.'

'Ja, dat zei hij tegen mij ook.'

Ze glimlachte, maar meteen daarna zuchtte ze. 'Te slim om stomme dingen te doen, zei hij. Om in de problemen te komen.' Ze zweeg en frunnikte aan de sluiting van haar tas. 'Er was geen beter mens dan hij, en niemand heeft harder gewerkt dan hij,' zei ze, 'maar ik zeg je dat hij af en toe stront in z'n ogen had.' Ze zweeg en keek Theo aan.

Theo keek naar de tafel. Hij kon zich niet herinneren dat hij haar ooit zoiets over zijn vader had horen zeggen.

'Maar ik niet,' zei ze. 'Je moet trouwens wel blind zijn om niet te zien wat er hier aan de hand is. Of stom. En je weet dat ik geen van beide ben, toch?'

'Natuurlijk weet ik dat...'

Ze stak een vinger omhoog om hem het zwijgen op te leggen. 'Dus...' Ze maakte haar tas open en trok er een blauw plastic boekje uit. Ze schoof het over de tafel naar hem toe.

Theo maakte het open. 'Wat is dit?' Maar het was duidelijk genoeg: het logo van de spaarbank op de voorkant, de bijschrijvingen van de betalingen op iedere pagina.

'Jullie moeten vertrekken,' zei ze. 'Jij, Javine en Benjamin.' Ze wees naar het boekje in zijn handen. 'Het is niet veel, iets minder dan negentienhonderd pond, maar het is genoeg om ergens heen te gaan. Genoeg om het even uit te zingen tot je iets hebt gevonden.'

Theo wilde het boekje aan haar teruggeven. 'Ik vind dat je het drinken maar tot de zondagen moet beperken, oké?'

Ze keek er niet eens naar.

Hij bladerde het boekje door; de betalingen waren zonder mankeren iedere twee weken gedaan. Zijn mond was droog en zijn vingers voelden zweterig op het plastic. Hij had het pistool nog steeds in zijn zak. 'We kunnen ook met z'n allen gaan,' zei hij.

Hannah Shirley schudde haar hoofd.

'Waarom niet?' Hij boog zich naar voren over de tafel. 'Net als de laatste keer.'

'Ik wil niet weg,' zei ze. 'Ik heb een hoop vrienden hier en Angela heeft nu ook haar eigen vrienden. Het is nu anders dan de vorige keer dat we verhuisden. Ik wil haar niet losrukken.'

Theo herinnerde zich wat ze een paar minuten geleden had gezegd: dat hij het onderwerp van al haar zorgen was geweest, en hij wist dat zijn zusje ook recht had op een deel ervan. 'Je kunt je niet veroorloven me dit te geven,' zei hij.

Ze trok een quasi beledigd gezicht. 'Zeg, ik ben geen waardeloos oud wijf, hoor. Ik ben eenenvijftig. Ik krijg nog steeds geld van de London Transport waar je vader heeft gewerkt, en tot je zus klaar is met school kan ik een parttime baantje zoeken. Dat zou ik graag doen, misschien werken in een winkel of zoiets. Het zou goed zijn om eens wat meer uit huis te komen, om je de waarheid te zeggen. Ik kan goed met mensen omgaan, weet je?'

'Dat weet ik.'

'En jij,' ze wees naar hem, 'moet eens wat beter voor je gezin zorgen.' Ze liet zich achterover zakken in haar stoel, staarde hem een paar seconden aan en wierp toen haar armen omhoog, alsof het allemaal onzin was geweest, een aardig hypothetisch gesprek. 'Nou ja, ik zit maar wat te kletsen.' Ze glimlachte en stak haar hand uit naar een van Theo's handen. ''t Komt alleen maar door de drank.'

Theo knikte. 'Oké.'

'Goed. Ik zal eens wat thee gaan zetten...'

Toen ze naar de keuken was gegaan, keek hij het spaarbankboekje door dat zijn moeder op tafel had laten liggen. Sommige stortingen waren belachelijk laag, een paar pond, maar ze waren iedere twee weken gedaan en de lijst van betalingen besloeg vele pagina's.

Theo voelde tranen opkomen en doorbreken. Terwijl hij ze wegveegde, keek hij op en zag zijn moeder vanuit de deuropening van de keuken naar hem kijken.

'En daar hoef je ook niet bang voor te zijn,' zei ze. 'Je vader huilde nooit, zo'n man was hij nu eenmaal. Zelfs niet toen hij ziek was; toen moest ik huilen voor twee.' Ze leunde tegen de deurpost. 'De enige keer dat ik me kan herinneren dat hij huilde was toen Engeland van West-Indië won...'

Laura kwam een paar minuten nadat Helen was vertrokken naar beneden en ging op de onderste tree zitten. 'Ik hoorde jullie ruziën,' zei ze.

'Niet echt.' Frank liep langzaam heen en weer in de hal. 'Ze raakte alleen een beetje over haar toeren. Je kunt haar niet echt kwalijk nemen dat ze overstuur is.'

'Ik snap niet hoe ze het voor elkaar krijgt,' zei Laura. 'Dat ze links en rechts mensen opzoekt en gewoon met alles doorgaat. Ik denk dat ik in een hoekje zou willen wegkruipen.'

'Ja, ze is taai. Maar dat zal ze nodig hebben ook.'

Toen vroeg hij Laura wat hij moest doen. Of hij Helen moest helpen door haar te vertellen wat hij wist. Om voor de hand liggende redenen zei hij niet hoe hij dat wist, maar op het moment dat hij de vraag stelde, besefte hij dat hij zichzelf gewoon voor de gek hield. Laura doorzag hem altijd, wist wat hij had gedaan of wat hij van plan was te doen; maar toch hield hij het waarom en waarvoor liever voor zich. Het was gewoon iets waar hij achter was gekomen en hij wilde weten of zij vond dat Pauls vriendin het moest horen. Zo eenvoudig lag het.

'Wil je dat doen omdat je je schuldig voelt?'

Hij had gelijk gehad: hij zat zichzelf voor de gek te houden. 'Doe niet zo stom. Het is alleen, dat als je bedenkt wat het voor haar betekent, ik het gevoel heb dat het netjes is om het zo af te handelen. Het lijkt me... gepast, snap je?'

Laura zat op een nagel te bijten en Frank liep naar de keuken om een cola light voor zichzelf te pakken. Toen hij terugkwam stond Laura op de overloop van de eerste verdieping, op weg naar boven.

Ze leunde over de balustrade. 'Ja,' zei ze. 'Dat is het beste.'

Toen Helen terugkwam in de flat stond er een felrode vijf op haar antwoordapparaat te knipperen.

Jenny, haar vader en Roger Deering hadden alle drie gebeld om te vragen hoe het met haar ging, en hadden gezegd dat ze moest terugbellen als ze iets nodig had. Gary Kelly wilde graag een afspraak maken om langs te komen om Pauls gitaar op te halen.

De vijfde beller had zijn naam niet genoemd.

Ze speelde het bericht een tweede keer af om te ontdekken van wie de stem was die haar wel bekend voorkwam, maar die ze niet kon plaatsen; en daarna nog een keer toen ze pen en papier bij de hand had om de relevante informatie op te schrijven.

Het adres, de naam van de man die ze zou ontmoeten en waar ze op moest letten.

Ze wist dat die tent tot laat open was, maar het was uitgesloten dat ze de energie bij elkaar kon rapen om er die avond weer op uit te gaan. Ze zou vroeg gaan slapen en er de volgende ochtend heen gaan.

Omdat ze de volgende dag was uitgerekend, wist Helen wat Jenny en haar vader ervan zouden zeggen, en dat ze weleens gelijk zouden kunnen hebben.

Ze had het tegenover Pauls moeder als excuus gebruikt, maar ze

wist dat het waarschijnlijk verstandiger was om dicht bij huis te blijven.

Ze speelde het bericht nogmaals af, maar ze kon de stem nog steeds niet thuisbrengen. Als de baby op tijd kwam, waren er genoeg zieken-huizen in de buurt. En de vorige keer had het haar niet veel tijd gekost om naar Lewisham te rijden.

36

Helen kwam in de club aan toen die nog geen halfuur open was, maar de man naar wie ze volgens de instructies moest uitkijken was er al, en zat precies waar de beller had gezegd dat hij zou zitten. Hij zat aan de bar over een mok thee en een bord toast gebogen, en toen Helen dichterbij kwam, zag ze dat hij een formulier op de racepagina's van de *Sun* bestudeerde en tussen de happen door zijn favorieten met een blauwe ballpoint omcirkelde.

Het leek alsof er verder niemand in de tent was.

Jacky Snooks keek niet blij toen hij werd onderbroken, maar toen Helen hem haar legitimatie liet zien en zei waar ze over wilde praten, veranderde zijn houding. Hij leek verrast. Geïnteresseerd.

'Hoe ben je daar dan achter gekomen?'

'Doet er niet toe.'

Snooks haalde zijn schouders op alsof het er inderdaad niet toe deed. Hij nam een hap van zijn snee toast en gebaarde met de rest ervan. 'Is dat echt? Of heb je er een kussen onder gestopt als vermomming, zeg maar?' Hij lachte met een sissend geluid, waarbij hij een mondvol doorweekt brood en een gammel gebit liet zien.

'Geen kussen,' zei Helen. Ze knikte naar de pooltafels die zich in het halfduister achter hen uitstrekten, nog steeds verborgen onder de opgelapte zilverkleurige dekkleden. 'En ik heb geen trek om dit er op een van die tafels uit te persen, dus ik heb liever dat we dit snel afhandelen.'

Snooks stak de rest van de snee toast in zijn mond en veegde zijn handen af aan zijn broek. 'Met een briefje van twintig gaat het meestal 'n stuk vlugger,' zei hij.

Nadat hij het geld in de zak van zijn overhemd had gestopt, vertelde hij haar dat een van de plaatselijke bendes vaak in de club kwam, tot een week of drie geleden tenminste. Daarna had hij ze niet veel meer gezien.

'Heb je ook namen voor me?'

'Alleen die stomme bijnamen die ze allemaal hebben.'

'Ik luister.'

Hij noemde een aantal namen die Helen herkende van de muurschildering die ze had gezien toen ze de vorige keer in Lewisham was geweest. De erelijst. Het bevestigde wat de anonieme beller had gezegd, en ze voelde de spanning stijgen; ze ging sneller ademen.

En ze wist dat er meer was.

'Vertel me eens over die man in het pak,' zei Helen. 'Met wie je ze hebt zien praten.'

Snooks wierp verlangende blikken op zijn krant. 'Ik heb een vent in een pak gezien,' zei hij. 'Einde verhaal, echt waar.'

'Dan wil ik die twintig pond terughebben.'

Snooks zuchtte, draaide rond op zijn kruk en wees naar de trap. 'Daar kwamen ze naar beneden, alsof ze boven een vergadering hadden gehad. Dat is vijf of zes weken geleden, zoiets. Wave, die gast met dat idiote haar, die deed alsof hij de baas was, en zijn Pakistaanse bodyguard. En die blanke vent in zijn pak; zag eruit als een makelaar of zoiets. Deden net alsof ze dikke maatjes waren, handen schudden en zo, en er stonden nog een paar anderen omheen die keken alsof ze niet wisten wat er aan de hand was.'

Helen nam niet de moeite om een signalement te vragen. De man die het bericht op haar antwoordapparaat had ingesproken, had gezegd dat ze meer los kon krijgen.

'Aan wie heb je dit nog meer verteld?'

'Geen idee, een paar mensen. Ik kan het me niet herinneren.'

Zelfs al had Helen niet geweten dat hij loog, dan had ze het aan de angstige blik in zijn ogen kunnen zien. 'Kom op, ik heb het toch niet van de kabouters gehoord?'

Snooks keek slecht op zijn gemak, alsof hij voor die twintig pond al veel te veel had gezegd.

Helen dacht niet dat het veel zou uitmaken. Ze wuifde haar eigen vraag weg en zei hem dat hij weer verder kon gaan met gokken nadat hij haar gewezen had waar de manager was.

'Waarom heb je het niet gewoon aangenomen?'

'We hebben het niet nodig.'

'Nee, natuurlijk niet. We kunnen gewoon wat van de bank lenen, toch? We kunnen wat van onze spaarcenten gebruiken, al dat geld dat we opzij hebben gelegd. Ja hoor, geen probleem.'

Zodra hij zijn mond had opengedaan, wist Theo dat hij een vergissing had begaan. Javine was er als een pitbull bovenop gesprongen en had hem vanaf dat moment op de huid gezeten alsof hij een pracht-kans had laten liggen.

'Ze zei het gewoon maar, man,' zei Theo. 'Dat ze een baantje zou ne-men, dat het allemaal goed was en zo. Maar je hebt haar gezicht niet ge-zien.'

'Dat doen ouders nu eenmaal. Die offeren zich op, oké?'

Theo schudde zijn hoofd. 'Ja, als je een kind bent en je niet voor je-zelf kunt zorgen. Daarna moet je het zelf doen. Dan moet je voor hen zorgen.'

Ze zaten in de woonkamer. Benjamin lag op zijn rug in de hoek on-der een felgekleurd babyspeeltoestel geluidjes te maken en met zijn handjes naar het spiegeltje te slaan dat boven hem hing. Theo zat op de bank terwijl Javine heen en weer liep naar de keuken waar ze een flesje klaarmaakte.

'Het is gewoon ontzettend jammer, weet je?' zei ze. Ze stond in de deuropening een flesje te schudden. 'Als zoiets je op een presenteer-blaadje wordt aangeboden en je het afslaat. Dat gebeurt nou niet elke dag.'

Het was oké als ze schreeuwde, dan kon hij terug schreeuwen, maar hij kon er niet tegen als ze die droevige stem opzette. Alsof ze geen ru-zie wilde maken, maar alleen verdrietig was. Alsof het niet zijn schuld was dat alles in de soep liep.

'Het had ons misschien de kans gegeven weg te gaan, weet je.'

Hij had er al spijt van dat hij haar had verteld dat zijn moeder hem het geld had aangeboden, maar hij kon zich de haren wel uit zijn kop trekken dat hij ook had verteld waarom. Hij had zich al schuldig gevoeld als hij er alleen maar aan dacht om weg te gaan, om zijn moeder en Angela achter te laten, en dat was nog erger geworden toen zijn moeder erover begonnen was. Het was alsof ze had geweten dat hij het overwoog. Meende ze het echt of bood ze haar hulp aan omdat ze wist dat hij het niet zou klaarspelen? Dat hij gered moest worden als een kleine jongen?

Zelfs nu hij bedacht dat het verkeerd zou zijn om weg te gaan, voelde hij zich een egoïst.

Misschien zouden ze het wel redden zonder hem. Ze hadden toch al nooit op hem kunnen rekenen. Maar zou hij het wel aankunnen? Dat hij er niet zou zijn als ze hem echt nodig hadden? Dat hij Angela niet kon zien opgroeien en er niet was om haar te beschermen wanneer er jongens net als hijzelf kwamen rondsnuffelen?

'Je bent een goeie zoon,' zei Javine.

'Die huilend bij zijn moeder moet aankloppen om geld.'

'Ze heeft het aangeboden.'

'Het is haar spaargeld.'

'Ik weet dat je aan je moeder denkt, T...'

Ze hoefde niets meer te zeggen. Maar hoe zit het met mij? En met Benjamin?

Theo zag haar weer de keuken in gaan, hoorde haar de deur van de koelkast dichtdoen en hoorde de magnetron zoemen toen ze het flesje opwarmde. 'We hebben dat geld niet nodig,' zei hij.

Hij keek naar Benjamin die met zijn beentjes lag te trappelen en omhoog staarde naar zijn evenbeeld in het plastic spiegeltje. Als hij het er levend af zou brengen, wist Theo dat, ongeacht waar hij terecht zou komen, hij alleen maar wilde dat zijn zoon zichzelf recht in de ogen zou kunnen kijken.

De manager van de Cue Up was een kalende vetzak die Adkins heette. Hij had een dikke kont en droeg een stropdas op een overhemd met korte mouwen, wat Helen altijd een tikje potsierlijk vond staan. Ze wist niet zeker wat hij op de computer in zijn kleine rommelige kantoor aan het doen was, maar hij was niet in een buitengewoon goeie bui toen hij opendeed.

De legitimatiekaart leek zijn werk weer te doen, hoewel Adkins er amper een blik op wierp voordat hij Helen naar een stel groezelige monitoren onder het enige raam leidde.

Het had er alle schijn van dat hij haar al verwachtte.

Het beveiligingssysteem zag er vrij eenvoudig uit, met inputkabels van een camera bij de ingang van de club, een paar camera's in de bar en de speelruimten, en nog een paar in het trappenhuis en voor de toiletten. De methode om de tapes te bekijken was echter wat minder efficiënt dan die in de toezichtcentrale waar Helen twee weken eerder had gezien hoe Paul in de taxi van Ray Jackson stapte.

'Kan effe duren,' zei Adkins.

'Hoe lang?'

'Als je pech hebt tot sint-juttemis.'

Het was benauwd in het kantoortje en terwijl Adkins op zoek was naar de beelden liep Helen naar een kleine waterkoeler in de hoek en schonk zich een bekertje water in, aangezien haar gastheer zich kennelijk niet geroepen voelde om haar iets aan te bieden. Ze voelde het zweet op haar hele rug en buik prikken, en zelfs na drie bekertjes voelde haar mond nog droog aan en kon ze moeilijk slikken.

De baby roerde zich. Om de paar minuten voelde ze haar maag verschuiven, een plotselinge ruk, diep vanbinnen, die ze nog niet eerder had gevoeld, en die haar iedere keer een paar seconden lang de adem afsneed. Ze wist niet zeker of het haar lichaam was dat zich voorbereidde op het ophanden zijnde natuurlijke trauma, of dat het haar zenuwen waren... haar angst voor wat ze wellicht op het punt stond te zien.

Datgene waarvan iemand had besloten dat ze het moest zien.

'Alsjeblieft.' Adkins liep terug naar de computer en liet zich in zijn stoel vallen. 'Ga je gang... Tweede van links.'

Helen liep ernaartoe en boog zich naar voren om een beter zicht te krijgen en ging tussen het raam en de monitor staan om de schittering op het scherm te verminderen. Het was een klein scherm, twintig of drieëntwintig centimeter, in een gedeukte metalen behuizing. Het beeld stond stil: een wazig zwart-witbeeld van een gang; de donkere lijn van een leuning in de linker benedenhoek.

'Ik heb hem op pauze gezet,' zei Adkins. 'Druk maar op PLAY.'

Helen drukte op de knop en keek. Een halve minuut lang gebeurde er niets, alleen de tijdindicatie veranderde rechtsonder in beeld van seconde tot seconde. Het enige geluid was een laag gezoem. Ze draaide zich om en vroeg hoe ze het geluid kon regelen.

'Geen geluid op dit systeem,' zei Adkins. 'Veel te duur.'

Toen Helen weer naar het scherm keek, zag ze twee figuren snel op de camera af lopen, en een derde die een meter achter hen aan liep. De twee mannen voorop waren diep in gesprek gewikkeld, knikkend, gebarend met hun handen.

Wave en de man in het pak.

Net voordat ze bij de camera waren en begonnen te vertekenen, sloegen ze rechts af en verdwenen uit beeld toen ze de trap afliepen. De derde figuur, een goedgebouwde Aziatische jongen, liep achter hen aan. Helen spoelde de band terug tot vlak voor het moment dat Wave en de man in het pak verdwenen. Toen zette ze het beeld stil en zat daar net zo stil als het beeld zelf.

Ze staarde naar een gezicht dat ze kende, wiens glimlach ze had beantwoord, een gezicht dat ze nog maar twee dagen geleden gegroefd door de zorgen en vervuld van medeleven had gezien.

Adkins hoorde haar geschrokken inademen. 'Gaat het goed, schat? Je gaat toch niet…?'

'Ik heb deze band nodig,' zei ze.

'Goed, dan maak ik een kopie.'

'Ik wil hem nu hebben.'

Adkins was nog bezig zich overeind te hijsen toen Helen de band uit de videorecorder haalde. Hij riep haar iets na toen ze naar buiten liep, maar ze hoorde het niet. Het kon haar ook niets schelen. Twee trappen af en de straat op, ze wilde eigenlijk rennen maar keek goed waar ze liep en hield de cassette zo stijf vast dat ze de plastic behuizing bijna kapot kneep.

Ze herinnerde zich iets wat Ray Jackson achter in zijn taxi had gezegd. Iets waarvan ze had moeten beseffen dat het belangrijk was.

Een gestroomlijnde blauwe Mercedes stond stationair te draaien langs de stoep tegenover de ingang. Jacky Snooks stond voorovergebogen te praten met de man op de achterbank. Toen Snooks zich oprichtte en opzij ging, zag Helen Frank Linnell. Ze bleef op een meter afstand staan, en wilde dolgraag naar haar eigen auto, maar ze wist dat ze iets tegen hem moest zeggen. Dat Linnell op dit moment had zitten wachten. Toen ze een blik voor in de auto wierp, herkende ze de chauffeur als de man die haar Linnells pub binnen had gelaten en haar een drankje had gebracht. Nu herinnerde ze zich zijn stem ook, en eindelijk wist ze wie de anonieme boodschap op haar antwoordapparaat had achtergelaten.

'Helen?'

Ze zag de uitdrukking op Linnells gezicht en begon te begrijpen waarom.

Linnell stak zijn hoofd uit het raampje en knikte naar de band in haar hand. 'Heb je hem herkend?'

'Nog nooit van m'n leven gezien,' zei Helen.

Frank staarde uit het achterraam terwijl Clive hem naar huis reed via de route van bus 380 die van High Street naar Belmarsh Prison liep. Als ze eenmaal door het drukke verkeer heen waren, zou de Mercedes Lewisham Hill op rijden en afslaan naar het oosten in de richting van Wat Tyler Road en Blackheath. Aan de andere kant weer naar beneden en door een uitgestrekt groen gebied omzoomd door vrijstaande huizen; enorme huizen van drie of vier verdiepingen die nog niet in appartementen waren gesplitst. Maar voorlopig was het uitzicht nogal beperkt: deuropeningen vol vuilniszakken en naambordjes waarvan hij de namen nauwelijks kon uitspreken. Als jonge vent had hij in deze straten rondgehangen, had er ruim dertig jaar geleden zaken gedaan, maar nu herkende hij ze amper meer.

'Het lijkt Oost-Europa wel,' zei hij tegen Clive. 'Het tart de geest.'

Hij wist niet of het kwam door de immigranten, de drugs, of de vuurwapens die van hand tot hand gingen als voetbalplaatjes. Hij had geen antwoord klaar. Hier en daar een gestoorde idioot had je altijd al gehad, ook vroeger al, maar jezus... Als je neergestoken kon worden omdat je op de verkeerde manier naar iemands schoenen keek, vond Frank dat er iets moest gebeuren, en voor mensen als hij was dat misschien makkelijker dan voor de politie of politici.

Frank kon niet uitmaken of Helen tegen hem had gelogen of niet. Zoals de zaken ervoor stonden maakte dat ook niet veel uit. Hij wist dat hij er goed aan had gedaan haar dit in de schoot te werpen. Dit was iets wat ze voor Paul kon doen, en misschien voelde ze zich er wat beter door na alles waar ze hem van had verdacht. Ze verkeerde ook in de volmaakte positie om het te organiseren. Zelfs als ze de persoon in kwestie niet had herkend, beschikte ze over de contacten om erachter te komen wie hij was. Frank zou de naam uiteindelijk zelf ook wel kunnen achterhalen, maar hij wist dat het meer voldoening gaf de zaak aan Helen over te dragen. Hij had nagedacht over de beste manier om het aan te pakken sinds Clive hem had verteld wat er in dat drugspand was gezegd, sinds hij het had gecombineerd met wat Jacky Snooks hem had verteld.

Op de korte termijn was het misschien frustrerend om het door de politie te laten afhandelen, maar het zou later zeker vruchten afwerpen. Smerissen hadden het in de bak altijd zwaarder. Wie het ook was, hij zou honderd keer boete doen voor wat hij Paul had aangedaan, en iedere dag weer.

Wraak kon directe bevrediging opleveren, had Frank bedacht, maar soms was het beter om wat geduld te oefenen.

Hij vroeg zich af of Helen Weeks een paar van haar collega's op hém af zou sturen nadat haar baby was geboren en er wat meer rust in de tent was gekomen. Hij voelde zich tamelijk veilig en had behoorlijk wat afstand tot alles bewaard, maar hij had het vermoeden dat hij achteraf nog weleens lastiggevallen zou kunnen worden. Het was duidelijk dat ze wist dat hij achter de moorden op de lucifermannetjes zat. Dat bleek uit de manier waarop ze hem drie dagen geleden aan de tand had gevoeld. Toespelingen maken en vragen of hij iets wist, alsof hij gewoon zijn handen omhoog zou steken en ter plekke alles zou bekennen, daar in zijn keuken.

Nogal onnozel…

Hij mocht haar graag en had haar vanwege Paul fatsoenlijk behandeld, maar ze waren geen van tweeën stom, toch?

Of ze nou op alledag liepen of op vakantie waren, types als Helen Weeks namen nooit vrijaf. Daarom hadden Paul en hij ook nooit over zaken gepraat, niet tot op het allerlaatst, tenminste. Dat hadden ze allebei verstandiger gevonden. Iedere goeie vriendschap had tenslotte zijn beperkingen.

Frank keek uit het raam naar de winkels en naar de jongeren die voor de deur stonden te niksen en vroeg zich af wie hij voor de gek probeerde te houden. Hij wist dat wanneer het over een week of twee allemaal was opgelost en de stront was weggespoten, er al heel snel iets anders voor in de plaats zou komen. Iets ergers waarschijnlijk. Het gat in de markt bleef niet lang onopgevuld.

Dat gold ook voor de lucifermannetjes. Als het eenmaal achter de rug was zou een andere club 'Hartelijk dank' zeggen en het braakliggende terrein al snel innemen.

Er zou ondertussen ook wel weer iemand aan Pauls bureau zitten. En hoe lang zou het duren voordat zijn vriendin iemand had gevonden om haar te helpen zijn kind op te voeden?

'Heb je nog veel op het programma staan voor de rest van de dag?' vroeg Clive.

Frank keerde zich van het raam af en zei: 'Meer dan me lief is.'

Het leven ging door.

IV

Licht uit

37

'Hoe lang ben je over tijd?'

'Anderhalve week,' zei Helen. 'Als er het weekend nog niks is gebeurd, gaan ze de bevalling inleiden.'

'Dan moeten we dus opschieten.'

Jeff Moody zat tegenover haar op de bank, net als de eerste keer toen hij in de flat was geweest. Het leek of hij hetzelfde blauwe pak droeg, hoewel Helen vermoedde dat hij er een paar van had. Hij was niet het type dat tijd aan winkelen zou verspillen, en zeker niet onlangs. Hij had het druk gehad.

'Hoe houdt hij zich?' vroeg Helen. Ze kon zich er niet toe brengen zijn naam uit te spreken.

'Hij blijft ontkennen,' zei Moody. 'Het wordt niet makkelijk.'

Helen knikte. Dat was het zelden, maar meestal was zij degene die dat aan de gefrustreerde familieleden van de slachtoffers moest uitleggen. Natuurlijk had zij bij die gelegenheden ook frustratie gevoeld, maar nu pas begreep ze hoe onbeduidend haar gevoel daarbij vergeleken was. Zij kreeg altijd weer een volgende zaak onder handen. Slachtoffers en hun naasten hadden altijd maar één leven.

Moody maakte zijn diplomatenkoffertje open en reikte een foto aan. Helen keek naar de sleutelbos op de foto; ze had het versleten leren etui al duizend keer gezien. 'Die hebben we in Kelly's huis gevonden,' zei Moody. 'Het is duidelijk hoe hij hier is binnengekomen.'

'Daar valt toch moeilijk een verklaring voor te geven, zou ik denken.'

'Hij beweert dat Paul die aan hem had gegeven voor het geval dat jullie allebei waren buitengesloten.'

Helen schudde haar hoofd. 'Dat zijn Pauls sleutels. Ik heb het gecontroleerd, en ze zitten niet in de tas die ik na het ongeluk heb teruggekregen. Hij moet ze hebben gepikt.'

'Ik denk... het kan zijn dat hij ze van Paul heeft gepikt,' zei Moody, 'bij de bushalte, terwijl hij op de ambulance stond te wachten. De getuige zei dat hij naast Paul op de grond heeft gezeten. Hij zou het moeiteloos hebben kunnen doen.'

Helen slikte en gaf de foto terug. 'Maar het is niet makkelijk te bewijzen.'

'Net als de rest.'

'We hebben de band van de bewakingscamera. Daarop praat hij met Wave.' Moody knikte.

'En Sarah Ruston?' vroeg Helen.

'Ze werkt goed mee.'

'In ruil voor strafvermindering?'

Moody haalde zijn schouders op. Ze wisten allebei hoe het werkte. 'Ze heeft Errol Anderson, alias Wave, geïdentificeerd als een van de mannen die haar de instructies hebben gegeven, die de dag ervoor de kogels in haar auto hebben geschoten en die het tijdstip, de snelheden en dergelijke met haar hebben doorgenomen. Ze beweert dat ze met z'n tweeën waren, maar ze kan niet met zekerheid zeggen wie de andere was. Misschien is het een van de andere jongens die zijn doodgeschoten, maar dat weet ze niet zeker. Hij had zijn hoodie de hele tijd op.'

'Maar we hebben nog steeds een direct verband met de bende.'

'We hebben een stuk band waarop Kelly met een van hen praat. We kunnen niet vaststellen waar ze het over hadden.'

'Maar het is wel verdomd toevallig, vind je niet?'

'Ja...'

'Hij praat toevallig met een bende die vervolgens een ongeluk in scène zet waarbij een van zijn collega's wordt gedood. Een goeie persoonlijke vriend die bezig is met een onderzoek naar corrupte smerissen.'

'Mij hoef je niet te overtuigen, Helen.'

Ze haalde diep adem en zei tegen Moody dat het haar speet. Hij werd een beetje rood en wuifde haar verontschuldiging weg. 'Hoe verklaart híj het? Die ontmoeting in de snookerclub?' vroeg Helen.

'Nou, tegen het advies van zijn advocaat in is hij redelijk spraakzaam.'

Helen herinnerde zich de valse bezorgdheid van Kelly toen ze zaten te bespreken welk gedicht hij op de begrafenis zou voordragen. 'Dat geloof ik graag.'

'Hij beweert dat híj spionagewerk deed. Een of andere anonieme tip of zoiets.'

'Op wiens gezag?'

'Op eigen houtje. Zei dat hij een risico nam door de juiste procedures niet te volgen en zo. Geeft maar al te graag toe dat hij op roem uit was.'

'Beter dan dat je een moordenaar bent, toch?'

'Tja...'

'Dus hoe ziet het er nu uit? In het algemeen gezien?'

Moody leunde achterover, blies zijn wangen op en liet de lucht eruit lopen. 'Het probleem is dat het zo'n rare zaak is, en het om heeft geen idee hoe ze het aan moeten pakken. Ze vonden het al moeilijk genoeg om uit te dokteren wat ze Ruston ten laste moesten leggen.'

Uiteindelijk waren ze voor doodslag gegaan. Helen had de telefoon op de haak gesmeten toen Tom Thorne haar met het nieuws had gebeld.

'Zoals ik zei, het ligt allemaal niet zo duidelijk.'

'Maar hij draait wel de bak in, toch? Dat heb je me beloofd.'

'Hoor eens, het is allemaal indirect bewijs, maar als we geluk hebben is het gewicht ervan doorslaggevend. De sleutels, de video en wat allemaal nog meer. Maar het motief is wel een probleem.'

'Wat stond er op de computer?'

'Niet veel relevants. En zeker niks over Gary Kelly of iets wat belastend voor hem zou kunnen zijn.'

'Hij wilde Paul uit de weg hebben voordat dat zou gebeuren.'

Moody knikte. 'Maar hij wist niet zeker of dat al niet was gebeurd, en daarom wilde hij die laptop hebben en heeft hij ingebroken in je flat. Hij had er niet op gerekend dat je thuis zou zijn.'

'Ik had hem verteld dat ik die avond bij mijn vader zou logeren,' zei Helen.

'Waar we om te beginnen achter moeten komen, is waarom Kelly dacht dat Paul een gevaar voor hem vormde. Hoe hij achter de operatie is gekomen.'

Helen was een week lang de flat bijna niet uit geweest. Ze had er gezeten, gegeten en geslapen en had nagedacht over wat Kelly precies had gedaan, waarom hij het had ingekleed zoals hij had gedaan.

'Dat zal ons helpen om hem te pakken,' zei Moody.

Het moest volkomen toevallig lijken, het ergste geval waarin iemand op het verkeerde moment op de verkeerde plaats was. De aard van Operatie Victoria betekende dat een 'ongeluk' verdacht kon hebben geleken. Het was niet aannemelijk dat Paul zou vergeten het gas uit te zetten of van een trap zou vallen. En iedere vorm van huurmoord was duidelijk uitgesloten.

Toen Kelly eenmaal wist hoe hij het zou aanpakken, had hij zichzelf vast en zeker dagenlang op de schouder geklopt.

Het ongeluk zou niet alleen Paul uit de weg ruimen, maar zou Kelly zelf bovendien vrijpleiten van alle verdenking. Hij was daarbij bijna zelf om het leven gekomen, zoals een getuige bij de bushalte hulpvaardig had verklaard. Daar had Helen ook over nagedacht. De man bij de bushalte had gezegd dat Paul Kelly uit de weg had geduwd toen de auto op hen af slingerde, maar het kon ook zijn dat hij wat hij had gezien verkeerd had geïnterpreteerd. Dat was schering en inslag bij getuigen, en in veel minder stressvolle situaties.

Het was een mooie gedachte dat Pauls laatste daad, hoe misplaatst ook, een heroïsche was geweest, maar als Helen haar ogen dichtdeed, zag ze Kelly als degene die had geduwd om er zeker van te zijn dat Paul werd geraakt en hij zelf buiten schot bleef. Hij was wankelend weggelopen met een paar mooie sneeën en blauwe plekken, huilend om zijn maat, en had zich op de grond laten vallen om de sleutels te pikken toen Paul op sterven lag.

'Helen?'

'Ik denk dat ik weet hoe Kelly erachter is gekomen,' zei ze.

'Ga verder.'

'Kevin Shepherd. Shepherd had hem in z'n zak.'

Helen vertelde hem over het gesprek met Ray Jackson achter in zijn taxi. Diens reactie waarvan het belang haar in eerste instantie was ontgaan. Het was niet meer dan een klein misverstand geweest, tenminste, dat had ze destijds gedacht:

'Je hebt een passagier achter in je taxi gehad, een politieman, op vrijdag...'

'Welke bedoel je?'

'Pardon?'

'Welke vrijdag?'

Ze herinnerde zich dat Jackson een ogenblik in verwarring verkeerde. Hij had zijn uitglijer weten te verdoezelen, en ze had het niet gemerkt. 'Toen hij vroeg: "Welke?" bedoelde hij eerst welke smeris, en niet om welke dag het ging.'

'Shepherd betaalt een hoop dienders,' zei Moody. 'Daarom ging Paul nou juist op hem af.'

Helen schudde haar hoofd. Ze was er zeker van. 'Shepherd heeft Kelly over Paul verteld. Daar moet je je op concentreren.'

Moody dacht erover na. 'Het verklaart wel het een en ander, op z'n minst de timing. Shepherd was het enige doelwit dat Paul onder handen had toen hij werd vermoord.'

'Daar heb je je motief,' zei Helen.

'Ik hoop dat je gelijk hebt. Dan hoeven we alleen het OM nog maar te overtuigen. Ze kunnen alsnog besluiten dat medeplichtigheid aan moord nog de beste kans maakt.'

'Als hij maar hangt, Jeff.'

Moody's koffertje lag open op zijn knieën. Hij boog zich eroverheen. 'Luister, als ze hem kunnen opbergen voor wat er met Paul is gebeurd, zullen ze dat zeker doen.' Hij sloeg het koffertje dicht en schraapte zijn keel. 'Maar ik weet dat hij het heeft gedaan, en los daarvan betekent dat dat hij door en door corrupt is. Als al het andere mislukt, zorg ík ervoor dat hij daarvoor achter slot en grendel gaat. Oké?'

Helen gaf geen antwoord, zodat hij het haar nog een keer vroeg. Ze zag dat Moody het meende, en besefte dat dat haar enige hoop was. Ze bedankte hem en hij beloofde te bellen zodra er nieuws was. Daarna liet hij haar hetzelfde beloven.

'En hoe zit het met Frank Linnell?'

'Nou, het is natuurlijk niet mijn terrein, maar ik heb jouw informatie doorgegeven en degenen die de liquidaties in Lewisham onderzoeken zullen hem ongetwijfeld tegen het licht houden. Maar als ik enigszins weet hoe mensen als Frank Linnell werken, lijkt me dat ook geen gemakkelijke zaak.'

Helen was het met hem eens, maar dat was niet wat ze bedoelde. 'Ik had het over Linnell en Paul. Je zei dat je zou proberen het uit te zoeken.'

'Ja, dat is waar.' Hij keek ongemakkelijk, alsof hij nieuws had dat niet zozeer slecht was als wel pijnlijk. 'We zijn er vrijwel zeker van dat ze nooit illegale overeenkomsten zijn aangegaan, dus het enige wat ik heb is een klein voorvalletje.'

'Linnell heeft me iets verteld,' zei Helen. 'Een of andere zaak waar Paul aan werkte.'

'Linnells halfzus, Laura,' zei Moody. 'Ze is zes jaar geleden vermoord door haar vriend, en Paul was een van de rechercheurs. Het lijkt erop dat ze nadien contact hebben gehouden.'

Helen herinnerde zich de foto's in Linnells keuken. Geen dochter dus. 'Hoe is ze vermoord?'

'Doodgestoken. Het jaloerse type kennelijk.'

'Hoe lang heeft hij gekregen?'

'Nou, dat is het 'm juist. Hij is zelf neergestoken toen hij in Wandsworth in voorarrest zat. Twee dagen voordat zijn zaak zou voorkomen.'

'Iemand heeft de belastingbetaler een hoop geld bespaard.' Op Helens gezicht stond duidelijk te lezen wie die 'iemand' volgens haar geweest kon zijn.

Moody glimlachte bitter. 'Ik heb de rechercheur gesproken die het onderzoek destijds leidde, en dat is in ieder geval ook wat hij vermoedt. Maar hij heeft het natuurlijk nooit ook maar bij benadering kunnen bewijzen...'

Helen zag het gezicht van het meisje weer voor zich, net als dat van Linnell toen hij naar de foto's keek. Ze vond het niet moeilijk te geloven dat de moorden in Lewisham niet de eerste keer waren dat Frank Linnell voor eigen rechter had gespeeld.

'Dus, wat Linnell en Paul betreft,' Moody pakte zijn spullen bij elkaar, 'het waren gewoon vrienden. Niks aan de hand verder.' Toen hij de uitdrukking op Helens gezicht zag, deed hij zijn mond open om iets te zeggen, maar ze hield hem tegen.

'Je hebt getennist met die vent die valsemunter was. Ja, ik weet het.'

Moody hief zijn handen op, alsof hij daarmee zijn gelijk wilde bewijzen.

'Maar hoeveel mensen had die valsemunter uit de weg geruimd?'

38

Nadat Moody was vertrokken, sliep ze bijna de hele middag, en lag verder languit voor de televisie op zoek naar afleiding, maar zonder die echt te vinden. Hooguit tien minuten kon iets haar boeien en haar op minder sombere gedachten brengen.

Ze keek naar gedeelten van een programma over stand-upcomedians op het festival van Edinburgh en herinnerde zich dat Paul en zij het erover hadden gehad om ernaartoe te gaan. Af en toe gingen ze naar de Hobgoblin in Brixton, wat altijd een succes was geweest, en ze waren het erover eens geweest dat het leuk zou zijn er een week tussenuit te gaan naar het Fringe-festival om een paar van hun favorieten te zien. Paul had gezegd dat ze dan ook het kasteel en alle andere toeristenattracties af zouden lopen. Op een of andere manier dacht hij Schots bloed in de aderen te hebben, en hij was vastbesloten om uit te zoeken of er een Hopwood-ruitpatroon bestond.

'Je bent net zo Schots als ik, eikel...'

Terwijl ze naar het programma lag te kijken, besloot Helen dat ze erheen zou gaan zodra ze de kans kreeg. Een ogenblik lang vatte ze het onzinnige idee op die avond naar de Hobgoblin te gaan, om Jenny op te bellen om te vragen of ze ook zin had. Ze kon wel wat humor gebruiken, en de komieken zouden haar zeker in de zeik hebben genomen wanneer ze elke twintig minuten naar het toilet was geschommeld.

Het was natuurlijk een vreselijk slecht idee. Die had ze de laatste tijd wel vaker gehad.

Behalve dat, en de momenten dat ze een beetje met de kandidaten van *Countdown* mee had zitten doen, had ze daar als een zombie gelegen. Het was wonderlijk, vond ze, dat dat woord werd gebruikt om mensen te omschrijven die er niet helemaal bij waren; mijlenver weg, vaag. Wonderlijk, omdat in die horrorfilms die ze van Paul had moeten uitzitten de zombies allesbehalve vaag waren. Ze hadden maar één drijfveer terwijl ze met veel kabaal rondstapten en bloederige handafdrukken op de ramen van de mensen achterlieten, één obsessieve gedachte, vreselijk en allesoverheersend. Terwijl ze daar lag en het geluid en de beelden over zich heen liet komen, werden haar eigen gedachten nu ook beheerst door iets wat even wreed was.

Ze dacht aan Gary Kelly, en hoe ze hem kon terugpakken.

Hoe ze zich met haar legitimatie en een of ander lulverhaal een weg naar de verhoorkamer of zijn cel zou kunnen kletsen. Ze werkte tot in detail uit wat ze allemaal tegen hem zou zeggen voordat ze zou doen waarvoor ze gekomen was, en wat ze hem zou kunnen aandoen zonder de baby in gevaar te brengen.

Misschien zou ze hem vragen dat gedicht nog een keer voor te lezen.

Eens kijken hoeveel andere gezichtsuitdrukkingen hij beheerste.

Het waren zure, stomme gedachten waar Helen zichzelf om haatte, en waardoor ze Kelly nog meer haatte, omdat hij haar daartoe bracht. Ze dommelde af en toe in en kromp in elkaar bij het horen van de stemmen en de absurd vrolijke muziek, maar ze was niet in staat op te staan en de tv uit te zetten.

Even na zessen ging de telefoon. Ze zou zich het tijdstip later herinneren omdat ze vaag de tune van het journaal van zes uur had gehoord en het geluid van de telefoon dat erdoorheen klonk.

Het was een inspecteur van de afdeling Moordzaken. Zo te horen de baas van Thorne. 'Helen, we hebben een telefoontje gekregen. Kun je dit goed verstaan?'

Ze hoorde een geklik, daarna een heel zacht gesis voordat de telefoniste van de politie aan de lijn kwam. Na een stilte van vijf seconden spoorde de telefoniste de beller aan te spreken en vroeg opnieuw waar het om ging. Aanvankelijk klonk de stem van de beller gedempt toen hij iets tegen de telefoniste zei. Daarna, duidelijker, zei hij dat hij een boodschap wilde achterlaten. De telefoniste zei dat hij zijn gang kon gaan.

'Dit is voor de vrouw van wie de vent is omgekomen bij die bushalte, oké?'

Er was een stilte. De telefoniste zei dat ze nog steeds luisterde.

'Die zwangere.' Weer een stilte van een paar seconden en daarna wat gemompel alsof hij in zichzelf sprak. Daarna klonk hij weer duidelijk. 'Ik ben degene die in de auto heeft geschoten, oké? Het spijt me wat er is gebeurd… het was niet de bedoeling. 't Maakt voor jou waarschijnlijk niks uit, maar het was niet de bedoeling.' Hij snoof, schraapte zijn keel. 'Dat is het. Ik ga pleite, ja… dus, dat wilde ik even laten weten voordat ik ga.' Nog meer gesis en geklik; een zoemtoon die flauw verkeerslawaai had kunnen zijn. 'Het spijt me…'

Het omgevingslawaai duurde nog een paar seconden en er klonk nog een diepe ademhaling voordat de verbinding werd verbroken.

Hoewel de kwaliteit van de opname slecht was, herkende Helen zowel de stem als iets wat hij had gezegd. Onder het luisteren herinnerde ze zich het gezicht van de jongen en het gesprek dat ze hadden toen hij haar boodschappen in de auto zette.

'Goeie tijd om op vakantie te gaan, als je het mij vraagt.'

'Ik zie niet zo gauw hoe ik binnenkort pleite kan gaan.'

Ze had hem gezegd zich gedeisd te houden…

'Helen?'

'Ik ken hem. Het is een jongen die ik in Lewisham ben tegengekomen.'

'Wat? Ken je hem?'

'Ik ben hem tegen het lijf gelopen.'

'Waar?'

'Gewoon… op straat. Jezus…'

'Kun je ons iets vertellen waar we wat aan hebben? Iets wat hij heeft gezegd? Een signalement?'

Het zou allemaal even idioot lijken. Hij heeft mijn boodschappen gedragen. Hij leek ontzettend aardig. Hij vroeg naar mijn baby. 'Niet echt,' zei Helen.

'Nou, als je nog iets bedenkt…'

Ze legde de hoorn neer, liep naar de bank en zette het geluid van de tv weer harder. Iets over hypotheekrente. Een brand in een woning met dodelijke afloop. Te veel zout in kant-en-klaarmaaltijden.

Hij had opgebeld om te zeggen dat het hem speet, dat het zijn schuld was. Hij kon het dus niet hebben geweten. Voor het eerst vroeg ze zich af wie van degenen in die auto wel precies wisten waar het om ging.

Wie van de vermoorde jongens?

't Maakt voor jou waarschijnlijk niks uit...

Hij wist er niks van.

Het zou pas over een paar uur donker worden, maar ze ging vroeg naar bed. Ze dacht dat ze de badkamer op de avond van de inbraak samen met Roger Deering aardig schoon had gemaakt, maar toen ze bij de wastafel een stap naar achteren deed, had ze een glassplinter in haar voetzool. In het zachte vlees.

Zittend op de rand van het bad terwijl ze de splinter er met een pincet uit probeerde te krijgen, keek Helen op en zag zichzelf in de spiegel. Haar kamerjas was opengevallen. Haar borsten hingen en waren gezwollen, met blauwgrijze aders onder de huid. De band van haar trainingsbroek was dubbelgevouwen, platgedrukt door haar buik. Haar enkels zagen er dik uit.

Ze wikkelde het stukje glas in het bebloede papieren zakdoekje en gooide het in de wc; liet haar hand over haar bleke, behaarde scheenbeen glijden.

A mummy nobody would like to fuck.

Nu ze erover nadacht, en ze zich afvroeg of haar zus eigenlijk wist wat een MILF was, herinnerde Helen zich het gesprek tussen de jongen en een van zijn maten die ze op weg naar de parkeergarage waren tegengekomen. De verlegenheid van de jongen toen zijn vriend een stoere houding had aangenomen en naar haar had gewezen en zijn schunnige insinuaties had gedaan.

'Stille wateren, diepe gronden...'

Ze herinnerde zich hoe de andere jongen hem had genoemd.

Het stelde niet veel voor. Waarschijnlijk was het vrijwel onbruikbaar. Zeker niet genoeg om inspecteur Thorne of zijn baas om negen uur 's avonds mee lastig te vallen.

Helens gezicht vertrok toen ze haar gewicht op haar voet liet rusten, maar tegen de tijd dat ze de slaapkamer had bereikt en zich begon aan te kleden, voelde ze het al niet meer.

39

Op vrijdagavond moest je niet proberen snel ergens te komen. Vanaf de heuvel naar beneden, Brixton in, werd het verkeer al drukker en op Coldharbour Lane van de Ritzy tot Loughborough Junction stond het vrijwel bumper aan bumper. Helen sloeg van frustratie met haar hand op het stuur. De tijd werkte niet in haar voordeel, of in dat van de jongen die had gebeld.

Linnell had de anderen tenslotte vrij makkelijk gevonden.

Ze wist nu dat de jongens die die nacht in de Cavalier hadden gezeten waren vermoord als vergelding voor de moord op Paul, terwijl het enige wat ze hadden gedaan – sommigen van hen zonder het te weten – was dat ze als rookgordijn voor de moord hadden gefungeerd. Kelly's plan had nog beter gewerkt dan hij ooit had durven hopen. Degenen die niets van de opzet wisten waren net zo goed zijn slachtoffer geweest als Paul, en de jongen die het pistool had vastgehouden, die dacht dat hij de schoten had afgevuurd, zou weleens de laatste kunnen zijn die nog in leven was.

In de richting van Camberwell was het verkeer al even erg, dus sloeg ze af naar het zuiden en nam de achterafstraten.

Helen was tot de conclusie gekomen dat hij was gebruikt. Maar Frank Linnell wist dat niet. En zelfs als ze het tegen hem zou zeggen, wist ze niet of hij zich daar iets aan gelegen zou laten liggen.

Ze dacht nog steeds aan Linnell op het moment dat het verkeer rustig door East Dulwich reed, en aan het meisje op die foto's.

Linnells vermoorde zus.

Helen vroeg zich af of het meisje de reden was dat Pauls vriendschap met Linnell zo lang had geduurd. Paul was in de tijd dat ze hem kende diep geraakt geweest door een paar zaken, en alleen al op grond van de foto's was het goed te begrijpen waarom hij het misschien moeilijk had gevonden om deze zaak uit handen te geven. Waarom hij erbovenop bleef zitten, ook al viel er niets meer te onderzoeken.

Was hij misschien een beetje verliefd geworden op het vermoorde meisje? Op een bepaalde manier viel dat gemakkelijker te accepteren dan het alternatief. En dan te bedenken dat hij sommigen van Helens vrienden 'rukkers' noemde...

'Ze was een mooie meid, Hopwood, dat geef ik toe.'

Ze had geluk: er stond een aantal lichten op groen, en het was pas kwart voor tien toen ze Lewisham Way op draaide. Ze parkeerde op een dubbele gele streep, een paar honderd meter van waar de woonblokken Lee Marsh en Orchard met de rug naar elkaar toe stonden, en legde een kaart met het opschrift POLITIE op het dashboard. Misschien ging er een baksteen door haar ruit, maar ze zou in ieder geval geen wielklem krijgen.

Aan de overkant van de straat was een rijtje winkels: een kiosk, een goklokaal en een reparateur van elektrische apparaten. Voor een Threshers stonden drie jongens een joint te roken, en ergens in een straat achter haar hoorde ze de motor van een auto loeien.

Een paar straten verder stonden nog twee woonblokken, Downtown en Kidbrooke, maar daar had de jongen niet naar gewezen toen ze hem had gevraagd waar hij woonde. Ze had er niet echt bij stilgestaan hoe ze hem zou kunnen vinden, en nu ze naar de woonblokken keek, vroeg ze zich af waar ze in hemelsnaam moest beginnen. Elk blok telde waarschijnlijk wel honderdvijftig flats. En god mocht weten hoeveel mensen.

Helen liep over een vierkant kurkdroog grasveldje, omzoomd door met graffiti beklade bankjes, naar de binnenplaats van het woningblok Orchard. Ze bleef even staan om zich te oriënteren. Het was een tamelijk warme avond, maar er stond een stevig windje dat gierend langs de muren waaide, en ze had spijt dat ze geen dikker jack had meegenomen. Ze keek omhoog naar ieder woonblok van drie verdiepingen met aan weerszijden een deur naar de lift en betonnen trappenhuizen naar de eerste verdieping. Hoog boven haar, aan de linkerkant dreunde muziek, maar die stierf weg toen ze naar de tegenoverliggende hoek overstak en door de galerij liep die de Orchard met het naast-gelegen Lee Marsh verbond.

De binnenplaats was identiek, op een eenvoudig speeltuintje na, en er klonk muziek van twee, nee drie kanten. Ze kon de tekst niet boven de drums en de bas uit verstaan. Ze voelde de uitzinnige, aanhoudende beat in het metaal van de glijbaan toen ze er tegenaan leunde.

Aan een kant stond een rij garages een eindje van de straat af, en ze herkende het groepje kinderen met wie ze had gesproken toen ze hier de eerste keer was. De dag dat ze die jongen was tegengekomen.

Vier jongens die langzaam bewogen in de schaduw die bijna ver-dwenen was.

Ze bleef op hen af lopen en voelde het kloppen van haar hart en haar droge mond. In haar werk was ze op huisbezoeken wel op ergere plaat-sen geweest, maar ze was nog nooit zo bang geweest als nu; was zich in ieder geval nog nooit zo van haar angst bewust geweest. Destijds had ze natuurlijk assistentie gehad, maar ze wist dat het daar niet alleen aan lag.

Nu klopten er twee harten in haar.

Het kleine joch met wie ze eerder had gesproken, stond met zijn mobieltje te spelen en keek amper op toen ze dichterbij kwam. Twee anderen stonden met hun hoofd dicht bij elkaar. De langste, de jonge giraffe, floot toen hij haar zag, en ze gingen alle vier nog dichter bij el-kaar staan.

Helen bleef een meter van hen af staan en wachtte een paar secon-den. Ze zei: 'Ben ik zwanger of gewoon vet? Weten jullie het nog?'

De giraffe deed een stap naar voren en stak zijn duimen in de band van zijn spijkerbroek, waardoor er nog een paar centimeter meer van zijn Calvin Klein-onderbroek in beeld kwam.

'Ik ben op zoek naar T,' zei Helen.

'Ja?'

De kleine keek heel even op van zijn telefoon. Helen probeerde haar opwinding te verbergen over het feit dat ze kennelijk wisten over wie ze het had.

'Ik moet hem spreken.'

De giraffe grinnikte. 'Nou, ga 'm bellen, dan. Ik kan je 'n telefoon le-nen als je wilt.'

'Ik heb z'n nummer niet.'

Weer een blik van de kleine jongen. Het was duidelijk dat ze om beurten de norse, gevaarlijke gangster uithingen.

'Hoor eens, ik moet hem echt spreken. Het is dringend.'

Een paar seconden lang zei niemand iets. Het leek alsof de jongens het hele gesprek al waren vergeten en ze daar tevreden naar de muziek stonden te luisteren. Toen keek de langste haar weer aan.

'Wat is er zo dringend?'

Ze had meteen al bedacht dat zwaaien met haar legitimatie niet de juiste aanpak was. Ze wist dat ze moest roeien met de riemen die ze had. Ze legde haar handen op haar buik en trok een gezicht. 'Wat denk je?'

Er werd gelachen en met de schouders tegen elkaar gestoten. 'En je weet niet eens waar hij woont?' De spijkerbroek werd nog een stukje verder naar beneden getrokken. 'Dan is 't vast een vluggertje geweest, hm?'

'Hier is anders niks vlugs aan,' zei Helen. 'Hij heeft z'n pleziertje gehad, en nu is het tijd dat hij z'n verantwoordelijkheid neemt.'

De giraffe hield eindelijk op met lachen en gebaarde achteloos naar het woningblok aan de andere kant van het plein. ''t Is daarboven, man. Ergens op de derde.'

De kleine jongen keek op. 'Wat de fok doe je?'

'Heb je T's vriendin gezien, man? Als deze hier komt aankloppen, gaan we vuurwerk zien, jongen.'

'Daar heb je niks mee te maken, man. Begrijp je?'

'Wordt vet lachen, man...'

Helen draaide zich om terwijl ze nog stonden te ruziën en liep op het blok af; toen ze bij de lift kwam merkte ze dat ze haar langzaam over het plein waren gevolgd.

De lift was lawaaiig en rook zoals ze had verwacht. De wanden zaten vol krassen, maar glommen alsof ze kort geleden waren schoongemaakt. Hierboven was de wind veel feller, als een klap in haar gezicht, toen ze de galerij van de derde verdieping op stapte en naar de eerste deur liep.

De eerste van de dertig of meer.

Ze klopte aan maar kreeg geen antwoord. Ze ging naar de volgende deur met hetzelfde resultaat, hoewel ze binnen mensen hoorde praten. De derde deur ging vijf centimeter open, maar werd meteen zonder een woord dichtgesmeten zodra ze haar vraag had gesteld. De oude man in de volgende flat luisterde aandachtig en vroeg vervolgens of ze van de sociale dienst was.

Ze was buiten adem en ze had pas vier flats gehad.

Had ze toch moeten bellen? Misschien hadden ze hem niet zo snel gevonden, maar een peloton agenten had zich behoorlijk snel over het woonblok kunnen verspreiden als ze wisten waar hij zat, en hadden hem heel wat sneller naar buiten gekregen dan zij.

Helen keek hulpeloos de galerij af en probeerde op adem te komen. Ze vroeg zich net af of ze daar gewoon moest blijven staan en zou schreeuwen, toen iemand haar te snel af was.

'Yo, T! Je kunt maar beter naar buiten komen, man...'

Ze keek over de muur en zag beneden drie van de jongens van de garages staan.

De giraffe zette zijn handen aan zijn mond en riep opnieuw. 'Er staat buiten ellende op je te wachten, T.' Hij lachte samen met de anderen en schreeuwde weer, waarbij zijn stem boven de drums en de bas uitkwam en over het plein weergalmde. 'Hé, T. Mag ik je voorstellen aan je familie?'

Helen wachtte. Vijftien seconden later hoorde ze een deur opengaan en zag ze de jongen vijftig meter verder naar buiten komen, de galerij op. Ze zag hem over het muurtje leunen en de jongens toeroepen dat ze hun kop moesten houden. Waarschijnlijk had hij vanuit zijn ooghoek een beweging gezien toen ze op hem af kwam lopen, want hij draaide zich plotseling om en staarde haar aan.

Ze bleef lopen, zag hoe hij een paar seconden wegkeek en zich toen weer langzaam omdraaide om haar aan te kijken. De jongens stonden nog steeds te schreeuwen. Er waren nog een paar deuren opengegaan en mensen staken hun hoofd naar buiten om te zien wat er aan de hand was.

'Ik moet je spreken,' zei Helen.

'Hoe heet je?'

Hij was zijn flat in gegaan en Helen was achter hem aan gelopen, door een smalle gang de woonkamer in. Ze zag hem bij het raam staan. Er stond een tv in de hoek en ze rook dope. Een paar seconden later schoof er een jong meisje met een baby op de arm langs haar heen en die ging naast de jongen staan.

Helen vroeg het opnieuw.

'Theo,' zei de jongen.

'Wie is dit?' vroeg het meisje.

Helen liep naar de tv en zette hem uit. Ze zag de kartonnen dozen die achter de bank waren opgestapeld, plastic tassen vol cd's en computerspelletjes. Het stel keek haar aan en zei niets, maar zodra Helen begon te praten, begon het meisje te schreeuwen: 'Wat de fok heb je hier te zoeken?' De jongen legde een hand op haar arm, maar ze schudde die van zich af. 'Ik trek je fokking kop eraf...'

'Je moet even stil zijn.'

'Ik zweer...'

'Ik heet Helen Weeks.' Ze zocht in haar tas naar haar legitimatie. 'Ik ben politieagent.' Het meisje nam niet de moeite om te kijken en haalde haar schouders op alsof het geen verschil maakte. De jongen keek aandachtig naar zijn voeten. 'Een paar weken geleden is mijn partner vermoord. Hij stond bij een bushalte...'

Het meisje keek haar nu aan en hees de baby iets omhoog. Hij zag er tevreden uit, snuffelde wat in haar hals. Het meisje knikte en sprak zachtjes. 'Dat heb ik op het nieuws gezien.'

Helen staarde naar de jongen, maar hij vertikte het op te kijken. 'Theo?'

Hij keerde zich naar het meisje toe. 'Je moet ons even alleen laten. Neem de baby mee naar beneden of zo.'

'Ik ga nergens naartoe.'

'Ik kan dit niet doen als je erbij bent.'

'Dat waren die jongens in de auto, toch?' Het meisje keek Helen aan. 'Die schietpartij?'

'Ja, maar het is ingewikkeld.'

Het meisje snoof en ze zag eruit alsof ze ontzettend haar best moest doen om niet te gaan huilen. Ze richtte zich weer tot de jongen. 'Wat heb je gedaan?' Ze gaf hem met haar vrije hand een klap op zijn arm en begon weer te schreeuwen. 'Jij en je vriend, wat hebben jullie gedaan?'

'Hij heeft niks gedaan,' zei Helen. 'Theo, je moet luisteren. Het was niet jouw schuld.'

Nu keek hij haar voor het eerst echt aan. 'Je hebt m'n boodschap gekregen, hè? Ik heb die schoten afgevuurd.'

'Er is helemaal niet geschoten.'

Hij schudde langzaam zijn hoofd. 'Ik snap niet wat je hier komt doen. Waarom dit is. Rottiger dan dit kan ik me toch niet voelen, ja?'

'Er zaten losse flodders in het pistool,' zei Helen. 'De vrouw in die auto is met opzet op de bushalte in gereden.'

Het meisje keek plotseling bang en ging tegen de jongen aan hangen. De baby strekte zijn armpje en greep naar de schouder van zijn vader. 'Wat is er aan de hand, T?'

'Weet je nog dat je in die auto schoot?'

'Ja, dat herinner ik me.'

'Het achterraampje stond open, klopt dat?' De jongen knikte. 'Dus waarom lag er dan zoveel glas achter in de auto? De schoten waren al afgevuurd, en de vrouw in de auto zat ook in het complot. Het moest een ongeluk lijken, oké? Alsof het puur toeval was.' De jongen stond stokstijf te staren en negeerde het handje van zijn zoon, dat nu tegen zijn schouder sloeg. 'Iemand wilde dat mijn partner werd vermoord.' Helen voelde een scheut, alsof ze diep vanbinnen een gewrichtsband had verrekt en zoog haar adem in. 'Wilde dat... Paul werd vermoord.'

Het leek opeens bloedheet in de kamer. De voordeur stond nog steeds open en de muziek van buiten kwam binnendrijven op een bries die aanvoelde als een luchtstoot uit een haardroger.

De jongen liep met grote slingerende passen de kamer door, zette zichzelf af tegen de muur aan de andere kant en liep weer terug naar het raam. Toen hij zich omdraaide, trilden zijn handen en het leek alsof hij alles op alles zette om zijn woede in toom te houden. 'Wie wist het nog meer?' vroeg hij. 'In de auto, bedoel ik.'

'Dat weet ik niet precies. In ieder geval Errol Anderson.'

'Die is dood.'

'Dat weet ik,' zei Helen.

'Ze zijn allemaal dood.'

Nu keek het meisje doodsbang. 'T?'

'Je gaat ergens naartoe,' zei Helen. 'Je zei in je boodschap dat...' Helen zweeg toen ze het voelde en deed een stap naar achteren. Haar handen gingen naar haar bovenbenen, veegden over de nattigheid, en ze zag de druppels op het tapijt vallen.

'Gaat het goed?' vroeg de jongen.

Het meisje liep op Helen af. 'Haar vliezen zijn gebroken.' Ze duwde de jongen de baby in de handen en liep snel de kamer uit. Ze kwam terug met een rol keukenpapier. 'De badkamer is deze kant op,' zei ze.

Helen nam de rol en trok er een stuk of vijf vellen af. 'Heb je het nummer van een taxi?'

'Ja, als je de tijd hebt,' zei Theo. 'Ze staan niet te springen om hierheen te komen. Shit...'

'Kun je rijden?' vroeg Helen.

40

Het druppelde meer dan dat het stroomde, wat betekende dat er geen haast was. Helen was onverwacht kalm, omdat ze wist dat het nog wel vierentwintig uur kon duren, misschien langer.

Het gevaar voor infectie was waarschijnlijk groter dan de kans dat de bevalling meteen op gang zou komen, en hoewel het advies in dit soort gevallen luidde dat ze zo snel mogelijk naar het ziekenhuis moest, hield ze zich liever aan haar oorspronkelijke plan. Lewisham University Hospital was maar tien minuten rijden van de Lee Marsh-flat, maar in plaats daarvan vroeg Helen of Theo haar naar huis wilde brengen omdat ze erop vertrouwde dat ze genoeg tijd zou hebben om haar tas op te halen en meteen door te rijden naar het Kings College Hospital in Camberwell.

Het kostte Theo een paar minuten om te wennen aan de bediening van Helens auto, maar zelfs in aanmerking genomen dat het een merkwaardige situatie was, leek hij erg zenuwachtig en slecht op zijn gemak. Hij keek om de haverklap in de spiegels en bleef maar naar zijn handen kijken die om het stuur geklemd zaten.

'Rij je veel?' vroeg Helen.

'Nee, al een tijdje niet,' zei Theo.

Het verkeer was het afgelopen uur afgenomen en ze reden zonder oponthoud door New Cross voordat ze naar het zuiden afsloegen.

'Iemand wilde dat hij uit de weg werd geruimd, zei je. Paul...'

Helen had haar raampje openstaan en leunde opzij, warme lucht inademend. Ze draaide zich naar Theo toe en knikte.

'Wie?'

'Dat doet er niet toe.'

'Maar ze hebben hem wel te pakken?'

'Dat denk ik wel.'

'En de vrouw in de BMW? Waarom zou die in godsnaam zoiets doen?

'Ze is verslaafd. Stond diep bij iemand in het krijt.'

'Bij Wave?'

'Daar lijkt het op,' zei Helen.

Theo's handen grepen het stuur nog steviger beet en hij keek weg in de buitenspiegel. 'Dan heb ik er op een of andere manier toch mee te maken. Misschien heb ik haar ooit wel wat spul verkocht.'

Bij het oversteken van Peckham Rye Common voelde Helen een wee opkomen. Ze probeerde hem op te vangen, maar dacht er pas na een paar seconden aan op haar horloge te kijken. 'Godver...'

Theo keek opzij. 'Wat?'

Ze schudde haar hoofd en wachtte tot de pijn weg zou trekken, ademde uit, leunde naar achteren en pufte. 'Vijfentwintig seconden ongeveer,' zei ze. 'We zitten goed.'

'Zeker weten?'

Ze knikte, maar zag de naald van de snelheidsmeter iets omhoog kruipen. 'Je zei dat je niet veel met die andere jongens had,' zei ze. 'Toen ik je de eerste keer zag. Degenen die waren doodgeschoten.'

'Met de een meer dan met de ander, denk ik.'

'Gaat dat zo in een bende? Zijn het gewoon mensen met wie je werkt?'

Theo dacht erover na, drukte op de claxon toen er een motorrijder te dichtbij kwam. 'Hangt ervan af wat er gebeurt. Ik denk dat jij ook niet even dik bent met iedere smeris die je tegenkomt.'

'Dat is waar...'

''t Gaat erom of je het voor het geld doet of dat het een... lifestyle is, of zoiets.'

'Ik heb met iemand gesproken die echt dacht dat de regering de pistolen had geleverd,' zei Helen. 'Dat ze het allemaal oké vonden wat er gebeurde.'

Theo schudde zijn hoofd. 'De mensen verkopen onzin. En waarom heeft de regering dan dat eh... generaal pardon voor messen?'

'De mensen moeten zien dat ze in ieder geval iets doen.'

'Het kan toch niemand iets schelen. Ze gebruiken nog steeds messen alsof het pennen zijn of zoiets.'

'Draag jij een mes?'

'Soms wel.' Hij stuurde bij bureau Herne Hill naar links en gaf aan de oostkant van Brockwell Park gas. Hij zei: 'Op dit moment draag ik een pistool.'

Tot haar eigen verrassing knikte Helen, alsof hij gewoon iets over het weer had gezegd, en ze leunde weer naar achteren naar het open raampje toe.

'Weet jij wie ze heeft vermoord? Wave en de anderen?'

'Ik heb wel zo'n vermoeden.'

'Is het een geheim?'

Helen zocht naar de juiste woorden. 'Het was... een vriend van Paul.'

'Had ik maar een paar van die vrienden,' zei Theo.

Toen ze bij de flat waren, zei Helen dat ze over een paar minuten terug zou zijn. Ze liep zo snel als ze kon naar boven en ging meteen naar het toilet, omdat ze sinds ze in de auto was gestapt heel nodig moest.

Ze gooide nog een paar spullen in haar weekendtas en belde toen Jenny en zei haar naar het ziekenhuis te komen.

'Druppelde het of was het een stroom?'

Helen antwoordde dat ze toch altijd zo voorspelbaar was. 'Tijd genoeg.'

'Heb je een taxi besteld?'

'Staat voor de deur klaar,' zei Helen.

Ze waren net bij haar flat weggereden toen ze door een tweede wee werd overweldigd; een krachtig samentrekken van haar buik en lendenen. Ze zette zich schrap, grommend van inspanning, en Theo remde hard en zette de auto aan de kant.

'Deze duurde een halve minuut,' zei Helen toen het over was.

'Is dat een goed of een slecht teken?'

'Kwam de vorige wee een kwartier geleden, denk je, of was het korter?' Theo stak zijn handen omhoog. 'We moeten maar snel naar het ziekenhuis,' zei ze.

Theo gaf gas.

Helen was totaal niet in paniek, al kwam het wel bij haar op dat een sirene en een zwaailicht handig zouden zijn geweest. Dat ze nog altijd een passerende surveillanceauto kon aanhouden en een escorte kon vragen.

Theo trapte de Fiesta op zijn staart, gaf gas wanneer hij de gelegenheid had en zigzagde door het verkeer wanneer hij die niet had. Op Denmark Hill werden ze geflitst, en Theo sloeg met zijn vuist op het stuur.

'Dat overleef ik wel,' zei Helen.

Toen ze hem ernaar vroeg, vertelde hij wat over Javine en de baby, over zijn moeder en zusje die twee verdiepingen onder hem woonden. Ze vroeg hem naar zijn vader en hij vertelde dat die was overleden. Ze had de indruk dat verdere vragen over zijn familie niet op prijs werden gesteld.

'En waar ben je van plan naartoe te gaan?' vroeg ze.

'Javine heeft een vriendin in Cornwall,' zei Theo. 'Ze is er een paar keer geweest om te kijken hoe het er is.' Toen hij opzij keek, lag er een zweem van een glimlach op zijn gezicht. 'Ik denk niet dat er enorm veel zwarten zullen wonen, maar nou ja...' Hij remde niet voor een zebrapad waar halverwege een voetganger overheen liep, en Helen zei dat het oké was.

'Misschien moet je wel nergens heen gaan,' zei ze.

'Ja, nou ja, misschien is dat wel het verstandigste, omdat het thuis allemaal zo prettig is en zo.'

'Kom op, je weet toch zelf ook wel dat je gevaar loopt? Je hebt gezien wat er met de andere jongens is gebeurd die in die auto zaten.'

'Maar je zei dat je wist wie het had gedaan.'

'Ja, maar ik weet niet of we het ooit kunnen bewijzen.'

'Dus des te meer reden om pleite te gaan, niet dan?'

'Hij is het type dat er tijd in zal steken om je op te sporen,' zei Helen. Ze wachtte tot hij weer opzij keek, en zorgde ervoor dat hij zag dat ze het meende. 'Ik vind dat je naar de politie moet gaan.'

'Ja, prima idee, je zegt het maar.'

'Je hebt niks gedaan.'

'Ik zat in die auto,' zei Theo. 'Ik had een pistool. Je weet toch wat ik voor werk doe, ja?'

'Ze zijn niet in de drugs geïnteresseerd.'

'Maar ik denk dat ze wel zijn geïnteresseerd in vuurwapenbezit met de opzet mensen in gevaar te brengen. Dat is niet niks, toch?'

'Hoor eens, jij bent de enige getuige die in de auto heeft gezeten. Als je bewijs aandraagt is de kans groot dat ze je niet aanklagen. Ik schrijf een volledig rapport, ik zal alles doen wat ik kan. Híér!' Ze wees naar de ingang van het parkeerterrein van het ziekenhuis.

'Je maakt je zorgen dat ik gevaar loop, ja?' Hij keek haar aan en minderde vaart. 'Als ik getuig, dan krijg ik andere mensen achter me aan. Het houdt echt niet op bij Wave. Ga je horen wat ik zeg?'

Toen ze het parkeerterrein op reden, zei Theo: 'Eigenlijk weet ik niet zeker of ze allemaal dood zijn, de anderen in de auto. Er ontbreekt er een.' Hij reed zo hard mogelijk over de verkeersheuvels, en Helen hield iedere keer haar buik stevig vast. 'Hij heet Ezra Dennison.'

'Ik zal het doorgeven.'

'Easy. Hij is zestien, ja?'

'Ik zal ervoor zorgen dat de juiste mensen het te weten komen,' zei Helen.

Theo parkeerde zo dicht mogelijk bij de afdeling Verloskunde en liep om de auto heen om Helen eruit te helpen. Ze liepen samen naar de automatische deuren en bleven daar staan. Helen zei tegen hem dat ze het vanaf hier zelf wel kon redden, dat hij niet mee naar binnen hoefde en dat haar zus zou komen. Hij vroeg haar of ze wilde dat hij de auto bij haar flat zou neerzetten.

'Bureau Streatham is daar vlakbij,' zei Helen.

'Ja.' Hij porde wat met de neus van zijn trainingsschoen in de grond. 'Daar heb je al genoeg over gezegd.'

'Echt, je moet het doen. Dan zullen jullie allemaal veiliger zijn.'

'Misschien wel.' Hij liep terug naar de auto.

'Vertel ze gewoon precies wat er is gebeurd.'

Theo trok het portier van de auto open. 'Wat ik heb gedaan en wat ik dacht dat ik had gedaan. Snap je? Ik weet niet zeker of dat zo veel verschil maakt.'

'Vertel het ze gewoon,' zei ze. 'Over een paar dagen kunnen we het allemaal op een rijtje zetten.'

'Ga nou maar naar binnen.'

'Doe het nou maar. En zorg dat je onderweg dat pistool kwijtraakt...'
Op het moment dat Helen zich omdraaide en naar binnen liep, ving ze de blik op van een vrouw die naar buiten ging en kennelijk had gehoord wat ze zei en snel een andere kant op keek. Ze hoorde de auto wegrijden toen ze haar tas bij de balie neerzette.

41

Theo belde Javine zodra hij bij het ziekenhuis wegreed. Hij vertelde haar dat alles goed was en dat hij zo snel mogelijk naar huis zou komen om alles uit te leggen. Hij had verwacht dat ze hem stijf zou schelden, maar ze klonk kalm en zei alleen dat ze wilde dat hij thuis kwam.

Hij reed naar het zuiden zonder al te veel op de route te letten, omdat hij gewoon even wilde rondrijden. Maar hij zou absoluut niet naar Streatham gaan, dat wist hij zeker. Hij had het gevoel dat er een enorme last van hem af was gevallen en het laatste wat hij wilde was meteen weer de stront in lopen. Hij wist dat de vriendin van die smeris dat op de lange termijn de beste oplossing vond en zo, maar zij stond niet in zijn schoenen. Ze had geen idee.

Ze kon zeggen wat ze wilde, maar hij wist hoe het zat. Als hij naar de blauw zou stappen en zou zeggen: 'Ik ben dat bendelid naar wie jullie op zoek zijn,' zou hij niet met open armen worden ontvangen.

En zoals hij haar had gezegd, het zou kunnen dat een paar mensen uit driehoeken waarvan hij het bestaan niet eens wist, hem naderhand dringend wilden spreken.

Het was beter als hij en Javine samen hun geluk beproefden.

Maar Helen Weeks was wel oké, vond hij. Hij vroeg zich heel even af hoe ze zou reageren als hij haar auto een tijdje zou lenen om Javine en Benjamin weg te brengen. Ze hadden niet al te veel spullen en konden alles misschien in één keer meenemen, en hij wist niet zeker of de oude Mazda van zijn vader het tot halverwege Cornwall zou halen.

Maar hij besefte dat als ze zou ontdekken dat de auto er niet stond, ze ervan uit zou gaan dat hij hem had gepikt. Ze was waarschijnlijk al gespannen genoeg en bovendien zou ze nu ook nog een kind mee naar huis nemen. Hij besloot dat het al het gedoe niet waard was, dat hij er misschien een tegen een schappelijke prijs kon huren. Het hoefde geen chique bak te zijn.

En hij wilde niet dat Helen slecht over hem dacht.

Geld was trouwens geen al te groot probleem, niet de komende maanden tenminste, zodat ze de boel op orde konden brengen. Hij meende wat hij zei toen hij tegen Javine had gezegd dat ze het geld van zijn moeder niet nodig hadden, ook al vertelde hij liever niet waarom ze het niet nodig hadden.

Er had net iets minder dan duizend pond onder de losse plank in het drugspand gelegen. Hij had de geldkist gepakt, trillend als een fokking riet, en had die samen met de honderd nog wat pakjes uit de keukenkast in een plastic tas gedouwd voordat hij de benen nam.

Een paar maanden op zijn minst, als ze zuinig waren.

Hij wist wat Easy zou hebben gezegd: 'Makkelijk zat, Star Boy...'

Rustig rijdend over Norwood Road vroeg Theo zich af of zijn vriend die avond ook in de luren was gelegd. Easy had de Cavalier gepikt, dat wist Theo, maar had hij ook meegeholpen de hele zaak in elkaar te steken? Wist hij precies wat hij deed toen hij erop aanstuurde Theo hogerop te brengen?

Toen hij het pistool feitelijk in zijn hand had geduwd?

Theo hoopte dat hij de kans zou krijgen om het hem ooit te vragen.

Hij stopte voor een rood licht, zat te denken dat hij het er met Javine over moest hebben dat ze zo snel mogelijk bij haar vriendin weg moesten. Ze zouden met de baby één kleine slaapkamer delen, en waarschijnlijk hadden ze genoeg geld om een kleine borgsom te kunnen betalen. Het was een toeristenstadje, dus ging hij ervan uit dat er wel een baantje te krijgen was, in een hotel of zoiets. Javine kon haar vriendin vragen om een plaatselijke krant te kopen en na te pluizen voordat ze daar naartoe gingen.

Hij zette de radio aan en ging de stations langs, en zette hem harder toen hij een reggaenummer hoorde wegsterven, maar hij kende het nummer niet. Hij was zich er vaag van bewust dat er een auto naast hem kwam staan, maar hij zag niet dat het raampje naar beneden werd gedraaid.

Hij zag dat het licht op groen sprong.

Het pistool kwam al omhoog toen Theo opzij keek naar de man in de auto en de dj zei van wie het nummer was. Iemand met wie zijn vader misschien ooit had meegezongen. Maar er was slechts tijd voor een heel korte glimp van zijn vaders gezicht en dat van Javine en Benjamin. Niet eens genoeg tijd om het uit te schreeuwen in die fractie van een seconde voordat het donker werd.

Toen hij het audiosysteem in het kantoor had laten installeren, had Frank ervoor gezorgd dat hij de muziek bijna overal in het huis kon horen. Er waren luidsprekers opgehangen in de badkamer, in de woonkamer en natuurlijk in de serre, waar hij tegenwoordig 's avonds meestal zat.

Hij had zin in iets lichts en zomers, en luisterde naar een concerto van Vivaldi, met een glas wijn en een exclusief onroerendgoedtijdschrift op het tafeltje voor hem. Hij zat te wachten tot de tuinlichten aangingen. Hij had de vossen al een tijdje niet gezien en had de laatste avonden steeds meer eten voor ze neergezet in de hoop ze terug te lokken.

'Ze gaan echt niet alleen naar jouw tuin, hoor,' had Laura gezegd. 'Het zijn geen huisdieren.'

'Maar ik denk niet dat ze ergens anders zo goed te eten krijgen als hier. Er ligt daar een halve lamsbout.'

'Misschien zijn het vegetariërs.'

Ze bleven nog een kwartier kijken, tot Frank haar zei dat hij zo naar bed ging. Ze ging naast hem zitten en wees bladerend in het tijdschrift aan welke huizen ze mooi vond.

'Je vindt toch niet dat ik je in de steek heb gelaten, hè?' vroeg Frank.

'Hoeveel glazen wijn heb je op?'

'Ik meen het.'

Ze pakte zijn hand. 'Doe niet zo idioot.'

'En daarna? Wat ik toen in Wandsworth heb geregeld?'

'Nou, je kunt niet verwachten dat ik het allemaal prachtig vind, maar ik weet dat je het alleen hebt gedaan omdat je om me geeft.' Ze begon zachter te praten. 'Ik weet dat je de dingen op je eigen manier doet.'

'Daar moet ik genoegen mee nemen,' zei Frank.

De muziek begon na een lange, trage passage weer aan te zwellen.

De grillige staccato vioolsolo klonk bijna onmogelijk hoog.

'Je hebt Paul ook niet in de steek gelaten.'

Frank zag dat Laura slecht op haar gemak was, dat het moeilijk voor haar was om over deze dingen te praten, maar hij wist dat ze hem uiteindelijk alles zou vergeven. En dat zij de enige was die dat zou doen. Hij zag het in haar ogen en hij voelde het aan haar armen toen ze zich naar hem toe boog en haar hoofd op zijn borst legde in een gebaar van vergeving.

Frank was alleen, slapend in zijn stoel, toen de lichten een uur later aan sprongen en er uit de bosjes aan de andere kant van het gazon een doorvoede rossige mannetjesvos kroop. Na ongeveer een minuut waakzaam plat tegen de grond te hebben gelegen, haastte hij zich naar zijn maal.

42

Na zo'n negen uur zeiden ze dat het haast voorbij was.

'Kom op, mop, we zijn er bijna...'

Maar aan de andere kant zeiden ze dat al een tijdje.

Jenny deed haar best om haar te steunen, zei haar dat ze rustig moest blijven doorademen en bleef onverstoorbaar onder Helens scheldpartijen, en telkens als er een wee opkwam vertrok haar gezicht zich alsof ze het zelf voelde. Iedere wee was als een gloeiende golf die in Helens lendenen begon en door haar hele lichaam trok; keihard en verlammend als hij in het midden aankwam en haar een minuut lang uitperste als een citroen. Na het wegtrekken van de wee deed haar keel bijna evenveel pijn als de rest van haar lijf.

Nadat de bevalling eenmaal op gang was gekomen, hadden ze haar lachgas en zuurstof toegediend en was ze een tijdje weg geweest, maar vier uur later, toen ze pas drie centimeter ontsluiting had, had ze om een ruggenprik geschreeuwd. Krijsend tegen de verloskundigen en tegen de muren, en tegen haar vervloekte, stugge baarmoeder. Na wat een eeuw leek te duren was er een jonge, zenuwachtige anesthesist binnengekomen die de risico's begon op te dreunen: een kans van een op twintig dat haar bloeddruk zou dalen, een kans van een op duizend dat het ruggenmergvlies beschadigd zou raken, de uiterst kleine kans...

Ze maakte hem in niet mis te verstane bewoordingen duidelijk dat het haar geen ruk kon schelen.

Na vijf minuten van pijnlijk prikken had hij zijn hoofd geschud. 'Kan het verdomde ding er niet in krijgen.'

Jenny had hem van de andere kant van het bed toegegrijnsd. 'Ik durf te wedden dat de vader dat ook heeft gezegd.'

De vader.

Gewoon een stomme grap, dat wist Helen wel, en het was vreselijk geweest om de uitdrukking op het gezicht van haar zus te zien toen ze zich realiseerde wat ze had gezegd.

'Ik bedoelde alleen...'

Helen had haar willen zeggen dat het niet erg was, maar een volgende wee had alle adem uit haar lijf geperst. Haar stijf gespannen gehouden terwijl ze allemaal weer aan het werk gingen.

'Het is toch al te laat,' had een van de verloskundigen gezegd. 'Je hebt nu bijna volledige ontsluiting, schat.'

Ze waren met zijn tweeën, en ze voerden samen een vlekkeloos nummer op in de rol van de aardige agent en de rotzak. De een vroeg Helen zich voor te stellen dat haar baarmoeder zich opende als een bloem, terwijl haar collega haar juist aanspoorde om 'haar schouders eronder te zetten' en 'meer haar best te doen'. Dat was degene die de leiding nam toen het bloederig werd. 'Concentreer je, Helen. Pers die baby eruit. Kom op.'

Ze vond het een vreselijke kwelling en geloofde geen moment in die holistische, newage-onzin. Het was niet iets wat ze in die tweeënveertig weken had 'verdiend', en het was geen 'onderdeel van de ervaring'. Iedere keer had ze het gevoel dat de volgende wee haar einde zou kunnen betekenen, maar als hij kwam, perste ze toch met alle kracht die ze in zich had. Die mengeling van emoties nam in ieder geval iets van de pijn weg en verzachtte de marteling enigszins terwijl ze de spieren in haar onderbuik tot het uiterste spande.

Ze zette zich schrap toen ze de volgende wee voelde aankomen.

Jenny kneep in haar hand.

Ze perste...

Ze wist dat ze zou moeten leven met het schuldgevoel en de pijnlijke herinneringen. Die dingen hadden een plaats gevonden en hadden zich in haar vastgezet. Als een glasscherf in het weke deel van een voet.

Ze perste en schreeuwde, vanbinnen en vanbuiten.

'Daar komt ie. Dit is de laatste.'

Ze zou wel met die dingen afrekenen.

Ze zou ze zo goed als ze kon proberen uit te wissen, omwille van hen beiden. Omwille van de baby, die, dat wist ze – hoopte ze – van Paul was.

Ze voelde zich plotseling sterk en scherp. Energiek. Zij was het turbulente, stille middelpunt van een ronddraaiende wereld.

'Nog één keer goed persen, schat...'

Haar ingewanden openden zich, en het leek alsof haar buik ieder moment als een watermeloen in tweeën zou splijten. Ze wilde hem open klauwen om de brandende pijn in haar buik, haar baarmoeder en rug te verzachten. Ze had het gevoel alsof ze binnenstebuiten werd gekeerd.

Maar ze bleef persen.

Ze had wel ergere pijn meegemaakt.

Dankbetuiging

Zoals altijd zijn er een heleboel mensen zonder wie ik nog steeds in het duister zou hebben getast...

Opnieuw ben ik Tony Thompson dank verschuldigd, dit keer omdat hij me op het juiste spoor heeft gezet, en Ember Phoenix en Nathan uit West Camp voor de juiste termen.

Hoofdinspecteur Neil Hibberd van de recherche was geduldig en hulpvaardig als altijd, maar voor informatie over de ervaringen van zwangere politiemensen op het werk moest ik ergens anders aankloppen. Ik ben brigadier Georgina Barnard ontzettend dankbaar voor haar kennis op dit en vele andere terreinen. Ook ben ik Jane Maier erkentelijk die toevallig net over twee weken moest bevallen en me zodoende tijdig kon inlichten over zaken als brandend maagzuur, misselijkheid en doorlekken.

En natuurlijk wil ik Sasha bedanken omdat ze alle problemen heeft veroorzaakt.

Ik wil ook graag Frances Fyfield bedanken die me voor procedurele fouten heeft behoed, Jane Doherty voor haar fantastische bemiddeling, John Brackenridge voor de hulp die ik ergens anders nooit had kunnen krijgen, en Mike Gunn voor de beste – zo niet de enige – grap in het boek.

En natuurlijk Hilary Hale, Wendy Lee, Sarah Lutyens, en David Shelley, die nog nooit in de Chicken Cottage heeft gegeten.